WESTEND

Harald Lüders

Traumtunnel

WESTEND *CRIME*

Mehr über unsere Autoren und Bücher:
www.westendverlag.de

Die Deutsche Nationalbibliothek verzeichnet diese Publikation in der Deutschen Nationalbibliografie; detaillierte bibliografische Daten sind im Internet über http://dnb.d-nb.de abrufbar.

MIX
Papier aus verantwortungsvollen Quellen
FSC www.fsc.org FSC® C083411

ISBN 978-3-86489-224-0

Umschlaggestaltung: Jasmin Zitter, ZitterCraft, Mannheim
unter Verwendung eines Motivs von vchalup – stock.adobe.com
Satz: Publikations Atelier, Dreieich
Druck und Bindung: CPI – Clausen & Bosse, Leck
Printed in Germany

Wenn es nicht so war, dann war es so ähnlich.
(jamaikanisches Sprichwort)

Virtuelle Realität:

Als virtuelle Realität, kurz *VR*, wird die Darstellung und gleichzeitige Wahrnehmung der Wirklichkeit und ihrer physikalischen Eigenschaften in einer in Echtzeit computergenerierten, interaktiven virtuellen Umgebung bezeichnet.

Wikipedia

SPIEGEL – Gespräch mit Thomas Metzinger, Professor für Theoretische Philosophie, Universität Mainz, Leiter des Arbeitsbereichs Neuroethik, 7.5.2016.

SPIEGEL:
Herr Metzinger, für einen Bewusstseinsforscher muss diese Zeit eine spannende sein. Ich bin viele, die digitale Revolution macht es möglich …

Metzinger:
… ich kann völlig eintauchen in eine virtuelle Realität, ich kann eine Datenbrille aufsetzen und erleben, wie sich mein Ichgefühl verändert – und auch das, was ich für »bewusstes Erleben«, für »wirklich« oder »authentisch« halte. In diesem Jahr wird es vermutlich den Durchbruch auf dem Massenmarkt geben

SPIEGEL:
Sie haben es ausprobiert?

Metzinger:
Ich war als Ethiker während der letzten fünf Jahre an einem EU-Projekt beteiligt, bei dem es darum ging, das Ichgefühl in Avatare zu übertragen.

SPIEGEL:
Und das ist ernst gemeint?

Metzinger:
Natürlich. Entstanden sind dort sehr gute Körperbilder in der virtuellen Realität, im Grunde schon die ersten Modelle eines künstlichen Selbst.

SPIEGEL 19/2016

In der Ferne leuchtet golden ein schneebedecktes schroffes Felsmassiv. Davor zerrissene Nebelschwaden.

Er hat nicht die geringste Ahnung, wo er sich befindet, keine Erinnerung, wie er an diesen verzauberten Platz gekommen ist.

Ist ihm auch egal.

Er spürt Angst und tiefe Klarheit zugleich.

Ein violetter Blitz trifft seinen Kopf, schlagartig ist alles in ein gleißendes Licht getaucht.

Dann spürt er die Stille.

Und fühlt doch den tosenden, zerrenden Wind auf seiner Haut.

Das Schneefeld vor ihm leuchtet hellgrün und zartrosa.

Er erschrickt: Über dem Schnee, fast schwebend, ist da plötzlich eine Frau, die er kennt. Sie liegt auf dem Bauch, ihre Arme grotesk verdreht.

Er sieht eine blutbefleckte Hand, etwas sagt ihm, dass es die eigene ist.

Die Kälte trifft ihn wie ein Hammerschlag.

Er steckt bis zu den Knien im Schnee, sieht, dass er nur mit Jeans, einem dünnen Pullover und einer lächerlichen Windjacke bekleidet ist.

Er dreht sich zu der jungen Frau, sie ist verschwunden.

Er spürt Kälte in sich aufsteigen, fühlt seinen Körper von Minute zu Minute steifer werden.

Er muss hier weg, runter von dem Gletscher. Er versucht vorwärts zu kommen, bricht aber bei jedem Schritt bis zum Oberschenkel ein, versinkt in einem Meer aus Schnee.

Plötzlich bläst ein gnadenloser Wind von vorne, Eiskristalle bohren sich in seine rotglühenden Wangen. Er stolpert, Schnee umgibt ihn, er lässt sich fallen, gibt der Müdigkeit nach.

Er spürt die Erinnerung in sich aufsteigen, sieht das große Bett, die zerwühlten Laken.

Er sieht Hände, spürt einen Einstich in seinen rechten Arm. Dann eine Stimme: »Binde ihn gut fest, wer weiß, auf was für Ideen der kommt, wenn der Stoff nachlässt und er während der Fahrt aufwacht.«

Dann ist da nur noch Kälte und tiefe Dunkelheit.

I

Mitch Berger sieht mit Sorge, dass er bereits das zweite Glas eines vorzüglichen, aber nicht ganz leichten Rioja geleert hat. Er steht auf seinem Balkon, es ist immer noch kalt, aber endlich scheint, nach langen nebligen Tagen im Dauergrau, die Sonne und lässt in der Ferne die Scheiben der Hochhäuser glitzern.

Mitch trägt Lederjacke und Schal, er genießt die wärmenden Sonnenstrahlen.

Anderthalb Jahre ist es jetzt her, seit er seine Festanstellung bei Star TV, einer großen Fernsehproduktionsfirma, verloren hat. Mitch hatte sich einen Kampf bis aufs Messer mit einem Chef des Bundesamtes für Verfassungsschutz geliefert, der einen Anschlag auf ein Flüchtlingsheim geplant hatte. Eine rechte Seilschaft in den Sicherheitsbehörden wollte die Flüchtlingspolitik der Kanzlerin stoppen. Mitch hatte den Anschlag verhindern können, war kurzfristig zu einem bekannten Mann geworden, allerdings zu einem ohne festen Job.

Er blinzelt in die Sonne, nimmt einen tiefen Schluck Wein und fährt sich mit der Hand über den kurz geschnittenen Kopf, zuckt dann höhnisch mit den Schultern:

»Super, drei Monate war ich der Held der Talkshows, gehörten mir die Schlagzeilen, jetzt ist der Hype vorbei und ich kämpfe mich von einem freien Job zum nächsten, muss die scheiß Hypothek weiter Monat für Monat abstottern.«

Er hat jetzt viel Zeit sich Sorgen zu machen.

An den geräumigen Balkon, von dem aus Mitch die Sonne hinter der Frankfurter Skyline bewundert, schließen sich vier recht große Zimmer und eine etwas altmodisch ausgestattete und vor allem selten genutzte Küche an. Mitchs Problem hat gut 130 Quadratmeter und gehört zu großen Teilen der Bank. Und die will Cash sehen, Monat für Monat, für einen freien Journalisten nicht ganz leicht. Wenn Mitch gelegentlich Kassensturz macht, ist das Ergebnis stets das Gleiche – er müsste die Ausgaben senken und die Einnahmen steigern.

Leichter gesagt als getan.

Die Wohnung hatte er seinerzeit gemeinsam mit Lilly, seiner großen Liebe, gekauft. Nur hat die längst den Koffer gepackt und sich auszahlen lassen. Immer häufiger denkt Mitch ans Verkaufen und schreckt doch jedes Mal davor zurück. Riecht zu sehr nach Niederlage.

Er bekommt im Moment wenig Jobangebote, gleichzeitig hasst er schlechten Wein, und seine Lieblingskneipen im Frankfurter Nordend sind leider auch nicht die billigsten.

Mitch betrachtet skeptisch das Glas in seiner Hand, geht dann schnell in die Küche und kippt den Rest des Weins in die Spüle.

»Mann, es ist zwanzig nach drei und dies ist schon das zweite Glas. Geht gar nicht.«

Er wirft die Kaffeemaschine an, macht sich einen Doppio Espresso Macchiato.

In ziemlich genau anderthalb Stunden hat Mitch einen Termin bei dem Frankfurter Bürochef eines bundesweiten Wochenmagazins.

Bis dahin muss er einen klaren Kopf haben, er braucht den Job, er braucht das Geld.

Neben der Kaffeemaschine liegt eine Zeitung mit einem fetten Bild des neuen amerikanischen Präsidenten »The Donald« Trump.

Mitch schüttelt sich, er findet den neuen Führer der freien Welt ekelhaft, er hasst dessen plumpe Körperlichkeit, hasst das vor Selbstbesoffenheit strotzende, stets rot angelaufene Gesicht. Das Schlimmste aber ist Trumps offizielles Familienbild. Da sitzt Donald inmitten der mit Gold und Kristall überladenen obersten Etage des Trump Towers, neben ihm steht seine Katalogschönheit Melania, rechts reitet der gemeinsame Sohn im dunklen Anzug todtraurig schauend auf einem riesigen Spielzeuglöwen. »Und so einer ist der Held der amerikanischen Arbeiterklasse, die Welt ist verrückt«, flucht Mitch vor sich hin.

Kriegt er später am Nachmittag den Job, dann wird sich Mitch intensiv mit Trump beschäftigen müssen. Der Mann mit den ultrareaktionären Ansichten ist nicht zuletzt durch eine ausgefeilte, äußerst clevere Social Media Kampagne an die Macht gekommen, und genau darum – so hat es eine Assistentin des Magazinchefs erzählt – soll es bei seinem Auftrag gehen.

Mitch macht sich frisch, betrachtet sich dabei wie immer kritisch im Badezimmerspiegel. Er sieht die müden Augen, sieht, dass er mal wieder ein paar Pfunde zu viel hat, bemerkt, dass seine Haare wieder etwas grauer geworden sind, stöhnt leise und schaufelt sich kaltes Wasser ins Gesicht. Er stürzt in die Küche, legt noch einen Espresso nach und startet dann Richtung Innenstadt, das Büro der Hamburger Blattmacher liegt in einem Hochhaus im Frankfurter Bankenviertel.

In der U-Bahn fällt ihm auf, dass die jungen Damen, denen er hinterherschaut, ihn überhaupt nicht bemerken. »Fuck, so ist das mit Ende vierzig und leichtem Übergewicht, mein Junge«, tröstet er sich. Er hat sich damit abgefunden, dass sein Privatleben in Trümmern liegt.

»Book it under experience«, murmelt Mitch, als er die U-Bahn verlässt und zum Eingang des gegenüberliegenden Hochhauses strebt.

Ein Expressaufzug schießt in den zwanzigsten Stock, an einer imponierenden Glastür prangt das Logo eines der bekanntesten Blätter der Republik.

Als Mitch sich gerade bei einer blasiert wirkenden Schönheit anmeldet, klingelt sein Handy.

»Scheiße, entweder passiert nichts, oder gleich drei Sachen gleichzeitig.«

Er starrt auf das Display, erkennt die Nummer seines alten Arbeitgebers, die Sekretärin des Star TV Chefs ruft an.

»Mein lieber Mitch, wie geht es dir?«, flötet die stets freundliche Stimme der Chefsekretärin.

Die Dame wartet nicht auf eine Antwort, spricht einfach weiter: »Mitch, ich habe Post für dich. Hier liegt ein interessant aussehender Brief, adressiert an Mitch Berger persönlich.«

»Wieso interessant aussehend? Sag mir lieber, von wem er ist?«

»Keine Ahnung, es gibt keinen Absender, aber …«

»Ach nein, nicht schon wieder«, stöhnt Mitch, sein letztes großes Abenteuer hatte mit einem anonymen Brief begonnen, in dem Mitch verdeckte Aufnahmen der NSU-Mörder zugespielt wurden.

»Nicht wieder ein anonymer Brief, bitte.«

»Mitch, hör zu, das ist was völlig anderes, der Brief ist von einer Dame, und die muss eine ziemlich heiße Nummer sein.«

»Wie kommst du darauf? Hast du den Brief etwa aufgemacht?«

»Nein, natürlich nicht, aber der Umschlag ist aus feinstem Büttenpapier, leicht rosa, und er riecht nach einem verdammt teuren Parfüm. Dazu eine zarte, aber energische Handschrift. Wer immer das ist, die Dame hat Stil. Und sie hat DRINGEND PERSÖNLICH auf den Umschlag geschrieben, in knallrot.«

Plötzlich beginnt die blasierte Schöne vor ihm aufgeregt mit den Armen zu fuchteln: »Herr Dr. Baumeister ist jetzt frei.«

Mitch murmelt einige hektische Abschiedsworte in sein Handy, verspricht, sich gleich um den Brief zu kümmern.

Er stellt das Handy auf lautlos und betritt das Büro des Magazinchefs. Schlagartig ist er froh, ein sauberes Hemd und ein recht neues Jackett aus seinem chaotischen Schrank gefischt zu haben. Der Frankfurter Büroleiter des Magazins hat hauptsächlich mit Leuten aus der Wirtschaft und den Banken zu tun, und genauso sieht er aus: Er trägt einen Dreiteiler aus feinster Mohairwolle statt investigativem Schlabberlook.

Der Nadelstreifenredakteur deutet auf die schwarze italienische Designercouch, bittet Mitch Platz zu nehmen, wobei er ihn kritisch taxiert.

»Herr Berger, schön, dass Sie es einrichten konnten.«

Mitch nickt und kommt sich in dem sehr gediegenen Büro ziemlich deplatziert vor.

»Ich will von Ihnen einen Artikel über Trump, aber keinen Besinnungsaufsatz, der allen Liberalen erzählt, was sie ohnehin schon wissen, nämlich dass der Präsident der Vereinigten Staaten ein Arschloch ist. Ich will einen Artikel, der erklärt, warum ein Mann mit politischen Positionen, die reaktionärer sind als die eines Neandertalers, es gleichzeitig geschafft hat, den modernsten und effektivsten Netzwahlkampf zu führen, den die Welt je gesehen hat. Sagt Ihnen der Name Oxford Labs etwas? Nein. Haben Sie schon mal etwas von Theodore J. Weys gehört?«

Wieder verneint Mitch und rechnet mit einem baldigen Ende des Gesprächs.

Sein Gegenüber grinst, zieht die makellos sitzende Krawatte noch etwas gerader: »Gut, genauso habe ich es mir gedacht. Sie haben keine Ahnung, Sie sehen nicht so aus, als wären Sie im Netz und mit Social Media groß geworden. Und genau deswegen sind Sie der richtige Mann.«

Er knallt einen Stapel Papiere auf den Tisch. Oben drauf eine Hochglanzbroschüre der Firma Oxford Labs.

Knallige Schlagzeile: The Making of Donald Trump!

Darunter drei etwas dezentere Unterzeilen:

Wir besitzen Informationen über Vorlieben, Ängste und Wünsche von über 220 Millionen amerikanischen Bürgern.

Wir zeigen Ihnen, wie Sie jede gewünschte Zielgruppe identifizieren und ansprechen.

Wir sagen punktgenau das Verhalten bestimmter Wählergruppen voraus.

Darunter ein strahlendes Portrait von Mr. Theodore J. Weys, dem CEO der Firma.

Der Magazinchef sieht Mitchs ungläubiges Lächeln und macht eine abwehrende Handbewegung: »Nein, Herr Berger, langsam, das sind keine aufgeblasenen Werbefuzzis, diese Firma hat Trump wirklich zum Wahlsieg verholfen. Die Firma basiert auf der Forschungsarbeit eines psychologischen Instituts in Oxford. Die Wissenschaftler hatten damals via Facebook allen Usern einen kostenlosen umfangreichen Persönlichkeitstest angeboten, wenn dafür im Gegenzug die Nutzer alle Likes und Dislikes mit dem Institut teilen würden. Hunderttausende waren bereit mitzumachen. Wenn ich aber weiß, was jemand auf Facebook gefällt, dann kenne ich die Person verdammt gut. Mit 100 deiner Likes weiß ich mehr über dich als dein bester Freund, mit 200 mehr als deine dich liebende Lady. So entstand die größte Psychodatenbank der Welt. Machen wir es kurz – ich will Folgendes von Ihnen: Wir haben einen Insider aus der Firma an der Hand, einen Mann, der eine Menge weiß und der auspacken will. Es geht nicht nur darum, die hochgestreckten Facebook-Däumchen zu zählen, sondern auch um ganz andere Sachen. Sie fliegen nach London, treffen ihn, haben bis dahin alles gelesen, was es über Oxford Labs zu lesen gibt, und dann schreiben Sie vier bis fünf Seiten, spannend, enthüllend, aufwühlend. Ich will einen Text für ein breites Publikum. Ich will Polit–Feuilleton, gemischt mit einem guten Schuss echter Enthüllung.«

Der Magazinchef holt Luft und taxiert Mitch aufmerksam. »Glauben Sie bloß nicht, dass das eine leichte Geschichte ist. Ich will Sie auch verpflichten, weil Sie Erfahrung mit Geheimdiensten haben, weil Sie wissen, wie die Schlapphüte ticken. Unser Informant hat ein paar üble Andeutungen gemacht, da scheinen diverse Dienste mit im Boot zu sein, da werden sehr sensible und sehr private Daten meistbietend vertickt. Sozusagen als Nebenprofit. Das Hauptgeschäft ist natürlich Wählerbeeinflussung für große Wahlen.«

Leicht atemlos nimmt der Chef einen großen Schluck Wasser und setzt dann zum Schlussspurt an.

»Ihr Text muss den Leuten Angst vor dem großen Datenklau, vor dem gläsernen Menschen machen. Wenn Sie wollen, können Sie das gerne noch mit ein bisschen Sex aufpeppen, zum Beispiel: Wie entwickelt sich die Pornoindustrie im Zeitalter der virtuellen Realität? Aber das nur am Rande. War nett, Sie kennengelernt zu haben. Susan draußen hat ein Dossier mit allen Infos und den nötigen Kontaktdaten. An die Arbeit, Herr Berger.«

Der Nadelstreifenanzug steht jetzt vor Mitch, der rechte Arm schnellt nach vorne.

»Sollten Sie Rückfragen haben, rufen Sie morgen gegen Abend an, danach muss ich für eine Woche nach Hamburg und dann nach Rom.«

Kaum ist hinter ihm die schwere Bürotür ins Schloss gefallen, sieht Mitch auch schon Susan auf ihn zukommen, jetzt wirkt ihr Gesichtsausdruck weniger blasiert, eher dienstleistungsorientiert.

Susan drückt Mitch einen dick gefüllten Aktenordner in die Hand sowie einen verschlossenen Umschlag. »Darin«, Susans perfekt gepflegter Finger mit knallrotem Nagel deutet auf den Umschlag, »finden Sie den Namen und die Kontaktdaten des Informanten.«

Mitch strahlt sie an: »Danke Susan und ein wirklich sensationeller Nagellack. Man sieht sich.«

Als sich die Aufzugtür hinter ihm schließt, schaut Mitch etwas ratlos auf den prall gefüllten Ordner. »Immerhin ein Job, und – sollte der Insider echt heiße Infos haben – vielleicht sogar ein ganz spannender. Wird nur mühsam werden, sich die ganzen Fakten drauf zu schaffen. Mist, dass ich mich nie für Big Data und das ganze Zeug interessiert habe. Nun gut, jetzt ist ein Crash Kurs angesagt.«

Mitch läuft die kurze Strecke zur Redaktion von Star TV. Es ist laut hier unten und hektisch. Im Bankenviertel wird ständig gebaut, schwere Kräne verstopfen die ohnehin vollen Straßen. Mitch quetscht sich zwischen zwei Betonlastern durch, die ihre Ladung in die Baugrube eines neuen Wohnturms pumpen. Hier entstehen Luxuswohnungen für die Brexitflüchtlinge aus London, die Frankfurt einen neuen Immobilienboom bescheren sollen.

»Packt die Banker ruhig in ihre verdammten goldenen Legebatterien, dann verderben sie wenigstens nicht die Preise in meinem Viertel«, knurrt Mitch und steht dann mit gemischten Gefühlen in einer ihm nur zu gut bekannten Hochhauslobby. Jahrelang ist er hier morgens verkatert rein gestürmt, abends meistens schon mit einer Flasche Weißwein intus wieder raus. Hatte gut verdient in der Zeit, war aber alles Schmerzensgeld.

Wieder ein Aufzug, dann steht Mitch vor dem Frankfurter Büro von Star TV, seinem letzten Arbeitgeber. Vor anderthalb Jahren ist er hier rausgeflogen, auf dem Höhepunkt seines Duells mit einem rechtsradikalen Verfassungsschutzchef.

Er betritt den immer noch vertraut aussehenden Flur, folgt dem Schild »Chefredaktion« und steht vor der nächsten dienstleistungsorientierten Schönheit. Sie bewacht und versorgt Norbert Ahlers, den Chef von Star TV Frankfurt, den Mann, der Mitch gefeuert hat.

»Hallo Mitch, wie toll dich wiederzusehen, du kommst ja nie vorbei, eine Weile sah man dich ja wenigstens im Fernsehen, aber jetzt nie mehr. Gut schaust du aus, das freie Leben scheint dir zu bekommen.«

Küsschen rechts, Küsschen links, dann greift sie mit verschwörerischem Blick in eine der zahlreichen Ablagekörbe auf ihrem gläsernen Schreibtisch.

Mitch schaut auf die Tür zu seiner Rechten, Chantal schüttelt den Kopf. »Der Chef ist nicht da, keine Sorge, der hat die ganze Woche Termine in Berlin.«

Jetzt ist sie in dem Korb fündig geworden, hält Mitch einen tatsächlich leicht rosa Briefumschlag entgegen, wedelt ihn hin und her und schnuppert dann demonstrativ an ihm.

»Riecht irgendwie kostbar und selten. Wenn du die Dame treffen solltest, frag sie bitte was für ein Parfüm das ist, irgendwas zwischen Chanel und Jo Malone, toll.«

Mitch starrt auf den Umschlag – sein Name, darunter: DRINGEND PERSÖNLICH.

Er stöhnt, genauso hatte es das letzte Mal auch angefangen.

Chantal schaut ihn fragend an: »Willst du den Brief nicht aufmachen?«

»Sorry, nein. Briefe, die nach Parfüm riechen, öffne ich prinzipiell nur zu Hause bei Kerzenschein und einer guten Flasche Rotwein.«

Chantal spitzt die Lippen: »Ach komm, das ist gemein.«

Mitch winkt ihr zu, verspricht sich zu melden und verlässt das Büro, froh, keinen seiner früheren Kollegen getroffen zu haben.

Er ist jetzt zu Hause, knallt erst das Dossier Oxford Lab auf den Küchentisch, öffnet dann zur Feier des Tages eine gute Flasche Rotwein, und reißt dann den Umschlag auf.

Staunend liest er oben rechts in schöner schwungvoller Handschrift den Namen Vera Ferrata, eine der bekanntesten Schau spielerinnen des Landes. Gutaussehend, nicht mehr die Jüngste, immer wieder wegen ihrer Schönheitsoperationen und ihrer Affären in den Schlagzeilen der Klatschpresse. Mitch erinnert sich vage, sie einmal auf einem Ball in Berlin kennengelernt zu haben. Er nimmt einen tiefen Schluck und liest halblaut:

»Lieber Herr Berger, ich bewundere Sie seit Ihrem tapferen Auftritt in dieser Talkshow, als Sie diesen Verfassungsschutzboss angegriffen haben. Sie sind ein mutiger Mann. Letztes Jahr haben wir uns dann ja kurz auf dem Bundespresseball im Adlon kennengelernt. Ich brauche Ihre Hilfe, dringend. Bitte lesen Sie diesen Brief sorgfältig, bitte glauben Sie nicht, ich sei hysterisch oder betrunken.«

Mitch nimmt einen tiefen Schluck.

Dann liest er weiter. Madame Ferrata schreibt aus einem scheinbar richtig teuren Psychoresort in den Südtiroler Alpen. Paradise Mountain Resort heißt der Laden.

Mitch legt den Brief zur Seite, googelt den Schuppen.

Er sieht tolle Fotos von einem eleganten Haus, das in einem abgelegenen Seitental des Südtiroler Vinschgaus inmitten eines atemberaubenden Alpenpanoramas liegt. Er liest, wie aus dem gefeierten Gebäude eines italienischen Stararchitekten zunächst ein mondänes Sporthotel wurde, getauft auf den schönen Namen Paradies. Im Zweiten Weltkrieg verwandelte es sich in ein leicht verruchtes Erholungsheim für deutsche Wehrmachts- und SS-Offiziere. Nach dem Krieg stand das Haus lange leer und begann zu verfallen. Vor vier Jahren dann der Verkauf an einen Fonds, der daraus ein Refugium für Reiche und Schöne machte, die an Alkoholabhängigkeit, Drogensucht oder Psychodefekten aller Art leiden. Das Paradise Mountain Resort, kurz PMR genannt, war geboren.

»Gut ausgesuchte Zielgruppe«, murmelt Mitch.

Die Kundschaft ist illuster, Promis aus dem Show Business, Wirtschaftsbosse, Sportler, Politiker und nicht zuletzt Schauspieler wie Madame Ferrata. Ein Artikel nennt das PMR einen goldenen Käfig, einen Luxusknast für angeschlagene Seelen. Der Verfasser erregt sich über das strikte Internet-Verbot des Resorts: Handys, Tabletts, PCs, alle die gewohnten Begleiter des modernen Lebens müssen an der Rezeption abgegeben werden.

Lokale Zeitungen berichten von Südtiroler Bürgern, die gegen die Schließungen einiger Wanderwege protestierten, erfolglos – die Sicherheitsbedürfnisse der prominenten Patienten gingen stets vor.

Aus den Zeilen der Madame Ferrata spricht Verzweiflung, sie schreibt, sie werde manipuliert, unter Drogen gesetzt. Man versuche ihr Schuldgefühle einzupflanzen, sie fühle sich gefangen, bedroht und einer Gehirnwäsche ausgesetzt. Sie werde an der Abreise gehindert.

Mitch ist einerseits geschmeichelt, dass eine so prominente Society Lady sich an ihn erinnert, andererseits hat er wenig Lust, sich von einer überdrehten Promidame einspannen zu lassen. »Wahrscheinlich absolviert die gerade auf ärztlichen Rat ihre fünfte Entziehungskur«, knurrt Mitch, stöhnt unschlüssig und greift dann doch noch mal in die Tasten. Er gibt Vera Ferrata ein. Ziemlich schnell stößt er auf Artikel, in denen von einem rätselhaften Autounfall berichtet wird, bei dem der Mann der Schauspielerin ums Leben kam.

Von einer schweren Nervenkrise von Vera Ferrata ist die Rede, aber mit keinem Wort werden Alkoholprobleme erwähnt.

Mitch ist unschlüssig, soll er sich da reinhängen und wenn wie?

»Ich bin kein verdammter Privatdetektiv und schon gar nicht für eine aufgekratzte Schauspielerin.«

Aber dann hat er keine Lust mehr zu grübeln, Mitch prostet sich zu: »Super, heute Morgen habe ich mich noch gelangweilt, jetzt habe ich einen amerikanischen Präsidenten und einen Filmstar an der Angel. Geht doch, letztes Mal waren es Nazis und Schlapphüte, jetzt die High Society. Es geht aufwärts. Cheers.«

2

Die Luft ist klar und frisch, immer noch ein wenig kühl, am tiefblauen Himmel leuchtet die herrlich wärmende Sonne. Das Licht verleiht dem Grün der Bäume einen silbrigen Hauch. In der Ferne und doch zum Greifen nah reflektieren schneebedeckte Gipfel das grelle Licht der Sonne.

Eine schmale Straße schlängelt sich atemberaubend steil nach oben, Haarnadelkurve reiht sich an Haarnadelkurve.

Das perfekte Alpenidyll.

Plötzlich Motorenlärm, das heisere Röhren hochgezüchteter Sechszylinder zerreißt die Ruhe. Wie im Formationsflug donnern zwei schwere Maserati Levante-SUVs in einem Abstand von maximal sechs Metern die Landstraße hoch. Gekonnt beschleunigen die Fahrer ihre 430 PS starken Wagen auf den kurzen Geraden, bremsen an den engen Kurven erst im allerletzten Moment. Beide Autos sind schwarz-metallic lackiert, auf den Türen ein schmaler Schriftzug in Gold – Paradise Mountain Resort.

Die hinteren Heckscheiben sind abgedunkelt, die jungen Männer am Steuer wissen nicht, wen sie diesmal in Meran abgeholt haben. Sie sind zu äußerster Höflichkeit und, noch wichtiger, zu hundertprozentiger Diskretion verpflichtet.

Straßenschilder fliegen vorbei – Attenzione: 10 tornanti, Achtung: 10 Spitzkehren – in Südtirol muss alles zweisprachig beschildert sein.

Die jungen Fahrer kennen die Strecke im Schlaf, mehrmals in der Woche holen sie Gäste in Meran, Bozen oder Innsbruck ab und bringen sie hierher ins obere Martelltal.

Die schweren Wagen fahren genau in der Mitte der Straße, sind aber jederzeit bereit, einem Wagen Platz zu machen, der talabwärts fährt.

Jetzt rasen die Maseratis durch einen kleinen Tunnel, dann öffnet sich zur Linken ein phantastischer Blick auf einen Stausee und die Berge mit ihren weiß leuchtenden Gletschern.

Es geht an einem halbgefüllten Parkplatz vorbei, hier endet für Touristen die Straße. Die beiden Autos fahren jetzt langsamer, überqueren den Parkplatz, nach etwa 100 Metern biegen sie links auf eine Holzbrücke ab. Die Brücke quert einen kleinen Fluss, an dessen Ufer ein etwa zwei Meter hoher Stahlzaun den Blick auf das dahinter liegende Grundstück unmöglich macht. Der Fahrer des vorderen Wagens tippt eine sechsstellige Nummer in ein metallisch glänzendes Display und ein schweres Tor schwingt geräuschlos auf.

Langsam rollen die Wagen auf einen gepflasterten Weg, und nach einer sanften Rechtskurve können jetzt die Gäste im Auto erstmals einen Blick auf das Haupthaus erhaschen, ein fünfstöckiges, halbrund gebautes gut 100 Meter langes Haus, extravagant karminrot gestrichen.

Die Fahrer achten darauf, die Passagiere zunächst auf der vom Hotel abgewandten Seite aussteigen zu lassen, denn hier öffnet sich ein sagenhafter Blick auf das Bergpanorama. Die Gipfel liegen in einem Halbkreis, einem monumentalen Amphitheater gleich.

Wunderbar klare Luft, unterlegt mit leichtem Kiefergeruch.

Die Gäste haben einen Moment Zeit zum Genießen, dann führen elegant uniformierte Pagen sie zum Empfang.

»Haben Sie noch einen Wunsch, Signora Ferrata?« Ein gutaussehender Kellner, Ende zwanzig mit dichtem dunklem Haar, beugt sich zu der blonden, tief gebräunten Dame, die an einem Ecktisch auf der großen Terrasse im dritten Stock des roten Hauptgebäudes Platz genommen hat. Nervös schaut sie auf. »Da ich ja keinen Champagner bekomme, bitte ein San Pellegrino mit Limone.«

Der Kellner zieht sich untertänig nickend zurück. »Kommt sofort, Signora.«

Vera Ferrata stöhnt leise auf und starrt auf ihre sündhaft teure Uhr.

Sie beobachtet ohne großes Interesse das Pärchen, das gerade aus dem ersten der beiden Maseratis aussteigt. »Sieht man selten«, murmelt sie leise vor sich hin, »ein Pärchen habe ich hier noch nie gesehen. Paartherapie auf knapp 2000 Meter, vielleicht hilft es ja.«

Aus dem zweiten Wagen quält sich ein übergewichtiger Endsechziger, der so aussieht, als bräuchte er ein paar Bergtouren dringender als psychologische Betreuung.

Dann sieht sie, dass das Eingangstor wieder aufschwingt, diesmal rollt ein hellgrauer Bentley Continental mit Schweizer Nummernschild auf das Gelände.

Der Wagen steuert nicht zum Haupthaus, er biegt links ab, vorbei an den modernistisch wirkenden Anbauten aus Holz, Stahl und Glas, die sich bestens in die Landschaft einpassen. Der Bentley dreht jetzt am Pool vorbei Richtung Hubschrauberlandeplatz. Dort befinden sich Parkplätze für das Personal, hauptsächlich für die Ärzte. Der Wagen hält auf dem für den Chefarzt reservierten Parkplatz.

Die Fahrertür öffnet sich und ein mittelgroßer Mann, Anfang 50, gut trainiert, verlässt den Bentley. Der Mann hat dunkle Haare mit leichten grauen Strähnen, trägt Sonnenbrille und einen dunklen Anzug.

Vera Ferrata reagiert sofort auf sein Erscheinen, sie nestelt eine Zigarette aus einer derangiert aussehenden Packung Gauloises Filter. Plötzlich wirkt sie gar nicht mehr damenhaft, sondern angestrengt und angeschlagen.

Als sie sieht, dass der Mann Richtung Haupthaus geht, erhebt sie sich von ihrem Tisch, winkt und ruft: »Auf ein Wort, Professor Mentoff, bitte.«

Der dunkelgekleidete Herr mit Sonnenbrille schaut auf, winkt erst unwirsch ab, signalisiert dann aber, dass er vorbeischauen wird.

Im Foyer wird er an der Rezeption begrüßt: »Morgen Chef, Signora Ferrata hat oben auf der Terrasse zweimal Champagner bestellt. Sie war wütend, als die Bestellung verweigert wurde.«

»Danke, ich kümmere mich drum.«

Die Eingangshalle ist gut acht Meter hoch, man hat bei der Modernisierung des Haupthauses auf einige Zimmer im ersten und zweiten Stock verzichtet, um so der Lobby zu Höhe und luftiger Eleganz zu verhelfen. Die Eingangshalle samt Rezeption und Lounge erinnert mehr an ein Fünf-Sterne-Hotel als an ein Sanatorium oder an eine Klinik. Dies entspricht der Philosophie des Paradise Mountain Resorts und den Plänen ihres Chefs, des deutsch-brasilianischen Arztes Professor Mentoff. Er will sein Haus in der Öffentlichkeit auf gar keinen Fall als Krankenhaus oder Entziehungsklinik beschrieben sehen.

In allen Broschüren und Werbeauftritten bleibt bewusst eine gewisse Unschärfe. Klar ist nur die Botschaft – reiche und einflussreiche Menschen finden hier eine Antwort auf psychische Probleme aller Art. Depressionen, Burn-out, Suchtproblematiken oder sexuelle Schwierigkeiten werden hier in luxuriöser Umgebung angegangen. Das Paradise Mountain Resort wirbt mit modernsten Behandlungsmethoden, bietet auf knapp zweitausend Metern eine grandiose Umgebung, Ruhe und Abgeschiedenheit.

Und verlangt dafür richtig viel Geld.

Hier wird nicht jeder genommen, schon mancher schwerreiche Unternehmer aus Deutschland oder Österreich hat sich über eine Absage gewundert.

Professor Mentoff spricht leise in sein Handy, blickt dabei hinüber zu Vera Ferrata.

Jetzt nähert er sich dem Tisch, setzt die Sonnenbrille ab und funkelt die Schauspielerin aus dunklen Augen an. »Madame, ich dachte, wir seien uns einig, keine Diskussionen mehr in der Öffentlichkeit. Wir waren uns weiterhin einig, dass Alkohol in den nächsten zwei Wochen tabu ist, warum dann diese Peinlichkeit, hier Champagner zu bestellen, wo Sie doch genau wissen, dass dieser Wunsch nicht erfüllt werden wird.«

Frau Ferrata, die nicht gesehen hat, wie er gekommen ist, fährt erschreckt hoch, ihr Gesicht verzerrt sich, sie ballt ihre Hände zu Fäusten, faucht dann den Chefarzt an: »Ich traue Ihnen nicht mehr, warum glaubt mir keiner, dass ich mit dem Unfall nichts zu tun hatte? Ich habe ihn geliebt, habe nie den scheiß Sportwagen gefahren, warum zeigt mir Dr. Tanner immer wieder Bilder, die es gar nicht geben kann. Ich will hier weg, lassen Sie mich endlich raus.«

Mentoff packt sie hart am Handgelenk, zieht sie grob hoch und zischt dabei: »Ruhe jetzt. Nicht hier. Ich bringe Sie in Ihr Zimmer, dort können wir reden. Nicht hier.«

Entschuldigend blickt er zum Nachbartisch, an dem zwei italienische Herren interessiert die Szene beobachten.

Leicht schwankend erhebt sich die Diva, die jetzt den Tränen nahe zu sein scheint.

Mentoff legt seinen Arm um ihre Schulter, schiebt sie aus dem Terrassenbereich in den Flur.

»Los jetzt«, schimpft er, »ich habe langsam genug von Ihren Zicken.«

Im Frankfurter Nordend sitzt Mitch grübelnd in seinem Arbeitszimmer. Er hat den Ordner Oxford Labs in einen Sessel geworfen und liest alles über Paradise Mountain Resort, was das Netz so hergibt. Und das ist nicht wenig.

Es gibt keine Preislisten des Resorts, folgt man aber den Artikeln der Klatschpresse, dann werden hier Wochenpreise von bis zu 20000 Euro aufgerufen und bezahlt.

Mitch schüttelt den Kopf: »Ist doch abartig, ein durchschnittlicher deutscher Arbeitnehmer könnte sich mit seinem Jahresgehalt gerade mal zwei oder drei Wochen in dem Schuppen leisten. Was zum Teufel bieten die da an, Champagnerbäder oder ein Doppelbett mit Ärztin auf dem Gletscher? Dekadenter Schwachsinn.«

Jetzt klickt er auf ein schmeichelhaftes Foto von Prof. Dr. Carlos Mentoff. Sein Vater war deutscher Auswanderer, die Mutter Brasilianerin. Carlos wurde in Belo Horizonte geboren, studierte Medizin, arbeitete zunächst als Psychiater, beteiligte sich dann an einer Klinik für kosmetische Chirurgie in Rio de Janeiro.

Die Klinik entwickelte sich zu einer Goldgrube, schon bald zog sich Mentoff aus dem operativen Geschäft zurück und begann sich wieder mit seinem alten Fach, der Psychiatrie, zu beschäftigen. Er veröffentlichte einige Artikel über neue Ansätze in der Konfrontationstherapie, die dafür warben, bei Phobien verstärkt die Möglichkeiten moderner digitaler Bildbearbeitung zu nutzen.

Mitch findet zwei Fotos von Mentoff, die im Paradise Mountain Resort aufgenommen worden waren. Das erste Bild zeigt Mentoff mit einer brünetten Schönheit, die Bildunterschrift spricht von Claire Bergmann, seiner persönlichen Assistentin.

Das zweite Bild wurde für eine amerikanische Fachzeitschrift aufgenommen, es zeigt den Professor hinter einem großen Glasschreibtisch, der in einem minimalistisch eingerichteten Büro steht. Hinter dem Professor hängt an der Wand eine aufwendig gerahmte Schwarz-Weiß-Fotografie mit Widmung.

Die Bildunterschrift verrät, dass es sich bei dem Herrn auf dem Foto um den japanischen Nobelpreisträger Susumu Tonegawa handelt.

Wieder bemüht Mitch das Netz. Der Japaner wird als medizinisches Genie gefeiert, der schon mit Ende vierzig den Nobelpreis erhielt, damals für seine Arbeiten als Immunologe. Dann wechselt er die Fachrichtung, wendet sich der Hirnforschung und den Neurowissenschaften zu. Auf der Suche nach Möglichkeiten, Depressionen, Autismus und Alzheimer zu heilen, hat er begonnen, die Hirnfunktionen von Mäusen mit Hilfe von Glasfaserkabeln, die in das Gehirn der Tiere implantiert wurden, zu manipulieren. Ihm und seinem Team gelang es, durch Lichtimpulse ins Gehirn der Nager falsche Erinnerungen zu wecken, ein Blitz zuckt und die kleinen Kerle erinnern sich an einen Weg zum Fressnapf, den sie tatsächlich nie gegangen sich. »Bei den Mäusen geht es dabei immer nur ums Bumsen und ums Fressen«, denkt Mitch, »kommt mir irgendwie bekannt vor.«

Der klug und gütig aussehende Japaner betont die Chancen, die in seiner Arbeit liegen, warnt aber vehement vor Missbrauchsmöglichkeiten, sollten solche Experimente an Menschen gemacht werden.

Mitch schüttelt sich: »Scheiße, Laserblitze im Kopf von Mäusen. Warum macht der das? Bevor der erste Alzheimerpatient so geheilt wird, schicken die NSA und die Russen bereits die ersten Zombiearmeen mit Laserkabeln im Hirn gegeneinander in den Krieg. Mann, ich weiß nicht, ob es mir gefallen würde, wenn mein Arzt einen Hirnforscher hinter seinem Schreibtisch hängen hätte.«

Dann fällt ihm ein, dass Vera Ferrata von Manipulationsversuchen geschrieben hat.

Mitch schüttelt den Kopf, der Weg von Mäusen zu einer Filmdiva ist dann doch sehr weit.

Mentoff hat die Ferrata unsanft in einen Designersessel in ihrer Suite gedrückt.

Er spricht hektisch in sein Handy, dann wendet er sich an die immer noch erregte Patientin.

»Sie wissen, dass Sie ein massives Alkoholproblem haben. Sie sind auf starke Medikamente eingestellt. Erst wenn wir die reduziert haben, kann ich Sie gehen lassen. Ich muss Sie bitten, sich noch zwei bis drei Tage zu gedulden. Wenn Sie Dr. Tanner nicht mehr vertrauen, können wir jederzeit den Arzt wechseln. Wäre Ihnen eine Kollegin lieber? Es ist schade, weil Tanner meint, Sie hätten echte Fortschritte gemacht, würden sich aber immer noch massiv gegen diese Fortschritte wehren.«

Ruckartig wird die Tür zur Suite geöffnet. Ein Arzt im weißen Kittel, begleitet von einem kräftigen jungen Mann in Jeans und Pullover, stürmt in das Zimmer.

Die Ferrata blickt mit aufgerissenen Augen den etwa vierzigjährigen, stark übergewichtigen Arzt an, auf dessen geröteter Stirn Schweißperlen stehen. Abrupt wendet sie sich wieder dem Professor zu: »Verdammt, Sie verarschen mich! Gerade versprechen Sie Tanner abzuziehen, und eine Minute später stürmt er in mein Zimmer. Tanner lügt, ich habe nie das Auto gefahren, ich habe nie in diesem verdammten Sportwagen hinter dem Steuer gesessen. Ihr lügt alle! Ich will hier weg, und zwar jetzt! Lassen sie mich telefonieren, ich will sofort ein Taxi. Ich bleibe keine Sekunde länger in dieser Irrenanstalt!«

Weinend springt sie auf, will zur Tür stürmen, wird dabei von dem jungen Mann festgehalten.

Tanner blickt zu Mentoff, der nickt.

Jetzt hat Tanner eine Spritze in der Hand, der junge Mann umklammert die Ferrata, eine Hand bedeckt ihren Mund. Sie stöhnt, als Dr. Tanner ihr den rechten Ärmel hochschiebt und die dünne Injektionsnadel in ihrem Arm versenkt.

Sie kämpft gegen den starken Griff des jungen Mannes, dann beginnt sie zu zucken, ihre Glieder erschlaffen. Tanner und der junge Helfer tragen sie Richtung Bett, legen sie in Seitenlage, ein Kissen unter dem Kopf.

Mentoff schnauzt Tanner an: »Das ist keine gute Patientenführung, was Sie da abgeliefert haben, Tanner, sowas können wir uns nicht leisten. Sie sollen sie nicht mit dem Holzhammer behandeln, Sie sollen sie führen. Behutsam, sie mitnehmen. Bitte informieren Sie die Pflegerinnen, hier wird ab jetzt ständig jemand aufpassen. Ich erwarte Sie in einer Stunde in meinem Büro.«

Mentoff stürmt aus der Suite, Tanner dreht sich zu der betäubten Schauspielerin und wählt dann die Nummer der Pflegezentrale.

»Bitte einmal Rund-um-die-Uhr-Service in der Ferrata-Suite.«

In Frankfurt erhebt sich Mitch von seinem Schreibtisch. Er hat einige Stunden Akten gefressen, weiß jetzt viel über Oxford Labs, noch mehr über Social Media.

Mitch reckt sich, reibt die müden Augen, er verliert sich gerne vor dem Computer, erreicht bei der Arbeit manchmal eine sehr spezielle Art von Konzentration, die etwas Euphorisierendes hat.

Er starrt in den Spiegel.

»Siehst scheiße aus Junge, zu blass, zu müde, wieder ein paar Kilos zu viel. Mehr Sport wäre gut, aber mein Lieber, wem erzähle ich das.« Mitch zieht eine Grimasse vor dem Spiegel, zuckt resignativ mit den Schultern. Er fühlt sich merkwürdig traurig. Die Kämpfe um die freien Jobs sind hart – und hinter ihm lauern Konkurrenten, die deutlich jünger sind als er.

Doch dann grinst er: »Sei glücklich, Idiot, immerhin schreibt dir eine echte Diva. Wirst bald mal wieder Glück haben, auch im Privatleben, bist langsam dran.«

Er macht sich frisch, will nochmal raus. Er geht die paar Schritte zu seinem Lieblingsspanier, findet im Casa Pintor einen Platz am Tresen, hat sofort einen Rioja vor sich stehen und ganz nette Nachbarn. Trotzdem, seine Traurigkeit hat er mitgenommen.

Mitch muss an Amir denken, den kleinen achtjährigen Flüchtlingsjungen, der in seinem letzten Abenteuer eine große Rolle gespielt und den Mitch in den Monaten danach immer wieder getroffen hat. Leider ist Amir vor einiger Zeit mit seinen Eltern nach Dortmund gezogen. Mitch will es sich nicht eingestehen, aber der Kleine fehlt ihm. »Wahrscheinlich sehne ich mich ganz einfach nach einer spießigen Familie mit Mama, Papa und zwei Kindern. Bad luck, mein Freund, dafür ist es zu spät. Dafür bin ich immer an den entscheidenden Weggabelungen falsch abgebogen. Aber woher soll man vorher auch schon wissen, welche verdammte Kreuzung wichtig ist?«

Er hatte sich immer für den Weg entschieden, der kurzfristig der spannendere war. Immer hatten heiße Storys Vorrang gehabt vor gelebten Beziehungen. Neue Länder, neue Jobs, es ging immer um die Aufregung des Moments. Sein Leben war, eine Story im letzten Moment fertig zu kriegen, dabei zu sein, wenn irgendwo ein kleines Stück Geschichte gemacht wird. Doch langsam und unmerklich wurden diese Kicks abgeschmackter, die Leere fühlbarer.

Mitch bestellt gegen den Trübsinn noch einen Carlos Primeiro als Absacker, und spürt wieder einmal, dass der letzte Drink immer schon den schalen Geschmack des nächsten Morgens hat.

Im Zimmer des wachhabenden Arztes im Paradise Mountain Resort leuchte der rote Alarmknopf unter der Zimmernummer 508. »Oh nein, nicht schon wieder die verdammte Filmzicke«, stöhnt Dr. Tanner und wuchtet seinen schweren Körper von der Liege hoch, auf der er etwas geschlafen hat. Rot bedeutet, dass eine Pflegekraft Probleme in der Suite hat und die Hilfe des Arztes braucht. Das Haus ist zurzeit gut belegt, etwa 80 Gäste werden betreut. Man sagt Gäste im Paradise Mountain Resort, nicht Patienten. Etwa fünf von ihnen sind im sogenannten VIP-Programm, wie Mentoff seine Intensivbetreuung gerne nennt. Die Ferrata gehört dazu.

Tanner ist sauer, er bereitet eine Spritze mit Beruhigungsmittel vor, dosiert recht großzügig, er hat die Faxen dicke.

Als er die Tür zur Suite 508 öffnet, sieht er eine aufgelöste Pflegerin, die von der Ferrata übel beschimpft wird. Als die Diva

Tanner sieht, lässt sie sofort von der Pflegerin ab und beginnt ihren eigentlichen Feind zu beschimpfen.

Wieder geht es um den Unfall, wieder geht es um einen Ferrari, in dem sie nie am Steuer gesessen habe. Tanner lässt sich auf nichts ein, knurrt böse: »Halten Sie das Maul«, und schnappt dann ziemlich grob den Arm und die Schulter der Schauspielerin.

»Halten Sie sie fest«, befiehlt er der Pflegerin.

Tanner rammt ihr die Nadel in den Arm, ihm ist jetzt völlig egal, ob er der Dame weh tut oder nicht.

Die Ferrata wankt, ihr Widerstand ist gebrochen.

Tanner und die Pflegerin legen sie auf ihr Bett, bringen sie in Seitenlage, mit einem Kissen unter dem Kopf.

Es ist 0:30 Uhr, als Tanner und die Pflegerin die Suite 508 verlassen.

3

Gegen 5 Uhr am frühen Morgen patrouillieren zwei Security-Männer mit einem Schäferhund über das Gelände. Vor dem Haupthaus wird der Hund unruhig, sträubt die Haare, knurrt.

Die Wachmänner umrunden ein perfekt geschnittenes Gebüsch und begreifen sofort, dass ihre ruhige Nachtschicht vorbei ist. Im Licht ihrer Taschenlampen sehen sie eine regungslose Frau, das blonde Haar ist blutverschmiert, der Kopf unnatürlich zur Seite geknickt.

»Scheiße Mann, die ist tot, die ist wohl aus dem verdammten Fenster gesprungen.« Der Lichtkegel der Taschenlampen richtet sich nach oben, im fünften Stock scheint tatsächlich ein Fenster weit geöffnet zu sein.

»Ich ruf den Tanner an.«

Sein Kollege schüttelt den Kopf. »Lass das, wir brauchen keinen Arzt, ich wecke den Chef.« Der Wachmann hat wie alle Security-Männer die Nummer von Vernon Graves gespeichert, dem amerikanischen Sicherheitschef der Klinik, dem engsten Vertrauten von Professor Mentoff.

»Chef, es gibt Ärger, wir haben eine Tote vor dem Haupthaus, ich glaube, es ist die blonde Deutsche, der Filmstar aus der Suite im fünften. Okay, wir warten.«

Nur wenige Minuten nach dem Telefonat erscheint ein schwarz gekleideter, durchtrainierter Enddreißiger am Fundort der Leiche.

Graves berührt mit zwei Fingern den Hals der Ferrata, versucht einen Puls zu finden. Er schüttelt den Kopf. »Habt ihr außer mir noch jemanden alarmiert? Nein, gut. Ihr beide geht nach oben, sichert Suite 508. Von außen. Ihr werdet das Zimmer nicht betreten. Ihr werdet niemanden rein lassen, ist das klar? Und bringt erst den Hund weg, ein Mann reicht da oben. Habt ihr richtig gemacht, mich zu alarmieren und keinen Arzt. Verdammte Sauerei.«

Graves steckt sich eine Zigarette ins Gesicht, inhaliert tief.

Dann schaut er sich um, ob jemand in der Nähe ist. Er hat sein Handy in der Hand, wählt eine gespeicherte Nummer.

Es dauert lang, bis er die verschlafene Stimme von Professor Mentoff hört.

»Vernon, was gibt es zum Teufel, es ist kurz nach fünf.«

»Carlos, wir haben ein Problem. Die Ferrata liegt mit gebrochenem Genick vor dem Haupthaus. Entweder ist sie aus dem Fenster gesprungen, oder jemand hat sie rausgeworfen, könnte man ja auch verstehen, bei der anstrengenden Señora.«

»Die Ferrata, das gibt Ärger, verdammter Mist. Ist Tanner bei dir?«

»Nein, den haben wir außen vor gelassen, ich will den Schwätzer hier nicht.«

»Okay, ich komme.«

Mentoff knallt sein Handy auf den Schreibtisch, bemerkt kaum die Schönheit der frühen Stunde. Ein erstes, noch zartes Morgenlicht trifft die Berggipfel auf der anderen Seite des Tals. Mentoff bewohnt eine hypermoderne Villa auf dem Sonnenberg im Dorf Sankt Martin im Kofel, das Haus liegt direkt am Steilhang und hat eine spektakuläre Aussicht. Ein Obstgroßhändler hat die Villa gebaut, Mentoff zahlt monatlich ein Vermögen für eine der verrücktesten Immobilien Südtirols. Er greift wieder zum Handy: »Vernon, schick den Heli, dauert sonst zu lange. Ich bin in 15 Minuten auf der Wiese.«

Gut 20 Minuten später landet der dunkelblaue Agusta-Bell 206 Jet Ranger auf einer Wiese gleich neben der Bergstation der Seilbahn. Ein ziemlich verschlafen wirkender Pilot öffnet die Tür, Mentoff springt auf einen der vier Passagiersitze und gibt Zeichen zum sofortigen Start. Das Allison-Triebwerk heult auf, der Hubschrauber gewinnt schnell an Höhe und fliegt jetzt mit gut 250 Stundenkilometern das Martelltal hoch.

Mentoff weiß, der Tod eines der größten Stars des deutschen Kinos kann für ihn zum PR-Desaster werden.

Er hat keinen Blick für die Schönheit der Landschaft unter ihm, blassrosa leuchten jetzt die Berggipfel, das Tal selber noch nachtschwarz.

Um 6:15 Uhr erreicht der Jet Ranger den Landeplatz auf dem Gelände des Resorts. Vernon Graves duckt sich unter die noch kreisenden Rotorblätter, öffnet seinem Chef die Tür und begleitet ihn sofort zum Fundort der Leiche. Ein Security-Mann hält Wache, noch hat niemand vom Personal etwas bemerkt.

Mentoff trägt jetzt Gummihandschuhe, er inspiziert die Leiche. »Eindeutige Sturzverletzungen, Schädelbruch, diverse weitere Frakturen.« Er rollt den Ärmel des Pyjamas hoch, gibt einen wütenden Zischlaut von sich.

»Idioten, zwei frische Einstiche im rechten Arm und Hämatome im Bereich Oberarm und Schulter.«

Graves raucht hektisch, blickt fragend den Chef an. »Müssen wir die verdammte Polizei holen? Die werden überall rumschnüffeln.«

»Keine Alternative, das Ding hier wird Schlagzeilen machen, morgen Seite eins der BILD. Ruf die Polizei an, wir verlegen den Zeitpunkt des Fundes etwas nach hinten, sonst kommt sofort der Vorwurf, wir hätten zu lange gewartet. Los, ruf an.«

Graves greift zum Telefon, Mentoff blickt auf die Uhr – 6:35.

Um 7:15 Uhr flackert Blaulicht vor dem Tor des Paradise Mountain Resorts, ein Alfa Romeo der Polizei rollt auf das Gelände.

Am Morgen fühlt sich Mitch halbwegs fit.

Kalte Dusche, zwei Espresso, frisches Hemd – er starrt die zwei Stapel auf seinem Schreibtisch an.

Links liegen die Ausdrucke und Notizen zu Madame Ferrata und zum Paradise Mountain Resort, rechts liegt das Dossier zu den Wahlkämpfern von Oxford Labs.

Mitch wendet sich dem rechten Stapel zu. »Sorry, Madame Ferrata, aber diese Arbeit wird bezahlt.«

Mitch merkt verdammt schnell, dass es ihm nur schwer gelingt, sich auf sein Dossier zu konzentrieren. Er wird das quälende Gefühl nicht los, Frau Ferrata rufe tatsächlich nach Hilfe und er lasse sie hängen. Er tröstet sich mit dem Gedanken, dass eine Frau wie Vera Ferrata wahrscheinlich ein Dutzend solcher rosa Briefe verschickt hat. »Ein Held wird sich finden«, denkt Mitch und vertieft sich in die Oxford-Papiere.

Er staunt, wie viel kleine Facebook-Däumchen über ihre Besitzer verraten.

Wer männlich ist und die amerikanische Kosmetikmarke MAC mag, ist fast immer schwul. Fans der New Yorker Hip Hopper Wu-Tang Clan sind fast immer hetero. Mit durchschnittlich 68 Facebook-Likes kennt man die Hautfarbe der untersuchten Person, ihre sexuellen Präferenzen, und ihre politische Orientierung.

Als der Versuchsleiter des Instituts seine Ergebnisse erstmals veröffentlichte, bekam er zwei Anrufe – beide von Facebook. Eine Klageandrohung und ein Jobangebot.

Mitch muss lachen: »Super, eine Klagedrohung und ein Jobangebot, fragt sich, was bedrohlicher ist.« Er liest, wie die ernsthaften Akademiker des Instituts von einer Gruppe an die Wand gedrückt wurden, die schnell den möglichen kommerziellen Nutzen der Datensammlung und deren schlummernde Möglichkeiten erkannt hatten.

Es wurde Druck ausgeübt, es wurden kleine Kompensationen bezahlt, und plötzlich betrat die Firma Oxford Labs die Bühne. Sie bietet sich politischen Parteien an, verspricht Wählerprofile von einer bisher nicht gekannten Schärfe. Während es im amerikanischen Wahlkampf anfangs noch hieß, Hillary Clinton habe die besseren Leute an den Computern, bekam Trump maßgeschneiderte Lösungen angeboten. Gesucht wurden z.B. Wähler in Indiana, die Waffen besitzen und denen man einreden wollte, Hillary würde ihnen die geliebten Knarren wegnehmen.

Die Rechner von Oxford Labs spuckten ein paar tausend Waffenbesitzer aus – man hatte die Mitgliederlisten der National Rifle Association. Man hatte aber noch viel mehr. Es gab Psycho-Profile der Waffenfreunde, die auf deren Facebook-Likes basierten. Waffennarren mit Ängsten vor Verbrechern fanden plötzlich in ihrer Mail ein Video, auf dem dunkle Gestalten um ihr Haus schlichen. Als der Hausbesitzer zum Waffenschrank eilte, fand er die Tür versperrt: HILLARY NIMMT DIR DEINE GEWEHRE WEG – hieß die Botschaft.

Lebensfroh gestimmte Waffenfreunde bekamen ein anderes Video, in dem ein Vater mit seinem Sohn von der Entenjagd zurückkehrte, beide eine Schrotflinte über der Schulter, eine stimmungsvolle Gegenlichtaufnahme. Hier lautete der Spruch: HILLARY WILL DIR DEN SPASS MIT DEINEM SOHN VERBIETEN.

Wer die Stimmung seiner Zielgruppe genau kennt, der kann punkten.

Trump verdankte seinen Sieg immer nur ein paar tausend Stimmen mehr, die aber wurden in den entscheidenden Bezirken der Swing States errungen. Dank Oxford Labs.

Die Polizisten lassen sich auf keine Diskussion ein. Während der eine Fotos von der Leiche macht, geht der zweite Beamte nach oben und kontrolliert Suite 508.

Das Zimmer wirkt unauffällig, das Fenster ist weit geöffnet, ein Stuhl steht dicht davor. Nichts deutet auf einen Kampf hin.

Der Beamte versiegelt das Zimmer.

»Der Raum bleibt solange verschlossen, bis die Kollegen der Spurensicherung eingetroffen sind. Kapiert?«, faucht er Mentoff an, der protestiert.

Ein Kastenwagen der Polizei rollt auf das Gelände, die Leiche wird abgeholt, sie geht nach Bozen – zur Obduktion.

In etwa zwei Stunden wird die Kripo eintreffen.

Professor Mentoff bittet Tanner und einige Ärzte in sein Büro. Ein karger strenger Raum, schöne alte Holzdielen, ein moderner Glasschreibtisch, an der Wand das Respekt heischende Foto von Susumu Tonegawa. Ebenfalls anwesend: Sicherheitschef Graves und Claire Bergmann, die sehr gutaussehende Assistentin des Professors. Sie ist Mitte zwanzig, brünett, eine auffallende Erscheinung.

Mentoff sitzt hinter seinem Schreibtisch, er hat sich umgezogen, trägt jetzt einen italienischen Maßanzug, weißes Hemd und eine etwas grelle Versace-Krawatte.

»Tanner, Sie waren der diensthabende Arzt. Nach dem Dienstprotokoll haben Sie kurz nach Mitternacht die Suite von Frau Ferrata betreten, darf ich fragen, warum?«

Tanner berichtet, wie immer etwas kurzatmig, von dem Alarm der Pflegerin, verschweigt aber seine enorme Wut. »Die

Situation drohte zu eskalieren, es schien mir geboten, ihr eine Beruhigungsspritze zu geben.«

»Wie erklären Sie sich die Hämatome an Arm und Schulter der Toten?« Mentoff mustert Tanner sichtbar verärgert. Dessen bräsige Art nervt ihn, der Mann scheint keine Ahnung zu haben, wie gefährlich die Sache für das ganze Haus werden kann.

»Sie wehrte sich vehement gegen die Injektion, ich musste ein gewisses Maß an körperlichem Druck anwenden, um sie zu beruhigen.«

»Verdammt, Tanner«, jetzt explodiert Mentoff, »auf diese verdammten Hämatome wird der Rechtsmediziner abfahren, und die Kripo wird sich in sie verbeißen.«

Tanner zuckt die Schultern, beteuert, es sei medizinisch geboten gewesen, der Ferrata die Spritze zu verpassen.

»Wenn Sie mir misstrauen, Professor Mentoff, fragen Sie bitte die Pflegerin, die wird meine Angaben bestätigen. Als wir gegen halb eins das Zimmer verließen, lag die Ferrata auf dem Bett und wirkte, als würde sie in Kürze einschlafen.«

Mentoff bedankt sich, bittet die Runde zu gehen, nur Vernon Graves und Claire Bergmann bleiben beim Chef.

Mitch liest, bis ihm die Augen weh tun, er fühlt sich jetzt langsam informiert genug, um den Informanten anzurufen. Erst aber will er einen Happen essen. Da er wieder einmal auf Diät ist, springt er auf sein Fahrrad und steuert einen kleinen Japaner in der Innenstadt an.

Seine Standardbestellung Lachs Sashimi und ein Wasser, kein Reis, wird freundlich zur Kenntnis genommen. Ein winziges Lokal, am länglichen Tresen ist Banker neben Banker aufgereiht, die versuchen, feinste Sushi-Häppchen zwischen zwei Stäbchen zu halten, ohne sich dabei die stinkteuren Hermès-Krawatten zu versauen. Mitch mag die Banker nicht sonderlich, aber der Lachs ist toll und über dem Tresen hängt ein Trikot von Eintracht Frankfurt mit der Unterschrift von Makoto Hasebe, einem japanischen Gentleman, der für die Eintracht kickt und den Mitch schätzt.

Gut anderthalb Meter über dem Tresen ist an der Längsseite des kleinen Raumes ein Flachbildschirm verankert, auf dem nonstop ntv ohne Ton läuft. Da Mitch keinen Bock auf Unterhaltung hat, fällt sein Blick auf den Fernseher. Eine Pressekonferenz mit Schäuble, langweilig. Dann lässt Mitch fast seine Stäbchen fallen. Er blickt in ein bildfüllendes, sehr schmeichelhaftes Foto von Vera Ferrata. Mitch sieht die ernste Miene des Nachrichtensprechers, liest dann das Laufband – Selbstmord in den Alpen – Tragödie im Luxusresort – Filmstar Vera Ferrata tot. Mitch spürt, dass ihm kalt wird, er zahlt, bekommt jetzt auch die ersten Push-Meldungen auf sein Handy. Kein Zweifel, Vera Ferrata ist tot.

Dann meldet Spiegel Online, dass um 14 Uhr eine Pressekonferenz im Paradise Mountain Resort beginnen soll.

Mitch hofft, dass einer der Nachrichtenkanäle live dabei sein wird.

Er leidet plötzlich unter einem schlechten Gewissen.

Im Paradise Mountain Resort herrscht dicke Luft. Professor Mentoff hat die Abteilungsleiter in den ärztlichen Besprechungsraum gebeten.

Der Chef selber aber verspätet sich, er sitzt noch in seinem Arbeitszimmer. Vor dem Schreibtisch hat sich Vernon Graves aufgebaut, wütend, den Zeigefinger auf den Chef gerichtet. »Was soll der Schwachsinn, hier eine Pressekonferenz abzuhalten, bist du von allen guten Geistern verlassen? Stoppe das, sofort!«

Mentoff starrt Graves an. »Das habe ich nie angeordnet. Und bitte, mäßige deinen Ton.«

Die beiden hasten die geschwungene Treppe hinab, eilen an der Rezeption vorbei.

Sie stoppen kurz an der Tür zum Besprechungsraum. »Lass mich hier reden«, zischt Mentoff.

Die schwere Tür fällt hinter ihnen ins Schloss.

»Welcher Idiot hat zu der Pressekonferenz hier ins Paradise geladen? Ich habe keinerlei Lust, dass hier zig Journalisten quer über das Gelände laufen. Soviel Security-Leute haben wir nicht, um das zu kontrollieren.«

Mentoff schaut aus vor Wut noch dunkleren Augen in die Runde.

Claire Bergmann übernimmt sofort die Verantwortung. »Ich glaube, wir können jetzt nur mit allergrößter Offenheit agieren. Wie es aussieht, kann selbst ein bitterböser Staatsanwalt Tanner maximal vorwerfen, er habe die Ferrata etwas grob angepackt. Und vielleicht die Downer etwas zu stark dosiert. Nichts spricht für Fremdverschulden, das müssen wir der Presse in aller Ruhe erklären.«

»Danke, Claire, stimmt wie meistens bei dir, aber das werden wir der verdammten Presse nicht hier auf dem Gelände erklären. Alles, was mit Presse zu tun hat, läuft nicht ohne meine Zustimmung, kapiert? Hier geht es um unser Renommee. Ändere den Ort der Konferenz, versuche, den Saal im Waldheim zu kriegen.«

Claire hastet in ihr Büro, hat Glück und erreicht den Chef des Ausflugshotels Waldheim, das etwa fünf Kilometer vom Paradise Mountain Resort entfernt liegt. Jeder Journalist, der auf dem Weg zum Resort ist, muss dort vorbeikommen.

Claire Bergmann ist wütend, sie ist es nicht gewohnt, von Mentoff öffentlich in den Senkel gestellt zu werden. Sie benachrichtigt alle im Presseverteiler gelisteten Medien, nennt die neue Location.

Ihr Telefon klingelt, RAI und ntv haben sich bereits mit einer Liveübertragung angemeldet.

Mitch fühlt sich wie im falschen Film. Bis vor 24 Stunden hatte er kaum gewusst, wer Vera Ferrata überhaupt war, jetzt wird er von heftigen Schuldgefühlen geplagt. Hätte er helfen können, hätte er im Resort anrufen sollen, hätte er der Schauspielerin Mut machen können? Mitch rast nach Hause, will sich die Pressekonferenz im Fernsehen anschauen. Unterwegs ruft er zwei Kolleginnen von der Klatschpresse an. Er will wissen, was die Expertinnen von der Ferrata halten – ist sie eine Selbstmordkandidatin? Mit einer der beiden hat er vor Jahren mal eine unbedeutende Affäre gehabt. Natürlich begann das Telefonat mit: »Ach, dass du dich mal meldest.« Beide Damen halten die Ferrata für labil, betonen aber, dass sie nie als suizidgefährdet galt.

Mitch sieht jetzt bei ntv ein riesiges Fachwerkhaus mit großer Sonnenterrasse, ein typisches Ausflugslokal.

Ein Sprecher erklärt, dass dies das Waldheim sei, eines der größten Lokale im Martelltal, nur etwa fünf Kilometer von dem jetzt berühmten Paradise Mountain Resort entfernt.

Dann springt die Kamera nach innen.

Eine auffällige dunkelhaarige Schönheit begrüßt die Presse, stellt sich vor als Claire Bergmann, Assistentin der Geschäftsleitung.

Dann erteilt sie das Wort Herrn Professor Mentoff.

Der Chef des Paradise Mountain Resort trägt einen schwarzen Armani-Anzug mit einer etwas zu grellen Versace-Krawatte.

Er berichtet vom Fund einer weiblichen Leiche gegen 5:30 Uhr morgens.

Ja, bei der Toten handele es sich um Vera Ferrata. Er wolle den Ergebnissen der Gerichtsmedizin aus Bozen nicht vorgreifen, aber er und seine Kollegen hätten keinerlei Anzeichen von Fremdeinwirkung gefunden.

»Ich verstehe Ihre professionelle Neugier, meine Damen und Herren, aber ich bin Arzt und Frau Ferrata war meine Patientin. Ich werde mich an keinerlei Spekulationen über irgendwelche Motive beteiligen. Wir fühlen uns unseren Patienten und unserem Schweigegelöbnis verpflichtet, auch über den Tod hinaus.«

Eines nur könne er sagen, Frau Ferrata habe sehr unter dem Unfalltod ihres Mannes vor wenigen Wochen gelitten. Sie habe sich Vorwürfe gemacht, habe Schuldgefühle gehabt.

»Nein, ich bin nicht bereit, auf weitere Fragen zu antworten.«

Mentoff verabschiedet sich mit einer arroganten Kopfbewegung und verlässt den Raum. Die Außenkamera fängt ihn wieder ein, Mitch sieht ihn einen schwarzen Maserati Levante besteigen und davonfahren.

Im Saal verkündet jetzt ein schick uniformierter Polizeisprecher, man habe die Obduktion in Bozen abzuwarten, danach werde die Polizei eine Erklärung abgeben.

Mitch vergisst seine guten Vorsätze, kippt einen Single Malt.

Er flucht: »So viele Zufälle kann es nicht geben, jemand, der Selbstmord begehen will, schreibt vorher keine Hilferufe. Oder vielleicht doch? Was weiß ich, wie so eine Diva tickt. Ich muss da hin, ich muss mich in dem Schuppen anmelden, muss meinen Alkoholismus therapieren lassen.« Ein toller Plan, Mitch weiß genau, dass er maximal zwei Tage im Paradise Mountain Resort bezahlen könnte. Ohne Auftraggeber leider zu teuer.

Im Resort sitzen Mentoff und sein Sicherheitschef in Mentoffs Büro bei einer guten Flasche Lagreiner.

Der Chef ist jetzt ganz zufrieden. »Okay, der Rechtsmediziner wird eine hohe Beruhigungsmittelkonzentration im Blut finden, das soll Tanner kommentieren, der weiß nichts anderes und wird deswegen am überzeugendsten wirken.«

»Wie sieht es mit anderen Drogen aus?«, will Graves wissen.

»Maximal geringe Spuren von Meskalin«, Mentoff lacht überlegen, »gut, sollten sie das finden, dann wäre die Erklärungslinie einfach. Privater Drogenmissbrauch, der von uns leider nicht unterbunden werden konnte. Hätte alles schlimmer kommen können.«

Die beiden Männer trinken noch einen Schluck Lagreiner und verlassen dann das Büro.

Mentoff und Graves gehen an der Rezeption vorbei in den hinteren Gang im Erdgeschoss. Ganz am Ende des Ganges stehen sie vor einer verschlossenen Stahltür mit der Aufschrift: ZUTRITT VERBOTEN, NUR AUTORISIERTES PERSONAL.

Mentoff öffnet die Tür mit einem Schlüssel, steht jetzt in einem kleinen leeren Raum, an dessen hinterer Wand eine Aufzugstür metallisch glänzt. Mentoff tippt einen Code ein und dreht sich zu Graves um: »Vernon, ganz wichtig, alles Bildmaterial Ferrata muss gelöscht werden, und zwar auf allen Datenträgern. Sag den Videojungs Bescheid, denk aber auch an die Rechner, an die Zwischenspeicher in den Schnittcomputern!«

Graves nickt.

Mentoff betritt den Aufzug, dessen Türen sich leise hinter ihm schließen. Graves wartet einige Sekunden, greift dann in sein Jackett, angelt ein Handy hervor, drückt eine gespeicherte Nummer. Mit dem Telefon am Ohr verlässt er den Vorraum, verschließt sorgfältig die Tür. Endlich steht die Verbindung. Graves wirkt erleichtert, spricht sehr schnell, aber klar und konzentriert auf Englisch mit starkem amerikanischen Akzent.

4

Zwei Tage sind vergangen, in denen Mitch sich nur im Kreis gedreht hat.

Er spürt, dass etwas faul ist am Tod von Vera Ferrata. Er hat von der BILD bis zum Grünen Blatt alles gelesen, was sich die Dichter des Boulevards aus den Fingern gesogen haben.

Und das war eine ganze Menge.

Für Mitch verdammt schwer lesbarer Stoff. Die Ferrata war eine kapriziöse Diva, zweifellos eine labile Person, aber nie wurde sie mit dem Thema Suizid in Verbindung gebracht. Und das, obwohl die Damen und Herren von der Yellow Press gerne mit dem großen Hammer und den fetten Schlagzeilen arbeiten.

Okay, sie hat wohl unter dem Unfalltod ihres Mannes gelitten.

Über diesen Tod blieben alle Artikel – selbst für Boulevard-Verhältnisse – merkwürdig vage. Auf einer Landstraße nahe München hatte sich ein ziemlich neuer pechschwarzer Ferrari GTC4 um einen Baum gewickelt. Fahrer und Beifahrerin, das Ehepaar Ferrata, konnten sich mühsam selber befreien, doch kurz nach dem Eintreffen der Notärzte verstarb Herr Ferrata noch an der Unfallstelle an inneren Blutungen. Hartnäckig hielt sich ein Gerücht – nicht er, sondern sie habe am Steuer des Wagens gesessen.

Alles unklar, viel Spekulation, wenig Fakten. Mitch zuckt mit den Schultern, murmelt vor sich hin: »Verdammt, ich kenne diese Lady nicht, und eigentlich will ich mit ihr und dieser ganzen Schickeria nichts zu tun haben. Ich bin kein Privatdetektiv, der von ihr bezahlt wird. Ich bin freier Journalist und kann mir nur dann eine intensive Recherche leisten, wenn ich irgendeine Chance sehe, das Geld durch eine verkaufte Story wieder reinzukriegen. Habe ich eine Chance eine Ferrata-Story zu Geld zu machen? Nein, ich werde nicht plötzlich anfangen Klatsch zu kolportieren, nur weil ein rosa Briefumschlag toll gerochen hat.«

Er trinkt einen Espresso und spielt mit dem Gedanken die italienische Polizei anzurufen und von dem Brief zu erzählen.

Als er sich aber vorstellt, radebrechend am Telefon einem gelangweilten Italiener von einem busta rosa, einem rosa Umschlag zu erzählen, da weiß er, er lässt es besser.

Stattdessen greift er zu dem anderen Stapel auf seinem Tisch, öffnet den Umschlag mit den Daten des Informanten und liest: Mr. George Boultner, langjähriger ehemaliger Mitarbeiter von Oxford Labs, davor einige Jahre beim MI5 beschäftigt, dem britischen Inlandsgeheimdienst. Schon fühlt sich Mitch auf vertrauterem Terrain. Er greift zum Telefon, wählt eine verdammt lange Nummer, die mit 0044 anfängt.

Ein schnarrender Rufton, dann hat er eine sehr britisch klingende Stimme am Ohr.

Mr. Boultner ist cool, knapp, präzise. Er werde, sagt er, für Mr. Berger morgen ein Zimmer im Stanton Hotel in der Nähe der Shaftsbury Avenue, also mitten in der City, buchen. Der Schuppen sei ideal, zentral gelegen, unauffällig und für einen freien Journalisten bezahlbar. Für London alles andere als selbstverständlich. »Ich kann Ihnen auch eine Suite im Mayfair buchen, für schlappe 800 Pfund oder mehr am Tag, falls Ihnen das Stanton nicht standesgemäß erscheint«, näselt es aus dem Telefon. Mitch lehnt dankend ab.

Er soll in seinem Zimmer warten, Boultner werde gegen 14:30 Uhr vorbeikommen, dann könne man reden.

Mitch legt auf und bucht für morgen einen Flug mit der LH nach Heathrow.

Er ist froh, dass wenigstens an dieser Front etwas in Bewegung gerät.

Das Paradise Mountain Resort kehrt langsam zum Normalbetrieb zurück.

Professor Mentoff hat im Frühstücksraum eine bewegende Rede gehalten, in der er betont, dass auch der beste Therapeut einen zum Sterben entschlossenen Menschen nicht am Selbstmord hindern könne. Er entschuldigt sich für die Störungen und bittet dann alle, sich von den Stühlen zu erheben und der Toten in einem kurzen Moment des Schweigens zu gedenken.

Die Kriminalpolizei hat Suite 508 freigegeben. Die Beamten haben nichts gefunden, was auf einen Kampf hindeuten könne. Auch die Obduktion habe keine Indizien für eine Fremdeinwirkung ergeben. Man habe im Blut eine hohe Konzentration an Beruhigungsmitteln gefunden, nach anderen exotischeren Substanzen wurde erst gar nicht gesucht.

In der Pressemeldung der Polizei ist eindeutig von Suizid die Rede.

Die Assistentin der Geschäftsleitung, Claire Bergmann, sitzt hinter ihrem Schreibtisch, zieht hektisch an einer E-Zigarette und funkelt wütend aus dem Fenster. Sie ist beleidigt und verletzt. Dass Mentoff sie vor versammelter Runde niedermacht, ist für sie eine neue Erfahrung. Sie kennt Mentoff seit gut zwei Jahren, hat ihn bei einem Vortrag des japanischen Hirnforschers Susumu Tonegawa an der Universität Harvard kennengelernt. Claire ging es schlecht damals, der charmante und eloquente Mentoff, den immer etwas Geheimnisvolles umgab, beeindruckte sie tief. Sie begann für den deutlich älteren Professor zu schwärmen. Mentoff fühlte sich geschmeichelt, ging ein paar Mal mit Claire aus, begann eine Affäre mit ihr, hielt sie aber auch auf Distanz.

Als Mentoff ihr von seinem Projekt in den Alpen vorschwärmte, war sie begeistert. Er erzählte ihr von ganz neuen Heilungsmethoden, an denen er arbeiten würde. Er werde die Psychotherapie revolutionieren. Als er schließlich Claire einen Job als Assistentin anbot, war sie Feuer und Flamme. Im Paradise Mountain Resort machte ihr Mentoff allerdings schnell klar, dass er zwar gelegentlich mit ihr schlafen wollte, sie aber als Assistentin und mitnichten als die First Lady des Unternehmens sah.

»Verdammt, und jetzt blamiert er mich vor der versammelten Runde. Was soll so schlimm daran sein, die Pressekonferenz im Resort abzuhalten?«, flucht sie vor sich hin.

Mentoff ist ihr fremd geworden in den letzten Monaten, er wirkt verändert, ständig unter Druck. Sie ist zwar immer noch fasziniert von ihm, aber sie spürt auch, dass sich ihre Gefühle verändern. Ihr ist zu viel von Geld die Rede, zu wenig von dem ursprünglichen wissenschaftlichen Ehrgeiz. Sie spürt, dass Mentoff ihr vieles verheimlicht, vor dem von ihr gehassten Sicherheitschef Graves hingegen scheint er keine Geheimnisse zu haben.

Claire zieht an ihrer E-Zigarette, greift dann zum Telefon und bestellt zwei Zimmermädchen in die Suite 508. Sie hat vor gut zwei Stunden mit dem Management der Ferrata telefoniert, sie will die Sachen der Schauspielerin zusammenpacken und nach München schicken lassen. Das Management will die Sachen an Freunde der Schauspielerin verteilen.

Mitch tigert durch seine Wohnung, selbst der Blick auf die Skyline kann ihn nicht beruhigen.

Seine Gedanken kreisen immer wieder um den Brief der Ferrata und ihren Tod. Er stoppt abrupt, greift kurzentschlossen zum Hörer und wählt eine Nummer, die für Notfälle reserviert ist.

Bei seinem letzten großen Abenteuer hatte er sich mit einem jungen Verfassungsschützer befreundet: mit Julian Mahler, Regierungsrat beim Bundesamt in Köln. Julian wurde von Killern in einer Waschanlage kaltblütig erschossen. Mitch trauert ihm bis heute nach.

Auf Julians Beerdigung drückte einer seiner Freunde, auch er ein Verfassungsschützer, Mitch eine Visitenkarte in die Hand und flüsterte: »Wenn Sie mal Hilfe brauchen oder Ärger kriegen, melden Sie sich.« Peter Zerber steht auf der Karte, die Mitch anstarrt, während er dem Freizeichen lauscht.

Claire Bergmann fühlt sich unbehaglich, als sie in Begleitung zweier Zimmermädchen die Suite betritt. Sie ist die Anwesenheit des Todes nicht gewohnt.

Auf dem Bett liegt der große Koffer der Ferrata, das Packen beginnt.

Als Claire den Schreibtisch aufräumt, findet sie Briefpapier und eine kleine Schachtel mit rosa Umschlägen. Die Schachtel ist geöffnet, ein Umschlag fehlt. Claire schüttelt überrascht den Kopf, die Gäste des PMR sind gehalten, ihre Post an der Rezeption abzugeben, und für Frau Ferrata ist kein ausgehender Brief notiert.

Neben den Umschlägen steht eine kleine Flasche Parfüm. Claire riecht daran, »toller Duft«, sagt sie in Richtung der Zimmermädchen, »Eau tendre von Chanel, phantastisch, kenne ich gar nicht.« Eines der Zimmermädchen zuckt die Schultern: »Kann ich mir eh nicht leisten, der Flakon kostet wahrscheinlich ein halbes Monatsgehalt.« Ihre Kollegin starrt auf die Briefumschläge, sie erkennt das rosa Papier, genauso sah der Umschlag aus, den die Ferrata ihr vor einigen Tagen zusammen mit einem Zwanzigeuroschein in die Hand gedrückt hat, mit der Bitte, ihn im Nachbarort Latsch zur Post zu bringen. Sie erinnert sich, dass der Brief nach Frankfurt in Deutschland ging.

»Mitch Berger hier, Sie hatten mir seinerzeit bei Julians Beerdigung diese Nummer gegeben.«

»Ach, Herr Berger, wie geht es Ihnen, ich dachte schon, Sie würden sich nie melden.«

Dann erzählt Mitch seine Geschichte, berichtet von dem Brief, vom Tod der Ferrata, dann äußert er seine Anliegen: »Können Sie bei der italienischen Polizei rauskriegen, ob es an der Leiche irgendwelche Auffälligkeiten gegeben hat? Ist der Selbstmord wirklich zweifelsfrei erwiesen? Was wissen die Italiener über den Chef des Ladens, Professor Mentoff? Kann es sein, dass in der Klinik verbotene Experimente durchgeführt werden? Über Mentoffs Schreibtisch hängt das Foto eines Wissenschaftlers, der die Gehirne von Mäusen mit Laser traktiert.«

Als Mitch am anderen Ende der Leitung ein unterdrücktes Lachen zu hören glaubt, wird ihm klar, wie extrem merkwürdig seine Fragen klingen. »Okay, vergessen Sie die Mäuse, aber mit dem Rest ist mir ernst.«

Der Verfassungsschützer will sich melden, sobald er Infos aus Italien hat.

Es ist dunkel geworden im Martelltal, in knapp zweitausend Meter Höhe wird es jetzt schnell empfindlich kühl.

Vernon Graves hat sich in sein Zimmer in einem der oberen Stockwerke des Hauptgebäudes zurückgezogen. Er gießt sich einen Fingerbreit Jack Daniels in sein Glas, noch ist dieser verdammte Tag für ihn nicht zu Ende. Er starrt in die Dunkelheit draußen, in der Ferne glitzern die Lichter zweier Berghütten, die höhere liegt auf 2800 Metern Höhe am Fuße des Gletschers. Vernon Graves liebt die Berge, ihn fasziniert die Härte der Natur. Hier oben fühlt er sich immer wieder daran erinnert, dass das Leben Kampf bedeutet.

So hatte er es von frühester Jugend an in Brooklyn gelernt. Er war in Bushwick aufgewachsen, nur einen Steinwurf von der St. Barbara Kirche entfernt, von deren Kanzel aus ein Priester einmal verkündete: »Wir leben jetzt ohne Gott.« Der Geistliche war nicht über Nacht vom Glauben abgefallen, sondern die Nachbarschaft hatte während eines großen Stromausfalls eine unglaubliche Welle von Brandstiftungen und Plünderungen erlebt.

Als Teenager musste sich Vernon auf der Straße gegen Latino-Messerakrobaten und haitianische Gangs durchsetzen, er schloss sich gleichaltrigen Italienern an, einer von ihnen, ein Junge namens Aldo wurde sein bester Freund. Aldos Familie lebte innerhalb einer Großfamilie, der Mafia-Kontakte nachgesagt wurden. Die sich daraus ergebenden Beziehungen ließ er nie ganz abreißen.

Der junge Vernon wollte all den Dreck hinter sich lassen, ging freiwillig zu den Marines. Die dreizehn Wochen im Bootcamp Parris Island in South Carolina würde er nie vergessen. Den Abschlusstest hatte er nur kotzend überstanden. Er hat es überlebt, aber auch verstanden, dass er nicht für die Welt der Uniformen und des Drills geschaffen war.

Er nimmt einen tiefen Schluck von seinem Jack Daniels, flucht laut über Mentoff, der jetzt wahrscheinlich in seiner Traumvilla seine hübsche Assistentin beglückt, während er nochmal los muss, um aufzuräumen.

Es ist kurz nach 22 Uhr, als er das Zimmer sorgfältig hinter sich abschließt und den Aufzug ins Erdgeschoß nimmt. Er nickt der Nachtbesetzung an der Rezeption zu, verschwindet dann im hinteren Gang.

Er schließt die Stahltür mit der Aufschrift ZUTRITT VERBOTEN, NUR AUTORISIERTES PERSONAL auf, betritt den von Neonlicht angestrahlten Raum vor der Aufzugtür. Er tippt seine Codenummer ein, schaut nach links oben, versichert sich, dass die Kontrollkamera funktioniert, betritt dann den Aufzug, dessen Tür sich hinter ihm schließt.

Er drückt den mittleren der drei Knöpfe, Ebene -1.

Die Aufzugtür öffnet sich und Vernon Graves betritt die High Tech-Unterwelt des Paradise Mountain Resorts. Ein weiß gekachelter Gang, Neonröhren an der Decke, an der hinteren Wand blinken die grünen Kontrolllampen des Serverraums hinter dunklem Glas. Rechts und links vom Hauptgang kleine, mit Technik vollgestopfte Boxen, die an Schneideräume einer Fernsehproduktion erinnern. Hier arbeiten junge Männer vor einer ganzen Wand von Monitoren. Es ist eng hier unten, es riecht nach der Abluft der Rechner, eine leistungsstarke Klimaanlage sorgt für konstante 18 Grad. Die Räume sind fensterlos, Ebene -1 ist unterirdisch, wurde bei den aufwendigen Umbauten während der Restaurierung in den felsigen Untergrund getrieben.

Vernon Graves betritt eine der Boxen, ein vor den Monitoren sitzender junger Mann fährt herum und funkelt den Sicherheitschef erschrocken an: »Zum Teufel, müssen Sie sich so anschleichen?« »Vielleicht brauchst du ein Hörgerät Tony, ich bin nicht geschlichen.«

Vernon Graves' Blick fällt auf den mittleren der Monitore, er sieht einen schwarzen Ferrari GTC4 über eine sonnenheiße Landstraße fliegen, augenscheinlich zu einer Endlosschleife montiert, alle 20 Sekunden beginnt die Bildsequenz von Neuem.

Graves deutet auf den Monitor: »Deswegen bin ich hier, Tony, bitte lösche das gesamte Ferrata-Material, ich betone: das gesamte. Also alle zum Ferrata-Komplex gehörenden Einspielfilme, aber vor allem auch die Sequenzen, die die lieben Kollegen der Ebene -2 geliefert haben.«

Der junge Techniker spielt an der Tastatur seines AVID-Schnittcomputers, dann schießt sein Finger wuchtig auf eine Taste, der schwarze Ferrari stoppt jäh. Der junge Techniker grinst Graves an: »Warum überrascht mich dieser Wunsch überhaupt nicht? Kaum hat sich Madame das Genick gebrochen, soll hier unten aufgeräumt werden. Haben Sie Angst, dass die Kripo doch noch einen Ausflug in die Unterwelt des Paradieses unternehmen könnte?«

Graves ist jetzt hellwach, seine Augen werden zu Schlitzen: »Tony Raben, was soll das Gequatsche? Du verdienst hier eine

Mörderkohle, du hast einen wasserdichten Arbeitsvertrag unterschrieben, der dich auf unbegrenzte Zeit zum Schweigen über alles verpflichtet, was du hier siehst und erlebst. Also halte den Ball flach und quatsch keine Erwachsenen von der Seite an. Kapiert, junger Mann?« Doch der Techniker ist augenscheinlich auf Krawall gebürstet, Graves' Gefluche scheint ihn nicht die Bohne zu beeindrucken.

»Hey harter Mann, meinen Sie etwa, ich hätte meinen Verstand ober an der Aufzugtür abgegeben? Ich montiere hier seit Tagen immer neue Ferrari-Sequenzen, berechne Bilder vom Autowrack aus immer neuen Blickwinkeln. Und dann ist die Ferrata plötzlich tot, und im Fernsehen wird dauernd über einen Unfall mit einem Ferrari geredet. Was machen wir hier eigentlich?«

»Raben, das reicht jetzt. Ich habe nicht vor, mit Ihnen die Arbeit der Therapeuten zu besprechen. Sie sind hier als Cutter und Fachmann für computererzeugte Bilder angestellt. Machen Sie Ihre Arbeit und lassen Sie die Therapeuten und Mediziner ihren Job machen. Wir arbeiten mit experimentellen Methoden an einer ganz neuen Art der Konfrontationstherapie, so versöhnen wir Menschen mit ihren tiefen Ängsten. Das ist eine wichtige Arbeit im Interesse der Patienten. Aber bitte merken Sie sich, all das geht Sie einen feuchten Scheiß an.«

»Und was haben Sie gestern Abend spät im Garten mit der Ferrata zu reden gehabt, ich habe sie beide zufällig gesehen. War das auch 'ne Art Konfrontationstherapie?«

Graves' Augen sind jetzt ganz dunkel, wenn Raben nicht so hingerissen von seinem eigenen Mut wäre, dann hätte er das gefährliche Flackern in den Augen seines Gegenübers bemerkt.

Graves fixiert Raben, dreht ihn plötzlich mitsamt dem schicken ergonomischen Stuhl, auf dem er sitzt. Jetzt ist Graves im Rücken des Technikers. Er legt beide Hände auf dessen Schultern und drückt zu. Raben stöhnt vor Schmerzen. »Überleg dir genau, mit wem du dich anlegst. Und pass gut auf, wenn du nach deiner Schicht runter ins Tal fährst, die Straße ist nicht ungefährlich.« Er schwingt den Stuhl zurück in die Ausgangslage, Raben starrt ihn aus vor Angst geweiteten Augen an. Graves greift ganz ruhig zum Telefon, lässt sich von der Zentrale mit Markus Balder verbinden, Rabens direktem Vorgesetzten.

»Hallo, Herr Balder, ich bitte die späte Störung zu entschuldigen, Graves hier. Ich hatte gerade eine kleine Auseinandersetzung mit Herrn Raben, einem Ihrer Techniker. Bitte kommen Sie morgen früh in mein Büro, wir haben uns über eine Abmahnung für Herrn Raben zu unterhalten. Folgendes noch: Ich habe Herrn Raben gebeten, das gesamte Ferrata-Material zu löschen, bitte überzeugen Sie sich persönlich davon, dass das geschieht. Besten Dank, bis morgen.«

Graves tätschelt jetzt Rabens Backe: »Also, mein Kleiner, immer dran denken: Maul halten und immer vorsichtig fahren. So und jetzt öffnen Sie das Ferrata-Projekt in ihrem Rechner.«

Raben drückt ein paar Knöpfe, eine lange Liste von Einträgen erscheint auf dem Monitor.

»Löschen, mein Junge, los.«

Raben verzieht das Gesicht aber er drückt DELETE. Auf dem Monitor erscheint jetzt die rot unterlegte Frage »Möchten Sie das gesamte Projekt wirklich unwiderruflich löschen?«

Raben seufzt und drückt OK.

»Zufrieden?« Raben blickt Graves an.

»Ich behalte dich im Auge, Kleiner.«

Graves verlässt den Schneideraum, hat nach wenigen Schritten die Aufzugtür erreicht, dreht sich noch einmal um und fixiert Raben. Dann öffnet sich die Tür.

Raben flucht und beginnt, wie wild seine Tastatur zu bearbeiten. Er weiß genau, morgen früh wird sein Chef diesen Rechner durchsuchen, auf der Suche nach jedem einzelnen vergessenen Frame Ferrata-Material. Er öffnet einen Ordner, der »Datentransfer zu Studio 2« benannt ist. In diesem Ordner gibt es einen Unterordner »Ferrata«.

Die Datei ist deutlich kleiner als der gelöschte Ordner, enthält aber trotzdem eine Menge Material. Raben steckt eine DVD in den Rechner, überspielt alles und drückt dann erst die DELETE-Taste.

Er grinst jetzt wieder triumphierend. »Scheiß Ami, von Technik keine Ahnung, du dummer Schläger.« Graves hat ihm mehr Angst eingejagt, als er zuzugeben bereit wäre.

Zeit an eine Lebensversicherung zu denken.

Er lässt die DVD in seiner Tasche verschwinden.

Mitch kämpft sich durch das hektische Terminal 2 des Flughafens Heathrow. Er war lange nicht mehr in London, heutzutage wimmelt es überall von Security. Kein Wunder nach den üblen Anschlägen, die die arme Stadt wegstecken musste. Endlich hat er den Aufzug gefunden, der ihn in die Tiefen der Londoner Tube befördert. Er nimmt den Heathrow Express, der den Flughafen mit der Paddington Station in der City verbindet. Die Fahrt dauert nur 15 Minuten, schneller und billiger als jedes Taxi. Vom Bahnhof Paddington aus wird es dann aber doch eines der berühmten London Cabs. Mitch lässt sich zum Stanton Hotel fahren, staunt beim Bezahlen über die Londoner Preise. An der Rezeption wird er wie ein lange vermisster Stammgast begrüßt, Mr. Boultner muss hier über ausgezeichnete Beziehungen verfügen. Der Hotelboy führt ihn durch verwinkelte Gänge zu seinem Zimmer, das dem Preis entsprechend sehr einfach gehalten ist. Mitch grinst über die Blümchentapete, auf der zu allem Überfluss auch noch gerahmte Drucke mit Motiven exotischer Farne hängen. »Very british, indeed«, murmelt Mitch.

Er hat noch Zeit, will die Gegend erkunden, bevor Mr. Boultner sich die Ehre geben wird.

Mitch läuft die Bloomsbury Street am Britischen Museum vorbei, hält sich rechts und landet an einer seiner Lieblingsecken, dem Cambridge Circus. Er bestaunt die mächtige Fassade des Palace Theaters, erinnert sich, dass John le Carré in einigen seiner Bücher hier in der Gegend die MI6 Zentrale beschrieb. »War ein treuer Spion, der gute le Carré«, dachte Mitch, »die englische Auslandsspionage hat hier nie gesessen, aber Carré würde nie die echte Adresse seines alten Arbeitgebers nennen. Guter Mann.«

Er bestellt ein wässriges englisches Bier und ein matschiges Sandwich, starrt aus dem Fenster und staunt über die zahllosen vorbeilaufenden Kopftuchträgerinnen. »Sind schon cool die Engländer«, murmelt er in sein Bier, »wir haben nicht halb so viele von diesen netten Damen, aber regen uns doppelt so viel über sie auf.«

Carlos Mentoff betrachtet sein Spiegelbild und ist zufrieden. Er hat sein Gewicht im Griff, Sorgen machen ihm manchmal die leicht nach unten gerichteten Falten im Mundwinkel. Die geben seinem markanten Gesicht einen Anflug von Resignation und sind daher für den erfolgsverwöhnten Herrn Professor nicht zu akzeptieren.

Er verlässt sein Badezimmer, öffnet einen großen Wandschrank im Ankleideraum, wählt einen dunkelblauen Brioni-Anzug mit dezenten Nadelstreifen zu einem Hemd von Brooks Brothers. Er wird heute noch nach London fliegen, wo dezent-konservative Garderobe angesagt ist. Jetzt steht er vor dem Panoramafenster seines Hauptraums und genießt die spektakuläre Aussicht. Seine Villa liegt in knapp 1 700 Metern Höhe. Der Berg fällt unmittelbar vor ihm fast 1 000 Meter ab, tief unten fließt die Etsch, rechts und links des Flusses liegen die Gemeinde Goldrain und die unendlichen Apfelplantagen des Vinschgaus. Er sieht die Straße, die auf der anderen Seite des Tals von Goldrain hinauf ins Martelltal führt und an deren Ende er sein Paradise Mountain Resort errichtet hat. Er war vor Jahren zu einem Mountain Bike-Wochenende hierhergekommen und hatte sich in die Ruine des alten Sporthotels Paradies verliebt. Als ihm ein Architekt einen ersten, noch unverbindlichen Preis für eine Renovierung nach seinen Vorstellungen nannte, wollte er aufgeben. Ein fetter zweistelliger Millionenbetrag, selbst für ihn, den vermögenden Leiter einer Klinik für plastische Chirurgie in Rio de Janeiro, war das nicht zu stemmen. Glücklicherweise hatte er zu diesem Zeitpunkt Vernon Graves kennengelernt, der damals zwei italienische Nobellokale im südlichen Manhattan leitete. Mentoff hatte ein paarmal in einem der Lokale gegessen, war angetan von der Tribeca- und SoHo-Schickeria, die sich hier die Ehre gab. Viele ältere Herren mit spektakulären Begleiterinnen, das alles in einem filmreifen Ambiente, alles roch nach dubiosen Geschäften. Nach einer halben Flasche 18-jährigem Macallan schwärmte er Graves von seinem Projekt vor und erwähnte dabei auch die dringend benötigte Millioneninvestition. Der Restaurantmanager reagierte darauf völlig ungerührt. Er knurrte, er kenne einige Herren, für die dieser Betrag ein Taschengeld sei. Sie stießen an und verabredeten sich für den nächsten Tag zum Frühstück.

Mitch ist hin und weg von London, er hat diese Stadt immer gemocht. London war und ist immer noch die bunteste Metropole Europas. In Berlin besteht der berühmte Multi-Kulti-Cocktail aus zwei Teilen Türken, einem Teil Araber und zwei Teilen Osteuropa. In London kommt da einiges hinzu: Inder, Pakistanis, Afrikaner, dazu eine gehörige Portion Karibik und, nicht zu vergessen, der Ferne Osten. Die Kneipen, an denen er vorbeiflaniert, sind eine Offenbarung.

Er muss langsam zurück ins Hotel, er will sich noch frisch machen, bevor sein geheimnisvoller Informant an der Tür klopft. Die Dame an der Rezeption begrüßt ihn wie einen verschollen gewesenen Freund. Er wirft sich auf das Bett, staunt über eine ausnehmend hässliche Stehlampe in der Ecke des Zimmers, und ist nach einer Minute eingenickt.

Dezentes Klopfen an der Tür, einmal, zweimal. Mitch schreckt hoch, stopft sich das Hemd in die Hose und öffnet die Tür.

»Good afternoon, Mr. Berger«, schallt es ihm entgegen. Mitch unterdrückt ein Lächeln, sein Gegenüber sieht ziemlich genauso aus, wie sich der durchschnittliche Kontinentaleuropäer einen Agenten Ihrer Majestät vorstellen würde. Ein hagerer Typ, Schnurrbart, rotbraune Haare, bekleidet mit einem braunen Tweedanzug mit Überkaro, darunter ein weinroter Pullunder, weißes Hemd und Krawatte. Ein fester Händedruck und ein leicht spöttischer Blick aus hellwachen Augen. Mr. Boultner gleitet unaufgefordert in den einzigen Sessel, Mitch nimmt sich den Schreibtischstuhl.

Boultner beginnt zu erzählen, Mitchs Müdigkeit ist wie weggeblasen. Boultner entwirft ein Bild von Oxford Labs, das an einen privaten Geheimdienst erinnert.

»Die Wahlkampfhilfe ist nur die eine Seite der Medaille, natürlich die spektakulärste. Die Oxford Boys handeln mit Daten aller Art, sie bereiten die Zahlen stets wunschgemäß auf. Data-Mining heißt sowas auf Neudeutsch. Eigentlich sind sie eine äußerst erfolgreiche Menschensuchmaschine. Du hast ein Produkt und sie verkaufen dir zehntausend Adressen potentieller Kunden. Wenn jemals der Begriff Datenkrake zutraf, dann auf sie. Unsere lieben liberalen Bürger wittern den bösen Schnüffler immer nur beim Staat, in Wirklichkeit ist der Staat harmlos gegen das, was die private Wirtschaft da längst aufgezogen hat. Ich habe einige Unterlagen kopiert, die belegen, wie es ihnen gelingt, Daten aus sozialen Netzwerken im großen Stil abzuschöpfen.« Mitch bittet um eine kurze Pause, er verschwindet auf der Toilette. Kaum hat er die Tür hinter sich geschlossen, federt Boultner aus dem Sessel hoch, ist mit zwei schnellen Schritten an der Stehlampe und platziert geschickt eine winzige Kamera am Lampenschirm.

Mentoff verschließt seine Villa sorgfältig, er nimmt die Seilbahn hinab ins Tal. Unten wird der Bentley samt Fahrer und Vernon Graves auf ihn warten, sie wollen nach Verona und von dort nach London fliegen. Es ist noch zu früh für Touristen, in der Kabine der Seilbahn trifft Mentoff nur Einheimische, die den reichen Zugezogenen respektvoll, aber auch misstrauisch begrüßen. Die Fahrt an den Ortsrand von Latsch unten im Tal dauert nicht länger als 15 Minuten. Auf dem Parkplatz gegenüber steht der Bentley, Mentoff nimmt hinten Platz, begrüßt erst den Fahrer, dann Vernon Graves.

»Morgen, Carlos, ich hatte gestern noch eine unerfreuliche Begegnung mit Tony Raben, einem der Techniker, der plötzlich über den Tod der Ferrata zu spekulieren begann. Wir haben ja immer gedacht, dass uns die Verschwiegenheitsklauseln der Arbeitsverträge vor Indiskretionen schützen. Stimmt auch, aber bei einem Skandal dieser Größenordnung gilt das leider nicht mehr. Ich fände es gut, wenn du mal mit Raben reden würdest. Ich habe ihm Angst gemacht, du solltest ihm was über die glänzenden medizinischen Ansätze erzählen. Good cop, bad cop war schon immer ein ganz erfolgreiches Spiel.«

Mentoff nickt, macht dann deutlich, dass er auf der Fahrt noch ein wenig dösen möchte.

»Penn du nur«, denkt Graves, »hast es wahrscheinlich in deinem Liebesnest über den Wolken ordentlich krachen lassen.«

Schweigend sitzen die beiden auf der bequemen Lederrückbank des schweren Bentleys. Sie spüren eine ungute Spannung zwischen sich. Die Zeit, als sie sich wie Brüder fühlten, die gemeinsam die Welt erobern können, ist vorbei. Graves hatte

Mentoff damals in New York mit einem sehr distinguiert aussehenden Banker zusammengebracht, der bereit war, ihm neun Millionen Dollar Kredit zu gewähren. Mentoff sah darin endlich eine Chance seinen medizinischen Traum zu verwirklichen, Graves aber hatte sich einer großen italienischen Familie in New York gegenüber verpflichtet, über ihr Investment zu wachen und es zu mehren.

Nach einer gut zweistündigen Fahrt haben sie ihr Ziel erreicht, der Bentley biegt in die Vorfahrt des Flughafens in Verona ein.

Mentoff schüttelt sich, verabschiedet sich von dem Fahrer, der sie morgen Abend nach der Rückkehr aus London hier wieder abholen soll. Dann eilt er, immer noch tief in Gedanken, hinter Vernon Graves ins Terminalgebäude.

Mitch und sein Gast haben längst das Hotelzimmer verlassen, speisen einen leichten Lunch bei einem gepflegten Italiener. Mitch schwirrt der Kopf, er ist froh, dass er weite Teile des Gesprächs auf Band mitgeschnitten hat. Mr. Boultner ist eine Fundgrube an Informationen. Wer über genügend Rechnerkapazität verfügt und darüber hinaus ein ausgefeiltes System der Informationsabschöpfung zur Verfügung hat, der fährt in unserer schönen neuen Welt auf der Überholspur. Oxford Labs verfügt über beides und scheint wenig Skrupel zu haben, diese Fähigkeiten zu Höchstpreisen anzubieten.

Mitch übernimmt die Rechnung, als er die Summe sieht muss er lachen. »Wie zum Teufel überlebt ihr hier, haben die Londoner alle einen Scheich in der Verwandtschaft? In Deutschland gilt Frankfurt als teuer, aber im Vergleich zu euren Preisen hier sind wir Dritte Welt.«

Sie haben lange geredet, es ist halb vier geworden, Mitch bittet Boultner kurz am Gebäude von Oxford Labs vorbei zu schlendern, gerne auf der anderen Straßenseite – sicherheitshalber. Boultner hat wenig Lust, lässt sich aber überreden. Er zaubert eine Schirmmütze aus seiner Tasche und marschiert los. Sie laufen die Shaftesbury Avenue Richtung Leicester Square entlang, nach einer Weile deutet Boultner auf ein modernes fünfstöckiges Gebäude. »Dort sitzt die Company, zumindest die meisten Abteilungen, einige technische Sektionen sind ausgelagert. Mr. Weys, der Chef, residiert ganz oben, hat das Eckzimmer mit einer super Aussicht.« Mitch ist enttäuscht von dem Gebäude, er hatte sich etwas Düsteres, Älteres vorgestellt. Gerade als er »sieht ja aus wie eine Versicherungsfiliale« murmelt, fährt eine dunkle Limousine vor. Gleichzeitig eilt ein älterer, leicht rundlicher Gentleman aus dem Gebäude, wohl um die Ankömmlinge zu begrüßen.

»Scheiße, das glaube ich jetzt nicht, das gibt es nicht, was in aller Welt will der Typ hier?«

»Von wem reden Sie? Der Dicke, der da aus dem Gebäude rennt, ist Sam Allister, ein hochrangiger Mann aus der Datenauswertung.«

»Nein«, flüstert Mitch, »ich meine den Typen rechts, der da gerade ausgestiegen ist und dem Dicken die Hand schüttelt. Der Mann kommt aus einem ganz anderen Film, der sollte eigentlich gerade in den Südtiroler Alpen um eine tote Schauspielerin trauern. Das ist Professor Carlos Mentoff, der Chef einer verdammt merkwürdigen Seelenklinik.«

5

Im Paradise Mountain Resort wird gerade der Cutter und Computerfreak Tony Raben von seinem Chef Markus Balder rundgemacht. Balder hat sich in Rabens Schneideraum aufgebaut und gibt die Prügel weiter, die er gleich nach dem Aufstehen vom Sicherheitschef Vernon Graves bezogen hat. »Wie kannst du nur so blöd sein und dich ausgerechnet mit diesem Mann anlegen, der der engste Vertraute des Chefs ist? Das ist ein ganz harter Hund. Jeder hier weiß, dass der Tod dieser verdammten Schauspielerin für unser Haus hier ein echtes Problem ist. Sowas ist ein Fressen für die Klatschpresse, sowas schreckt potentielle Patienten ab, und dann kommst du Idiot und provozierst noch rum. Als du unterschrieben hast, war dir klar, dass du hier keine preisgekrönten Filme schneiden würdest, sondern Einspieler für die Therapeuten. Das mag für dich als Kreativen ungut sein, aber dafür kriegst du genug Schmerzensgeld. So und jetzt will ich deine Register sehen.« Balder durchstöbert den Computer, checkt die Unterordner, kontrolliert die Liste der Überspielungen an Studio-2. Was er nicht überprüft, ist die Liste der Ausspielungen auf externe Datenträger, dann wäre ihm aufgefallen, das gestern zu später Stunde Teile des Ferrata-Materials auf eine DVD gebrannt wurden. Balder ist zufrieden, an der Tür dreht er sich nochmal zu Raben um: »Der Chef wird morgen zurück sein, ich denke, du musst dich dann bei ihm melden. Tu dir selbst einen Gefallen und mach da nicht die große Welle. Alles klar?« Raben nickt und als sein Chef endlich raus ist, seufzt er erleichtert und ballt triumphierend die Faust.

Mitch spürt die Hand von George Boultner auf seinem Arm: »Mann, das muss ich jetzt nicht verstehen, oder? Aber hör auf so zu starren, du benimmst dich wie ein auffälliger Idiot. Los weiter.« Mitch folgt widerwillig, immer wieder dreht er sich um, sieht die drei Männer jetzt im Gebäude von Oxford Labs verschwinden. Boultner zieht ihn in eine kleine Espresso-Bar. »Setz dich, beruhige dich. Sam Allister ist innerhalb der Abteilung Datenauswertung auch für Kundenkontakte zuständig. Dein Freund da, wie heißt der Mann nochmal?« »Mentoff, Professor Carlos Mentoff, Chefarzt des Paradise Mountain Resorts, ein Schuppen, in dem sich Reiche und Superreiche ihre Macken abtrainieren lassen. Sowas wie die Betty Ford Klinik, aber die machen nicht nur Alkohol, die helfen auch bei Burn-out, bei Kokain, bei Erektionsstörungen, bei allem, was du mit Geld flicken kannst. Was will der Mann hier in London, was will der von einer Firma, die Wahlkämpfer füttert?«

»Na was wohl, der wird Informationen kaufen, ich habe dir doch gesagt, dass die Oxford Jungs auch ein kleines, aber feines Privatkundengeschäft betreiben. Gegen entsprechende Bezahlung liefern die ein Dossier, das dir Informationen über Kontostand, Hobbies, geschmackliche Orientierung, sexuelle Präferenzen und Frühstücksgewohnheiten liefert. Könnte doch für so einen Alpendoktor von Interesse sein genau zu wissen, wer da vor ihm auf der Couch liegt.«

»Brauchst du solche Infos für eine Psychotherapie? Das habe ich noch nie gehört, dass Dr. Sigmund Freud Schnüffler engagiert hat.«

Boultner lacht: »Komm Junge, ist müßig zu spekulieren. Wozu hat deine Redaktion einen Profi gekauft.« Er deutet auf sich. »Lass mich mal zehn Minuten telefonieren.« Boultner zieht sich in den hinteren Teil des Cafés zurück, während Mitch immer noch den Kopf schüttelt. Er muss an die beiden Stapel auf seinem Schreibtisch denken. »Von wegen zwei Stapel, das gehört alles auf einen Haufen. Verrückt«, murmelt er und bestellt einen weiteren Espresso. Boultner kommt zurück: »Sag ich doch mein Junge, der Besucher heißt tatsächlich Mentoff, er ist seit gut zwei Jahren Kunde bei Oxford Labs. Der andere kommt auch aus diesem Alpenclub. Im Moment kriegen sie eine Präsentation über neue Techniken vorgespielt, dann werden sie in ihr Hotel gefahren und heute Abend mit Allister bei Emile essen gehen. Dort wird wahrscheinlich das neue Geschäft besprochen. Für heute Abend ist ein Tisch auf 19:30 Uhr reserviert.« »Wer zum Teufel ist Emile?« Boultner schüttelt verächtlich den Kopf: »Den Namen sollte man selbst in der deutschen Provinz kennen.

Emiles Bistro ist ein sehr angesagter Franzose mit einem Stern, hier ganz in der Nähe, ein geniales Lokal.«

Mitch zuckte etwas, als Boultner sein Frankfurt deutsche Provinz genannt hat, aber er will jetzt nicht mit den Bankern kontern, die gerade von London nach Frankfurt ziehen. »Können wir nicht versuchen, den Tisch daneben zu buchen, um vielleicht etwas von dem Gespräch mitzubekommen?«

»Geht nicht, unmöglich. Sam Allister kennt mich. Aber es gibt da eine andere Möglichkeit.« Boultner lächelt, holt sein Handy aus der Tasche, ruft eine App auf, macht sich umständlich an den Einstellungen zu schaffen, winkt dann Mitch an seine Seite des Tisches. Mitch beugt sich über die Schulter des Engländers und sieht zu seiner Verblüffung ein leicht verrauschtes Bild einer Blümchentapetenwand nebst Stichen von Farnen in dunkelbraunen Holzrahmen. Weiter hinten erkennt er einen Nachttisch samt Telefon. »Das ist mein verdammtes Hotelzimmer, fandest du die Tapete so hübsch, dass du sie unbedingt fotografieren musstest?«

»Hey deutscher Amateurspion, das ist kein Foto, das ist live, ist leider wenig los in deinem Zimmer. Ich habe mir erlaubt eine kleine Kamera bei dir anzubringen, deren Bilder ich über das Handy im Umkreis von 500 Metern empfangen kann.«

»Warum hast du eine Kamera in meinem Zimmer installiert? Was soll der Mist?« Boultner lächelt leicht abschätzig. »Vertrauen ist gut, Kontrolle ist besser, wusste schon ein Russe mit Halbglatze, Lenin hieß der Mann. Ich wollte dich nach deiner Rückkehr ins Zimmer beobachten. Nicht weil ich mich für deine Unterhosen interessiere, aber ich wollte wissen, mit wem du nach deiner Rückkehr telefonierst. Hättest du deine Freundin oder die Redaktion angerufen, okay, alles im grünen Bereich. Hättest du aber Oxford Labs angerufen, hätte ich gewusst, dass du ein Lockvogel bist. Sorry, aber ich bin Profi und misstrauisch. Wenn du wirklich so heiß auf diesen Mentoff bist, dann können wir in einer guten Stunde zu Emile gehen, trinken an der Bar einen Champagner oder einen bescheidenen Montrachet Grand Cru. Du plauderst mit dem Barmann und ich bringe unauffällig dieses kleine Spielzeug an. Mach ich für dich, ist kostenlos, nur leider ohne Ton. Und wir müssen uns in einer Nachbarkneipe aufhalten in einem Radius von maximal 500 Metern, mehr schafft die Kamera nicht.«

Mitch fixiert sein Gegenüber, erst staunend, dann beeindruckt. »Bist ein cooler Hund, die Drinks bei Emile gehen auf mich.«

»Übernimm dich nicht, Emile hat selbst für Londoner Verhältnisse sehr eigene Preisvorstellungen. Aber wir trinken ja jeder nur ein Glas.« Boultner winkt dem Kellner, sie zahlen und machen sich auf den Weg.

Ein paar Mal rechts, ein paar Mal links, ein kurzer Stopp am Hotel, um die Kamera zu holen, und ziemlich schnell stehen sie vor einem von außen recht unprätentiös wirkenden Bistro. Eine schöne, an Paris erinnernde Terrasse in warmen Rottönen.

Mitch steht andächtig vor der Speisekarte, versucht nicht nach rechts auf die Preise zu schielen, liest begierig von Hummervariationen in einer Orangen-Koriandersauce, gefolgt von einem Steinbutt mit Artischocken oder einer Ente mit Spitzkohlcanneloni und Pfirsich.

»Mann, ist der Laden gut, wollen wir eine Kleinigkeit essen?«

»Mitch, die Küche hat noch nicht auf und wir haben etwas anderes vor. Aber du kannst mich gerne auf ein Glas 1997 Château d`Yquem einladen.« Er tippt mit dem Finger auf die Preisspalte. »Fuck«, flucht Mitch, »die nehmen 80 Pfund für ein 0,1 l-Glas. Der Wahnsinn.«

Drinnen gediegene Bistro Atmosphäre, dunkles Holz überwiegt, auf den Tischen rot weiß karierte Tischdecken. Boultner, der scheinbar häufiger hier verkehrt, begrüßt den jungen Mann hinter der Theke, bestellt zwei Gläser Chablis und fragt in unverbindlichem Plauderton: »Kommt der alte Allister immer noch so gerne, habe ihn lange nicht gesehen?« Der junge Franzose nickt, lächelt und erzählt mit charmantem Akzent, dass Monsieur Allister heute Abend reserviert habe, dort in der Ecke werde er sitzen.

Mitch verwickelt den Barmann in ein Gespräch über die Speisekarte, während Boultner sich auf die Toilette verzieht. Aus dem Augenwinkel sieht Mitch, wie er auf dem Rückweg kurz an dem Dreiertisch hält und mit einer geschickten Handbewegung die kleine Kamera an einer Wandlampe befestigt. Mitch zahlt kommentarlos, aber empört, 60 Pfund für die beiden Gläser Chablis und die beiden verlassen Emiles Bistro um 18:35 Uhr.

Mentoff hat sich für einen Moment auf sein Hotelbett gelegt, er will vor dem Essen mit Allister noch ein wenig ruhen und nachdenken.

Er mag Sam Allister nicht besonders, überhaupt ist ihm der ganze Kontakt zu Oxford Labs suspekt, aber Vernon Graves besteht darauf, er meint, für ihre Sonderpatienten seien die Informationen der Engländer unverzichtbar. Er hat deshalb mit Graves gestritten, aber wie häufig am Ende klein beigegeben.

Mentoff fühlt sich in letzter Zeit manchmal schlapp, er weiß genau, dass das alles mit den ungelösten Konflikten mit Graves zusammenhängt. Wohin wollen sie – wollen sie medizinische Innovation oder größtmöglichen Profit? Für Vernon Graves stellt sich diese Frage nicht, für Carlos Mentoff schon.

Auf dem Hotelbett liegend spürt er die Müdigkeit, er dämmert, gleitet in einen Tagtraum. Wie im Film zieht sein Leben an ihm vorbei.

Carlos Mentoff ist als Karl Mentoff in der Nähe von Heidelberg geboren worden. Sein Vater war Deutscher, die Mutter Brasilianerin. Als Karl fünf war, machte der Maschinenbaubetrieb Pleite, in dem sein Vater als Ingenieur angestellt war. Die Familie packte die Koffer und versuchte ihr Glück in Brasilien. Materiell kamen sie über die Runden, aber es musste immer auf das Geld geachtet werden. Seine Mutter blühte auf, Karl aber ging ein wie eine Primel. Er liebte das Meer und die Sonne, aber er hasste es, ewig der tumbe Gringo zu sein, über dessen Akzent alle anderen lachten. Mit zwanzig ging Karl Mentoff zurück nach Deutschland und studierte Medizin. Er interessierte sich brennend für Hirnforschung, entschied sich dann aber doch für eine Facharztausbildung als Chirurg. Dafür gab es nur einen einzigen Grund: Karl Mentoff wollte nie wieder arm sein, er war wild entschlossen, Geld zu verdienen, viel Geld. Als er merkte, wie mühsam ein Leben als Assistenzarzt in einem deutschen Krankenhaus war, spezialisierte er sich auf plastische Chirurgie und kehrte nach einigen Jahren nach Rio de Janeiro zurück, wo seine Künste bei reichen Damen sehr schnell ziemlich hoch im Kurs standen. Brasilien ist gnadenlos auf Jugend und Schönheit ausgerichtet, für geschickte Männer wie Karl Mentoff, der sich inzwischen Professor Carlos Mentoff nannte, eine Goldgrube. Den Professorentitel verdankte er einer großzügigen Spende an die Universität von Belo Horizonte. Ziemlich schnell allerdings begannen ihn Silikonbrüste, begradigte Nasen und abgesaugte Hüften zu langweilen. Sein Verhältnis zu seinen Patienten wurde immer zynischer, er fand die eitlen, stets ein wenig hysterischen Damen der Gesellschaft lächerlich. Auch ihre dicklichen Ehemänner, bei denen es um Haartransplantationen und den Erhalt der ewigen Jugend im Unterleib ging, waren ihm zuwider. Er hasste es, den stets dienstleistungsbereiten Leibarzt zu geben. Diese Leute finanziell zu schröpfen war völlig legitim, war Notwehr. Er vertiefte sich immer mehr in die Lektüre wissenschaftlicher Abhandlungen über Hirnforschung und über den Einsatz von bildgebenden Techniken in der Psychotherapie. Zu Hause, in seinem damaligen Appartement in Leblon, das er alleine bewohnte, blickte er auf die anrollenden Wellen des Atlantiks, merkte, dass er zu viel trank und dass die Mulattinnen, die ihn besuchten immer jünger wurden. Er träumte von einer eigenen Privatklinik, in der er Psychotherapie nach wirklich modernen Methoden anbieten wollte. Er verkaufte seine Klinik in Rio und zog durch Europa und die USA. Erst fand er das verfallene Paradies Hotel im Martelltal, dann lernte er in New York Vernon Graves kennen. Ihm war schon klar, dass die Geldgeber, die Vernon besorgt hatte, bestimmt nicht in Albert Schweitzers Klinik in Lambarene investiert hätten, trotzdem überraschte es ihn, wie schnell und wie hart Vernon ein Mitspracherecht in der Klinik einforderte. Mentoff hatte nie darüber nachgedacht, was eigentlich passieren würde, sollte er sich ernsthaft weigern Vernons Forderungen zu erfüllen.

Schwitzend wachte Carlos Mentoff auf, er hatte keine halbe Stunde geschlafen.

Mitch und George Boultner sitzen in einem kleinen italienischen Lokal, 200 Meter Luftlinie von Emiles Esstempel entfernt. Um

19:25 Uhr stellt Boultner die Kamera auf Übertragungsmodus. Das Bild flackert, dann stabilisiert es sich. Plötzlich wird das Bild dunkel, dann erkennen sie den Rücken eines der Kellner, der drei Herren an den Tisch bittet.

Mentoff sitzt leicht schräg, fast mit dem Rücken zur Kamera, die über seine Schulter blickt, sein Gesicht ist nur im Anschnitt erkennbar. Rechts von ihm hat Sam Allister Platz genommen, der beim Kellner erst mal drei Gläser Champagner ordert. Vernon Graves, den Mitch, aber auch George Boultner nicht kennt, sitzt Mentoff gegenüber und blickt fast genau in die Kamera. Beim Essen wird höflich geplaudert, so zumindest deuten die beiden Zuschauer das für sie stumme Gespräch.

Boultner schaltet nach dem Zwischengang die Kamera für gut 30 Minuten ab, um Akkukapazität zu sparen. Als das Bild wieder hochfährt, werden gerade die Reste einer Ente weggeräumt, von der Mitch unendlich gerne gekostet hätte.

Sie haben Glück: Als der Kellner den Tisch verlässt, greift Mentoff in die Innentasche seines Jacketts, holt drei zusammengefaltete Blätter Papier heraus und streicht sie gerade.

Für einen kurzen Moment wird eine Überschrift sichtbar.

Boultner tippt blitzschnell zweimal auf sein Handy. »Super, das habe ich im Kasten, vielleicht können wir auf dem Foto die Schrift vergrößern und lesen.«

Mentoff gibt die Blätter an Allister, der blättert sie durch, nickt beruhigend, erklärt offensichtlich, dass alles kein Problem sei und Oxford Labs selbstverständlich liefern könne.

»Scheiße«, flüstert Boultner leise, »der Typ ist ein Profi, ich glaube, er hat uns.«

Jetzt bemerkt auch Mitch, dass der dritte Mann unverwandt in die Kamera blickt.

Hilflos sehen Mitch und Boultner zu, wie Vernon Graves hochschnellt, sein Bild auf dem Handy wird größer, jetzt ist nur noch eine Hand erkennbar, die immer bildfüllender wird, dann wackelt das Bild, die Übertragung bricht ab. »Verfluchter Mist«, schimpft Boultner, »jetzt sitzen wir in der Scheiße und zwar fett. Der Typ an der Bar wird sich erinnern, dass ich mich nach Allister erkundigt habe, dann müssen sie nur noch eins und eins addieren. Der Barmann kennt mich, zwar nicht namentlich, aber er kann Allister erklären, wer ich bin. Und dann steht die Security bei mir vor der Tür. Nicht lustig.«

Bei Emile herrscht helle Aufregung. Vernon hat einen der Kellner am Revers gepackt, Allister und der Restaurantleiter versuchen, ihn zu beruhigen. Der Barmann schaltet sich ein, berichtet von den beiden Besuchern, die sich am späten Nachmittag nach Allister erkundigt hätten. Graves fährt herum, fixiert jetzt den Barmann. Dann wendet er sich zu Mentoff und Allister. »Ich glaube, ihr beide geht jetzt besser, ich habe hier noch etwas mit dem jungen Mann zu klären.«

Allister widerspricht ihm, »Mister Graves, ich glaube, diese Überwachung richtete sich gegen meine Person, der Typ hat sich nach mir erkundigt. Unsere Security ist tough, die werden sich drum kümmern.«

Graves schüttelt den Kopf: »Ich bin meine eigene Security, bitte gehen Sie jetzt, wir treffen uns in ein paar Minuten in Ihrem Büro.«

Allister zahlt und verlässt mit Mentoff widerwillig das Lokal.

Kaum sind die beiden durch die Tür, baut sich Graves vor dem Restaurantleiter auf. Dem ist die Situation äußerst peinlich, von den anderen Tischen kommen neugierige Blicke.

»Mir ist das scheißegal, ob deine Ente 200 oder 300 Pfund kostet, mir ist es auch scheißegal, welche Lords und Ladies sich jetzt gerade gestört fühlen. Ich bin in deinem Laden gefilmt worden, das reicht mir. Ich muss wissen von wem und warum. Deswegen möchte ich jetzt in Ruhe mit diesem jungen Mann plaudern, wir können das gerne hier vor allen Gästen machen, vielleicht hast du aber irgendwo ein ruhigeres Plätzchen.«

Graves trägt zwar Anzug, aber sein Auftreten jetzt ist das eines Straßenschlägers. Der Restaurantchef merkt das, zieht den Barmann und Graves in sein Büro. Graves drängt den Restaurantchef hinaus, verschließt die Tür von innen und schlägt ansatzlos eine Gerade ins Gesicht des Barmanns, dessen Nase ein knirschendes Geräusch von sich gibt und sofort heftig zu bluten beginnt. Er wankt, geht zu Boden, rappelt sich hoch und fängt den nächsten Schlag.

»So, mein Junge, das können wir jetzt die nächste halbe Stunde fortsetzen, vielleicht stehst du ja auf Prügel. Wer waren die beiden Typen?«

Der Barmann wischt sich das Blut mit dem Ärmel seines Jacketts ab. »Hör auf, ich kenne die Namen nicht. Einer war ein Deutscher, mit dem habe ich geredet, konnte gut Englisch, aber eher mit amerikanischem Akzent. Der andere eindeutig ein Engländer, der war früher häufiger mit Allister und anderen Leuten von Oxford Labs hier.« Er liefert eine so genaue Beschreibung von George Boultner, dass Graves darauf verzichtet, ihm noch eine reinzuhauen. Er blickt auf den derangierten Barmann, wirft ihm eine Serviette zu und murmelt: »Sorry, ist nichts Persönliches. Mach dich sauber, bevor du reingehst, sonst erschreckst du noch die Damen.« Die Bürotür fällt hinter ihm ins Schloss, Graves nickt dem Restaurantchef zu und verlässt Emiles Bistro.

Mitch und Boultner haben bei dem kleinen Italiener die Rechnung bezahlt. Das Handy hat nicht die ganze Aufzeichnung gespeichert, sondern nur jede halbe Minute einen Screen Shot sowie die manuell ausgelösten Screen Shots. Sie blicken auf das Papier, das zum Teil von Mentoffs Schulter verdeckt ist. Sie ziehen das Bild größer und Mitch kann einige Zeilen entziffern. »Dossier Peer Hollbach«, liest er, darunter: »Manhattan Trust Bank, MTB«.

Als Mitch den Namen notiert, erinnert er sich, vor einiger Zeit im Lokalteil der FAZ unter der Rubrik Frankfurter Gesichter von dem Mann gelesen zu haben, einem hochkarätigen Investmentbanker, einem der Stars der Szene.

George Boultner ist nicht mehr bei der Sache, er telefoniert hektisch, ist sichtlich in Sorge.

»Mitch, du musst raus aus dem Hotel, du fährst sofort nach Heathrow, nimm dir ein Taxi, buche dich auf die Morgenmaschine nach Frankfurt und schlafe die Nacht in irgendeinem Airport Hotel. Ist sicherer. Die werden das alles gar nicht lustig finden, die Typen sind durch die Bank ein wenig paranoid und wittern jetzt ganz gefährliche Verstrickungen. Ich werde mich zu Hause verbarrikadieren oder abhauen. Vielleicht haben wir ja Glück, aber ich glaube, eine Reaktion werden wir kriegen.

Ich werde morgen mit Allister sprechen und ihm irgendwas erzählen. Vielleicht hilft das. Die Bilder der drei überspiele ich dir morgen per Mail. Okay? Wir bleiben jedenfalls in Kontakt.«

Boultner klopft Mitch auf die Schulter und stürmt aus dem Lokal.

Nur einige hundert Meter entfernt betritt Vernon Graves wieder ganz ruhig das Büro von Sam Allister im vierten Stock des Oxford Labs Gebäudes. Mentoff und Allister starren ihn neugierig an. »Alles gut, noch alles Porzellan heil bei dem lieben Franzosen.«

Dann folgt, er fixiert Allister dabei, eine genaue Beschreibung des Unbekannten, einige Namen von Personen, mit denen er gemeinsam bei Emiles war, sowie einige Daten, die alle durchweg mindestens anderthalb Jahre zurückliegen. Mentoff ist beeindruckt, wie cool und präzise Graves die Informationen abspult. Er sieht die Hautabschürfungen an Graves' rechter Hand und fröstelt leicht bei der Vorstellung, wie Graves an diese Infos kam.

»Das ist Boultner, das muss George Boultner sein, natürlich«, ruft Allister erleichtert.

»Ja, das ist George Boultner, ohne Zweifel. Ein früherer Angestellter, von dem wir uns getrennt haben. Ein Mann, der wenig wirklichen Einblick in die Firma hat, ein früherer MI5-Mann, den wir zur Kontaktpflege mit den Diensten eingestellt hatten und der sich jetzt mehr oder weniger frei durchs Leben schlägt. Keine Ahnung, was der mit der Kamera wollte.«

Graves lässt nicht locker, bis Allister nach einigen Telefonaten eine aktuelle Adresse liefert. Dann bittet er Allister in einem harten Kommandoton um einen Kontakt zum Chef der Security. Graves hat Glück, der Mann ist noch im Haus, er kommt umgehend in das Büro, wo Allister ihn bittet, Herrn Graves alle Wünsche zu erfüllen. Graves nickt zufrieden, verlässt mit dem Security Mann das Büro.

Er fackelt nicht lang: »Ich brauche von Ihnen eine Waffe, am besten eine, die nicht auf die Firma registriert ist, und zwar sofort.«

Der Security Mann grinst: »Vielleicht noch zwei Handgranaten? Aber Okay, Sam Allisters Freunde sind meine Freunde.

Kommen Sie mit.« Ein Stockwerk tiefer öffnet der Mann einen gut gesicherten Raum, holt aus einem Metallschrank eine in ein öliges Tuch gewickelte 9 mm-Pistole vom Typ Glock 17 und strahlt Graves an. »Viel Glück damit, ist ein Schätzchen, wiegt fast nichts, können Sie behalten.«

Graves schüttelt ihm die Hand, kehrt zurück in Allisters Büro. Er wendet sich an Mentoff: »Carlos, lass uns bitte gehen, wir haben noch einiges zu erledigen.« Er bittet Allister um seine Handynummer und die beiden verlassen das Büro.

»Was hast du vor?« zischt Mentoff.

Graves stoppt abrupt: »Wenn mich einer heimlich filmt, dann gibt es zwei Möglichkeiten sich zu verhalten: Entweder es ist das FBI, dann frage ich ganz höflich nach der richterlichen Genehmigung, wenn es aber ein privates Arschloch, irgendein kleiner Gangster war, dann gibt es einen zwischen die Hörner und zwar sofort. Dann will ich wissen, wer und warum.« Sie erreichen ihr Hotel, Graves drängt Mentoff in die Bar, er bestellt umständlich und sehr lautstark, streitet mit dem Kellner. »Ich brauche hier ein Alibi. Der Kerl wird sich an mich erinnern. Du bleibst bitte noch mindestens zwei Stunden hier, kein Mensch wird bei dem Gewühl nachher wissen, ob ich die ganze Zeit neben dir gesessen habe oder nicht.«

»Was zum Teufel hast du vor?«

»Was wohl, ich will wissen, wer uns gefilmt hat und warum. Also muss ich den Besitzer der Kamera fragen und zu genau dem fahre ich jetzt.«

Vernon schlendert unauffällig aus der gut besuchten Bar, eilt auf sein Zimmer, zieht sich um. Auf den Überwachungskameras des Hotels sieht man kurz danach einen gebückten Mann, der zur dunklen Lederjacke eine genauso dunkle Mütze trägt. Er verlässt das Hotel durch den Nebeneingang, und solange er im Bereich der Kameras ist, zieht er ein linkes Bein nach.

Er eilt in Richtung der nächsten U-Bahnstation.

In seinem Blümchenzimmer schrillt Mitchs Handy. Boultners Stimme klingt gehetzt.

»Wo bist du Mitch?« Als Mitch wahrheitsgemäß erzählt, er sei noch beim Packen im Hotel, rastet Boultner regelrecht aus.

»Verdammt, Mann, wie blöd bist du denn?! Du solltest längst im Taxi nach Heathrow sitzen. Das ist kein Witz. Ich weiß nicht, was mich geritten hat, da die Kamera hinzuhängen – aber es war ein Amateurfehler. Ich werde in einer halben Stunde hier verschwinden, dann habe ich meine Sachen zusammen. Die Oxford Labs Security-Jungs sind keine Killer, aber sie können ganz schön unangenehm werden. Eine letzte Info noch für dich, dann gehen wir beide erst mal auf Funkstille. Ich habe mit meinen Freunden im Lab telefoniert, Mentoff will komplette Dossiers über vier Leute, vor allem psychologische Profile, also eine genaue Social Media-Recherche. Von den vier Leuten habe ich immerhin zwei Namen. Also, schreib mit: Peer Hollbach, Banker, du hattest richtig gelesen, und Dr. Werner Reinhausen, keine näheren Angaben. Mitch, jetzt verpiss dich aus dem Hotel und gehe in irgendein verdammtes Holiday Inn am Flughafen.«

»Mann, was ist mit dir? Wenn die sauer sind, bist du doch viel mehr gefährdet! Deine Identität könnten die ermitteln, meine nie.«

»Danke, Mitch, für dein Mitgefühl, aber das hier ist meine Stadt, ich bin ein ehemaliger Profi, ich kann schon auf mich aufpassen. Over and out.«

Es knackt in Mitchs Hörer, Boultner hat aufgelegt.

Vernon Graves hat sich von einem Taxi gut 500 Meter von Boultners Adresse entfernt absetzen lassen. Er checkt die Lage, Boultner bewohnt eines der typisch englischen Reihenhäuser, handtuchschmal, drei Stockwerke, roter Backstein. Rund ums Haus ein verwilderter Garten, hinten eine Garage. Vernon Graves steigt über den Zaun, versteckt sich in der Nähe der Garage hinter einem Busch. Er trägt jetzt Handschuhe. Er spekuliert darauf, dass George Boultner das Haus verlassen wird, setzt alles auf diese Karte. Er holt die Glock 17 aus der Tasche, er hat nicht vor sie zu benutzen, aber sie ist ein vorzügliches Mittel, um Boultner an einer lautstarken Auseinandersetzung zu hindern. Seine einzige Sorge ist, dass Boultner das Haus bereits verlassen und nur zur Tarnung die Lichter angelassen hat.

Er schmunzelt zufrieden, als im zweiten und dritten Stock die Lichter ausgehen, dann auch im Erdgeschoss. Wie erhofft verlässt Boultner das Haus durch die Küche, nimmt den hinteren Ausgang zur Garage. Als Boultner den Schlüssel ins Schloss schiebt, nutzt Graves die Gelegenheit. Er schnellt aus seinem Versteck, ist mit einem lautlosen Satz hinter Boultner und hält ihm die Glock an die Schläfe. »Mach jetzt keinen Fehler, alter Mann, mach ganz sanft die Tür wieder auf, lass die Lampen aus und rein mit dir. So ist brav, jetzt mach das Licht an, aber ganz langsam.«

Boultner denkt fieberhaft nach, er hebt vorsichtig eine Hand, und während er mit der linken Hand nach dem Lichtschalter tastet, findet seine rechte Hand das Handy in der Jackentasche. Er drückt auf Wahlwiederholung. Dann erst betätigt er den Lichtschalter und sieht Vernon Graves' wütendes Gesicht etwa einen Meter vor sich. Boultner erkennt sofort den Begleiter Mentoffs aus dem Restaurant.

»Warum filmst du mich? Wer bist du, für wen arbeitetest du«, faucht der Eindringling. »Mann, sei cool bitte, ich habe dich nicht gefilmt, ich wollte Allister beobachten. Ich arbeite für die Innenrevision von Oxford Labs, wir verdächtigen Sam Allister des fortgesetzten Spesenbetrugs.«

Mitch sitzt im Taxi nach Heathrow, als sein Handy klingelt. Ein schneller Blick aufs Display, es ist Boultner. Mitch nimmt den Anruf an, hört aber nur Rauschen am anderen Ende. Dann Stimmen, schwer verständlich. Es ist Boultner, der irgendetwas murmelt, das wie Spesenbuch klingt. Dann hört er das höhnische Lachen eines anderen Mannes. »Das ist die blödeste Story, die ich seit Jahren gehört habe. Innenrevision, deswegen hast du auch einen Deutschen dabeigehabt. Klar, die Krauts waren schon immer super Buchhalter. Mann, noch so eine Lüge und ich schicke dich zur Endrevision. Aber vielleicht sollten wir erst mal mit deiner Kniescheibe beginnen.«

Boultner spürt jetzt den Schweiß auf seiner Stirn.

Er sieht die Glock 17 nach unten schwenken, jetzt zielt sie auf sein rechtes Knie.

»Okay, Mann, keep cool, sorry, vergiss die Innenrevision, die Wahrheit ist mir peinlich. Ich habe früher für Oxford Labs gearbeitet und habe jetzt Informationen über die Firma an eine deutsche Zeitung vertickt. Es ging uns nur um Allister. Das ist die Wahrheit.«

Als Boultner bemerkt, dass sein Gegenüber beginnt, über das Gehörte nachzudenken und dadurch etwas an Aufmerksamkeit verliert, wittert er seine Chance. Gleich neben ihm auf der Spüle steht ein Messerblock, er erreicht ihn und schleudert ihn in Richtung des Angreifers. Er trifft Graves, aber nicht hart genug, der reißt die Glock hoch und feuert auf Boultner. Die Kugel erwischt ihn in der Schulter. George Boultner sieht plötzlich alles in Slow Motion, er will sich an der Spüle festhalten, greift ins Leere. Er sieht den Mann vor sich plötzlich verzerrt, sieht, wie der sich zu einer länglichen Fratze verformt und sich zu ihm nach unten beugt. Es wird plötzlich sehr warm, Boultner fühlt sich nicht unwohl, nur die Hitze ist zu viel. Es wird schwarz um ihn.

Als Mitch den Schuss hört, schreit er auf. Der Taxifahrer schaut ihn erschrocken an, hält ihn ganz augenscheinlich für sturzbetrunken. Mitch murmelt etwas von Polizei, der Taxifahrer stoppt abrupt: »Sir, da vorne ist Ihr Hotel, bitte laufen Sie die restlichen hundert Meter. Ich habe keine Lust, betrunkene Deutsche zu fahren.« Mitch zahlt, das Telefon am Ohr.

Er ist still am anderen Ende, leises Rascheln ist alles, was er hört. Mitch möchte die Polizei rufen, will aber auch nicht auflegen. Dann wird ihm klar, dass er keine Ahnung hat, wo sich Boultner und der Killer befinden. Jetzt hört er Schritte.

Vernon Graves ist geschockt, das Ding ist völlig aus dem Ruder gelaufen.

»Verdammt, ich wollte den Alten nicht töten, warum wirft der auch den verdammten Messerblock nach mir.«

Graves steht jetzt vor Boultners Schreibtisch. Er wühlt in Papieren, die in einem Ablagekorb liegen. Er sieht eine Quittung mit dem Briefkopf eines bekannten deutschen Magazins.

Unter Betreff ist vermerkt: Recherche Oxford Labs. »Fuck, der alte Mann hat die Wahrheit gesagt, es geht um die Oxford-Leute, gar nicht um uns.« Graves schüttelt den Kopf, blickt sich noch einmal in der Küche um.

Er sieht, dass Boultner noch atmet, blickt auf die Glock 17, schüttelt den Kopf. Er eilt zurück in das Wohnzimmer, mit schnellen geübten Bewegungen reißt er Schubladen aus den Schränken, nach wenigen Sekunden sieht das Zimmer aus, als habe ein Hurrikan gewütet. Er beugt sich über Boultner, nimmt ihm den Autoschlüssel und die Brieftasche ab, schaut sich um und ist zufrieden. »Okay, sieht aus, als hätte einer Geld und Autoschlüssel gesucht, der Alte ist dazugekommen und hat Pech gehabt.« Das ist der Plan für den Fall, dass Boultner stirbt. Er überlegt, ob er wirklich riskieren soll, Boultner am Leben zu lassen. Dann steckt er die Pistole ein, er ist sich plötzlich sicher, dass der Ex-MI5-Mann mit seiner Story nicht zu Scotland Yard rennen wird.

Graves löscht das Licht, huscht zur Garage, öffnet das Tor und fährt in Boultners altem Vauxhall los.

Mitch steht immer noch starr wie eine Salzsäule und verflucht seine Hilflosigkeit. Nach wie vor hält er das Telefon an sein Ohr gepresst. Jetzt wieder ein Geräusch, ein Röcheln, dann ein Flüstern: »Er ist weg, Mitch, ich habe mich tot gestellt. Bin aber höchstens halbtot. Ich lege jetzt auf, muss zum Krankenhaus, hab da einen Kumpel, der regelt das unter der Hand.«

»Hey Boultner, was redest du da, lass uns zur Polizei gehen, du musst den Typ anzeigen. Wer war das überhaupt?«

»Na der Typ, der mit Mentoff in der Kneipe war. Mitch, vergiss es. Ich blamiere mich nicht mit dieser Story. Keine Polizei, ich melde mich.«

Graves ist mit dem Vauxhall in eine finstere Gegend in Brixton gefahren. Er hält auf einem leeren Grundstück an, findet im Kofferraum ein altes Hemd, reißt es in Streifen, öffnet den Tankdeckel, stopft die Stoffstreifen in den Tank, wartet, bis der Benzingeruch stärker wird, hält dann die Flamme seines Feuerzeugs an den Stoff, und beeilt sich, das Trümmergrundstück zu verlassen. Er ist vielleicht zwanzig Meter weit gekommen, als hinter ihm ein Feuerball in den Himmel schießt. Vernon Graves grinst: »Alles klar, Kids klauen Auto, töten alten Mann, fackeln Auto ab, scheiß Jugend heutzutage.«

Er läuft eine halbe Stunde durch die Gegend, schmeißt die nach Sprit riechenden Handschuhe in einen Abfallcontainer eines chinesischen Imbisses. Er erreicht das Hotel, schlüpft unerkannt durch den Hintereingang, kommt ungesehen in sein Zimmer und sitzt fünf Minuten später neben einem reichlich angetrunkenen Carlos Mentoff.

Der Professor starrt ihn an. »Was ist los? Erzähl, was hast du gemacht, rede in Gottes Namen.« »Alles cool, Doktor, ging nicht um uns. Ging um die Oxford Leute.« »Was ist mit dem Typ, Boultner oder wie der hieß?« »Der hatte einen Schwächeanfall, los, komm hoch, wir müssen noch mit Allister sprechen.«

Carlos Mentoff hat leichte Schlagseite, verabschiedet sich freundlich von seinen Nachbarn an der Bar. Oben im Zimmer wählt Graves Allisters Nummer. In ziemlich harschem Ton erklärt er dem aus dem Schlaf geschreckten Engländer, was dieser zu tun habe.

»Sie gehen morgen als erstes zu Monsieur Emile. Die Typen in der Kneipe sind die einzigen, die eine Verbindung zwischen Mentoff, mir und Mister Boultner herstellen können. Sie werden Emile ausrichten, dass es sich für seinen Laden erheblich mehr lohnt, wenn sich niemand an die Nummer mit der Kamera erinnern kann. Es gab nie eine Kamera, es gab nie einen Boultner, dafür wird Oxford Labs die Zahl seiner Besuche bei Emile verdoppeln und die Trinkgelder erhöhen. Alles klar, Mister Allister?«

»Was ist mit Boultner geschehen?« »Der ist bedauerlicherweise überfallen worden. Noch unklar, ob er überlebt. Sollte er überleben, dann werden Sie es als erster erfahren. Müssen Sie jetzt nicht verstehen, glauben Sie mir einfach.« Graves legt auf.

»Was ist mit dem Mann passiert?« Mentoff hat sich vor Graves aufgebaut und fordert eine Antwort.

»Okay Carlos, es gab einen Kampf, den ich nicht wollte, er hat mich angegriffen, ich habe geschossen, ihn getroffen, er ist zu Boden gegangen und aus. Ich hätte ihm sicherheitshalber noch eine Kugel verpassen müssen, habe ich aber nicht getan, weil ich in der Zwischenzeit eine Rechnung gesehen habe. Er hat Geld kassiert für eine Recherche über Oxford Labs, es ging um die, nicht um uns. Alles ist gut, lass uns jetzt pennen, ich bin flach.«

Carlos Mentoff klopft Graves auf die Schulter. »Ich hoffe, er lebt. Ich hatte Angst, du würdest ihn töten. Gott sei Dank. Ich hoffe, er kommt durch.«

Mitch liegt in einer schmalen Schachtel, für die er 140 britische Pfund bezahlen muss und kann nicht schlafen. Was nicht am Lärm des Flughafens Heathrow liegt. Er murmelt vor sich hin. »So ein Mist, ich habe ehrlich gedacht, ich erlebe seinen Tod am Telefon mit. Dass der verrückte Kerl nicht zur Polizei will, kann ich verstehen. Dann würde ja aktenkundig werden, dass ein Ex-MI5-Mann gegen Geld Tipps an die Presse gibt. Für Boultner wäre das das Ende seines Geschäftsmodells. Ich bin mir sicher, ich bin nicht der einzige Journalist, dem er Tipps zusteckt.«

Mitch dreht sich, findet keinen Schlaf. Er versucht, sich an die Speisekarte von Emile zu erinnern, aber selbst die hilft ihm nicht beim Einschlafen.

Dann endlich weiß er, wie es weitergehen wird.

Die Oxford Labs Story ist tot, ohne Boultners Papiere kann er stimmungsvolle und meinungsstarke Artikel schreiben, aber er kann keine neuen Fakten präsentieren. Boultner aber wird jetzt all sein schönes Insiderwissen an Allister verkaufen. Besser: sein Schweigen darüber. Boultner hat nach den Ereignissen dieser Nacht plötzlich Allister und Oxford Labs in der Hand, er kann sie mit diesem Mordversuch erpressen. Boultner braucht keine Journalisten mehr, seine kaputte Schulter wird ihm mehr einbringen, als irgendeine Redaktion auf dieser Welt zahlen kann.

Mitch hat nur noch eine Story.

Aber eine gute.

Mitch wird sich jetzt um den Investmentbanker Peer Hollbach kümmern, seine Story heißt ab jetzt Paradise Mountain Resort. Es gibt nur noch diese eine Story. »Sie haben gewonnen, Madame Ferrata, ich werde rauskriegen, was mit Ihnen geschehen ist.«

6

Mitch ist zurück in Frankfurt, zwei Tage sind seit dem Ausritt nach London verstrichen.

Er schiebt den Anruf in der Redaktion des Magazins vor sich her, er drückt sich, seinem Auftraggeber mitzuteilen, dass die Oxford Labs Story tot ist. Kein angenehmes Gespräch, selbst wenn er verschweigt, dass der Informant nach einer 9 mm-Kugel in der Schulter die Seiten gewechselt hat. Dann kommt eine Mail von Boultner. Ein Freund habe die Wunde versorgt, er habe Glück gehabt, ein glatter Durchschuss, ohne Schäden an Knochen oder wichtigen Organen. Und dann steht da genau der Satz, mit dem Mitch gerechnet hat. Boultner bittet um sein Verständnis. Er habe mit Allister ein Agreement getroffen. Er verzichte auf eine Anzeige gegen den Schützen, er habe sich des Weiteren dazu verpflichtet niemanden bei Recherchen gegen Oxford Labs zu unterstützen und er werde dafür im Gegenzug eine ausgesprochen großzügige finanzielle Kompensation erhalten. Er bitte daher den lieben Mitch um Verständnis, dass er die Zusammenarbeit leider beenden müsse. Mitch ist stinkig, beschließt aber cool zu bleiben.

»Lieber George«, antwortet er, »ich gehe davon aus, dass du jetzt häufiger bei Emile speisen wirst, alleine oder mit dem reizenden Sam Allister. Viel Spaß dabei und trinke nicht zu viel Chateau d´Yquem, sonst musst du schon nächstes Jahr wieder ins Aktenverkaufsgeschäft einsteigen.«

Jeder ist sich selbst der nächste.

»Vergiss endlich Oxford Labs, vergiss Donald Trump und die Wahlen, vergiss George Boultner«, flucht Mitch vor sich hin, »die jetzt wichtige Frage heißt doch: Warum eröffnet der Begleiter des Direktors des Paradise Mountain Resorts das Feuer mit einer 9 mm-Knarre auf jemanden, der ihn gefilmt hat? Was haben die da auf ihrem Berg zu verstecken? Was zum Teufel treiben die da, dass sie so radikal reagieren? Und warum haben sie Geschäftsbeziehungen zu einem ultramodernen Datenunternehmen, zu Leuten, die für ihren Service bestimmt eine Mörderkohle verlangen. Okay, kriege es raus, Mann.«

Mitch ist erleichtert, er hat ein Ziel. Zwar fehlt ihm jede Ahnung, wie dieses Ziel zu erreichen ist, aber egal, er hat ein Ziel und das ist alles andere als alltäglich im Leben des Mitch Berger.

Gerade will er sich in sein Selbstmitleid fallen lassen, da holt ihn sein Handy in die Wirklichkeit zurück. Ein Anruf, mit dem Mitch so schnell nicht gerechnet hat, Peter Zerber, Mitchs Kontaktmann beim Verfassungsschutz ruft zurück. »Also, Herr Berger, unsere italienischen Kollegen haben die zuständige Polizei sanft unter Druck gesetzt, aber ich glaube nicht, dass das Ergebnis Ihnen gefallen wird. Die italienische Polizei wertet den Fall als Selbstmord. Es wurden bei Frau Ferrata keine Kampfspuren entdeckt, nur harmlose Hämatome an den Armen, die wohl von einem groben Pfleger oder Arzt stammen. Sie hatte ein paar Beruhigungsmittel im Blut, eine hohe, aber keine sehr hohe Konzentration. Als auffällig vermerkt haben die Kollegen, dass an den Sohlen von Turnschuhen, die neben dem Bett standen, sehr frische Spuren von Waldboden entdeckt wurden – als hätte die Dame unmittelbar vor ihrem Tod einen Spaziergang unternommen.«

Mitch atmet hörbar aus, er ist enttäuscht, er hat tatsächlich auf ein anderes Ergebnis gehofft. »Danke, Herr Zerber, besten Dank, konnten Sie etwas über Professor Mentoff und seine Leute rauskriegen?«

»Ja, klar doch. Mentoff ist ein spannender Mann mit einem großen Interessengebiet. Sein Geld hat er mit plastischer Chirurgie gemacht. Andererseits scheint er ein großes Interesse für Psychologie, für Psychoanalyse und für Hirnforschung zu haben. Sein Umfeld ist sauber, die im Paradise Mountain Resort beschäftigten Ärzte sind allesamt gut beleumundet. Ein bunter Vogel scheint sein Sicherheitschef zu sein, ein US-Amerikaner namens Vernon Graves. Graves hat eine Vorstrafe aus New York wegen Erpressung und Körperverletzung, vor seiner Zeit im Paradise hat er zuletzt als Geschäftsführer zweier italienischer Lokale in Manhattan gearbeitet. Interessant ist Folgendes: Mentoff hat einen Privatkredit für den Ausbau des Resorts erhalten, und zwar von einem italienischen Bankier, der wiederum beste Beziehungen zu eben jener italienischen Familie hat, der die Lokale gehören, in denen Graves gearbeitet hat. Es könnte also sein, dass Graves eine Art stiller Teilhaber, beziehungsweise der Aufpasser der eigentlichen Geldgeber ist. Wenn dem so wäre, hätte Mentoff ein Problem, denn die Italiener, von denen wir hier reden, haben beim FBI und den anderen amerikanischen Diensten einen eindeutigen Ruf. Das dürfen Sie aber nicht schreiben, ist denen niemals juristisch nachgewiesen worden.«

»Von was reden Sie da, Mafia?«

»Mitch, das wirkliche Leben ist nie schwarz oder weiß, wir als vorsichtige Behördenmenschen würden die Formulierung Umfeld bevorzugen. Da treffen sich Leute mit einem Mafia-Hintergrund mit sehr reichen Geschäftsleuten, da werden Investitionen besprochen, manche legal, manche eher anrüchig. Man macht Geschäfte, man unterstützt gemeinsam Politiker, meistens rechte Republikaner.«

»Wow, das sind spannende News, ich bin Ihnen überaus dankbar. Sagen Sie, ich will nicht unverschämt sein, aber haben Sie ein Foto von Graves?« »Klar, schicke ich Ihnen sofort per Mail. Und Herr Berger, bevor ich es vergesse, vergessen Sie die Mäusestory. Erstens ist der Herr Susumu Tonegawa ein über jeden Verdacht erhabener Nobelpreisträger und zweitens gibt es im gesamten Gelände des Resorts keinen OP, in dem man Eingriffe am Gehirn durchführen könnte. Was allerdings auffällig ist: Die haben da oben eine ganze Menge Filmtechnik eingebaut, lauter teures Spielzeug, das man eigentlich in so einer Klinik kaum gebrauchen kann.«

Mitch verabschiedet sich überschwänglich von dem Verfassungsschützer und staunt wieder einmal, über wie viele Informationsquellen die Schlapphüte verfügen.

»Ist Gold wert diese Quelle, muss ihm unbedingt ein paar gute Flaschen schenken«, murmelt Mitch vor sich hin.

Sein Laptop meldet Posteingang.

Zerber hat das versprochene Foto geschickt, die Mail kommt von einer privaten Hotmail-Adresse, keine Verbindung zum Bundesamt für Verfassungsschutz.

Ein Profi der Mann.

Mitch öffnet das angehängte Foto und sein Blutdruck steigt. Er erkennt den Mann sofort.

Das übermittelte Bild ist schwarzweiß, ein Foto aus dem Bildarchiv des NYPD, der New Yorker Polizei.

Es gibt keinen Zweifel, der Mann auf dem Foto ist Mentoffs Begleiter aus der Londoner Edelkneipe, es ist der Typ, der auf Boultner geschossen hat.

»Fuck«, denkt Mitch, »der Sicherheitschef des stinkteuren Alpenresorts ist also ein gottverdammter Revolverheld.«

Später am Abend sitzt Mitch auf der Terrasse seiner Wohnung und blickt auf die nächtliche Frankfurter Skyline. Ein dramatischer Himmel, dichte Wolken ziehen vorbei, von einem fast vollen Mond effektvoll von hinten beleuchtet. Schwarze Schatten über den Hochhauszinnen, ein düster-schönes Bild, das zu Mitchs Stimmung passt. Er grübelt, ob er bereit ist, sich auf das Abenteuer in den Alpen einzulassen. Er nippt an seinem Rotwein und kennt die Antwort. Natürlich wird er sich in die Story stürzen, zwar scheint ein verdammt schießfreudiger Gegner auf ihn zu warten, aber jetzt aufzuhören, würde er sich nie verzeihen.

Er trinkt aus und haut sich hin.

Am nächsten Morgen eine kalte Dusche, zwei Espresso, Computer an, Mitch sucht eine Kontaktmöglichkeit zu einem der umtriebigsten Banker der Stadt. In Frankfurt gibt es eine Menge Banker, die gerne eine große Welle machen, Peer Hollbach von der Manhattan Trust Bank liegt in dieser Disziplin weit vorne. Er schafft es hin und wieder, ganz seriös im Wirtschaftsteil der FAZ erwähnt zu werden, obwohl er nur ein Mann der zweiten Reihe ist. Immerhin hat er es in ein Team des Deutschland-Chefs der MTB geschafft, das mit großen internationalen Übernahmen und Fusionen befasst ist. Peer Hollbach steht immer für ein Interview zur Verfügung, pflegt seine Pressekontakte hingebungsvoll. Nicht nur die zu Wirtschaftsjournalisten. Er ist sich nicht zu schade, auch den Klatschreportern Zucker zu geben. Das Frankfurter Nachtleben ist nicht wirklich prickelnd, es ist also nicht allzu schwer aufzufallen. Wenn es zum Beispiel darum geht, ein TV Sternchen, das praktischerweise gleich in Begleitung eines BILD-

Fotografen in der gerade angesagten Lounge erschienen ist, so gegen 2:30 Uhr im Cabrio nach Hause zu fahren, dann steht Peer Hollbach mit seinem Aston Martin DB 9 zur Verfügung.

Mitch muss lachen, als er die Bildergalerie durchklickt. Alle angesagten Frankfurter Clubs tauchen auf. Ihm fällt auf, dass es im letzten Jahr ruhig um Herrn Hollbach geworden ist. Entweder hat ihn eine Dame an die Leine gelegt, oder sein als hart und äußerst seriös geltender Chef hat ihm die gelbe Karte gezeigt.

Auf einigen der älteren Fotos erinnern Hollbachs Outfit und seine Körpersprache an Hollywoodfilme über die harten Jungs von der Wall Street. »Der Typ liegt irgendwo zwischen Michael Douglas als Gordon Gecko und Anthony Scaramucci als Pressesprecher von Donald Trump«, grinst Mitch. In Auftreten und Stil erinnert Hollbach tatsächlich an Trumps Charakterdarsteller Scaramucci, auch Hollbach liebt Brioni-Anzüge und Ferragamo-Krawatten, trägt am linken Handgelenk gerne die achteckige Royal Oak von Audemars Piguet, in 18 Karat Gold erhältlich schon für schlappe 30000 Euro.

Mitch ruft Holbachs Büro an, stellt sich als Filmproduzent vor, der Portraits über führende Frankfurter Banker plane.

Die Sekretärin der MTB frisst die Story und schon nach gut anderthalb Stunden erhält Mitch einen Rückruf. »Besten Dank für Ihren Anruf Herr Hollbach«, säuselt Mitch und entschließt sich dann, nicht lange um den heißen Brei herumzureden. »Bevor wir über das Filmprojekt reden, hätte ich gerne eine andere Sache mit Ihnen besprochen. Nach meinen Informationen werden Sie in Kürze das Paradise Mountain Resort in Südtirol besuchen. Ist das zutreffend?«

Mitch hört den Banker am anderen Ende der Leitung heftig ausatmen. »Was zum Teufel geht das die Presse an, wer sind Sie überhaupt, Herr Berger? Für wen arbeiten Sie?«

»Ganz ruhig, Herr Hollbach, nicht für die BILD-Zeitung und für kein Klatschblatt. Wir sind im Rahmen einer Recherche über das Paradise Mountain Resort auf Ihren Namen gestoßen, und wir sind der Meinung, dass im Paradise Mountain Resort Ärger auf Sie wartet, darüber möchte ich gerne mit Ihnen sprechen.«

»Herr Berger, warum soll ich mit einem völlig Fremden, noch dazu mit einem Journalisten, über einen vielleicht geplanten Kuraufenthalt sprechen? Entweder geben Sie mir in der nächsten Minute darauf eine Antwort, oder dieses merkwürdige Gespräch ist beendet. Ich habe nicht die geringste Lust, nächste Woche in irgendeiner verdammten Zeitung zu lesen, dass ein bekannter Frankfurter Banker seine Psychoprobleme auf der Alm in Südtirol behandeln lässt.«

»Langsam, Herr Hollbach, Ihre Psyche interessiert mich nur peripher und auch mein Interesse an Ihrem PSA-Wert hält sich in Grenzen. Sie wollen Klartext, bitte sehr. Ihre Freunde vom Paradise Mountain Resort sind dabei, international Daten über Sie zu kaufen. Warum machen die das? Aus Nächstenliebe oder zur Vorbereitung Ihrer ersten Therapiestunde? Wage ich zu bezweifeln. Warum aber dann? Sie dürften auch gehört haben, dass die Schauspielerin Vera Ferrata letzte Woche im Paradise Resort Selbstmord begangen hat. Wie gefällt Ihnen dies – kurz vor ihrem Tod bittet sie um Hilfe, behauptet, sie werde im Resort gegen ihren Willen festgehalten und man versuche sie zu manipulieren. Reicht Ihnen das, um sich mit mir zu treffen?«

Es ist still in der Leitung, Mitch denkt einen Moment, dass der Banker aufgelegt hat.

»Okay, sei's drum.« Mitch atmet erleichtert aus, Hollbach ist noch in der Leitung.

»Okay, heute Abend gegen elf in der 22 Lounge. Sprechen Sie mich an.«

Es knackt in der Leitung, der Banker hat aufgelegt.

Mitch ballt die Faust. »Verdammt, das war knapp.«

Er kennt die 22 Lounge, eine etwas steife Banker Bar im 22. Stockwerk des Euro Towers, die Drinks sind passabel, der Gag an der Bar ist der Blick auf den nächtlichen Opernplatz, sensationell.

Mitch kommt ein paar Minuten zu spät zu der Verabredung, sieht sich um, entdeckt Hollbach in einem Ledersessel in der besten Ecke des Etablissements.

Der Banker blickt hoch, als Mitch sich nähert, macht eine einladende Geste in Richtung des freien Sessels, nimmt einen Schluck aus seinem Gin Tonic. »Die haben Gin Sul hier, sehr zu empfehlen.« Mitch setzt sich, eine beachtliche Kellnerin kommt sofort, er bestellt den obligatorischen doppelten Laphroaig. »Hollbach scheint hier VIP-Status zu haben«, denkt Mitch und überlegt, wie er den ersten Zug machen könnte. Bevor er aber seine Zähne auseinanderbekommt, legt Hollbach los. »Ich fand Ihren Anruf ziemlich frech, was zum Teufel wollen Sie? Mich unter Druck setzen, weil Sie es irgendwie geschafft haben, Informationen über meinen geplanten Aufenthalt in einem Psychoschuppen zu bekommen? Was also soll das werden? Ein Artikel über Banker am Limit, eine knallige Geschichte über Kokain und Burn-out am Finanzplatz? Wollen Sie mich abschießen?«

Mitch fällt auf, dass der Banker loslegt wie die Feuerwehr und überhaupt einen hyperaktiven Eindruck macht. »Wohl kein Zufall, dass er im ersten Satz Kokain erwähnt, das Zeug scheint ihm vertraut zu sein.«

Hollbach funkelt ihn erwartungsvoll an, Mitch schüttelt den Kopf und bemüht sich um einen beruhigenden Tonfall.

»Ich kann Ihr Misstrauen verstehen, Herr Hollbach, aber Sie liegen voll daneben. Ich habe nicht über Sie recherchiert, sondern ich sitze an einer Story über das Paradise Mountain Resort. Im Zuge dieser Recherche sind wir auf Sie gestoßen. Und, um Ihrer nächsten Frage zuvorzukommen, nein, ich habe nicht den Computer des PMR hacken lassen, um an die nächsten Reservierungen zu gelangen, sondern ich habe mitbekommen, dass Leute des PMR bei internationalen Datenagenturen Informationen über Sie einholen. Wie ich Sie einschätze, dürften Sie intensiv Social Media nutzen, oder?«

Hollbach nickt bestätigend, schlürft an seinem Gin Tonic und starrt auf den hell erleuchteten Opernplatz.

»Dann sollten Sie davon ausgehen, dass die lieben Menschen auf dem Südtiroler Berg genau wissen, welche Ihre Vorlieben sind, wen und was Sie so alles gelikt haben, und so weiter und so weiter. Genauso dürfte denen bekannt sein, was Sie so alles googeln, welche Seiten Sie gerne besuchen.«

Langsam zeigt Hollbach Interesse, trotzdem widerstrebt es ihm sichtbar, mit einem wildfremden Mann über etwas doch sehr Privates, nämlich einen Aufenthalt in einem Sanatorium zu sprechen.

»Sie haben mir immer noch keinen Grund genannt, warum zum Teufel ich mit Ihnen über meine Pläne in Südtirol reden soll, lieber Herr Berger. Und warum recherchieren Sie über das Sanatorium? Das PMR ist ein hochangesehenes Haus, hat Bestnoten für seine Ärzte und Therapeuten, hat ebenfalls beste Bewertungen für die Unterbringung. Ein einziges Mal in der letzten Woche hat es negative Schlagzeilen gegeben, ach verdammt«, Hollbach fährt herum, richtet seinen Zeigefinger auf Mitchs Gesicht, »jetzt weiß ich, um was es hier geht, um den verdammten Selbstmord letzte Woche. Sie schreiben eine Herzschmerz-Story über die liebe Vera Ferrata und ihren tragischen Tod im wilden Martelltal. Mein Gott, was seid ihr Journalisten doch für einfach gestrickte Arschlöcher. Den Tenor der Story kann ich mir vorstellen: Deutschland, deine abgefuckten Eliten. Selbstmordgefährdete Schauspielerinnen und angeknockte Investmentbanker. Da schüttelt sich der Spießer zu Hause und ist froh, dass er eine Festanstellung hat und höchstens unter hartnäckigen Verstopfungen leidet.«

Er macht Anzeichen aufzustehen, Mitch greift nach seinem Arm.

»Moment, bleiben Sie noch einen Moment sitzen, auch wenn es Ihnen schwerfällt. Ich schreibe nicht für das grüne, gelbe oder goldene Blatt. Ich bin auch nicht auf der Pay Roll der BILD-Zeitung. Sie haben mich hundertpro gegoogelt, Sie wissen also sehr gut, dass ich auf anderen Baustellen tätig bin. Als ich meine fünf Minuten Ruhm hatte, damals nach dem verhinderten Anschlag, da habe ich die Ferrata kennengelernt. Jetzt, ein paar Tage vor ihrem Tod hat sie sich mit einem Brief an mich gewandt. Sie bat um Hilfe, sprach von Unregelmäßigkeiten im Sanatorium, schrieb, sie werde manipuliert, werde gegen ihren Willen festgehalten. Erst dachte ich, sie sei auf Alkoholentzug, als dann aber ihr Tod gemeldet wurde, habe ich angefangen, mich um das Paradise Mountain Resort zu kümmern. So kam ich auf Sie. Ich will rauskriegen, ob die Klinik koscher ist oder nicht. Dafür brauche ich Ihre Hilfe, ich suche einen Kontakt zu jemand in der Klinik, ich brauche ein paar einfache Informationen. Ich würde nie einen Artikel über Ihre Probleme schreiben, es sei denn, Sie würden im Kokainrausch die Deutsche Bank für eine Pekingente an die Chinesen verticken. Bitte, helfen Sie mir, ich bin zutiefst davon überzeugt, dass da oben eine Menge schräger Sachen laufen. Es ist in Ihrem eigenen Interesse, helfen Sie mir.«

Hollbach nuckelt hingebungsvoll an seinem Gin Tonic, macht aber keine Anzeichen mehr, aufstehen zu wollen. Mitch wertet das als Erfolg, kippt seinen Scotch und knallt das Glas auf den Tisch. Die immer noch beachtliche Kellnerin erscheint, beide bestellen noch einmal dasselbe.

Hollbach wechselt die Tonlage, er hat beschlossen Mitch zu vertrauen. Der Banker fixiert sein Gegenüber: »Und was genau glauben Sie, passiert da oben Geheimnisvolles? Entführen die etwa wohlhabende Patienten? Ist doch Quatsch.«

Mitch schüttelt unwillig den Kopf: »Okay, reißen Sie ruhig Witze, wenn ich mehr wüsste, könnte ich hier klarer antworten. Kennen Sie Oxford Labs?« Hollbach schlürft seinen Gin Tonic, nickt dann: »Klar, das waren doch die Datenleute, die angeblich bei der Trump-Kampagne geholfen haben. Trumps rechter Frontmann Steve Bannon soll da mal im Aufsichtsrat gesessen haben. Was haben diese Herren mit meinem Südtiroler Sanatorium zu tun? Das sind Datenfreaks und Politiker, aber keine Ärzte und Psychologen.«

Mitch schüttelt den Kopf: »Genau um diese Frage zu beantworten brauche ich einen Insider. Wenn Ihre Kur beginnt, wenn die beginnen mit Ihnen zu arbeiten, dann werden Sie schnell merken, ob in den Gesprächen Informationen auftauchen, die Ihre Therapeuten nicht von Ihnen haben. Ich würde mir wünschen, dass Sie mich alle zwei Tage anrufen und erzählen, was da so läuft und was mit Ihnen geschieht. Sie sollen nicht für mich ins Chefbüro einbrechen, sondern einfach erzählen, was man in dem Resort unter Therapie versteht. Dient ja auch Ihrer Absicherung. Sollte was schräg laufen, hole ich Sie sofort raus.«

»Verflucht, Sie reden, als ob ich ein in ein hochgefährliches Lager einrücken soll. Ich zahle einen stolzen Preis um mich zu erholen, um mich runderneuern zu lassen.«

»Herr Hollbach«, Mitch lässt die bernsteinfarbene Flüssigkeit in seinem schweren Glas kreisen, nimmt genüsslich einen

Schluck und fixiert sein Gegenüber: »Jetzt mal ehrlich, warum gehen Sie ins Martelltal, was wollen Sie dort erreichen?«

Hollbach zögert, eine kleine Ewigkeit, dann entscheidet er sich zu reden.

»Ich bin ein bisschen runter in letzter Zeit. Zu viel Arbeit, zu viel Stress, zu viel Drinks. Merke, dass ich manchmal kleine Wackler habe, unkonzentriert werde, reizbar bin. Und das geht in meinem Job überhaupt nicht. Besonders jetzt nicht. Ich stehe vor einem echten Karriere-Highlight, mein Chef bastelt gerade an einer milliardenschweren Übernahme, wenn es soweit ist, werden Sie von dem Deal an jeder Ecke lesen. Mein Chef, ein harter Hund, hat mich in sein Kernteam geholt, und dieser Mann verzeiht keine Fehler, der will Leistung sehen, sonst nichts. Er ist ein in sich ruhender, asketischer Jogger mit glücklichem und geregeltem Privatleben, der darf gar nicht erst auf den Gedanken kommen, dass ich vielleicht ein Alkoholproblem habe, sonst bin ich schneller weg vom Fenster, als ich denken kann. So eine Übernahme ist wie ein Boxkampf, kombiniert mit einem Marathonlauf. Knallhart, Mann gegen Mann, Willen gegen Willen. Das werden fürchterliche Wochen, endlose Verhandlungen, Termine mit Scharen von Anwälten und Bankern, und zunächst alles topsecret. Wenn es klappt, dann regnet es Boni, dann spiele ich in der ersten Liga. Ich muss fit werden, zur Ruhe kommen. Insofern passt es mir gar nicht, dass Sie mir jetzt den Aufenthalt in den Alpen madig machen.«

»Ich will Ihnen nichts madig machen. Wahrscheinlich werden Sie zauberhaft behandelt, wahrscheinlich werden Sie gut erholt an Körper und Seele das Paradies verlassen. Vielleicht aber passiert etwas Ungewöhnliches. Alles, was ich erbitte, ist Ihre Aufmerksamkeit. Gab es jetzt im Vorlauf denn schon irgendetwas Ungewöhnliches?« Hollbach grübelt einen Moment, nickt dann: »Komisch fand ich, dass mir mitgeteilt wurde, ich müsse mein Handy und alle internetfähigen Geräte an der Rezeption abgeben. Also zwei volle Wochen Internetentzug. Krass. Überrascht hat mich weiterhin die Bitte der Leitung des Hauses, ich solle möglichst viel Bildmaterial aus meinem Leben mitbringen, Fotos, Videos, Selfies, alles. Keine Ahnung, was die damit wollen.«

Mitch kratzt sich am Kinn. »Also müssen Sie auf jeden Fall ein zweites Handy mitnehmen, das Sie dann in ihrem Zimmer verstecken. So können wir in Kontakt bleiben. Ich werde Sie nie anrufen, aber wenn ich einmal für 48 Stunden nichts von Ihnen gehört habe, dann werde ich den Laden aufmischen. Okay?«

Hollbach lacht, nickt Mitch bestätigend zu, ruft dann die Kellnerin.

»Okay, noch einen Absacker, für mich einen Macallan, zwölf Jahre alt, für den Herrn hier einen weiteren Laphroig.«

Der Banker klatscht Mitch ab: »Auf gute Zusammenarbeit, Sie wollten mich sprechen, also zahlen Sie.«

Die Gläser klirren, Hollbach trinkt aus, erhebt sich, macht mit zwei Fingern das Telefonzeichen und geht.

Mitch genießt den letzten Schluck, verliert sich in dem Blick auf den nächtlichen Opernplatz.

Dann bringt ihm die Kellnerin die Rechnung und Mitch ist schlagartig wieder nüchtern.

»Saufe nie mit einem Banker, wenn nicht ganz klar ist, dass er bezahlt«, flucht er.

Mitch will einen klaren Kopf kriegen und beschließt, von der Innenstadt nach Hause zu laufen. Er durchquert gerade den Anlagenring, einen Grüngürtel, der die Frankfurter Innenstadt umgibt, als sein Handy den Eingang einer WhatsApp-Mitteilung meldet. Die Nummer und der Name sagen ihm nichts, dann erkennt er das Profilbild, sieht seinen längst vergessenen One-Night-Stand aus der Illustriertenbranche, frisch geliftet und erblondet. Wer um diese Uhrzeit Kontakt sucht, hat in der Regel klare Absichten. Ihr Aufhänger für die Mitteilung ist ein Link zu einem Artikel über die Ferrata. Mitch setzt sich auf eine Park bank, beginnt zu lesen. Der Verfasser des Artikels rechnet mit den Spekulationen ab, die Ferrata habe am Unfalltag selber am Steuer des Ferraris gesessen. Der Autor scheint die Schauspielerin zu kennen, er schildert, wie häufig sie ihre Abscheu über die PS-Schleudern ihres Mannes geäußert habe. Sie habe nie am Steuer eines Sportwagens gesessen, es gebe keinen Grund, wieso sich dies am Unfalltag geändert haben solle.

Mitch tippt ein kurzes »Danke« in sein Handy, wahrscheinlich nicht gerade die Reaktion, die sich die Dame gewünscht hat.

Zu Hause angekommen, liest er den Artikel nochmal in Ruhe. Die Ferrata hatte von Schuldgefühlen geschrieben. Hatte man versucht ihr einzureden, sie habe am Steuer gesessen? Aber warum?

Er gießt sich einen Rotwein ein, überlegt kurz, die Illustrierten-Lady anzurufen, und beschließt dann sicherheitshalber ins Bett zu gehen, bevor er nach einem weiteren Glas doch noch der Stimmung nach nächtlichen Dummheiten nachgeben könnte.

Morgen früh hat er einen Termin in der Redaktion des Hamburger Magazins, er muss das Platzen der Londoner Story erklären und will versuchen, den Büroleiter von einer Recherche in Sachen Paradise Mountain Resort zu überzeugen.

Kein leichtes Unterfangen.

Über das Martelltal hat sich Dunkelheit gelegt. Der fast volle Mond glitzert auf den Tannen, die Gipfel der Berge schimmern unwirklich silbern. Im Paradise Mountain Resort sind die Lichter im Speisesaal gelöscht, nur die Lobby und die Bar leuchten noch einladend. Einzelne Gäste stehen vor dem dezent angestrahlten Haupthaus, genießen die gute Luft und die Ruhe der Nacht.

Carlos Mentoff und Vernon Graves verlassen das Chefarztbüro, Mentoff hat einen Ordner unter den Arm geklemmt. Beide wirken angespannt. Sie eilen durch den hinteren Gang, stehen vor der Tür mit dem Schild ZUTRITT NUR FÜR AUTORISIERTES PERSONAL, schließen auf, tippen ihren Zugangscode ein und warten auf den Aufzug. Graves wirft einen prüfenden Blick auf die Überwachungskamera, während Mentoff die Aufzugstür öffnet und auf dem Touch Screen Ebene -2 antippt.

Surrend schließt die Aufzugstür, sie passieren die Ebene -1 mit den Schneideräumen und den Servern. Der Aufzug kommt sanft zum Halten.

»Geh schon mal vor zur Besprechung mit dem Analysten, ich will noch kurz mit Angela Wahl sprechen, sie hat ein Psycho-Profil erarbeitet, ich muss sehen, ob wir damit arbeiten können.« Mentoff klopft auf den Ordner und orientiert sich in dem schmalen Gang nach links. Er passiert eine Doppeltür aus Metall, auf der ein knalliges Stoppschild prangt, darunter ebenfalls in Rot geschrieben: Studiobereich – KEEP OUT. Er folgt dem neonhellen Gang, öffnet dann links eine Tür mit dem Schild »Besprechungsraum 1«.

Ein schmuckloser Raum, weiße Wände, schwarze italienische Designermöbel. Am Konferenztisch eine Mittdreißigerin, blond, passabel aussehend, die über einer Menge Papier brütet. »Hallo, Angela, bleiben Sie sitzen, sind Sie klargekommen mit den Unterlagen, die ich ihnen geschickt habe? Haben Sie sich ein Bild von unserem nächsten Patienten machen können?« Mentoff setzt sich und fixiert die Psychologin.

Dr. Angela Wahl kramt in ihren Unterlagen, blickt dann ihren Chef an. »Ehrlich gesagt, Professor Mentoff, eigentlich ist es unseriös ein Profil eines Menschen anzufertigen, den ich nie gesehen, mit dem ich nie gesprochen, den ich nie untersucht habe. Dann allerdings habe ich mich dennoch in Ihre ziemlich verblüffenden Unterlagen vertieft. Es ist schon verrückt, was diese Firma in London zusammengetragen hat. Ich habe die Browserverläufe der letzten zwei Jahre, habe eine Zusammenstellung der Facebook- und Instagram-Aktivitäten und das ergibt schon ein Bild.«

Mentoff lächelt wissend, macht ihr ein Zeichen, bitte fortzufahren.

»Wir reden hier über einen Mann, der sich selbst ständig unter härtesten Stress setzt. Er muss sich permanent beweisen, sieht das Leben als einen einzigen Wettkampf an. Er kennt keine Ruhephasen, muss sich stets als dominantes Alphamännchen beweisen, ist unfähig zu erkennen, dass genau in dieser Zwanghaftigkeit seine Schwäche liegt. Er hat keinerlei in sich ruhendes Selbstbewusstsein, er sucht Stressabbau via Alkohol und Virilitätsbeweise via Kokain und Speed. Er ist süchtig nach Dominanz, sucht in allen Lebensbereichen danach, im Business, beim Sport oder beim Autofahren. Wahrscheinlich liegen diesem Verhalten kindliche Überforderungsansprüche durch einen dominanten Vater zu Grunde, das ist jetzt aber nur Spekulation. Dieser Zwang zur Dominanz prägt und beschädigt natürlich sein Verhältnis zu Frauen. Er ist unfähig zu echter Partnerschaft,

Sex ist für ihn Zurschaustellung von Dominanz, und damit wiederum Quell für ständigen Stress. Die Kehrseite davon sind Versagensängste, die er sich nicht eingestehen kann und die sich in Gewaltphantasien entladen. Er hat harte Sadomaso-Websites besucht. Er hat Suchbegriffe verwendet, die auf Gewaltaffinität schließen lassen. Die Auswahl der gestreamten Filme passt haargenau in dieses Raster.«

Mentoff hat sich Notizen gemacht, schaut jetzt von seinem Papier hoch, mustert interessiert die Psychologin. »Dafür, dass Sie den Patienten nie zu Gesicht bekommen haben, ein recht stimmiges Bild. Was schlagen Sie vor? Und bitte beachten Sie, wir werden nicht viel Zeit zur Verfügung haben, er bleibt maximal zehn bis vierzehn Tage.«

»Der schnellste und direkteste Weg ist das Gewaltthema, Gewalt gegen Frauen. Ihm ist schon ein paarmal die Hand ausgerutscht, er hat eine Tendenz zum Kontrollverlust, da können wir gut ansetzen. Wir brauchen Vorlauf, müssen mit ihm üben und die Filme vorbereiten, aber das sollte in einer knappen Woche zu leisten sein. Wenn Sie dem Job Priorität einräumen, brauchen wir einiges an Rechnerkapazität und viel Zeit im Studio.«

Mentoff nickt. »Kein Problem, Sie werden bekommen, was Sie brauchen.«

Die Psychologin streicht sich nachdenklich durch die Haare.

»Das Wichtigste ist, wir dürfen nur auf Taten setzen, die für die jeweiligen Probanden im Rahmen des Möglichen sind. Es darf immer nur um Sachen gehen, die sie sich selber zutrauen würden. Dessen bin ich mir bei diesem Patienten sicher, er traut sich selber Gewalt zu.«

Mentoff schiebt seinen Stuhl zurück, strahlt Dr. Angela Wahl freundlich an. »Guter Job, ich bin sehr froh, Sie im Team zu haben.« Die Tür fällt hinter ihm ins Schloss, die Psychologin bleibt am Tisch sitzen, starrt auf ihre Notizen.

»Nur das, was sich die Patienten selber zutrauen würden«, murmelt sie vor sich hin. Dann bündelt sie ihre Notizen, steht abrupt auf. »Genau das war der Fehler bei der Ferrata, zu wenige Informationen, eine ungenaue Einschätzung und schon platzt die schönste Geschichte. War ein unnötiger Tod.«

Mentoff eilt gut gelaunt durch die engen Gänge der Ebene -2.

Das Gespräch mit Angela Wahl hat ihm gefallen, knapp, präzise, lösungsorientiert.

So wünscht er sich die Briefings. Einen Moment lang denkt er darüber nach, wie sicher er sich der Diskretion der Psychologin sein kann. Im Geiste setzt er sie auf die Boniliste, sobald diese Operation den erwarteten Gewinn eingespielt hat.

Er öffnet die Tür zu einem weiteren Besprechungszimmer, sieht zu seiner Überraschung nur Graves, der gerade ein Telefonat beendet. »Vernon, wo ist der Recherchemann, ich will hier langsam fertig werden, ist schon spät.«

»Alles klar, Herr Professor«, Graves schaut ihn leicht herausfordernd an, »ich habe mir erlaubt, ihn rauszuschicken. Wollte ihn bei dem Telefonat eben nicht dabeihaben. Habe gerade mit einem entfernten Bekannten gesprochen, der in der New Yorker Zentrale der Manhattan Trust Bank arbeitet. Halt Dich fest: Es sieht so aus als liefen wir auf den ganz großen Jackpot zu, ich kann ihn schon sehen.«

Er hebt die Hand, will sich nicht von Mentoff unterbrechen lassen.

»In der MTB Zentrale munkelt man, dass die Deutschlandabteilung der Bank gerade dabei sei, eines der größten Übernahmegeschäfte der jüngeren Geschichte vorzubereiten. Ein deutscher Chemiekonzern will angeblich einen kanadischen Konkurrenten schlucken, die MTB Deutschland managt das Geschäft für den deutschen Käufer. Und unser lieber neuer Patient arbeitet im Team des Deutschland-Chefs der MTB. Ist dir klar, was das bedeutet? Bei so einer Übernahmeschlacht werden Milliarden bewegt. Da gehen die Börsenkurse der beteiligten Unternehmen auf Achterbahnfahrt. Wenn wir da zum richtigen Zeitpunkt die richtigen Informationen kriegen, können wir an der Börse Millionen machen. Eine irre Chance.«

Mentoff schüttelt ungläubig den Kopf. »Ich verstehe leider von den Börsenfinessen nicht allzu viel. Ich weiß, dass es da um echt viel Geld geht, aber wie willst du da reingrätschen? Und woher willst du wissen, dass unser kleiner Banker aus Frankfurt wirklich alle relevanten Informationen hat? Er ist doch nicht der Chef da, oder habe ich da etwas falsch verstanden?«

Graves wischt die Bedenken mit einer ungeduldigen Handbewegung vom Tisch.

»Verdammt, wo bleibt dein Jagdinstinkt? Nein, natürlich ist der liebe Peer Hollbach nicht das Mastermind bei dem Deal. Aber er gehört zum Team. An seinen Chef, an den Mann, der das wirklich abwickelt, kommen wir nicht ran. Also müssen wir hoffen, dass Hollbach den Zeitrahmen kennt.«

»Wieso ist der Zeitrahmen so wichtig?«

»Weil es da um Tage und Stunden geht. Mein New Yorker Freund hat mir das gerade haarklein erzählt. Schade, dass du nicht da warst. Die deutschen Angreifer bewerten zunächst das kanadische Unternehmen. Sagen wir mal, sie schätzen den Wert auf 50 Milliarden Dollar. Dazu rechnen sie Synergiegewinne durch die Fusion. Jetzt machen sie zunächst dem Vorstandschef des kanadischen Übernahmekandidaten ein Angebot. Nur dem Chef, dem CEO. Dabei wird eine Summe genannt, die darauf fußt, wie viel Dollar pro Aktie die Deutschen zu zahlen gewillt sind. Sie bieten, sagen wir mal, insgesamt 70 Milliarden, also 20 Milliarden über Wert, das ist ein fetter Aufschlag pro Aktie, das ist echtes Geld für jeden Aktionär. Der kanadische Chef hat natürlich keinen Bock, seinen Job zu verlieren, also lehnt er ab. Jetzt wenden sich die Deutschen an den Chef des Aufsichtsrats der Kanadier und sagen, hallo Mr. Aufsichtsrat, dein CEO weigert sich aus persönlichen Gründen, die Aktionäre des Unternehmens ordentlich Geld verdienen zu lassen. Dieses Manöver nennen die Jungs an der Börse den ›private bear hug‹, die diskrete Umarmung des Bären. Ist ein gutes Bild, wenn dich der Bär umarmt, besteht Lebensgefahr.«

Mentoff hat Mühe zu folgen, aber er nickt, die Richtung ist ihm klar.

Graves redet weiter, seine Augen funkeln.

»Bleibt der Vorstandschef der Kanadier stur, drohen die Deutschen damit, ihr Angebot öffentlich zu machen. Das geschieht, indem man einige Hedgefonds, die Aktien der Kanadier besitzen, über die Höhe des Angebots informiert. Das nennt man dann den ›public bear hug‹, die öffentliche Umarmung des Bären. Die Hedgefonds, das sind gierige Kerle, die sind auf schnellen Profit gedrillt. Die wollen das Geld der Deutschen mitnehmen, also werden sie losheulen und gehen sofort an die Presse. Und in diesem Moment explodiert der Kurs der Kanadier. Wir müssen über Hollbach rauskriegen, wann genau der ›public bear hug‹ kommt, wir müssen ein oder zwei Tage vorher massenhaft Aktien der Kanadier kaufen. Die sind dann über Nacht zehn oder zwanzig Prozent mehr wert, und wir kassieren ab.«

Graves strahlt, als habe er das Ei des Kolumbus entdeckt oder endlich die Relativitätstheorie verstanden.

Mentoff starrt ihn ungläubig an, schüttelt dann den Kopf. »Junge, klingt verdammt gut, was du da erzählst. Aber erstens, mit welchem Geld willst du kaufen, und zweitens ist das doch ein klassisches Insidergeschäft, also ein Deal, mit dem du dir die Börsenaufsicht ins Haus holst?«

»Stimmt, und genau deswegen habe ich unseren Rechercheur rausgeschickt. Wir müssen das total vorsichtig angehen. Für ein paar Millionen in Deutschland kaufen, für ein paar Millionen in Paris, in Singapur, in Tokyo. Vertrau mir, ich habe die Kontakte, ich bekomme Leute, die uns das nötige Geld vorstrecken und dann alles für uns abwickeln.«

»Okay, deine berühmten amerikanischen Freunde. Und warum sollten diese Leute sich mit der berüchtigten SEC, der New Yorker Börsenaufsicht, anlegen? Weil du so ein sympathischer Typ bist?«

»Nein, Professor, weil die Jungs dafür fünfzig Prozent unseres Gewinns kassieren werden und weil die Jungs Eier in der Hose haben und im Gegensatz zu dir Risiko und Spiel lieben. Come on, Carlos, wir können einen irren Haufen Geld machen. Jetzt freu dich endlich.«

Langsam entspannt Mentoff, er beginnt zu lächeln, dann schlägt er mit der Faust auf den Tisch. »Okay, machen wir den Deal. Hoffen wir, dass Hollbach wirklich die nötigen Informationen liefern kann. Wir müssen schnell anfangen, den Mann weichzukochen, der Junge bekommt sofort nach seiner Ankunft VIP-Treatment.«

Die beiden klatschen sich ab, nehmen den Aufzug nach oben. Mentoff will nochmal in sein Büro, Graves geht ein paar Schritte in den Park, schaut sich um und holt dann sein Telefon aus der Jackentasche.

Auch Claire Bergmann sitzt noch in ihrem Zimmer. Sie ist mit Schreibkram rund um den Tod der Ferrata beschäftigt. Immer häufiger blickt sie aus dem Fenster und starrt in die Dunkelheit draußen. Ihr Blick fällt auf den grauen Bentley am Ende der Parkbuchten, sie ist wütend, als sie sich eingesteht, dass sie auf Mentoff wartet. Seit dem Tod der Ferrata ist ihr das einst so geliebte Paradise Resort fremd geworden. Und schlimmer noch, sie spürt, dass sich ihre Gefühle für Mentoff verändert haben. Sie hat ihn geliebt, den stets etwas geheimnisvollen Professor. Sie genießt immer noch die seltener gewordenen Nächte mit ihm, vermisst aber die vertrauten Gespräche über Medizin, über Wissenschaft fast noch mehr als seine zärtlichen Hände.

»Mein Gott, Carlos, was hast du dich verändert. Du kommst mir vor wie ein herrschsüchtiger, übellauniger Manager, kalt wie Hundeschnauze. Was machen wir hier? Was ist aus uns geworden? Was interessiert dich eigentlich noch außer deinen Spielsachen wie dem Bentley und dem Hubschrauber?«

Sie stürmt aus dem Zimmer, vorbei an der Rezeption und verlässt das Haus durch die Schwingtüren des Vordereingangs. Kühle Luft umfängt sie, erfrischend und belebend. Sie dreht sich um zum Haus, sieht, dass in Mentoffs Zimmer noch Licht brennt, und beschließt, in der Nähe seines Wagens auf ihn zu warten. Sie will reden. Sie kramt in ihrer Handtasche, findet eine schon arg zerknüllte Packung Zigaretten und steckt sich gierig eine Kippe in den Mund. »Ich kann unmöglich zeitgleich mein Leben in den Griff kriegen und aufhören zu rauchen. Zu viel ist zu viel.«

Ihr Blick schweift zu den im Mondlicht matt schimmernden Berggipfeln. Sie atmet tief die würzige Tannenluft ein, merkt, dass sie langsam runterfährt.

Plötzlich hört sie eine Stimme hektisch auf Englisch flüstern.

Langsam nährt sie sich. Jetzt erkennt sie die Stimme von Vernon Graves, der in sein Handy flüstert.

Sie getraut sich nicht näherzukommen, hört nur bruchstückhaft, was er sagt.

Vernon scheint hocherregt, sie versteht »einmalige Chance, der Banker ist unser goldenes Kalb, die New Yorker sind im Boot, fetter Börsengewinn, müssen den Jungen hier knacken, aber das wird Carlos schaffen.«

Dann entfernt sich Vernon Graves, immer noch hektisch redend, Richtung Parkplatz.

Claire bleibt zurück. Was sie da gehört hat, bestätigt ihre schlimmsten Vermutungen.

Ihr bewunderter Carlos Mentoff ist zum Handlanger geldgieriger Typen geworden, und Vernon Graves scheint ihn am Haken zu haben.

Claire steigen Tränen in die Augen. Sie sinkt auf eine Parkbank, hat keinen Blick mehr für die Schönheit um sie herum. Die Stille der Nacht dröhnt in ihren Ohren.

7

Als Claire am nächsten Morgen brutal früh aufwacht, fühlt sie sich wie gerädert. Ihre Kissen sind zerknautscht, sie ist nass geschwitzt, hat beschissen geschlafen. Wer mit dem Gedanken einschläft, den falschen Mann zu lieben, kann nicht auf erfrischenden Schlaf hoffen.

Claire weiß, dass sich in den letzten Jahren alles nur um Carlos Mentoff gedreht hat. Sie hat ihr Leben aufgegeben, um Teil seines Lebens sein zu können. Nur um dann zu merken, dass sie sich die ganze Zeit belogen hat. Sie versteht jetzt, dass er sie nie so geliebt hat wie sie ihn. Und jetzt sitzt sie in diesem wunderschönen Tal am Ende der Welt und hat keine Ahnung, was sie hier eigentlich noch hält.

Nur verstehen will sie es, verstehen, was Mentoff verändert hat, und was er hier eigentlich spielt. Ihr Traum vom edlen hochalpinen Sanatorium, in dem sie und ihr Geliebter mit aller Energie Menschen helfen und ihre Talente für den medizinischen Fortschritt einsetzen, dieser Traum ist geplatzt. Sie öffnet die Schublade ihres Schreibtischs, kramt ein Foto hervor. Sie lächelt wehmütig, als sie die Aufnahme betrachtet. Ein Bild aus glücklichen Tagen, sie und Mentoff auf einer steil abfallenden Wiese, vergnügt lachend in Liegestühlen unter einer prallen Bergsonne. Ihre Lieblingsalm mit einem kleinen Restaurant, in dem sie Tiroler Knödel aßen oder sich mit Kaiserschmarren fütterten. Hier hatte ihr Mentoff noch vor einem Jahr einen glühenden Vortrag über seine Grundidee gehalten. Er sprach enthusiastisch von den Chancen der modernen digitalen Videotechnik, und dass man jetzt auf ganz direkte Art Menschen ihre Traumata oder frühkindliche Störungen vor Augen führen könne. Die Patienten könnten sie damit noch einmal durchleben und überwinden. Carlos war überzeugend gewesen an diesem Nachmittag, Claire hatte selten ihre Liebe so intensiv gespürt wie an diesem Tag.

Sie lässt das Bild auf dem Schreibtisch liegen, knallt die Schublade zu.

Sie duscht eilig, verzichtet auf das Frühstück. Sie eilt zur Rezeption, grüßt den Nachtportier, der nur noch auf seine Ablösung wartet, und nimmt hinter einem der Flachbildschirme Platz. »Muss nur kurz die Liste der Ankommenden abgleichen«, erklärt sie dem Portier, der gleichgültig mit den Schultern zuckt. Drei Anreisen sind avisiert, dann hat sie gefunden, was sie sucht. Peer Hollbach, Frankfurt, Investmentbanker, Anreise im eigenen PKW. Die Spalte ist mit einem roten Sternchen markiert, ein Chefarztfall.

Claire weiß jetzt, über wen Vernon Graves gestern Abend im Park gesprochen hat.

Claire spürt Wut in sich aufsteigen, eine Wut, die stärker ist als das lähmende Gefühl von Schwäche, das sie seit Wochen daran hindert, die Auseinandersetzung mit Mentoff zu suchen. Claire eilt in die Cafeteria, stürzt hastig einen doppelten Espresso Macchiato hinunter und eilt dann zum Parkplatz. Sie kennt Mentoffs Gewohnheiten genau, und nach nur wenigen Minuten Wartezeit öffnet sich das Eingangstor für den grauen Bentley Continental, der ihr plötzlich fürchterlich protzig erscheint.

»Carlos, auf ein Wort.« Mentoff, noch halb im Aussteigen, fährt herum.

»Hallo Claire, meine Liebe, ist leider ungünstig, ich habe wahnsinnig viel um die Ohren gerade. Wie wärs heute am frühen Nachmittag, lass uns auf die Alm fahren, da waren wir schon ewig nicht mehr, ein bisschen Zeit nur für uns. Okay?« Ein bitteres Lächeln umspielt Claires Mund.

»Nein, Carlos, nachher wirst du eh wieder absagen, ich kenn die Spielchen und habe sie satt.«

Mentoff wendet sich ab, das Letzte, worauf er jetzt Lust hat, ist eine Szene auf dem Parkplatz.

»Claire, verdammt, ich kann jetzt nicht, ist das so schwer zu begreifen? Ich hole dich nachher ab.« Mentoff macht zwei Schritte in Richtung Haupthaus, hebt die Hand zum Abschied.

»Was zum Teufel habt ihr mit Peer Hollbach vor, wieso jubelt dein bester Freund von einem goldenen Kalb, das du auf die Schlachtbank führen wirst. Bist du noch Arzt oder längst Gangster? Muss ich deine Patienten vor dir warnen?«

Mentoff wirbelt herum, macht zwei schnelle Schritte auf Claire zu. »Pass verdammt noch mal auf, was du sagst. Vermische nicht deinen privaten Frust mit dem, was hier läuft. Ich habe hier den Laden zu leiten, und das ist ein verdammt harter Job.«

»Was leitest du hier, Carlos? Eine Klinik, in der du Menschen hilfst, eine Forschungsstätte, in der du die Wissenschaft voranbringen willst, oder ist hier ein Laden entstanden, in dem Patienten ausgenommen werden? Was ist mit Hollbach? Willst du ihm helfen oder ihn ausnehmen?«

»Claire, Schluss jetzt. Ich diskutiere nicht mit dir auf dem Parkplatz über Patienten. Bei dir ist immer alles schwarz oder weiß, die Realität ist leider etwas komplizierter. Ich arbeite immer noch an denselben vielversprechenden Ansätzen, was spricht dagegen, wenn Herr Hollbach die Forschung ein wenig unterstützt? Und jetzt Schluss, verdammt noch mal, hör auf hier Namen über Gelände zu posaunen, Schluss damit, sonst …«

»Sonst was, Carlos?«

»Halt einfach den Mund, du langweilst mich mit deiner Eifersucht und deiner spießigen Moral.«

Mentoff funkelt sie aus vor Wut dunklen Augen an.

Claire starrt Mentoff hinterher, sprachlos ob des plötzlichen Wutausbruchs. »Ist es das, was von unserer Liebe geblieben ist? Ich langweilige ihn. Oh Gott, was will ich hier noch?«

Sie steckt sich eine Zigarette an, inhaliert tief, wird ruhiger. »Du jagst mich nicht vom Hof. Ich gehe, wenn es Zeit ist zu gehen, wenn es meine Zeit ist.«

Peer Hollbach hat das Gaspedal seines Aston Martin tief durchgetreten und jagt auf der A7 nach Süden. Seine Bang und Olufsen-Musikanlage ist voll aufgedreht, die hämmernden Beats scheinen den Wagen noch schneller zu machen. Er ist recht früh in Frankfurt gestartet, hat sich durch die ewigen Staus auf der A3 gekämpft, genießt es jetzt, endlich eine freie Autobahn vor sich zu haben. Ständig grübelt er über die letzten Tage, das Gespräch mit diesem verrückten Journalisten verfolgt ihn. Was erwartet ihn in den Bergen? Donnert er gerade mit Tempo 200 in eine Falle? Ihn beschäftigen plötzlich Details, über die er vor her nie nachgedacht hat. Warum soll er Bildmaterial mitbringen? Und nicht etwa Bilder seiner Jugend, seiner Eltern, die von Interesse für einen Therapeuten sein könnten. Sondern sie haben nach aktuellen Bildern seiner Lieblingsorte gefragt. Er hat einen ganzen Packen Mallorca-Bilder auf einen Stick gepackt. Hollbach hat vor einigen Jahren im Süden Mallorcas eine heruntergekommene Finca gekauft, hat die Bruchbude abreißen und sich dann mit verdammt viel Geld eine schneeweiße Villa mit riesigen Fenstern und einer eindrucksvollen Poollandschaft bauen lassen. Hier hat er einige legendäre Partys geschmissen, die ihm einen Namen unter den Reichen und Schönen der Insel verschafft haben. Auch die Bilder davon sind auf dem Stick.

Bei der Bildersuche war er über einige ganz alte Fotos seiner Eltern gestolpert, spürte Zorn und auch ein wenig Angst in sich aufsteigen, als er die verkniffenen Züge seines Vaters betrachtete. Er hat die Strenge seines Vaters gehasst, den Jähzorn, die übertriebenen Erwartungen an ihn. Mit Mitte zwanzig hat er den Kontakt abgebrochen, vor zwei Jahren war sein Vater gestorben, ohne dass sie noch ein Wort miteinander gesprochen hätten.

Der Aston Martin schießt noch etwas schneller über die Autobahn, Gedanken an den Vater treiben Blutdruck und Geschwindigkeit nach oben.

Jetzt hat Hollbach fast das Ende der A7 erreicht, nun liegen österreichische Landstraßen vor ihm, einige Tunnels, der Fernpass und dann der Reschen, das Tor nach Südtirol.

Mitch betrachtet sich im Spiegel und stöhnt. »Verdammt, warum sieht man mir die paar Whiskys sofort an? War früher nicht so schlimm, obwohl die Drinks damals deutlich schlechter waren.« Mitch wirft sich in Schale, er hat einen Termin mit Dr. Kurt Baumeister, dem Bürochef des Hamburger Magazins. Er muss das Ende der Oxford Labs-Geschichte erklären und will versuchen, einen Auftrag für die Paradise Mountain Resort-Story zu ergattern. Er ist angespannt, als er den Aufzug im 20. Stock verlässt und an der eindrucksvollen Glastür der Redaktion klingelt. Die Sekretärin ist noch genauso blond und blasiert wie bei seinem ersten Besuch. Sie deutet mit ihrem doppelt beringten Zeigefinger auf eine Couch und bittet Mitch, Platz zu nehmen. Mitch setzt sich und checkt sein Handy.

Keine News von Hollbach.

Dann winkt die Blonde, »Herr Dr. Baumeister lässt bitten.«

Mitch betritt das Büro, schüttelt dem Redaktionsleiter die Hand, nimmt dann Platz und beginnt zu berichten. Er schildert, was in London passiert ist.

Er sieht, dass sein Gegenüber immer verärgerter wird. Als Mitch dann bei Boultners endgültiger Absage ankommt, stöhnt Baumeister genervt auf.

Mitch kommt nicht sehr weit mit seiner Schilderung des Briefes von Vera Ferrata, sein Verdacht gegen das Paradise Mountain Resort wird nach zwei Sätzen abgeschnitten.

»Herr Berger, danke, das reicht. Ich habe Sie mit einem glasklaren Auftrag losgeschickt und jetzt sitzen Sie hier und erzählen mir eine Menge Mist. Tolle Ergebnisse: Ich will eine Trump-Story, Sie lassen den Tippgeber fast erschießen, weil Sie sich für völlig nebensächliche Leute interessieren, und dann lassen Sie sich auch noch wie ein blutiger Amateur beim heimlichen Filmen erwischen. Kein Wunder, dass der Informant danach aussteigt. Und jetzt haben Sie die Frechheit und wollen mir hier eine Schmalzgeschichte über eine tote Schauspielerin verkaufen, eine gottverdammte Mischung aus Bild der Frau und Zauberberg für Arme. Sie ticken nicht ganz richtig. Ich werde unseren Justitiar prüfen lassen, ob wir die Spesen für Ihren London-Trip wirklich tragen müssen.«

Mitch reißt seinen ganzen Mut zusammen und unterbricht sein fluchendes Gegenüber.

»Die Geschichte, über die ich rede, hat nichts mit Bild der Frau und Herzschmerz zu tun. Warum schießt der Sicherheitschef des Ladens auf jemanden, der ihn filmt? Sehen Sie nicht, dass da eine verdammt große Story liegt? Ich kann sie förmlich riechen.«

»Dann, Herr Berger, tun Sie mir einen Gefallen und riechen Sie draußen weiter. Ich für meinen Teil kann nur eines riechen, nämlich einen Versager. Ich verstehe jetzt, warum Sie damals bei Star TV hochkant geflogen sind. Sie sind ein Volltrottel, der sich zu schade ist, einen Auftrag auszuführen, weil er ständig glaubt, die Welt und arme tote Schauspielerinnen retten zu müssen. Ich will Sie hier nicht mehr sehen. Raus!«

Dr. Baumeister steht jetzt mit hochrotem Gesicht vor Mitch, fuchtelt mit seiner dicken Hand Richtung Tür. Mitch zieht resigniert ab, knallt die Tür hinter sich zu und faucht die Blondine im Vorzimmer an: »Ist der Typ immer so ein Arsch? Danke, ich finde den Ausgang selber.« Fluchend betritt er den Aufzug. Unten vor dem Eingang des schicken Hochhauses starrt er wütend nach oben.

»Super, keinen Job, kein Geld. Aber die Rate für die Bank ist in wenigen Tagen fällig. Und mit der Paradise Story werde ich auf absehbare Zeit kein Geld verdienen, im Gegenteil, ich werde investieren müssen. Aber ich muss dahin, ob ich es mir leisten kann oder nicht«, flucht Mitch vor sich hin, betritt ein kleines Bistro und bestellt ein Glas Sancerre, das er in hastigen Schlucken leert.

Claire Bergmann ist in ihr Zimmer zurückgekehrt. Es ist ihr gleichgültig, dass ihre Schicht längst begonnen hat. Sie betrachtet ihr Gesicht im Spiegel, sieht die Tränen auf ihren Wangen, die roten Augen. Dann fällt ihr Blick auf das Foto, ein lachendes glückliches Paar in einem Liegestuhl, glücklich in die Kamera strahlend. Sie zerfetzt das Bild mit einer entschlossenen Bewegung, dann packt sie nochmal zu und reißt Mentoffs lachendes Gesicht mitten durch. Sie wirft die Fetzen in den Papierkorb und fühlt sich besser.

Peer Hollbach hat eine Menge Spaß auf den österreichischen Landstraßen. Spielend lässt sein Sportwagen die gefürchteten Wohnwagengespanne am Berg stehen, mehrfach blinken ihn entgegenkommende Wagen empört an, wenn er erst im letzten Moment wieder nach rechts zieht. Ein Wegweiser fliegt vorbei, rechts geht es in die Schweiz, nach Sankt Moritz, links nach Italien, Richtung Meran. Der Aston Martin nimmt die linke Spur, und donnert in einen Tunnel. Hollbach reduziert die Geschwindigkeit. Fahles gelbliches Licht gleitet jetzt im Sekundentakt über die Windschutzscheibe nach oben, verliert sich dann im Dunkel, nur um in derselben Sekunde von unten wieder zu erscheinen. Endlos, ermüdend, monoton.

Dann fliegt gleißendes Licht auf ihn zu, in der Tunnelausfahrt blendet ihn das Weiß des Sonnenlichts auf den Schneefeldern vor dem kraftvollen Blau des wolkenlosen Himmels. Hollbach fühlt sich plötzlich glücklich, in weniger als einer Stunde wird er das Martelltal erreicht haben.

Knapp zehn Kilometer bevor die schmale Landstraße, die sich durch das Martelltal nach oben schlängelt, den großen öffentlichen Parkplatz erreicht und unmittelbar dahinter in der Einfahrt zum Paradise Mountain Resort endet, liegt auf der linken Straßenseite die Kapelle Sankt Maria in der Schmelz.

Vor der Kapelle ein kleiner Parkplatz mit einem großen Felsbrocken, auf dem ein Kreuz montiert ist. Eine Gedenktafel erinnert an die Gefallenen des ersten Weltkriegs.

Vor dem Denkmal parkt ein dunkler Alfa Romeo Brera. Am Steuer ein junger Mann, der gelangweilt mit seinem Handy spielt. Er gehört zur Security-Truppe des Paradise Mountain Resorts und ist sauer, weil ihn sein Chef Vernon Graves für den langweiligsten aller Jobs eingeteilt hat. Seit dem Wirbel, den der Tod von Vera Ferrata ausgelöst hat, hat Graves hier eine Art Vorposten eingerichtet. Der junge Mann im Alfa ist gehalten, alle ihm verdächtig erscheinenden Wagen und selbstverständlich alle Fahrzeuge der Carabinieri zu melden. So bleibt Graves immer noch eine gute Viertelstunde Zeit, um sich auf ungebetene Besucher einzustellen. Für den Wachposten ein frustiger Job, täglich steuern mehrere hundert Autos den Parkplatz an, Wanderer lieben die Gegend, steigen vom Endpunkt der Straße auf zur Zufallshütte oder sogar zur höher gelegenen Marteller Hütte. Schwer, hier verdächtig erscheinende Wagen auszumachen.

Plötzlich schreckt der Mann am Steuer auf, sein Handy klingelt, am anderen Ende der Chef persönlich, Vernon Graves. »Ich hoffe, ich habe dich nicht geweckt, Luigi. In der nächsten Stunde wird ein sehr auffälliger Wagen bei dir vorbeikommen, ein Aston Martin DB 9. Genau das Auto, von dem du träumst. Frankfurter Kennzeichen. Wenn du die Mühle siehst, sofort Meldung an mich. Verpenne das bitte nicht, also Augen auf.«

Luigi grinst und googelt Aston Martin DB 9 – wow, den Wagen wird er nicht verpassen.

Peer Hollbach hat die Staatsstraße vom Reschenpass nach Meran verlassen, ist in einem Ort namens Goldrain Richtung Martelltal abgebogen. Eine super Straße liegt vor ihm, wie für seinen Wagen gemacht. Schnelle Kurven, bremsen, beschleunigen, für einen staugeschädigten Mann mit fahrerischen Ambitionen eine rattenscharfe Strecke. Er hat die Fenster geöffnet, genießt den Fahrtwind. Zum Greifen nah die schneebedeckten Gipfel. Rechtskurve, Linkskurve, eine kurze Gerade mit Tempo 120 bei erlaubten sechzig. Dann ein kleines Waldstück, links eine Kapelle, dann ein Gedenkstein, schon vorbei.

Luigi greift zum Telefon: »Chef, ist gerade vorbeigekommen, echt scharfes Auto.« Graves lacht und bedankt sich.

Hollbach nimmt die letzten Haarnadelkurven, fährt am Stausee vorbei, staunt über die an Kanada erinnernde Schönheit der Landschaft, die Straße ist jetzt brutal eng, er fährt langsam, rollt an einem Picknick-Platz vorbei, erreicht den Parkplatz, wundert sich über die Blechlawine, sieht dann das große Hinweisschild *Paradise Mountain Resort* und biegt in die Einfahrt ein.

Das Tor öffnet sich von selbst, und vergessen ist das Bild des überfüllten Parkplatzes. Hollbach rollt unter duftenden Tannen über Kies zum Eingang des rötlich schimmernden Haupthauses. Ein Page öffnet die Tür, begrüßt ihn, bittet um die Wagenschlüssel und weist ihm den Weg zur Rezeption. Dort strahlt ihn ein freundlicher, älterer Herr an, begrüßt ihn mit Namen. Hollbach lehnt am Tresen der Rezeption, lässt seinen Blick durch den aufwendig gestylten Eingangsbereich schweifen.

Er schaut gerade nach oben, als er aus den Augenwinkeln eine junge, attraktive Frau auf sich zukommen sieht. »Herr Hollbach, nehme ich an, freut mich Sie begrüßen zu können. Mein Name ist Claire Bergmann, ich bin die persönliche Assistentin von Professor Mentoff. Ich hoffe, Sie hatten eine angenehme Reise?«

Peer Hollbach betrachtet die brünette Lady mit Interesse, reicht ihr die Hand und versichert, eine entspannte und angenehme Fahrt hinter sich zu haben.

»Ihr Zimmer liegt in der dritten Etage, Sie haben einen herrlichen Blick auf das Gipfelpanorama. Ihr Gepäck wird nach oben gebracht, wenn Sie Lust haben, zeige ich Ihnen kurz unsere Cafeteria und den Speisesaal.«

Gerade will Hollbach zustimmend nicken, als ein dunkelhaariger Mann in einem frisch gestärkten Arztkittel auf ihn zueilt, in seinem Schlepptau eine Frau, ebenfalls im Arztkittel.

»Danke, Claire, du brauchst dich nicht zu bemühen«, zischt Mentoff in Richtung Claire Bergmann, dann wendet er sich dem Neuankömmling zu.

»Herr Hollbach, ich bin Professor Mentoff, ich begrüße Sie ganz herzlich im Paradise Mountain Resort. Wir haben einiges für Sie vorbereitet. Frau Doktor Angela Wahl«, er deutet auf seine Begleiterin, »ist Neurologin und Psychologin, sie ist für Ihr Programm in den nächsten zwei Wochen zuständig. Danke, Claire, wir brauchen dich jetzt nicht mehr.«

Ein kalter genervter Blick trifft Claire Bergmann, die sich, eine Entschuldigung murmelnd, zurückzieht. Mentoff bittet Hollbach auf einen Begrüßungschampagner an die Bar.

Der Professor plaudert charmant über die Geschichte des Gebäudes und versichert Hollbach, dass er mit der Entscheidung für das Paradise Mountain Resort die richtige Wahl getroffen habe.

»Wir haben uns hier auf eine Klientel eingestellt, die nicht die Zeit hat, ewig auf Resultate zu warten. Unsere Gäste, wir sprechen bewusst nicht von Patienten, sind in ihrem beruflichen Umfeld Effizienz und höchste Professionalität gewohnt, und genau das bieten wir hier auch. Sie werden staunen, was man in 14 Tagen alles verändern kann.« Mentoff nippt nur an seinem Glas, verabschiedet sich relativ bald. Dr. Wahl bittet Hollbach noch einmal an die Rezeption, wo er sich einträgt und dann aufgefordert wird, alle internetfähigen Geräte abzugeben. »Sorry, Herr Hollbach, aber das ist strikte Regel in unserem Haus. Dringende Mails können Sie sich jederzeit an das Resort schicken lassen, wir drucken sie aus und legen sie Ihnen umgehend vor. Mir ist klar, dass Ihnen diese Maßnahme befremdlich vorkommt, aber seien Sie versichert, dies ist Ihr erster Schritt zum Abschalten, zum Entschleunigen.« Hollbach nickt wenig begeistert und spielt in der Hosentasche mit dem kleinen Zweithandy, das er sich auf Mitchs Rat hin gekauft hat.

Plötzlich ist er erleichtert, das kleine Ding in der Hand zu halten.

Angela Wahl gibt ihm zwei Stunden, um sich frisch zu machen und auszupacken, »dann erwarte ich Sie zum ersten Gespräch.«

Hollbach betritt ein schönes geräumiges Zimmer, elegant möbliert und mit einem großen Fenster, das den Blick auf die Gletscher und Gipfel freigibt. »War ein komischer Auftritt gerade«, murmelt Hollbach, »zwischen dem Professor und der hübschen Frau Bergmann scheint es fette Spannungen zu geben. Irgendwie hatte ich den Eindruck, als wollte Mentoff verhindern, dass sie mit mir spricht.« Hollbach grinst, holt das kleine Telefon aus der Tasche, überlegt kurz, ob er Mitch anruft, zuckt dann mit den Schultern, lässt das Handy wieder in die Hosentasche gleiten. Er tritt auf den Balkon, genießt die Aussicht, atmet tief die würzige Bergluft ein.

Müde von der Fahrt legt er sich einen Moment hin und schläft ein.

Ein sonores Summen weckt ihn, er schreckt hoch, braucht eine Sekunde, bis er begreift, wo er ist. Er öffnet die Tür, eine junge Krankenschwester steht vor ihm, die Blut abnehmen möchte und mit ihm gemeinsam eine Liste der Vorerkrankungen erstellen soll. Hollbach ist körperlich topfit, die Liste äußerst kurz. Die Schwester zeigt sich Hollbachs Flirtversuchen gegenüber völlig immun, sie steht auf und bittet ihn in einer halben Stunde im Ärztezimmer 4 im zweiten Stock zu erscheinen.

Dort wartet Dr. Angela Wahl auf ihn.

Hollbach bekommt von ihr einen sehr konventionell wirkenden Tagesplan vorgelegt, der neben täglichen Sitzungen mit Dr. Wahl vor allem Massagen und Übungen in PME, in progressiver Muskelentspannung, vorsieht.

Dann bittet Angela Wahl ihn, zu erklären, was er für sich im Resort suche.

Hollbach erklärt zunächst sehr routiniert seine Probleme mit einem extrem fordernden Job, seine dauernde Schlaflosigkeit, seinen leider sehr intensiven Alkoholkonsum, seine Spannungen, sein ständiges Gefühl sich beweisen zu müssen.

Dr. Wahl ist eine kluge und erfahrene Therapeutin. Unmerklich steuert sie das Gespräch in eine Richtung, in die Hollbach partout nicht möchte. Ihre Fragen drehen sich um seine Vaterbeziehung, um Aggressionen und Gewaltvorstellungen. Sie fragt Hollbach, wie wichtig ihm Dominanz sei. Seine Antwort, sein Job zwinge ihn, ständig Dominanz zu zeigen, wischt sie beiseite, sie fragt nach seinem Intimleben, nach seinem Verhältnis zu Frauen. Immer wieder lässt sie zur Untermauerung eines Punktes, den sie gerade macht, Szenen aus Filmen einfließen, die er im letzten halben Jahr gestreamt hat.

Einmal zitiert sie wörtlich aus dem Chatprotokoll eines S/M-Forums, das Hollbach besucht hat. »Woher zum Teufel wissen Sie das, woher kennen Sie einen dummen Spruch, den ich vor einigen Wochen ziemlich besoffen tiefnachts in meinen Computer gehauen habe? Haben Sie mich hacken lassen?«

Angela Wahl macht ein Pokerface, lächelt maliziös: »Wie soll das möglich sein? Vor einigen Wochen hatte ich noch keine Ahnung, dass Sie einmal Gast unseres Hauses sein würden. Sie regen sich jetzt auf, weil Sie spüren, dass ich beginne, mich in Ihrem streng abgeschotteten Hinterhof zu orientieren. Nicht ich habe Sie gerade zitiert, sondern meine Bemerkung erinnert Sie an einen ziemlich rohen und gewalttätigen Spruch, den Sie scheinbar rausgehauen haben und für den Sie sich heute schämen.«

Sie fixiert Hollbach, der irgendwann den Blick abwendet. Er ist irritiert, ist sich plötzlich nicht mehr sicher, wer hier gerade Recht hat. Er ist froh, als die erste Sitzung endet, morgen wartet nach einer langen Massage die zweite Runde mit Angela Wahl auf ihn.

Hollbach tritt vor das Haus, bewundert das Bergpanorama und das warme Licht der Abendsonne. Er wird ruhiger und denkt jetzt an das Gespräch mit Mitch Berger, der ihm vorhergesagt hatte, dass die Paradise-Leute viele Informationen aus den Tiefen seines Computers haben würden. Er springt auf, eilt in sein Zimmer, kramt das versteckte Handy aus der Innentasche einer dicken Wanderjacke.

Mitch läuft gerade über die Hauptstraße seines Viertels und ärgert sich, dass aus einem seiner Lieblingslokale eine gottverdammte Shisha-Bar geworden ist. Die Tische sind draußen auf dem Bürgersteig geblieben, aber da, wo früher hungrige Nordendbewohner Wiener Schnitzel mit Bratkartoffeln verdrückt haben, sitzen jetzt junge Männer mit avantgardistischen Frisuren und dampfen vor sich hin.

Da klingelt Mitchs Telefon.

»Hollbach, super, dass Sie anrufen. Gut angekommen?«

»Mitch, du hast recht gehabt, die müssen meinen Computer gehackt haben, die wissen Sachen, der Hammer, ich war mal im Suff auf einer Sado-Seite, verdammt, die wissen das, wissen sogar, dass ich da in irgendeinem Chat Scheiße geschrieben habe. Das kann nicht wahr sein. Verdammter Mist.«

Mitch beschließt, auch auf das »Sie« zu verzichten, schließlich sind sie jetzt ein Team.

»Die haben nicht deinen Computer gehackt, die waren bei einer Londoner Firma einkaufen, die sehr schräge Beziehungen zu Facebook und Google hat. Die kennen deine Verläufe, die wissen, was du dir angeschaut hast, was du gekauft hast, wo du Däumchen hoch oder Däumchen runter gemacht hast, und, und, und.«

»Und was kann ich dagegen tun?«

»Gar nichts. Kannst deinen Computer wegschmeißen, aber das ist auch keine Lösung. Wir müssen rauskriegen, was die mit den Daten wollen. Einfach dich kennenlernen, um dich zu therapieren, oder gibt es da einen anderen Plan? Das müssen wir rauskriegen.«

»Mitch, eigentlich finde ich alles hier ziemlich professionell, angenehmes Ambiente, gutes Essen, tolle Lage, man wird schon ruhig hier. Morgen habe ich die nächste Runde mit der Psycholady, ich melde mich danach.«

Mitch bleibt gedankenverloren stehen, wird von Passanten angerempelt.

»Kein Therapeut der Welt«, sagt er sich, »würde solche Daten über Patienten kaufen, das kann auch nicht ganz billig sein. Und warum hat der Typ in London geschossen? Das Paradise Resort stinkt.«

Wie fast alle Neuzugänge auf 1 800 Metern Höhe hat auch Peer Hollbach erst mal einen Sauerstoffschock bekommen, der verdammt müde macht. Er hat tief und traumlos geschlafen, fühlt sich fit wie schon lange nicht mehr.

Das obligatorische Checken seiner Mails, die Besuche auf Facebook und Instagram fehlen ihm, aber der Blick aus dem Speisesaal zu den Gipfeln entschädigt für vieles. Hollbach betrachtet neugierig die anderen Patienten. Alle machen einen bürgerlichen, wohlhabenden Eindruck, er ist eindeutig einer der Jüngsten. Die Leute bleiben alle für sich, wirken introvertiert. Kein Wunder, hierher kommt man nicht, um Party zu machen, sondern um sich mit sich selbst zu beschäftigen. Er beobachtet verstohlen eine etwa gleichaltrige Frau, die ihn durch ihre Widersprüchlichkeit fasziniert. Sie trägt zu einer dunkelblauen engen Designerjeans eine knallteuer aussehende Chanel-Jacke. Blondes, perfekt frisiertes Haar umspielt ein bleiches Gesicht, gekonnt geschminkt, aber maskenhaft starr. Ihr Blick ist stumpf, nach innen gekehrt. Besonders ihre Hände fallen Hollbach auf. Sie trägt teure Ringe, die in einem irritierenden Kontrast zu ihren Fingerkuppen stehen, die mit Pflastern und Verbänden umwickelt sind. Madame scheint ihre Probleme an ihren Fingernägeln auszulassen, denkt Hollbach.

Wer hier ist, hat es nötig.

Peer Hollbach genießt eine phantastische Massage, macht sich dann beschwingt und tiefenentspannt auf den Weg zur nächsten Sitzung mit Frau Dr. Wahl.

Die Therapeutin funkelt ihn streng an, rekapituliert die erste Sitzung ganz in ihrem Sinne: Schwerpunkt unkontrollierte Aggressionen auf Grund ständiger Überbelastung. Hollbach will nochmal auf ihre Kenntnisse des Inhalts seines Computers zurückkommen, aber sie wischt seine Einwände mit einer energischen Handbewegung zur Seite.

»Lieber Herr Hollbach, ich weiß nicht, wie es um Ihre Finanzen steht, aber Sie zahlen hier für zwei Wochen eine beachtliche Summe Geld. Dafür wollen Sie eine Gegenleistung. Wir sollten vorankommen. Leider haben wir einfach nicht die Zeit, über alle möglichen intellektuell und moralisch interessanten Aspekte unserer Arbeit zu diskutieren. Eigentlich haben wir gar keine Zeit zu diskutieren, wir wollen anfangen, Peer Hollbach kennenzulernen. Ich bitte Sie, jetzt genau zuzuhören. Sie müssen jetzt eine Entscheidung treffen, die über das weitere Prozede re hier entscheidet. Sie wollen Fortschritte bei der Lösung Ihrer Probleme in zwei Wochen, dann fangen wir mit klassischer Gesprächstherapie gar nicht erst an. Ich schlage Ihnen daher ein Verfahren vor, das unser Chef Professor Mentoff für ausgesuchte Patienten entwickelt hat. Interessiert?«

Hollbach schluckt und nickt, er ist jetzt hellwach und neugierig.

»Wir reden hier von einer State of the Art-Therapie, wie sie nur in ganz wenigen Instituten weltweit angeboten wird. Wir nennen die Methode ›Ice Breaker‹, sie ermöglicht uns einen schnellen, direkten Zugriff zu verborgenen Ängsten, erlaubt uns Bearbeitungsmöglichkeiten durch eine ganz neue Form der Konfrontationstherapie. Wir arbeiten mit virtueller Realität, das heißt, Sie werden bei manchen Sitzungen eine VR-Brille tragen, deren Wirkung wir durch die Gabe einer geringfügigen Menge psychoaktiver Substanzen zusätzlich unterstützen. Haben wir Erfolg, und den können wir nur gemeinsam haben, dann werden Sie sich an Situationen erinnern, die zu Verdrängungen und Abspaltungen geführt haben. Wir werden versuchen, manche Ihrer Problemknoten nicht wegzureden oder wegzustreicheln, wir werden sie durchschlagen. Sind Sie daran interessiert?«

Hollbach starrt Dr. Wahl an, er ist sprachlos, merkt wie sich in seinem Kopf die Rädchen schneller drehen. Er spürt, dass er angefixt ist. Durchschlagen, schnelle Lösungen, modernster Ansatz, das ist seine Sprache, sein Denken, seine Welt.

»Okay, klingt gut. Gibt es Risiken dabei? Und was genau meinen Sie mit psychoaktiven Substanzen?«

Bedächtig schüttelt Dr. Angela Wahl den Kopf. »So gut wie keine Risiken. Vielleicht leichte Kopfschmerzen, aber alles harmlos. Allerdings ist es nicht ausgeschlossen, dass Sie emotionalen Stress erleben werden, das ist der Preis der Veränderung. Wir arbeiten mit ganz geringen Dosen von Meskalin, einer alten Heilpflanze. Wenn Sie bitte diese Erklärung hier unterschreiben würden.« Sie legt Hollbach ein vorbereitetes Papier vor, überschrieben mit EINWILLIGUNGSERKLÄRUNG. Hollbach pfeift auf das Kleingedruckte und unterschreibt.

Dr. Wahl nimmt das Papier lächelnd entgegen. »Willkommen im Programm, ich freue mich, dass Sie dabei sind. Wir werden heute Nachmittag beginnen. Seien Sie um 16 Uhr wieder hier.«

Mitch Berger sitzt zu Hause und wühlt sich durch Papiere über das Paradise Mountain Resort. Er hat sich alle öffentlich verfügbaren Daten zu Carlos Mentoff und Vernon Graves geholt. Er hat vor allem lange über die Hinweise von Peter Zerber, seinem Informanten im Verfassungsschutz gegrübelt. Er hat bei seinen Recherchen das Gefühl bekommen, in Abgründe zu schauen. Im Netz hat er Fotos der Italiener aus dem Umfeld von Vernon Graves gefunden. Die Aufnahmen zeigen sie als Gäste einer Gala des Breitbart News Network, ebenfalls abgebildet ist ein Milliardär, der aus der IT-Branche stammt und einen Haufen Geld in ultrarechte Medienprojekte steckt. Mitch zuckte zusammen, als er las, dass der Mann auch in Oxford Labs investiert hatte.

Eine feine Gesellschaft, mächtige Leute.

Sein Telefon schrillt, er sieht eine unterdrückte Nummer, drückt die grüne Taste und hört Hollbachs leicht verrauschte Stimme.

»Heute Nachmittag geht es los, klingt verrückt, aber auch total spannend. Ich glaube nicht, dass die was Schräges vorhaben, die waren total offen, haben mir genau erklärt, was passieren soll. Klingt alles total modern, es geht um Konfrontation mit verdrängten Gefühlen und Ängsten, das wollen sie mit Hilfe einer Art Trip erreichen, mit virtueller Realität und – halte dich fest – mit Meskalin. Hallo, bist du noch dran?«

Mitch starrt sprachlos auf seinen Schreibtisch, hat Probleme das Gehörte zu verarbeiten.

»Die wollen dir Meskalin verpassen, ehrlich? Davon habe ich seit den Hippietagen nichts mehr gehört. War damals ein super beliebter Kaktus, so eine Art Bio LSD. Warum sollst du das kriegen? Pass bloß auf, das ist heftiges Zeug.«

Hollbach kichert: »Keine Sorge, ganz gering dosiert, soll wohl Eindrücke verstärken. Alles unter medizinischer Kontrolle. Hab unterschrieben und ziehe das jetzt auch durch.«

»Was hast du unterschrieben und was meinst du mit virtueller Realität? Was soll da laufen?«

»Weiß ich echt noch nicht, es hieß, ich müsse lernen, die Maschinen müssten auf mich angepasst werden. Klingt alles ziemlich neu, aufwendig und verdammt spannend. Vielleicht haben die ja echt was drauf. Ich bin gespannt, vielleicht hilft es ja. Ich melde mich, wenn ich mehr kapiert habe.«

Mitch flucht: »Virtuelle Realität und Meskalin, was soll das? High Tech-Scheiß und Hippieträume. Was ein abgefahrener Mist. Vielleicht war Hollbach besoffen oder die haben ihm jetzt schon was ins Essen gemischt.« Dann beruhigt sich Mitch, er ist sich sicher, dass Hollbach in seinem Leben genug Erfahrungen mit Drogen gemacht hat, dass ihn ein wenig Meskalin nicht umbringen wird.

Er erinnert sich an lang zurückliegende Hippietage, damals las man Carlos Castaneda, die Geschichten des Medizinmannes Don Juan, der mit Hilfe aller möglichen Heilkräuter und Kakteen Außerkörpererlebnisse erreichte. Damals galt Meskalin als eine Abkürzung auf dem Weg zur Erleuchtung. Das Zeug sensibilisierte, intensivierte alle sinnlichen Erfahrungen, ließ Farben erscheinen und weckte Glücksgefühle.

Mitch denkt nach, er hat einmal aus Neugier in einem Samsung Shop eine VR-Brille aufgesetzt, war sich zwischen den Kids reichlich deplatziert vorgekommen. Als plötzlich der Basketballriese Le Bron James auf ihn zu stürmte, hatte das was Lächerliches, war aber verdammt effektiv. Mitch war in volle Deckung gegangen. Dann wurde ihm schwindlig, er konnte fühlen, wie das Gehirn mit den ungewohnten Reizen zu kämpfen hatte. Ein Dinosaurier lief von rechts nach links durchs Bild.

»Solche Bilder auf einem Meskalintrip und dein Hirn geht durch die Decke«, murmelt er vor sich hin.

Dann findet er in den Tiefen seiner Kontakte die Nummer eines Freundes aus alten Tagen, der sich an der Universität mit solchen Sachen beschäftigt hatte. Department for Visual Computing hatte er damals hinter der Nummer eingegeben. Mitch beschwatzt den Freund, ihn noch heute in seinem Institut zu empfangen.

Gegen 14 Uhr verlässt Dr. Angela Wahl das Ärztezimmer 4 im zweiten Stock des Hauptgebäudes. Sie nimmt die Treppe nach unten, läuft zügig an der Rezeption vorbei, erhascht mit den Augenwinkeln einen wütenden Blick von Claire Bergmann, die beim Eingang mit zwei Gästen spricht. Angela Wahl hat keine Ahnung, was genau zwischen Mentoff und Claire Bergmann läuft oder nicht läuft. Aber sie hat die Spannungen zwischen den beiden bei der Ankunft von Peer Hollbach genau mitbekommen. Und sie hat sofort an Claire denken müssen, als Mentoff ihr einschärfte, über die Behandlungsmethoden bei dem Patienten Hollbach nur mit ihm persönlich zu sprechen. Mentoff wirkte bei dem Gespräch gestresst, so kannte sie den sonst so selbstsicheren Chef des Paradise Mountain Resort gar nicht. Mentoff hatte in diesem Gespräch immer wieder die Notwendigkeit von schnellen Ergebnissen betont. Dr. Angela Wahl gehört zu den wenigen Vertrauten des Klinikchefs, und sie ist stolz darauf. Sie wird Mentoff nicht enttäuschen. Insgeheim schwärmt die unnahbar wirkende, leicht zur Fülle neigende Ärztin für ihren Chef. Sie sieht in ihm nicht nur den begnadeten Wissenschaftler, sondern auch einen attraktiven Mann. Schon allein deswegen empfindet sie keinerlei Sympathie für Claire Bergmann.

Mit schnellen Schritten hat sie im hinteren Gang die Tür zum Aufzugsraum erreicht, tippt ihren Code ein und fährt in die Ebene -2. Sie biegt in dem von grellem LED-Licht überfluteten Gang nach links ab, stoppt vor einer Tür, die mit »Behandlung Z« beschriftet ist.

Wieder tippt sie ihre Codenummer ein.

Die Tür öffnet sich und gibt den Blick frei in einen Raum, der einerseits Ähnlichkeiten mit einem Fernsehregieraum hat, andererseits an ein ärztliches Untersuchungszimmer erinnert. Vorne, der Eingangstür gegenüber, steht die typische ärztliche Untersuchungsliege, höhenverstellbar, mit einem makellosen weißen Laken bezogen. Darauf liegt eine Ledermütze, die nur auf den ersten Blick an die Kopfbedeckung älterer Motorradfahrer erinnert. Die zahlreichen Kabel, die in der Mütze enden, zeigen, um was es hier wirklich geht, nicht um Motorradromantik, sondern um Hirnstrommessungen. Die hintere Wand des Raums wird von zwölf Monitoren dominiert, die, je vier nebeneinander, dreireihig gehängt sind. Jeder Monitor hat auf einem schwarzen Schild eine Benennung, »Studio 1,2,3,4« ist zu lesen, »externe Zuspielung 1-3« und »medizinische Kontrolle 1+2«.

Dr. Angela Wahl nimmt an dem Regiepult Platz, hebt den Telefonhörer: »Dr. Janet Tamarata bitte in die Behandlung Z.«

Prüfend blickt sie nach rechts auf eine dunkle Glasscheibe. Dann legt sie einen Schalter um, leicht flackernd erhellt das Licht jetzt einen Raum, der komplett grün gehalten ist, die Wände, der Boden, alles grellgrün. An der Decke hängen Scheinwerfer, in den Ecken des Raums stehen einige sehr teuer und ultramodern aussehenden Kameras. Die Mitte des Raums wird dominiert von einer etwa vier mal vier Meter großen Freifläche, umrandet von weißen Seilen. Ein Art Boxring, zugleich der einzige Farbtupfer in der grünen Hölle.

Auf dem Regiepult blinkt eine rote Lampe, auf einem Monitor darüber ist eine ostasiatisch aussehende junge Frau draußen vor der Tür zu erkennen. Angela Wahl öffnet die Tür, begrüßt ihre Kollegin, die im Ärzteteam des PMR für die Abteilung Anästhesie zuständig ist.

»Hallo Janet, toll, dass du so schnell kommen konntest. Ich möchte kurz die Termine Hollbach mit dir koordinieren. Wir brauchen heute eine kleine Beruhigungstablette. In zwei bis drei Tagen fahren wir großen Einsatz, eine Sedierung mit Propofol, kombiniert mit einer kontrollierten Gabe von Meskalin. Wir wollen ihn zunächst einschläfern, um ihn in einem anderen Bild, erregt vom Meskalin, wieder aufwachen zu lassen. Das ganze unter ständiger Kontrolle. Plane gut vier Stunden ein, mit Vor- und Nachbereitung. Okay?«

Dr. Janet Tamarata zeigt ein strahlendes Lächeln. »Der Arme kriegt das ganz große Kino, schön für ihn. Kein Problem.« Sie kramt in der Tasche ihres Arztkittels, »hier ist schon mal die Beruhigungspille für nachher. Ich brauche seine Blutwerte und sonstige Daten auf den Rechner, sag mir einen halben Tag vorher Bescheid, damit ich planen kann. Merci Angela und tschüs.«

Angela Wahl schaut auf die Uhr, es ist 14:35. Sie drückt eine weiße Taste unterhalb des Mikrophons. »Regie für Raum Z.«

Aus den Lautsprechern neben den Monitoren krächzt es: »Regie für Z, was können wir für dich tun, Angela?«

»Bitte den Einspieler eins starten, danke.«

Einer der Monitore beginnt zu flackern. Eine grell geschminkte Frau im Latexoutfit ist zu sehen, dann eine Montage aus dem Angebot der von Hollbach besuchten S/M-Seiten. Die Bilder werden immer krasser, harte Gewaltdarstellungen, weit jenseits von Lack, Leder und Peitschen, aber alle aus dem Fundus von Hollbachs Internetseiten. Die Schnittfolge wird rasanter, jetzt flackern, zunächst im Sekundentakt, dann schneller werdend, krasseste Gewaltbilder, Kriegssequenzen, schwerste Schussverletzungen, angstverzerrte Gesichter, bildfüllend ein schreiender Mund, rasend schnell geschnitten, an der Grenze der Wahrnehmung, kein Bild länger als eine Zehntelsekunde sichtbar.

Angela Wahl schaut auf den unten eingeblendeten Time Code: 3 Minuten 25 dauert die Sequenz.

»Regie für Z. Kann so bleiben. Bereitet das als Schleife vor, kann sein, dass wir es zweimal einspielen. Ab 14 Uhr bitte bereit sein für Avatartraining. Wir werden den 3D Encoder brauchen. Danke.«

Mitch erreicht leicht genervt den Campus. Diesen Teil der Universität am Stadtrand kennt er nicht, Mitchs Interesse an Naturwissenschaften war nie sonderlich ausgeprägt. Er steht vor einer verschlossenen Metalltür, drückt den Summer, eine Mikrophonstimme knarrt: »Zu wem bitte?«

»Mein Name ist Mitch Berger, ich habe einen Termin bei Dr. Martin Liebstadt.« Ungewohnt, seinen alten Kumpel Martin als Dr. Liebstadt anzutexten.

Die Tür öffnet sich, Mitch betritt einen schneeweißen Raum, in dem zahlreiche Kameras und Monitore ausgestellt sind. »Bitte warten Sie einen Moment, Dr. Liebstadt wird gleich da sein.« Mitch streicht neugierig um die Exponate. Auf einem der Monitore zeigt ein Film, wie armamputierte Menschen mit Hilfe einer neuronalen Schnittstelle einen künstlichen Arm mit der Kraft ihrer Gedanken steuern können, für die Betroffenen ein unglaublicher Gewinn an Lebensqualität.

Eine Hand kracht auf Mitchs Schulter.

»Mensch Mitch, das gibt es nicht, dass ich dich mal hier im Institut erblicken darf, hätte ich nie für möglich gehalten. Seit wann interessierst du dich für etwas anderes als für Politik und Rotwein?«

Mitch fährt herum, klatscht den alten Freund ab, »Martin, hey, siehst noch aus wie immer. Nur die schwarzen Locken sind gräulich geworden, aber immerhin, du hast sie noch.«

Mitch beginnt Martin seine Story zu erklären, doch der schaut von Minute zu Minute skeptischer.

»Dass jemand virtuelle Realität für kriminelle Zwecke einsetzt, ist für mich schwer vorstellbar, dafür wäre ein verdammter Aufwand nötig, und wie zum Teufel willst du dabei abkassieren? Weißt du überhaupt, wovon du redest, hast du jemals so eine Brille auf der Nase gehabt?«

Als Mitch von seinen Erlebnissen im Samsung Shop berichtet, muss Martin kichern. »Okay, das ist ungefähr so, als würdest du auf die Frage, ob du Autofahren kannst, auf dein Bobby Car zeigen.«

Martin Liebstadt führt Mitch in einen Raum, der an den Wänden vollgestopft mit Technik, in der Mitte aber ein durch eine weiße Kordel umgrenztes Quadrat freilässt. »Wenn du gleich die Brille aufhast, siehst du nichts mehr von diesem Raum, die weiße Kordel erscheint dir dann als eine rote Linie, die du bitte nicht berühren sollst, womit verhindert werden soll, dass du anfängst unser Spielzeug kaputtzuschlagen, wenn du wild in der Landschaft rumspringst. Was du jetzt sehen wirst ist relativ einfach, wir sind arme Akademiker. Flieg nach Los Angeles, da kriegst du die große Show. Wir arbeiten hier mit 23 Kameras, Microsoft hat so eine Anlage mit 102 Kameras. Okay, bereit?«

Mitch setzt die Brille auf, es wird schwarz, dann plötzlich sieht er vor sich eine Straße im Dämmerlicht, im Hintergrund erkennt er die Berliner Mauer, voll mit Graffiti. Davor stehen Büsche, ein paar Bäume. Er bewegt sich vorsichtig, geht auf die Mauer zu, plötzlich sieht er die rote Linie aufleuchten. Dann hört er Martins Stimme, »mach mal die rechte Hand auf, halte das Ding da fest.« Er spürt eine Art Joystick in der Hand, im

Bild sieht er plötzlich eine Taschenlampe frei im Raum schweben. »Bewege die Lampe«, hört er Martins Stimme.

Mitch dreht die Lampe Richtung Mauer und sieht plötzlich den Schatten des von ihm angestrahlten Buschs auf die Mauer fallen. Er bemerkt, dass sich der Schatten mit jeder Bewegung seines Armes verändert, gerade so, als würde er mit einer echten Lampe durch einen verdammten Busch leuchten. Plötzlich hat Mitch das Gefühl, tatsächlich seinen Arm, seine Hand zu sehen, die die Lampe führt. Er fährt herum, der Lichtschein folgt der schnellen Bewegung. »Verdammt«, flucht er, »ich sehe meinen gottverdammten Arm, zumindest ein bisschen.« Dann wird es schwarz. Martin nimmt ihm die Brille ab. »Keine Sorge, du hast keine Halluzinationen. Das ist eine ganz normale Reaktion deines Gehirns. Dein Hirn akzeptiert nicht, dass eine Taschenlampe frei in der Luft hängt. Es kapiert, dass es deine Bewegungen sind, die die Lampe führen. Was fehlt, ist der Arm. Dein Hirn ersetzt einfach das, was fehlt. Es muss den Arm geben, also beginnst du ihn zu sehen. Gut nicht?«

Mitch schüttelt sich. »Macht ein wenig schwindelig. Komisches Gefühl, so ein Hirn, das sich selbstständig macht. Kenne ich sonst nur beim Verlassen einer Kneipe nach zwei Uhr nachts.«

Martin lacht. »Das hier hat nichts mit deinen Leberwerten zu tun. Dein Gehirn sucht immer die wahrscheinlichste Lösung. Es gibt da ein geiles kleines Experiment, das du zu Hause auf einer Fete nachmachen kannst. Setze einen Mann an einen Tisch, bitte ihn, die rechte Hand nach unten baumeln zu lassen. Die linke Hand liegt auf dem Tisch. Der Mann schaut nach vorne. Jetzt streichen wir mit einem weichen Pinsel über seinen linken Arm, das Versuchskaninchen sieht das aus den Augenwinkeln, fühlt die Berührung. Jetzt holen wir einen Aktendeckel und verdecken damit die Sicht auf den Arm. Vor den Aktendeckel, also gut sichtbar, wird ein Gummiarm gelegt. Jetzt streichen wir mit dem Pinsel über den verdeckten echten Arm und gleichzeitig über den Gummiarm. Dein Gehirn fühlt die Berührung des Pinsels auf dem echten Arm, sieht aber den Pinsel auf dem Gummiarm. Plötzlich betritt ein Mann das Zimmer, er hat einen großen Hammer in der Hand. Er schlägt damit ansatzlos mit aller Kraft auf den Gummiarm, und unser armes Versuchskaninchen wird laut schreiend mit schmerzverzerrtem Gesicht hochspringen. Geschlagen wird der Gummiarm und doch wird wilder Schmerz empfunden. Weißt du was das bedeutet Mitch? Etwas verdammt Wichtiges. Dein Gehirn hat den Gummiarm adoptiert. Das aber heißt: Dein Gehirn definiert die Außengrenze deines Körpers. Das ist unglaublich wichtig, es ist die Grundlage für alles andere.«

»Was soll das heißen, Gehirn definiert Außengrenze. Außengrenze ist Außengrenze. Was sonst.«

»Eben nicht. Das Gehirn hat den Gummiarm eingemeindet, es kann noch viel mehr dazu nehmen. Und diese Fähigkeit unseres Gehirns ermöglicht in der virtuellen Realität den Einsatz von Avataren.«

»Martin komm, mach langsam, zum Mitschreiben. Was zum Teufel ist jetzt ein Avatar?« »Wenn du dich selber im virtuellen Raum siehst, wenn du dort in Echtzeit handelst, dann nennt man die Figur, die du dabei beobachtest, deinen Avatar. Und genauso wie du den Gummiarm als deinen Körperteil empfunden hast, so wirst du dich mit dem Avatar identifizieren. Er ist dein Abbild, auch wenn er heute noch eher als eine schemenhaft graue Figur daherkommt, was von der Rechnerstärke abhängt, die Graphik wird ja immer besser. Egal, unter dem Strich wirst du zu einer virtuellen Figur Ich sagen. Der Typ ist ein Teil von dir. Bis dass der Tod euch scheidet.«

Martin lächelt, als Mitch mit einem mehr als wirren Gefühl das Labor verlässt. »Nie im Leben werde ich zu einem verdammten Pixelhaufen Ich sagen.«

Mitchs Kopf schwirrt von dem Gehörten.

Zehn Minuten später versucht er Hollbach anzurufen, keine Antwort.

8

Peer Hollbach hat das kleine geheime Telefon auf stumm gestellt, es in ein paar Socken gewickelt und in den Tiefen seines Schranks versteckt.

Er ist aufgeregt und neugierig, als er sich zum Treffen mit Dr. Angela Wahl aufmacht. Die Ärztin wartet an der Rezeption auf ihn, gemeinsam steuern sie die Tür zum Aufzugsraum im hinteren Gang an. Hollbach staunt, als er den kargen, neongrellen Raum betritt und auf die Metalltür des Aufzugs starrt. Ein arger Kontrast zum eleganten Ambiente der Eingangshalle, denkt er, während die Ärztin ihren Zugangscode eintippt. Die Tür schnarrt auf, und Hollbach betritt den Aufzug in die Katakomben des Paradise Mountain Resorts.

Zur selben Zeit sitzt Vernon Graves in seinem Büro und beobachtet die an der Wand vor ihm angebrachten Monitore. Er kann von hier jeden einzelnen der Behandlungsräume aufrufen, vor allem die unterirdischen Räume der Ebenen -1 und -2 sind für ihn komplett einsehbar.

Graves klickt die Monitore durch, kann jeweils das gewünschte Bild auf den großen Hauptmonitor legen. Es fällt Graves schwer, sich auf die Tagesroutine zu konzentrieren, seine Gedanken kreisen nur um Peer Hollbach und um das große Geld, das Hollbach bringen soll. Er klickt auf den Aufzugsmonitor, sieht Dr. Wahl mit seinem Lieblingspatienten Peer Hollbach nach unten fahren.

Er schaltet um auf die Überwachung der Schneideräume, sieht in einem der Räume Tony Raben, der offenbar gerade Material sichtet. Graves zoomt auf den Monitor und sieht Bilder, die eindeutig aus dem Material Hollbach stammen. Graves ist irritiert, er hat ausdrücklich darauf geachtet, dass Raben nicht zur Hollbach-Bearbeitung eingeteilt wird.

Er checkt die Dienstpläne, und tatsächlich werden alle Einspieler Hollbach von anderen Cuttern bearbeitet. »Scheiß Tony

Raben, ich dachte, du hättest deine Lektion gelernt.« Seit ihrem Streit um die Löschung des Ferrata-Materials steht Tony Raben auf Vernon Graves Beobachtungsliste. Er hat keine Sekunde vergessen, dass Raben behauptet hat, Graves und Ferrata spät am Todesabend der Diva gemeinsam im Park gesehen zu haben. Raben ist ein Sicherheitsrisiko, schlimmer noch, ein Risiko für Graves persönlich.

Er wird handeln müssen.

Im zweiten Untergeschoss verlassen Peer Hollbach und Dr. Wahl jetzt den Aufzug und steuern gemeinsam den Behandlungsraum Z an.

Staunend betrachtet Hollbach den Raum. »Wow, sind wir in einem Fernsehstudio?«

»Nein, Herr Hollbach, hier vorne spielt die Musik für Sie.« Sie deutet energisch auf die Liege, bittet dann Hollbach den Oberkörper frei zu machen und sich hinzulegen.

Hollbach spürt die Kühle des frischen Lakens, fröstelt, als seine Brust mit Gel betupft wird, dann werden Elektroden für ein EKG angebracht. »Bis jetzt alles wie beim Arzt zu Hause«, murmelt Hollbach, etwas schummerig wird ihm erst, als Dr. Wahl ihn bittet die Ledermütze aufzusetzen. Sie reicht Hollbach ein Glas Wasser und eine kleine Pille. »Keine Sorge, nur ein harmloses Mittel zur Entspannung.« Hollbach schluckt brav und sieht dann, wie die Ärztin diverse Kabel in die Anschlüsse der Mütze stöpselt.

Sein Blutdruck wird gemessen, 135 zu 72, damit ist die Ärztin zufrieden. »Hätte mit mehr gerechnet, ist ja durchaus eine Stresssituation für Sie«, lächelt sie Hollbach freundlich an.

Hollbach spürt langsam die Wirkung der Pille, er fühlt sich angenehm ruhig und entspannt.

Jetzt kommt Dr. Wahl mit einer VR-Brille, hilft Hollbach sie anzulegen.

»Wir fangen langsam an, wollen in dieser Phase nur etwas über Ihre Reaktionen herausfinden. Sie werden jetzt keine virtuelle Realität erleben, sondern nur etwas Kino.«

Hollbach brummt zustimmend.

Dann hört er entspannte Musik, sieht dazu freundliche Bilder, hat den reizvollen Eindruck, er stünde auf einer herrlichen

Bergwiese, mitten in phantastischen Wolkenformationen, dann fliegt er über eine sonnendurchflutete Flusslandschaft.

Ein entspanntes Lächeln umspielt seine Lippen, dann hört er die die Stimme von Dr. Wahl: »Regie für Z. Einspieler eins bitte ab.«

Hollbachs Welt verändert sich schlagartig.

Die Musik ist jetzt hart, klingt, als wäre ein DJ auf Chrystal Meth.

Dann fliegen Hollbach harte Gewaltszenen um die Ohren, eine Kombination aus Bildern aus den Tiefen seiner häufig besuchten Internetseiten, gemixt mit Kriegs- und Unfallbildern.

Dr. Wahl starrt auf die Kontrollmonitore, sieht, wie der Blutdruck steigt, bemerkt, wie Hollbachs Gehirn heftig auf die Bilder reagiert.

Sein Gesicht ist jetzt verzerrt, sein Ausdruck schwankt zwischen Abscheu und Erregung.

Dr. Wahl hört das zischende Öffnen der Tür hinter sich, sie fährt herum und sieht Prof. Mentoff, der anerkennend den Daumen hebt und auf dem Kontrollmonitor die Bilder beobachtet, die auf Hollbach einprasseln.

Bei Hollbach gewinnt jetzt Abscheu die Oberhand, er stöhnt widerwillig.

Mentoff beobachtet die Kurven des EEG. »Wir müssen den Einspieler ändern, mehr sexualisierte Gewalt, weniger die ganz harten Sachen, die lehnt er ab, das ist kontraproduktiv.« Dr. Wahl nickt und tippt eine Notiz in ihr Tablet.

Der Monitor für Einspieler eins wird jetzt dunkel, Dr. Wahl tritt zur Liege und nimmt Hollbach die VR-Brille ab.

Der Banker flucht wütend: »Was soll der Scheiß, mir hier diese Blutsuppe um die Ohren zu hauen. Was habe ich mit diesem Brutalokram zu tun?«

Mentoff lächelt kalt: »Nun, Herr Hollbach, das war in weiten Teilen Ihre Bildauswahl. Wir haben sie nur etwas verschärft.«

Hollbach fährt herum, er bemerkt erst jetzt, dass Mentoff im Raum ist.

»Professor, was soll das, ich habe kein Gewaltproblem, warum wollen Sie mir eins anhängen?«

»Sie haben ein Kontrollproblem, Herr Hollbach, aber warum arbeiten wir nicht weiter und diskutieren dann. Sie haben einen Meter hinter sich und tausend vor sich, es ist definitiv zu früh für Debatten.«

Hollbach zuckt die Schultern.

Dr. Wahl befreit ihn von den Kabeln. »Bereit zur nächsten Übung?«

Hollbach nickt, Dr. Wahl drückt jetzt die Kommandotaste.

»Achtung, Regie für Z, bereit machen für Avatarübung, erste Sequenz. 3D Encoder hochfahren.«

Hollbach wird jetzt in den grünen Raum geführt, in die Mitte des abgegrenzten Vierecks.

Er trägt wieder die VR-Brille. Er sieht eine leere Fabrikhalle mit Backsteinwänden.

Das weiße Absperrseil erscheint ihm als rote Linie, die er nicht berühren darf.

Hollbach hört jetzt eine ihm unbekannte Stimme hinter sich, augenscheinlich ein Techniker, der sich mit Dr. Wahl und Mentoff unterhält.

Mentoff dirigiert den Techniker mit seiner Kamera hinter Hollbach. Sie filmen seinen Rücken. Plötzlich sieht Hollbach sich selbst von hinten. Er sieht ein 3D Bild seines Rückens, etwa zwei Meter vor sich in der virtuellen Halle. Jetzt tritt Dr. Angela Wahl hinter ihn und streichelt seinen Rücken. Hollbach sieht, dass die Kunstfigur vor ihm gestreichelt wird. Er spürt die Berührung und sieht sie zugleich zwei Meter vor sich. Er spürt, dass sein Gehirn mit dem Bild kämpft. Fühlen und Sehen passen nicht zueinander. Er spürt eine innige Verbindung zwischen sich und der Figur vor ihm. Mentoff nimmt jetzt ein Papier, schreibt mit einem Marker die Zahl 2 auf das Blatt, legt das Papier neben Hollbachs Standort. Dann schreibt er auf ein zweites Blatt eine 4 und legt dieses Blatt neben die Position der 3D-Kunstfigur. Dann gibt Mentoff den Befehl: »Kameras aus.«

Um Hollbach wird es dunkel, er schüttelt sich, Dr.Wahl hilft ihm, die Brille abzusetzen. »Herr Hollbach, Augen auf, jetzt bitte Konzentration«, Mentoffs Stimme ist laut und befehlsgewohnt. Hollbach schüttelt sich, starrt Mentoff unsicher an.

»Herr Hollbach, Sie sehen hier zwei Blätter auf dem Boden liegen. 2 Meter und 4 Meter. Wo haben Sie gerade gestanden und wo war ihr virtueller Rücken?«

Hollbach schüttelt sich kurz nochmal, geht dann, ohne zu zögern, auf die Position 4.

»Hier habe ich gestanden, ohne jede Frage.«

Zweifelnd schaut Hollbach Mentoff an, der lächelt Dr. Angela Wahl an, dreht sich dann zu Hollbach um. »Super, Herr Hollbach, genau richtig.«

Mentoff verabschiedet sich, verlässt, eine kleine Melodie pfeifend, den Raum Z.

Dr. Wahl nimmt den Telefonhörer hoch: »Angela hier, bitte eine Stunde Massage für Herrn Hollbach. Ich schicke ihn hoch.« Sie dreht sich lächelnd zu Hollbach um. »Das haben Sie sich verdient. Sie reagieren sehr gut auf das Programm. Wir können die nächsten Einheiten vorziehen. Morgen wird es ernst. Machen Sie vormittags etwas Entspannendes, eine Wanderung, oder schwimmen Sie im Pool. Ich hole Sie dann um 16 Uhr an der Rezeption ab. Kommen Sie jetzt, ich bringe Sie nach oben.«

Tony Raben bleibt nach Schichtende noch in seinem Schneideraum. Ein befreundeter Kollege hat ihm eine Hintertür zu den Projekten gelegt, mit denen er laut Dienstplan nicht befasst ist. Eigentlich streng verboten in der unterirdischen Welt des Paradise Mountain Resorts. Aber seit seinem Streit mit Graves fühlt sich Tony Raben latent bedroht, er muss kapieren, was im PMR abgeht, um dann aus diesem Wissen für sich eine Art Lebensversicherung zu bauen. Er hat alles, was er weiß, vor allem seine Beobachtungen zum Ferrata-Fall, seinem Kumpel Giovanni Müller erzählt. Mit Müller, der als Kameratechniker und Cutter im PMR arbeitet, teilt sich Raben eine Wohnung unten im Tal, im alten Ortsteil von Goldrain. Müller hat auch eine Kopie der Ferrata DVD zur Aufbewahrung bekommen, das Original hat Raben in der alten Scheune ihres Vermieters versteckt.

Er ruft jetzt wieder den Hollbach Ordner auf, sieht kopfschüttelnd die Gewaltbilder des ersten Einspielers. Als nächstes klickt er eine »Hollbach/Avatar« benannte Datei an. Zugang verweigert. »Scheiß Ding«, murmelt Raben, »die haben dem

Teil einen extra Sicherheitscode verpasst.« Dann findet er einen Ordner »Hollbach/Avatar/Vorarbeiten«. Er klickt, diesmal öffnet sich die Datei. Staunend sieht Raben eine sonnenüberflutete Terrasse, einen blau leuchtenden Pool, eine weitgeöffnete Terrassentür, in der eine spärlich bekleidete arrogant wirkende Schönheit lehnt, die herausfordernd in die Kamera lächelt. Die Dame hat dichte, mittellange braune Haare, mandelförmige dunkle Augen und eine beachtliche Oberweite. Die Szene bricht ab. Dann folgen Slow Motion-Einstellungen eines zerberstenden Glastisches, aus mehreren Perspektiven aufgenommen, extreme Großaufnahmen von scharfkantigen Scherben, dann wieder Totalen des Tisches beim Platzen. Raben erkennt als Profi, dass die Bilder am Rechner bearbeitet wurden, der Tisch zerbirst, gerade so, als sei ein Mensch hineingestürzt. Raben schüttelt den Kopf, versucht sich noch einmal an der gesperrten Datei, scheitert wieder. Entschlossen bückt er sich, holt einen DVD-Rohling aus einer Schublade und kopiert die Datei.

»Scheißkerl«, knurrt Vernon Graves oben in seinem Büro, er hat Raben die ganze Zeit auf dem Monitor beobachtet. Graves öffnet jetzt das Sicherheitsmenü der ganzen Anlage. Er verändert einige Einstellungen, lächelt zufrieden. In Zukunft wird jeder Kopiervorgang auf einen externen Datenträger einen Alarm auslösen, der beteiligte Rechner und der daran arbeitende Mitarbeiter werden erfasst.

Gegen 19 Uhr verlässt Tony Raben den Schneideraum im ersten Untergeschoss des Paradise Mountain Resort. Er nimmt den Aufzug nach oben, grüßt die Kollegen an der Rezeption und tritt hinaus in die Dämmerung. Wie immer genießt er nach einer Schicht in den klimatisierten Kellerräumen die Champagnerluft der Berge.

Vernon Graves hat auf dem Monitor beobachtet, wie Raben den Schneideraum verlässt.

Er steht an seinem Fenster, hat den Parkplatz gut im Blick. Als er sieht, dass Raben direkt zu seinem leicht verbeulten grauen VW Tiguan geht, greift er zu seinem Telefon und ruft seinen Außenposten Luigi an, der knapp zehn Kilometer weiter talwärts, nahe dem Kriegerdenkmal an der Kapelle Santa Maria in der Schmelz, Wache steht.

»Luigi, Graves hier, mit was für einem Auto bist du vor Ort?« »Hallo Chef, mein Brera hat 'ne Macke, habe mir einen Sprinter ausgeliehen, hoffe, das ist okay?«

»Neutraler Wagen, oder mit PMR Logo?«

»Neutral natürlich.«

»Super Luigi, ziehe den Sprinter vor. In circa zehn Minuten kommt ein grauer Tiguan mit deutscher Nummer bei dir vorbei. Ich hänge hinter der Karre. Ich rufe dich an, kurz bevor wir den Kontrollpunkt passieren. Dann stellst du den Sprinter quer, ziehst den Warnblinker und machst einen auf Autopanne.«

»Ja, Chef, alles klar.«

Als Graves sieht, dass Raben das Resortgelände verlässt, sprintet er zum Parkplatz, springt in einen bulligen 6er BMW und nimmt die Verfolgung auf. Raben, der die Strecke kennt, legt ein ordentliches Tempo vor. Er hat sein Handy mit der Freisprechanlage gekoppelt, ruft während der Fahrt seinen Kumpel Giovanni Müller an. Das Freizeichen ertönt, aber keine Antwort. Raben hinterlässt eine Nachricht auf der Mailbox. Graves hängt jetzt etwa 50 Meter hinter dem Tiguan und hätte Bock seinem überlegenen Wagen Feuer zu geben und Raben einfach von der Straße zu fegen. Er ruft sich zur Ordnung, öffnet das Handschuhfach, und fingert nach einem Revolver und einer Injektionsspritze.

Er lässt etwa 50 Meter Abstand zwischen sich und dem Tiguan mit Raben am Steuer. Die Wagen passieren den Stausee, lassen die Spitzkehren hinter sich, jetzt wird die Strecke weniger kurvenreich, beide Wagen beschleunigen.

Raben sieht im Rückspiegel, dass ein Wagen hinter ihm ist, aber denkt sich nichts dabei – zu dieser Zeit verlassen viele Tageswanderer das Martelltal. Graves reduziert das Tempo, lässt sich etwa hundert Meter zurückfallen. Er greift zu seinem Handy. »Okay Luigi, stell den Sprinter quer, jetzt los.«

Raben kommt mit gutem Tempo um die unübersichtliche Kurve vor dem Kriegerdenkmal.

Er sieht einen Kleinlaster mit leuchtender Warnblinkanlage quer stehen. Ein Mann mit grellgelber Warnweste winkt, macht

Zeichen, signalisiert, dass er Hilfe braucht. Raben geht in die Eisen, bringt den Tiguan knapp vor dem Sprinter zum Stehen. »Hey Mann, was ein Scheißplatz zum Liegenbleiben, kriegst du die Karre nicht runter von der Straße?« Raben ist ausgestiegen, macht zwei Schritte auf den Mann mit der Warnweste zu. Er meint, das Bremsen eines weiteren Wagens hinter sich zu hören, schenkt dem aber keine Beachtung.

»Nein, geht leider nicht, saublöd, der Motor ist verreckt, und ich krieg ihn nicht wieder an. Kannst du mir schieben helfen?«

Raben flucht, aber er setzt sich Richtung Sprinter in Bewegung. Aus den Augenwinkeln bemerkt er eine schnelle Bewegung hinter sich. Raben fährt herum und erstarrt. Vor ihm steht Vernon Graves, den rechten Arm erhoben, in der Hand eine silbrig glänzende Spritze. Bevor Raben seine Arme zur Abwehr hochreißen kann, fühlt er, wie er von hinten umklammert wird. Luigi hat ihn mit einem gewaltigen Satz erreicht, drückt wie ein fleischgewordener Schraubstock Rabens Arme fest an seinen Körper. »Scheißkerl, selber schuld«, faucht Graves, und jagt mit einer präzisen Bewegung die Nadel in Rabens Hals. Dem wird es warm, dann dunkel, er zuckt noch in Luigis Klammergriff, dann sackt er zu Boden. Luigi lässt ihn fallen, reißt blitzschnell die rechte Hecktür des Sprinters auf. Gemeinsam wuchten sie Tony Raben auf die Ladefläche. Graves dreht sich zum Tiguan um, und sieht, dass der Schlüssel steckt. Dann sprintet er zu seinem BMW, parkt den dunklen Wagen hinter dem Kriegerdenkmal im tiefen Schatten der Tannen. Er trägt jetzt schwarze Lederhandschuhe.

Er hastet zurück zu dem Tiguan, springt hinters Steuer. »Los Mann, du folgst mir«, zischt er Richtung Luigi. Beide Wagen beschleunigen. Nach gut zwei Kilometern verlassen sie an einer Kreuzung die Landstraße, biegen links in eine sehr schmale Straße ein, die zu einigen hochgelegenen Höfen führt. An ihrem Ende liegt das Hofrestaurant Stallwies, ein beliebter Ausflugsort für Touristen und Einheimische. Sie schrauben sich steil nach oben, in den Kurven ahnt man im fahlen Mondlicht die atemberaubend tief abfallenden Hänge. Manche Kurven sind mit Leitplanken gesichert, andere nicht.

Etwa hundert Meter hinter einer ungesicherten Haarnadelkurve wendet Graves den Tiguan in einer Einfahrt zu einem kleinen, am Steilhang gelegenen Feld.

Jetzt steht der Wagen talabwärts.

Graves checkt das Wageninnere, er hat keine Spuren hinterlassen.

Sie holen den immer noch bewusstlosen Raben aus dem Sprinter, routiniert durchsucht Graves Rabens Jacke. In der Innentasche findet er eine unbeschriftete DVD. »Volltreffer, du Idiot«, flüstert er zu Raben. Und lässt die DVD in seiner Jacke verschwinden.

Dann wuchten sie den Bewusstlosen auf den Fahrersitz, schnallen ihn an, drücken mit einer Holzlatte von außen durch das geöffnete Fenster der Fahrerseite auf die Bremse, stellen das Automatikgetriebe auf »Drive« und schalten das Fernlicht an. Jetzt zieht Graves die Holzlatte zurück, der Tiguan setzt sich in Bewegung, nimmt Fahrt auf, hält die Spur und rauscht Richtung Abhang. »Gute Fahrt, Tony Raben.«

Die Scheinwerfer beleuchten in 20 Meter Entfernung einen Felsen, der Tiguan donnert dagegen, überschlägt sich, ein Scheinwerfer brennt immer noch, strahlt anklagend den dunklen Himmel an, der Wagen kracht auf die Fahrerseite, dann auf das Dach, erreicht einen weiteren Steilhang und stürzt dann nochmal gut 50 Meter senkrecht nach unten.

»Müsste jetzt langsam explodieren«, murmelt Luigi. Plötzlich ein zischendes Geräusch, mehr eine Verpuffung als eine Explosion. Dann leuchtet heller Feuerschein von weit unten. »Los, weg jetzt, es gibt einige Höfe, die das sehen können, die Penner hier rufen sofort die Carabinieri. Beeilung.«

Graves wirft die Holzlatte auf die Ladefläche des Sprinters. Zügig, aber auch nicht zu schnell steuert Luigi den Sprinter Richtung Landstraße. Erleichtert registrieren sie, dass ihnen kein Wagen entgegenkommt. An der Kreuzung links hoch, in wenigen Minuten biegt der Sprinter auf den kleinen Parkplatz am Kriegerdenkmal. »So Luigi, verpiss dich, wasch den Wagen sorgfältig, spritz die Reifen ab und mach zwei Tage frei. Kriegst einen Bonus, ich schätze verlässliche und vor allem verschwiegene Mitarbeiter.« Graves lässt Luigi stehen, atmet tief durch, startet dann seinen 6er BMW und donnert das Martelltal hoch Richtung Paradise Mountain Resort.

Mitch verzweifelt vor Langweile.

Er sitzt in Frankfurt, und die Musik spielt gut 600 Kilometer weiter südlich.

Alles, was er zurzeit machen kann, ist wieder und wieder Hollbachs Nummer zu wählen.

Ohne Erfolg.

In seinem Kopf schiebt er die Teile des Puzzles hin und her, Meskalin, virtuelle Realität, Außengrenze des Körpers, eine tote Schauspielerin, die von Gehirnwäsche geschrieben hat, ein sündhaft teures Psycho-Resort mit einem schießfreudigen Sicherheitschef, der Kontakte zur Mafia unterhält, die wiederum den rechten Republikanern nahesteht.

Zu viel, um beim Denken nüchtern zu bleiben.

Mitch schaut auf die Uhr, es ist 8, er macht sich auf den Weg zum Casa Pintor, seinem Lieblingsspanier im Frankfurter Nordend.

Sein Tisch ist frei, schon bald stößt ein befreundeter Anwalt dazu, dem er die ganze Geschichte in groben Zügen schildert.

»Mann, Mitch, was sitzt du hier noch rum, bring dein Abendessen zu Ende, gib uns beiden eine gute Flasche Rioja aus, dann geh nach Hause, schlafe durch und starte morgen früh in dieses verdammte Martelltal. Verstehe nicht, dass du nicht schon längst weg bist.«

Mitch starrt verblüfft den Freund an. »Stimmt, du hast recht. Bin noch den Trott vom altem Job gewohnt, da fuhr man erst los, wenn die Story klar recherchiert war. Stimmt, ich muss da hin.«

Sie prosten sich zu, der Anwalt kratzt sich am Kopf. »Hat der Typ in dem Uni Labor für Virtualität tatsächlich gesagt, wir würden Ich zu so einer Computerfigur sagen?«

Mitch nickt.

»Kannst du dich noch an den alten Adorno erinnern? Der hat mal gesagt, bei manchen Menschen ist es eine Unverschämtheit, wenn sie zu sich selbst Ich sagen. Weil sie so weit weg von sich sind, so fremdbestimmt, dass sie gar nicht wissen, was sie ausmacht. Und jetzt kommen die Typen aus Silicon Valley und präsentieren uns einen Pixel-Frankenstein als Verlängerung des Ichs. Scheißwelt. Nicht mein Film. Rodrigo, sei so lieb, noch zwei Carlos Primeiro bitte.« Schnell wie immer hat der peruanische Kellner, der ein bisschen aussieht wie der jüngere Bruder von Thiago von den Bayern, zwei Gläser auf den Tisch gestellt.

Mitch schwenkt den goldbraunen Brandy aus Jerez in dem leicht gewärmten Glas.

Sein Telefon klingelt. Hollbach meldet sich, endlich. Er klingt matt, abwesend.

Beim Spanier ist es laut wie immer, Mitch geht zum Telefonieren vor die Tür.

Hollbach klingt verändert, längst nicht so entschieden wie sonst. Er erzählt unzusammenhängend von Gewaltszenen. »Ja, ich habe sowas gegoogelt, vielleicht habe ich wirklich ein Gewaltproblem, Mann, was ein Mist.«

»Hör zu Hollbach, ich fahre morgen runter zu dir, quartiere mich irgendwo in der Nähe in ein nettes Hotel ein, vielleicht können wir ein Treffen riskieren.« Eine Sekunde Schweigen am anderen Ende der Leitung, dann heftiger Widerstand. »Mitch, hör auf, ich will hier nichts riskieren. Morgen soll das Feuerwerk laufen und das will ich nicht gefährden. Sei so gut und warte bis morgen Abend, ich melde mich nach der Behandlung, dann entscheiden wir wie es weitergeht.«

Mitch kehrt zu seinem Kumpel und dem Carlos Primeiro zurück.

»Abfahrt verschoben, mein Partner da unten will ungestört auf die Reise gehen.«

Sein Freund starrt ihn verständnislos an. »Von was für einer Reise redest du?«

»Der Typ macht 'ne Psychotour und ist wild entschlossen, morgen einen Meskalin Trip einzuwerfen.«

»Wer zum Teufel nimmt heute noch Meskalin, ich dachte dein Partner ist Banker, klingt eher wie ein übriggebliebener Hippie mit Midlife Crisis.«

»Falsch, der macht das in einer High Tech-Welt, umgeben von Leuten, die alles andere als seine Freunde sind. Mir gefällt das nicht. Spätestens morgen Abend oder übermorgen früh fahre ich runter in die Berge.«

Mitch verzichtet auf einen zweiten Brandy, eilt die paar Meter nach Hause, knallt sich an seinen Schreibtisch und fischt seine Kontoauszüge aus der Schublade. »Sieht echt mies aus«, flucht er vor sich hin, »die geplatzte London-Story hat ein fettes Loch gerissen. Ich kann mir maximal zwei Wochen Südtirol leisten, und auch das nur unter der Bedingung, dass daraus sehr schnell eine Story wird, die ich gut verkaufen kann.«

Und schon beginnt er Hotels zu googeln, staunt über die Südtiroler Preise, findet aber eine erstaunliche Auswahl von schönen Hotels in der Nähe des Martelltals. Er bleibt bei einem hängen, das als einziges nicht Alpenblick, Tannengrund oder Waldfrieden heißt.

Mitch muss grinsen, als er die Seite des Hotels Bamboo anklickt. »Müssen einen guten Sinn für Humor haben, mitten in den Alpen ihren Schuppen Bamboo zu nennen.« Es gibt freie Zimmer, Mitch druckt sich die Seite aus.

Peer Hollbach hat schlecht geschlafen, dauernd sind ihm die Gewaltbilder durch den Kopf gezogen. Er frühstückt ausgiebig, schwimmt ein paar Bahnen in dem hellen modernen Hallenbad, das sich in dem edel aussehenden Anbau befindet. Eine gelungene Konstruktion aus Holz, Glas und Stahl.

Dann schlendert er zur Massage. Er wird nach allen Regeln der Kunst durchgewalkt, fühlt sich jetzt wohl. Als er auf sein Zimmer zurückkehren will, um sich kurz auf Ohr zu hauen, holt ihn eine Assistentin zum Kardiocheck ab. Der Doc ist zufrieden mit ihm, Hollbach legt sich hin. Noch vier Stunden.

Graves hat sich zu Mentoff ins Direktionszimmer gedrängt.

»Ich will dich nur vorwarnen, könnte gut sein, dass die Carabinieri wieder hier auftauchen. Es gab leider einen Unfall, bei dem unser geschätzter Mitarbeiter Tony Raben ums Leben kam. War ein tragischer Unfall, aber wenn dich die Bullen ansprechen, du weißt von nichts und wirst bitte gebührend überrascht sein.«

»Was zum Teufel soll das? Wir können nicht schon wieder eine Leiche gebrauchen. Erst ein Selbstmord und jetzt, ja was denn eigentlich? Wie ist der Mann gestorben, und was weißt du darüber?«

Graves lächelt etwas gequält.

»Ein Autounfall, zu schnell auf einer zu engen Straße, ist nicht ungefährlich hier im Gebirge.«

»Und was hast du damit zu tun?«

»Ich habe meinen verdammten Job gemacht. Der Scheißkerl von Raben hat angefangen, seine verfluchte Nase in Sachen zu stecken, die ihn null angehen. Er hat versucht, Hollbachs Dateien auf eine private DVD zu kopieren und die DVD mit rausgenommen. Ich habe ihn bewusst aus allen Arbeiten am Hollbach-Projekt rausgehalten, weil ich ihm schon länger nicht traue, er hat sich trotzdem Zugang zu einigen der Dateien verschafft.«

»Hast du was mit seinem Tod zu tun?«

»Ich habe meinen Job gemacht.«

Mentoff starrt Graves wütend und entsetzt an. »Mann, mir sind das entschieden zu viele Unfälle. Ich habe all das hier aufgebaut, weil ich wissenschaftliches Neuland betreten will. Ich habe mich auf deine schrägen Geschäftsideen eingelassen, weil ich verstehe, dass wir Geld verdienen müssen. Aber ich habe nie zugestimmt, dass hier mit einer unglaublichen Leichtfertigkeit alle paar Wochen jemand über den Jordan geht. Schon in London die Nummer war verrückt. Ich will nicht mit einem Killer arbeiten. Vernon, bitte, ich will hier was Ernsthaftes aufbauen und keinen Gangsterschuppen betreiben. Stehen wir noch auf derselben Seite?«

»Carlos, ich stehe auf deiner Seite, aber ich stehe auch auf der Seite der Leute, die uns einen irren Haufen Geld geliehen haben, um diesen Schuppen hier aufzubauen. Du hättest nie im Leben von Banken eine solche Finanzierung bekommen. Du hast dankbar zugestimmt, dass ich dir ungewöhnliche Partner ins Boot hole, also musst du jetzt auch akzeptieren, dass ich das Investment dieser Leute schütze. Im Gegensatz zu dir kenne ich diese Leute, die wollen ihr Geld wiedersehen, da verstehen die keinen Spaß. Und genau darauf werde ich achten.«

»Und du schützt das Investment indem du Leute umlegst, das kann doch nicht dein Ernst sein.«

Mentoff ist hinter seinem Schreibtisch aufgesprungen, zeigt anklagend mit dem Finger auf Graves. Der bleibt ungerührt.

»Carlos, hör auf, den Naiven zu spielen. Du hast dich halt nicht an die Deutsche Ärztebank oder das Rote Kreuz gewandt. Du hast andere Partner, aus einer anderen Branche. Ich halte dir die Jungs aus den Staaten vom Hals, und du sorgst dafür, dass hier endlich richtig Geld in die Kassen kommt. Deswegen ist Hollbach wichtig und deswegen trete ich alle Störfeuer aus. Kapiert?«

Als Mentoff schweigt, lächelt Graves mokant, steht auf und geht.

Hollbach ist nervös und streicht schon zehn Minuten vor der Zeit um die Rezeption herum. Er tritt kurz vor die Eingangstür, atmet tief durch, schnuppert genießerisch dem Tannenduft nach, und fühlt sich trotz seiner unterschwelligen Angst ganz zufrieden.

Dann sieht er Frau Dr. Angela Wahl an der Eingangstür. Sie winkt ihm zu, es geht los.

Hollbach wird sofort in den grünen Raum geführt und steht jetzt innerhalb des von weißen Kordeln umgebenen Quadrats. Eine Assistentin reicht ihm die VR-Brille, erklärt ihm, dass er gleich die weißen Kordeln als rote Linie sehen werde, die er bitte nicht überschreiten dürfe.

Hollbach nickt und hört dann aus der Ferne Dr. Wahl ins Mikrophon sprechen:

»Regie für Z. Bitte Einspieler zwei ab.«

Ein Lächeln umspielt Hollbachs Züge.

Er steht im lichtdurchfluteten Wohnzimmer seiner Villa in Mallorca.

Er eilt auf die Terrasse, sieht den blau glitzernden Pool, erkennt im Hintergrund den Kirchturm von Santanyi, er will zum Pool, bemerkt die rote Linie, stoppt, dreht sich um und sieht die strahlend weiße Villa. Hollbach lächelt zufrieden.

Mentoff, der lautlos eingetreten ist, steht jetzt neben Dr. Wahl. »Langsam Propofol. Kleinste mögliche Dosis, bitte vorsichtig.«

Janet Tamarata, die sich im Hintergrund gehalten hat, tritt jetzt neben Hollbach, führt ihn behutsam in einen Liegestuhl, gibt ihm eine Spritze in den rechten Arm.

Hollbach entspannt sich, er lächelt glücklich und kippt weg.

9

Hollbach liegt entspannt und ruhig atmend in seinem Liegestuhl. Atmung und Blutdruck werden von Janet Tamarata kontrolliert. Sie dreht sich zu Mentoff und streckt ihren Daumen bestätigend hoch.

Mentoff nickt zufrieden. »Jetzt langsam Meskalin geben.«

Tamarata bestätigt, setzt Hollbach eine weitere Spritze. Ein Techniker kommt dazu, setzt Hollbach eine VR-Brille auf, aktiviert sie. Die Ärzte sind mit den Blutdruckwerten zufrieden.

»In circa zwei Minute wird der Patient aufwachen«, meldet Janet Tamarata.

Mentoff aktiviert eine Stoppuhr am Regiepult, die von 120 Sekunden rückwärtsläuft.

Als die Uhr 60 Sekunden zeigt, drückt Mentoff auf die Sprechtaste. »Regie für Z. Einspieler drei ab.«

Hollbach beginnt sich zu bewegen, er öffnet die Augen und erwacht in der virtuellen Realität.

Das Meskalin verstärkt alle Empfindungen um ein Vielfaches. In diesem Zustand empfindet er Glück als komplette, tiefe Euphorie, dafür aber Erschrecken und Angst als pures existenzbedrohendes Entsetzen.

Hollbach sieht sein Wohnzimmer in Mallorca, er blickt durch die bodentiefen Fenster auf den Poolbereich. Er wendet vorsichtig den Kopf, sieht den Essbereich, auf dem Tisch stehen halbgefüllte Gläser und benutzte Teller.

Sein Gehirn versucht sich zu orientieren. Das Aufwachen in der virtuellen Welt und das Meskalin verhindern, dass Hollbach die Situation einordnen kann. Er erlebt alles, was er sieht als unmittelbare Wirklichkeit. Er fühlt sich angenehm erregt, die gewohnte Umgebung der Villa gibt ihm ein Gefühl von Sicherheit, das schlagartig ins Wanken gerät, als nebenan in der Regie Prof. Mentoff die Kommandotaste drückt. »Regie für Z, Einspieler drei ab.« Ein grauer Rücken taucht plötzlich auf, der Hollbach merkwürdig vertraut vorkommt. Er hebt abwehrend den rechten Arm, der Graue vor ihm macht genau dieselbe Bewegung. Hollbach winkt, der Graue ebenso. »Scheiße«, denkt Hollbach, »das bin ich, ich sehe mich selbst, bin ich tot oder verrückt?«

Sein Blutdruck steigt, Dr.Wahl und Mentoff halten die Kontrollmonitore genau im Auge.

Hollbachs Atmung beruhigt sich wieder, er hat den Avatar akzeptiert.

Hollbach macht zwei, drei Schritte nach vorne, er sieht den Avatar Richtung Veranda laufen.

Wieder drückt Mentoff die Kommandotaste. »Regie für Z, den aktualisierten Film eins ab.«

Hollbachs Welt explodiert jetzt, er hat das Gefühl, durch einen Tunnel zu rasen, er beginnt hektisch zu atmen, der Avatar ist verschwunden, ebenso die Villa, der Pool, die ganze vertraute Welt ist weg, aufgelöst in einer hektischen Bilderflut aus Sex und Gewalt. Hollbach zuckt erschreckt und spürt doch Erregung in sich aufsteigen.

Mentoff und Wahl starren auf den einen Monitor, sehen dort die Gewaltorgie, die Hollbach umtost. Schell geschnittene Bilder, raffinierte Körperausschnitte, Bilder voll wilder Erotik, montiert mit Szenen geprügelter Frauen, roter verwischter Lippenstift, der plötzlich zu Blut auf einer aufgeplatzten Lippe wird.

»Pulsfrequenz bei 160«, ruft Dr. Wahl und dreht sich zu Mentoff.

Der nickt, drückt wieder die Kommandotaste, »Regie für Z, Einspieler drei, die Endsequenz.«

Die Bilderflut endet schlagartig, Hollbach sieht seinen grauen Körper im hellen Sonnenlicht am Pool stehen, aber die Szenerie hat sich verändert. Geborstene Flaschen liegen neben dem Pool, die Terrakotta-Fliesen sind mit Glasscherben übersät.

Der Graue atmet heftig, noch voll erregt von den Bildern, Hollbach staunt, wie nahe Verlangen und Entsetzen beieinander liegen.

Hollbach und sein virtueller Doppelgänger sehen aus den Augenwinkeln eine Bewegung, sie drehen sich vom Pool weg, blicken zur geöffneten Wohnzimmertür und sehen voller Erstaunen am Türpfosten eine brünette Lady stehen, die zum radikalen Stringtanga ein weites weißes Herrenoberhemd trägt, das vorne nur mit den untersten Knöpfen geschlossen ist. Sie hätte das Hemd weglassen können, aber so sieht es einfach besser aus.

Claire Bergmann ist alleine im Büro der Geschäftsleitung, als das Telefon klingelt und der Portier das Erscheinen zweier Carabinieri meldet. Claire bittet, die Herren nach oben zu bringen. Die Beamten treten ein. »Haben Sie hier einen Mitarbeiter namens Tony Raben?« Claire denkt kurz nach, dann sieht sie Tonys Gesicht vor sich. »Ja, haben wir, der Mann arbeitet in unserem Videodepartement. Was ist mit ihm? Gibt es Probleme?«

»Kann man wohl sagen. Herr Raben ist gestern am späten Abend tödlich verunglückt.«

Claire stockt der Atem, erschrocken legt sie eine Hand an den Mund. »Mein Gott, wie schrecklich, was ist passiert? Er lebt, glaube ich, unten in Goldrain, was genau ist passiert?«

»Das fragen wir uns auch. Herr Raben ist nicht auf der Hauptstraße von hier nach Goldrain verunglückt, er war auf einer Nebenstrecke unterwegs, die zum Hof und Restaurant Stallwies führt. Das Komische nur: Er ist gestern Abend gar nicht in Stallwies eingekehrt. Die Wirtsleute kennen ihn nicht, er hat dort nicht verkehrt. Wer ist mit ihm befreundet, wer kann uns über ihn Auskünfte geben?«

Claire denkt einen Moment nach, ruft das Mitarbeiterverzeichnis im Rechner auf. »Hier, er teilt sich ein Apartment mit Giovanni Müller, auch ein Mitarbeiter von uns, auch im Videobereich tätig.«

Die Beamten notieren die Adresse und die Telefonnummer von Giovanni Müller. Schon im Rausgehen dreht sich der ältere der beiden Polizisten plötzlich abrupt zu Claire Bergmann um. »Schon merkwürdig, es häufen sich die Todesfälle im Umfeld ihres Sanatoriums. Erst ein Selbstmord, jetzt ein tödlicher Unfall. Haben Sie dafür eine Erklärung, Frau Bergmann?«

Claire schüttelt abwehrend den Kopf. In ihrem Kopf überschlagen sich die Fragen, aber gegenüber der Polizei schweigt sie.

Der Graue geht lächelnd auf die freizügige Dame zu.

Hollbach hört sich sagen, »verdammt cooles Outfit, ich würde das Hemd im Pool unbedingt anlassen.«

Die Lady lächelt, macht eine schnelle Bewegung auf Hollbachs virtuellen Körper zu, streicht ihm zart über die Wange, drückt ihren Busen gegen seine Brust.

Ihr geöffneter Mund nähert sich Hollbachs Gesicht, er spürt ihren warmen Atem. Hollbach legt einen Arm um ihre Taille, seine Hand liegt fordernd auf ihrem Hintern. Er zieht sie näher, geschmeidig sinkt sie an seine Brust. Hollbach spürt seine wachsende Erregung, ihr plötzliches Zurückzucken überrascht ihn kalt.

Eine klatschende Ohrfeige trifft Hollbach.

»Verpiss dich, du geiler Sack. Meinst du, für deinen lausigen Champagner kannst du am nächsten Vormittag weitervögeln? Du ekelst mich an«, wieder klatscht eine Ohrfeige in das Gesicht des Grauen.

Schallend lacht sie ihn aus. »Lächerlicher Typ, du willst doch gar nicht vögeln, du willst es doch tausendmal lieber mit der Peitsche besorgt bekommen. Du kranke Nadelstreifen-Missgeburt.«

Hollbach ist kalt überrascht, dann kocht er vor Wut. Der Avatar holt aus, schlägt der Frau mit der flachen Hand klatschend ins Gesicht. Ihre Lippe platzt auf. Hollbach kommt das Bild ihres blutenden Mundes bekannt vor.

»Schlag doch zu du kleiner Wichser, komm, mein Kleiner, leg los«, Hollbach sieht ihr Gesicht mit der aufgeplatzten Lippe wenige Zentimeter vor sich. Eine infernalische Wut ergreift Besitz von ihm. Der Avatar packt die Frau mit beiden Händen an den Schultern, schüttelt sie mit aller Kraft.

Sie lacht schallend. »War es das schon, mein Großer?«

Der Griff um ihre Schultern wird härter, der Avatar stößt sie mit aller Kraft von sich, sie strauchelt, gerät ins Stolpern, verliert das Gleichgewicht, fällt nach hinten, kracht dabei in einen großen Glastisch.

Die Bewegung ihres Fallens wird langsamer. Hollbach erlebt die Szene wie in Slow Motion. Plötzlich hat er den Eindruck, dass das Glas schon eine Zehntelsekunde vor dem Aufschlagen des Körpers birst.

Hollbach sieht Splitter fliegen, ein großes scharfkantiges Glasstück trifft ihren Hals, zerschellt dann blutbeschmiert auf dem Boden. Hollbachs Aggression ist wie weggeblasen, der Avatar ist verschwunden, plötzlich sieht er ganz nah ihr blutiges Haar, den blutenden Hals, sieht, wie ihr Kopf in einem Regen aus Glassplittern hart auf dem Boden aufschlägt.

»Kompliment an alle, toller Job. Ich muss leider hoch, Dr. Wahl, fangen Sie ihn gut auf.« Mentoff lächelt zufrieden, verlässt den Raum.

Dr. Wahl lässt Hollbach noch einmal eine kleine Gabe Propofol verabreichen.

Er dämmert weg. Vorsichtig entfernt Dr. Wahl die VR-Brille. Hollbach liegt jetzt friedlich auf der Patientenliege. Dr. Wahl rückt einen Stuhl direkt neben die Liege.

Hollbach beginnt sich zu bewegen. Noch etwas müde öffnet er die Augen.

»Hallo Herr Hollbach, willkommen zurück, machen Sie ganz langsam, bleiben Sie bitte noch liegen.« Angela Wahl hat ihre sanfte, beruhigende Stimme eingeschaltet.

»Was zum Teufel war das?«, krächzt Hollbach atemlos. »Ich habe sie geschlagen, habe sie schwer verletzt.«

»Das war ein ganz wichtiger Durchbruch, Herr Hollbach. Ich gratuliere Ihnen. Darauf können wir aufbauen. Jetzt wissen wir, was Sie da die ganze Zeit verdrängt mit sich herumgeschleppt haben.«

Hollbach ist plötzlich wach. »Was soll das? Das war doch Ihr Kino. Was sonst.«

»Nein Herr Hollbach, das war nicht unser Kino. Die Gewaltmontage war unser Kino, das sollte Sie sensibilisieren.«

»Nein danach, am Pool, der Avatar? Haben Sie mir das eingespielt, war das auch ein Film?«

»Nein, das war Ihr Traum. Die ersten Filme, das Avatartraining, soll Sie öffnen, soll Sie empfänglich machen. Das was Sie jetzt gesehen haben ist Ihre echte, authentische Erinnerung, wir bieten Ihnen nur ein Sprungbrett.«

»Woher wissen Sie dann, was ich erlebt habe?«

»Von Ihnen. Sie haben viel gesprochen in der letzten halben Stunde. Wir haben gemeinsam eine Erinnerung freigelegt, genau das wollten Sie doch, oder?«

Hollbach schüttelt ungläubig den Kopf, dann übermannt ihn die Müdigkeit und er nickt weg. Dr. Wahl lässt ihn ruhen.

Claire Bergmann hat die Carabinieri zum Ausgang begleitet und hetzt jetzt zurück in ihr Büro.

Sie öffnet wieder das Mitarbeiterverzeichnis, notiert die private Handynummer von Giovanni Müller. Schnellen Schrittes verlässt sie das Büro, eilt Richtung Eingang, erreicht den Park, sucht eine ruhige Bank. Sie tippt die Nummer von Giovanni Müller in ihr privates Handy. Das Freizeichen ertönt, nach dreimaligem Klingeln meldet sich eine müde klingende Stimme.

»Herr Müller, hier ist Claire Bergmann vom Paradise Mountain Resort, Geschäftsleitung. Hat die Polizei schon mit Ihnen Kontakt aufgenommen?«

»Die Polizei? Nein, warum sollte sie?«

»Okay, Herr Müller, dann ist es an mir Sie zu informieren. Sie wohnen doch mit Tony Raben zusammen?«

»Ja, warum, was ist mit ihm?«

»Sind Sie beide eine Wohngemeinschaft oder verbindet Sie mehr?«

»Wir haben eine WG hier, aber verdammt, ich bin mit Tony auch gut befreundet. Was ist eigentlich los, Frau Bergmann?«

»Tony Raben ist gestern Abend auf der Straße von Stallwies hinunter tödlich verunglückt. Tut mir leid, Ihnen das mitteilen zu müssen.«

»Tony ist tot? Glaube ich nicht, wie ist es passiert?«

»Bin ich leider überfragt. Die Carabinieri waren hier, ich habe ihnen Ihre Adresse und Nummer gegeben, die werden sich bei Ihnen melden. Mir haben sie nur gesagt, Tony sei ungebremst aus einer Kurve getragen worden und in die Tiefe gerauscht.«

»Was wollte Tony auf der Straße nach Stallwies? Er war kein großer Wanderer und ein Freund der deftigen Tiroler Küche auch nicht. Wenn er mal raus wollte, ist er rüber ins Bamboo oder er ist mit dem Wagen nach Meran gefahren. Merkwürdig.«

»Sorry Herr Müller, ich habe keine näheren Erkenntnisse. Reden Sie mit der Polizei.«

»Frau Bergmann, kannten Sie Tony?«

»Flüchtig, wir haben ein paar Mal im Park geplaudert.«

»Tony mochte Sie. Er hat manchmal, nein recht häufig über das Paradise geflucht. Er hasste Vernon Graves, hielt ihn für einen Verbrecher. Mentoff hat er selten erwähnt. Aber von Ihnen hat er ein wenig geschwärmt. Er fand Sie attraktiv, er hat menschlich viel von Ihnen gehalten. Sie hätten einen geraden, nicht korrumpierbaren Charakter, würden damit eigentlich nicht in die Führungsetage des Paradise Mountain Resorts passen.«

»Wow, das ehrt mich. Wusste nicht, dass er so empfand. Sehr schmeichelhaft.«

»Frau Bergmann, Tony hat gestern Abend versucht mich anzurufen. Da war er im Auto, er hat kein Wort davon gesagt, dass er nach Stallwies hochfahren wolle. Für mich klang es, als wäre er auf dem direkten Rückweg vom Paradise direkt hinunter nach Goldrain. Er klang gestresst, meinte, er hätte etwas Neues entdeckt über einen Patienten namens Hollbach. Er hat mehrfach erzählt, im Paradise würden schräge Sachen laufen. Er wollte mit Ihnen darüber reden.«

»Das hätte mich rasend interessiert, schade, jetzt ist es leider zu spät.«

»Frau Bergmann, ich habe hier zu Hause eine DVD von Tony zur Aufbewahrung. Ich glaube, es wäre in seinem Interesse, wenn ich sie Ihnen aushändige.«

»Besten Dank, Herr Müller, das ehrt mich. Eine Bitte hätte ich, lassen Sie uns außerhalb des Paradise treffen, ich könnte morgen Abend zu ihnen kommen oder in die Bar des Bamboo. Und noch eins, seien Sie den Carabinieri gegenüber still darüber.«

»Alles klar, okay, dann bis morgen Abend im Bamboo.«

Claire legt auf, ihr dröhnt der Kopf von dem Gehörten. War Raben einer Sauerei auf der Spur gewesen, die mit Hollbach laufen soll? Das würde genau zu dem passen, was sie neulich im Park von Graves aufgeschnappt hat. Was haben Graves und Mentoff mit Hollbach vor? Ihr fällt wieder ein, wie konsequent Mentoff sie von Hollbach fernhält. Sie kann nicht länger schweigend zuschauen. Sie muss Hollbach warnen.

Peer Hollbach ist inzwischen wieder in seinem Zimmer.

Eine freundliche Krankenschwester hat ihn nach oben begleitet.

Dr. Wahl hat ihm geraten, sofort zu Bett zu gehen und möglichst viel zu schlafen. Hollbach fühlt sich zerschlagen, aber viel zu aufgekratzt, um an Schlaf denken zu können. Die Erinnerung an das Erlebte ist stark und plastisch, er sieht die Frau vor sich. Sie war etwa 1,75 Meter groß, sehr attraktiv, hatte dunkelbraune Haare, dunkle, mandelförmige Augen, die verträumt, aber auch hart und entschlossen blicken konnten. Sie war schmal gebaut, mit sehenswerten Brüsten. Eine Haarsträhne war ihr ständig ins Gesicht gefallen. Unter dem weiten, weißen Herrenhemd trug sie eine teuer aussehende schwarze Kette von Cleef und Arpels. Verdammt, wer war die Frau? Er erinnert sich an viele Feste mit Filmriss, die er in seiner Villa gefeiert hat. Aber keine Erinnerung an diese Frau. Was war das, was er da gesehen hat, war das ein Traum, eine echte Erinnerung? Oder war das eine Art Film, den man ihm ins Hirn gehämmert hat?

»Wenn die Emotion da war, dann war das ganze Erlebte echt. Wenn ich so fühlen kann, dann kann ich auch töten. Scheiße.«

Hollbach hört sich selber schluchzen.

Dann steigen wieder Zweifel in ihm auf. Er erinnert sich an keine Gerüche, keinen Hauch von Blumenduft in der Luft, keinen Alkoholdunst von den zerschlagenen Flaschen. »Verdammt, ihr Sturz in den Tisch, da war was falsch, irgendwas hat mich da total irritiert.« Dann kommt die Erinnerung, er sieht das Glas splittern, eine Zehntelsekunde bevor der Körper hinein kracht. »Was weiß ich, wie sich Meskalin auf das Erleben auswirkt? Vielleicht lässt sich das Gefühl der Zeitversetztheit mit der Droge erklären.«

Hollbach steht auf, geht mit unsicheren Schritten zum Schrank, er will das versteckte Telefon holen.

Zwei Stockwerke tiefer sitzt Carlos Mentoff an seinem schönen Glasschreibtisch in seinem großen Arbeitszimmer. Hinter ihm an der Wand lächelt wie immer das Portrait des Nobelpreisträgers Susumu Tonegawa. Es klopft, Vernon Graves betritt den Raum, begleitet von einer sehr attraktiven Frau, etwa 1,75 Meter groß, dunkelbraune Haare, dunkle, mandelförmige Augen, die Mentoff klar und hart fixieren. Sie trägt flache sportliche Schuhe, ist von schmaler Gestalt und füllt ihre schneeweiße Bluse mit sehenswerten Brüsten. Eine Haarsträhne fällt ihr ins Gesicht. Um den Hals trägt sie eine teuer aussehende schwarze Kette von Cleef und Arpels.

»Hallo Vernon, hallo Cheryl«, begrüßt Mentoff seine Gäste. »Das war ein super Job, Cheryl, Du hast Verlangen und Abscheu super rübergebracht. Kompliment.«

Die so Gelobte lächelt zufrieden. »Immer gerne im Dienste der Wissenschaft. Wie geht es jetzt weiter?«

Vernon Graves meldet sich zu Wort. »Du solltest dich auf einen baldigen Ausflug nach Frankfurt vorbereiten. Wir müssen improvisieren, den genauen Zeitpunkt hoffen wir bald von Hollbach zu erfahren. Sobald er hier abreist, fährst auch du. Ich habe im Frankfurter Hof ein Zimmer auf den Namen Cheryl Cruz geblockt. Du wirst also standesgemäß untergebracht sein. Nimm deine Spielsachen mit, vor allem genau die Garderobe von gestern. Wird ein spannendes Wiedersehen werden für euch zwei.«

Bei Mitch Berger in Frankfurt schrillt das Telefon. Mitch sitzt an seinem Schreibtisch, studiert Unterlagen über virtuelle Realität und Südtiroler Hotelangebote. Er starrt auf das Display, sieht die Nummer von Hollbachs verstecktem Handy.

»Mensch, Hollbach, freue mich von dir zu hören«, ruft Mitch erleichtert in den Hörer. »Hallo, Mitch«, flüstert eine tonlose Stimme aus dem Telefon, »das war ein ganz schlimmer Tag heute. Ist ein ekelhaftes Gefühl, wenn du plötzlich verstehen musst, dass du gar nicht der bist, für den du dich dein Leben lang gehalten hast.«

»Mensch, Hollbach, was ist los? Hast du den moralischen? Junge, du bist ein harter Banker, du bist tough.«

»Rede keinen Mist, Mitch. Du hast mich vor dem Resort hier gewarnt, du hättest mich besser vor mir selbst und vor meiner Vergangenheit warnen sollen.«

Mitch ist von seinem Schreibtisch aufgesprungen, läuft hektisch im Raum hin und her. »Hollbach, was ist geschehen?«

»Ich glaube, ich habe mich an etwas erinnert, was ich lieber vergessen wollte. Ich habe eine junge Frau getötet oder zumindest schwer verletzt.«

Mitch erstarrt. »Was hast du gemacht? Du hast jemanden getötet, jetzt da unten in dem Resort? Etwa auf dem Meskalintrip?«

»Nein, nicht hier, sondern vor einiger Zeit auf meiner Finca in Malle. Sie hat mich beleidigt, dann habe ich sie angegriffen.«

»Junge, bist du dir sicher, dass das wirklich so war? Wir reden hier von Meskalin, von virtueller Realität. Da kann leicht mal was im Kopf durcheinandergehen.«

»Netter Versuch, Mitch. Ist eine komische Erinnerung, irgendwas stimmte mit den Bildern nicht. Aber es war echt, total intensiv.«

»Hast du eine VR-Brille aufgehabt?«

»Ehrlich gesagt, weiß ich es nicht. Anfangs ja, dann bin ich eingeschlafen, und als ich wieder wach war, da war ich in Malle in meiner Finca, am Morgen nach einer wilden Party. Sowas gab es häufiger bei mir da unten, aber ich habe keine Erinnerung an die Frau. Natürlich sind auf unseren Festen auch immer alle möglichen Ladies aufgeschlagen, die keiner kannte, aber die so gut aussahen, dass sie überall reinkamen.«

»Hollbach, hör zu. Wer weiß, ob die Erinnerung stimmt, oder ob die sie dir ins Hirn gepustet haben? Wo bist du jetzt?«

»Auf meinem Zimmer, liege im Bett, ruhe mich aus, will jetzt schlafen.«

»Ich kann morgen losfahren, bin morgen am späten Nachmittag bei dir.«

»Danke, lass erst mal. Ich will wissen wie ich mich morgen fühle. Aber es gibt hier eine Frau, mit der musst du sprechen, sie heißt Claire Bergmann, sie ist die Assistentin vom Chef, scheint aber Konflikte mit ihm zu haben. Merk dir den Namen. Gute Nacht, ich will jetzt pennen.«

Mitch gießt sich einen 15 Jahre alten Laphroig ein und tritt auf seinen Balkon. Der Blick auf die nächtliche Skyline beruhigt ihn, wie immer.

Er schüttelt den Kopf. »Irre, vor ein paar Tagen noch kalt wie Hundeschnauze, arrogant, selbstgefällig, der allmächtige, unschlagbare Investmentbanker und jetzt ein total verunsicherter Typ. Ganz augenscheinlich verstehen die was von ihrem Geschäft. Jetzt müssen wir nur noch rauskriegen, was das für ein Geschäft ist.« Er lässt den rauchigen edlen Whisky langsam durch seine Kehle laufen, geht ins Zimmer zurück, nimmt seinen Kuli und schreibt Claire Bergmann auf einen Zettel, den er an die Wand pinnt. Mitch erinnert sich an die Dame, sie hat die Pressekonferenz zum Tod von Vera Ferrata Tod geleitet. Mitch lächelt erwartungsvoll.

Eine attraktive Frau.

10

Ein fast ereignisloser Tag liegt hinter Hollbach. Er hat sich ausgeruht, hat die Annehmlichkeiten des Paradise Mountain Resorts genossen, hat sich massieren lassen, hat ein paar Runden im Pool gedreht, hat sich dann im Restaurant verwöhnen lassen. Aber er merkt, dass in ihm nichts mehr so ist wie vor der Meskalinreise. Vieles ist in seiner Erinnerung verschwommen, aber er spürt, dass er mehr und mehr geneigt ist, das Erlebte als wahre Erinnerung zu akzeptieren. Was soll es auch sonst sein? Trotz aller Warnungen von Mitch weigert er sich zu glauben, dass hier ein perfider Plan abläuft, der ihn kirre machen soll.

»Was hätten die Leute hier davon, verflucht?« Kurz entschlossen hat er zu dem versteckten Telefon gegriffen, Mitch angerufen, keine Antwort, ihm dann auf die Box gesprochen, dass er ein paar Tage Ruhe brauche, und ihn nicht sehen wolle.

Jetzt wacht er gerädert auf. Er hat die halbe Nacht gegrübelt. Er erinnert sich genau an das Gefühl, an diese von ganz unten kommende Wut, diese gewaltige Aggression, dieser reine Zorn – das war ein echtes Gefühl. Ein Gefühl, das er kennt, das er schon gefühlt hat. Aber noch nie in dieser Stärke, nie in dieser Vehemenz und nie mit solchen Konsequenzen.

»Wer zum Teufel ist diese Frau? Warum fehlt mir jede Erinnerung?«

Frau Dr. Wahl hat ihm eine klare und einleuchtende Erklärung gegeben: Das Gehirn kann zu belastende Erinnerungen abspalten, vergraben. Die sind immer noch da, brauchen aber starke Reize, um wieder gefühlt, wieder erinnert zu werden.

Diese Reize hatte er bekommen.

Hollbach stöhnt beim Aufstehen, er macht sich frisch, nach dem Frühstück wartet ein Gespräch mit Dr. Wahl und Professor Mentoff auf ihn. Hollbach duscht kalt, hat das Bedürfnis, einen Businessanzug mit Krawatte anzulegen und macht sich auf den Weg zum Speisesaal. Er schlendert an der Rezeption vorbei, da hört er seinen Namen. Der Chefportier reicht ihm einen verschlossenen Umschlag. Hollbach nimmt ihn dankend entgegen, reißt ihn auf und starrt verblüfft auf den Ausdruck einer Mail, die vor einer Stunde eingegangen ist.

Sein Boss hat geschrieben, fordert ihn auf, morgen früh um Punkt 8 Uhr im Besprechungsraum der Bank zu erscheinen. Hollbach flucht, er weiß: Das ist keine Bitte, das ist ein Befehl. Ihm ist sofort klar, was die Botschaft bedeutet. Sein Chef hat beschlossen, in den Krieg zu ziehen, die Übernahmeschlacht wird in wenigen Tagen beginnen. Hollbach wird auf alle weiteren Termine mit Wahl und Mentoff verzichten müssen, er muss zurück nach Frankfurt.

Er winkt dem Portier. »Würden Sie bitte Frau Dr. Wahl verständigen, ich muss abreisen, leider sofort. Bitte bereiten Sie die Rechnung vor. Ich werde frühstücken, packen, möchte in spätestens zwei Stunden los. Besten Dank.«

Er wendet sich zum Frühstücksraum, als ihm plötzlich Claire Bergmann entgegenkommt, die ihn neugierig mustert. »Frau Bergmann«, Hollbach wendet sich ihr sofort zu, »auf einen Moment, Frau Bergmann. Ich muss abreisen, leider. Bitte geben Sie mir ihre Karte, bitte auch Ihre private Handynummer. Ein guter Freund von mir, ein Frankfurter Journalist namens Mitch Berger, wird sich bei Ihnen melden. Er hat eine Menge Fragen zum Paradise Mountain Resort, ich glaube, Sie sollten mit ihm sprechen.«

Claire will gerade antworten, als sie sieht, dass Frau Dr. Wahl zielstrebig näher kommt. Es gelingt ihr dennoch, eine Karte aus ihrer Handtasche zu fingern und blitzschnell ihre Handynummer auf die Rückseite zu kritzeln. Unauffällig steckt sie Hollbach die Karte zu. »Lieber Herr Hollbach, das tut mir wirklich leid, dass Sie uns verlassen wollen. Keine gute Idee, eine Therapie so schnell abzubrechen. Ach, da kommt ja Ihre Ärztin, Dr. Wahl wird Ihnen das erklären. Ich darf mich verabschieden, hat mich gefreut, Sie kennengelernt zu haben.« Sie nickt Hollbach freundlich zu, blickt dann deutlich frostiger in Richtung der Ärztin und geht ab.

»Herr Hollbach, was soll das? Sie wollen uns verlassen? Das ist überhaupt keine gute Idee, wir haben gerade erst einen Schritt gemacht, das ist viel zu früh.« »Sorry, Frau Doktor, nicht meine

Entscheidung, nicht mein Plan. Die Frankfurter ordern mich zurück, wenn ich dieser Mail meines Chefs nicht folge, dann brauche ich erst gar nicht mehr zu kommen. Ich bin Ihnen verdammt dankbar, Sie haben mir klargemacht, was ich für ein Scheißkerl bin.«

»Unsinn Herr Hollbach, Sie sind alles andere. Was ich mitbekommen habe, war eine Gewalteruption, der ein tiefes Gefühl von Erniedrigung vorrausging. Sie dürfen aber bitte nicht Ihre Erinnerung eins zu eins sehen. Da verschieben sich Bilder, was allerdings bleibt, ist Ihr ständiges Gefühl, sich beweisen zu müssen. Wird dieses Gefühl nicht bestätigt, dann fühlen Sie sich sehr schnell abgelehnt und neigen zur Aggression. Aber schauen Sie, mit einer ganz ähnlichen charakterlichen Disposition ist Donald Trump immerhin Präsident der Vereinigten Staaten geworden.«

Beide müssen lachen.

Dann wird Dr. Wahl wieder ernst. Sie reicht Hollbach ihre Karte. »Hier ist meine Nummer, meine Mail. Wenn Sie das Bedürfnis für ein Gespräch haben, stehe ich Ihnen zur Verfügung, gerne können wir auch skypen.«

Hollbach bedankt sich, begleicht die stattliche Rechnung mit seiner American Express Platin Card, geht nach oben und packt.

Als er knapp 30 Minuten später den Concierge bittet, sein Gepäck holen zu lassen und er sich an der Rezeption verabschiedet, taucht kurz Professor Mentoff auf. »Lieber Herr Hollbach, ich sehe das gar nicht gerne, wenn uns Gäste so früh verlassen. Ihr Erlebnis bedarf dringend der Einordnung. Darf man fragen, was Sie zur schnellen Abreise drängt? Waren Sie mit irgendwas unzufrieden? Gibt es ein Problem?«

»Nein, Professor, alles okay hier, es sind rein berufliche Gründe. Mein Chef will mich sehen, der Mann bezahlt mich großzügig, auch dafür, dass ich über seine Wünsche nicht diskutiere. Mein Boss hat große Pläne, da muss ich halt zurück.«

»Auf Wiedersehen, Herr Hollbach. War mir eine Freude. Sie sind jederzeit bei uns willkommen.«

Hollbach nickt und tritt in die kalte, aber sonnenklare Luft. Sein Aston Martin wird vorgefahren, der Page am Steuer strahlt übers ganze Gesicht. Hollbach steckt ihm 20 Euro zu und steigt ein.

Drinnen greift Professor Mentoff zum Telefon. »Vernon, schick Madame Cruz auf die Reise. Sein Chef hat ihn zurückbeordert. Schätze die Schlacht beginnt in Bälde.«

»Alles klar, ich sage ihr Bescheid. Jetzt werden wir bald wissen, was deine tolle Methode wert ist.«

Graves legt auf, geht in sein Büro, öffnet eine Schublade des Schreibtisches in dem drei Handys nebeneinanderliegen. Graves nimmt das mittlere, ein kleines anspruchsloses Telefon, bestückt mit einer Prepaidkarte. Er erreicht Cheryl Cruz unter einer Bozener Festnetznummer. Cheryl hat mit Vernon Graves Anruf gerechnet, sie kennt die Nummer, da sie immer über das Prepaidhandy verkehren.

»Das ging aber schnell, ich hatte erst in drei, vier Tagen mit dir gerechnet.«

»Wäre mir auch lieber, bin aber leider nicht Herr des Verfahrens. Zu deiner Info, unser Mann ist noch etwas angeschlagen, er wird 600 Kilometer fahren, macht mit seiner Karre allerdings Spaß. Wenn er seinen Gewohnheiten folgt, dann geht er heute Abend noch auf dem Opernplatz essen und danach in eine Bar. Entweder ins Chinaski, einen Kellerschuppen auf der Bockenheimer, oder in die 22 Lounge, eine Hochhausbar im Eurotheum, so heiß das dämliche Hochhaus. Sonst morgen, in etwa dasselbe Programm. Zieh dir einen schicken Mantel an, darunter aber bitte genau die Klamotten, an die er sich erinnert. Hemd und Kette sind wichtig. Und denke an dein Make-up.«

»Vernon, come on, erzähl mir nicht, was ich anziehen soll. Außer dir erinnern sich fast alle Männer an mich. Wird schon. Machs gut, ich melde mich.«

Vernon lächelt, als er auflegt.

Er ist froh, dass Cheryl den Job erledigt und nicht irgendeine Amateurin. Cheryl ist zwar unglaublich teuer, aber auch unglaublich gut. Und sollte der Job aus dem Ruder laufen, dann ist Cheryl zu fast jeder Improvisation in der Lage. Sie hat schon viele internationale Jobs erledigt und ist Graves von seinen italoamerikanischen Freunden empfohlen worden. Eine Frau für alle Fälle, hatten die geschwärmt.

Mitch schlendert gerade über den Oederweg im Frankfurter Nordend – er will irgendwo einen Happen essen.

Sein Telefon klingelt, Mitch wühlt in seiner dicken Lederjacke, bis er sein mobiles Büro gefunden hat. Er sieht Hollbachs Nummer.

»Na, Mensch, wurde auch Zeit.« Mitch hört ein starkes Rauschen im Hintergrund.

»Bist du im Auto? Was ist los, wo steckst du?«

»Ich bin auf dem Rückweg, habe gerade den Reschenpass hinter mir und kreuze jetzt durch Österreich.« Der Banker spricht mit matter Stimme, kein Vergleich zu der sonst so forschen, energiegeladenen Stimme.

»Warum zum Teufel bist du jetzt schon zurück, das ist gegen alle Verabredungen. Du solltest mir in das verdammte Resort helfen.«

»Mitch, reg dich ab. Ich habe andere Probleme. Mein Chef hat mich zurückbeordert, da gibt es keine Diskussion. Ich muss morgen in der großen Konferenz dabei sein und muss bis dahin meine Gesichtszüge unter Kontrolle kriegen. Das war eine harte Erfahrung da unten, aber ziemlich anders, als du es angekündigt hast. Die sind leider sehr gut, ich habe über einiges nachzudenken.«

»Wann können wir uns sehen, ich muss mit dir sprechen.«

»Komm bei mir vorbei, so gegen acht. Aber, das wird ein sehr kurzer Abend, ich muss fit werden für morgen. Sorry.«

Es knackt in der Leitung, Mitch sieht den knalligen Aston Martin durch die Alpen kurven, am Steuer ein grüblerischer, nach innen gekehrter Peer Hollbach.

»Hätte ich nie gedacht, dieses extrovertierte Alphatier so angeschossen zu erleben. Scheinen wirklich über raffinierte Techniken zu verfügen, die Paradiesmenschen«, murmelt Mitch vor sich hin, setzt sich mit ziemlich schlechter Laune in ein italienisches Café, bestellt einen doppelten Espresso Macchiato und ein Glas Weißwein. Wieder ein verlorener Tag, aber ihm bleibt nichts anderes übrig als auf Hollbachs Ankunft zu warten. Mitch hat Lesestoff dabei, eine Studie über virtuelle Realität und Pornographie. Staunend liest er, dass große Pornokonzerne fieberhaft am Geschäftsmodell der Zukunft arbeiten, Datenanzüge mit Elektroden an den entscheidenden Körperteilen, dazu die Brille und die Partnerin wird im digitalen Katalog ausgesucht. »Super«, knurrt Mitch, »das ist der Puff 4.0!« Plötzlich kommt er sich ziemlich alt vor.

Der Nachmittag plätschert dahin, Mitch schwirrt der Kopf von seiner Lektüre. »Es gibt nichts, was es nicht gibt, und jede neue Sache wird binnen kürzester Zeit aus reiner Profitgier umgebogen, in den Dreck gezogen und missbraucht. Scheiß Welt«, denkt er, aber es ist ihm auch klar geworden, dass virtuelle Realität ein mächtiges Werkzeug ist, mit dem jede Menge Gutes, aber auch jede Menge Mist gemacht werden kann.

Gegen halb acht meldet sich Hollbach per WhatsApp. »Komm rum.«

Mitch steht staunend vor einem ziemlich teuer aussehenden Wohnhochhaus.

Nach der Klingelbelegung scheint Hollbach das Penthouse zu bewohnen.

Ein Hochgeschwindigkeitsaufzug bringt Mitch in den 28. Stock.

Hollbach erwartet ihn an der Tür. Mitch betritt das Apartment. Er hat sich fest vorgenommen, nicht beeindruckt zu sein, der Entschluss endet allerdings sofort, als er das Wohnzimmer betritt und hinter den bodentiefen Fenstern die Frankfurter Skyline zum Greifen nahe vor sich sieht. »Wow, dagegen ist der Blick von meinem Balkon ziemlich schwach.«

Hollbach nimmt Mitchs Begeisterung eher desinteressiert zur Kenntnis.

Die Bude ist verdammt gut ausgestattet, coole Möbel, alles Klassiker, ein paar avantgardistische Lampen, fette Lautsprecher, die mit einem Burmester Sound System verbunden sind. Im Hintergrund des Zimmers führt eine Treppe nach oben, dort sind wohl Schlafzimmer und Dachterrasse.

Hollbach sitzt mit einem Glas Rotwein in einem Lounge Chair von Charles Eames, er deutet auf einen zweiten Sessel. Mitch nimmt Platz und schnappt sich sein Glas.

»Hör zu, Mitch, ich habe da unten in den Bergen eine Erfahrung gemacht, über die ich nicht reden möchte. Das ist mir schlicht zu privat. Wir sind uns zwar nähergekommen in den letzten Tagen beim Indianerspielen, aber dir das zu erzählen geht nicht. Glaube mir einfach, es war ein Erlebnis, das meine Sicht auf mich selbst verändert.«

»Mann, Hollbach, das ist doch klar, du musst mir gar nichts erzählen, aber wir sollten zusammen darüber reden, ob das, was du da erlebt hast, echt war, oder ob es eine Illusion mit Hintergedanken war. Immerhin haben die dich vorher ausgecheckt, das hast du selber eingeräumt.«

»Stimmt, aber was sollten die von mir wollen? Keiner hat auch nur eine Sekunde versucht, mit mir über meinen Job, über Geldanlagen und so ein Zeug zu reden. Nichts, nada. Mich hat manches da an eine Sekte erinnert, es gibt doch so Leute, die machen Therapien mit Drogen, geben den Patienten LSD oder MDMA. Ich habe alles irgendwie gefühlsverstärkt erlebt. Die haben immer wieder betont, dass ich ein Aggressionsproblem habe, und damit haben sie recht.«

Mitch wirft sich unwillig in seinen Ledersessel, nimmt einen tiefen Schluck und flucht in sich hinein. Hollbach ist verschlossen wie eine Auster. Damit hat Mitch nicht gerechnet.

»Hör zu, Mitch, ein Ding habe ich für dich eingetütet«, Hollbach fingert in seinem Portemonnaie nach der Visitenkarte von Claire Bergmann. »Das ist deine Frau. Sie ist von Anfang an dabei, sie ist oder war vermutlich Mentoffs Geliebte und scheint heute mit dem Professor schwer über Kreuz zu sein. Ich habe ihr gesagt, dass sich ein Journalist bei ihr melden wird, und sie schien interessiert.«

Mitch beugt sich vor, greift nach der Karte.

Hollbach steht auf.

»Sorry, Mitch, ich muss dich jetzt bitten zu gehen. Ich muss morgen im Haifischbecken tanzen und darf vor all den Typen nicht das geringste Anzeichen von Schwäche zeigen. Sonst werde ich lebendig gefressen. Lass von dir hören, ob und wie die Story weitergeht.«

Mitch verabschiedet sich. Er fühlt sich vor den Kopf geschlagen. Die Spur Peer Hollbach scheint beendet zu sein.

Allein im Aufzug nach unten schimpft er voller Zorn.

Okay, er wird sich um Claire Bergmann kümmern, und da gab es ja noch einen Namen auf der Liste der Engländer,

Dr. Peter Reinhausen, ein Name, der Mitch irgendwie bekannt vorgekommen ist.

Claire Bergmann verlässt gegen 21 Uhr ihre gemütliche Zweizimmerwohnung am Ortsrand von Goldrain. Viele Angestellte des Resorts leben hier, es gibt einige Appartements in Neubauten, die für Südtiroler Verhältnisse erschwinglich zu mieten sind. Goldrain liegt an der Etsch, der Ort wird von einer Staatsstraße geteilt, die den Reschenpass mit Meran verbindet. Von hier aus führt eine kleine Landstraße hoch ins Martelltal, hoch zum Paradise Mountain Resort. Vor ihrer Haustür schaut Claire, einer alten Gewohnheit folgend, zum Sonnenberg, der auf der dem Martelltal gegenüberliegenden Seite des Tals emporsteigt. Ein paar hundert Höhenmeter über ihr liegt dort die atemberaubende Villa von Professor Carlos Mentoff. Claire seufzt, sie hat dort oben viele schöne Nächte verbracht. Sie sieht, das Haus ist hell erleuchtet, Carlos scheint Gäste zu haben.

Energisch schüttelt sie den Kopf. »Vorbei, nicht mehr dran denken. Carlos hält mich für eine langweilige Spießerin und ich ihn für einen Mann, der jede Orientierung verloren hat, der seine Ideale und seine Talente für einen Haufen Geld wegschmeißt.«

Claire ist mit Giovanni Müller verabredet, dem Freund von Tony Raben.

Es gibt nicht allzu viele Möglichkeiten in Goldrain auszugehen, also hat sie Giovanni das Übliche vorgeschlagen, die Lounge des Bamboo Hotels. Vor noch gar nicht so langer Zeit hieß das Bamboo Hotel noch ganz brav Pension Tappeiner und war ein typisches Südtiroler Landhotel. Dann starb der bundesdeutsche Bustourismus aus, Südtirol wurde teurer und schicker, die Gäste jünger und anspruchsvoller. Die Kinder und Enkel der Tappeiners verstanden die Zeichen der Zeit, bauten eine knallige Glaskonstruktion über den alten Pool, besorgten feinen Sand und tropische Pflanzen und schufen so eine chillige Poolwelt mit entsprechender Musik und Beleuchtung.

»Beach und Berge, wir haben beides«, so lautet jetzt der Werbeslogan des Hotels. Das Konzept geht auf, das Bamboo ist heute »the place to be« in Goldrain.

Als Claire das Bamboo betritt, sieht sie Giovanni an einem Zweiertisch unter einer Palme sitzen und einen Lagreiner Rotwein trinken. Claire kennt Giovanni kaum, sie hat ihn ein paar Mal im Resort gesehen, aber noch nie ein Wort mit ihm gewechselt. Sie nimmt Platz, bestellt einen Campari Orange. Das Gespräch verläuft stockend, beide fühlen sich unbehaglich. Erst als Claire eine Schimpfkanonade über Vernon Graves loslässt, ihn den bösen Geist des Resorts nennt, taut Giovanni auf.

»Tony hat Graves gehasst, er hielt ihn für einen Schläger und Gangster. Die beiden sind einmal aneinandergeraten, dabei hat Graves Tony bedroht und ihm verdammt weh getan. Ich traue Graves alles zu. Wer weiß, wie Tony ums Leben gekommen ist. Warum sollte er diese verrückte Straße nach Stallwies hochfahren, zig Haarnadelkurven passieren, dann aber gar nicht bis zum Hof durchfahren und stattdessen auf der schmalen Straße wenden? Das gibt doch keinen Sinn. Würden Sie Graves einen Mord zutrauen?«

Giovanni starrt Claire an, die nicht weiß, wie sie reagieren soll. Dann nimmt sie einen Schluck von ihrem Drink. »Ehrlich gesagt, ja. Vernon war mir immer unheimlich und das Gefühl hat sich in den letzten Monaten noch verstärkt.«

Giovanni nickt bestätigend.

Claire möchte jetzt die Angelegenheit beschleunigen. »Sie sprachen von einer DVD, um was geht es da?«

Giovanni bückt sich, kramt in seinem Rucksack, fischt eine DVD heraus, dann packt er einen Laptop aus, legt die DVD ein und schiebt den Computer hinüber zu Claire. Claire sieht ungeschnittene Sequenzen, immer wieder jagt ein schwarzer Ferrari durch enge Kurven, mal ist die Kamera außen, mal innen.

»Achten Sie auf den Ausschnitt bei den Bildern aus dem Wageninneren. Gefilmt wird immer aus der Fahrerperspektive. Ich habe einige Artikel über die Ferrata gelesen, es war nie die Rede davon, dass sie gefahren ist.«

Claire starrt auf den Monitor, sieht vorne im Bild das Lenkrad, das plötzlich scharf nach links eingeschlagen, dann sieht sie eine rasende Zufahrt auf einen Baum.

Giovanni starrt gespannt zu Claire, wartet auf ihre Reaktion. Dann platzt es aus ihm heraus:

»Ich glaube das, was wir hier sehen, das sind Vorarbeiten, in die man andere Bilder hineinkopieren kann. Die wollten der Frau einreden, sie sei gefahren, und sie habe ihren Mann auf dem Gewissen.«

Claire schüttelt ungläubig den Kopf. »Das ist kein Beweis. Das, was wir hier sehen, entspricht genau der Konfrontationstherapie, von der Carlos immer redet. Das ist kein Beweis. Warum sollte er der Ferrata ein Schuldgefühl einreden?«

»Um sie in der Hand zu haben. Die Frau ist reich, hat Einfluss, kennt Gott und die Welt«, kontert Giovanni.

Claire zweifelt immer noch. »Wir brauchen mehr und besseres Material. Ich werde versuchen, die interne Krankenakte der Ferrata einzusehen. Du, Giovanni, musst rauskriegen wie und woher Tony dieses Tape bekommen hat. Vielleicht gibt es da mehr.«

Giovanni nickt. »Ich bin dabei, ich will rauskriegen, warum Tony sterben musste. Übrigens, Tony hat in seinem letzten Telefonat mit mir am Abend seines Todes von neuen Sachen geredet, die er gerade eben gesehen habe. An was für einem Fall arbeiten die Chefs denn gerade?«

Claire fühlt, wie ein leichter Schwindel sie übermannt. »Oh nein, natürlich, am Fall Hollbach, der Frankfurter Banker. Der wurde genau am Tag von Tonys Tod behandelt. Wir brauchen das Material.«

Giovanni nickt. »Ich kümmere mich drum.«

Als Peer Hollbach am nächsten Morgen um Punkt 7:50 Uhr den Aufzug im Gebäude der Manhattan Trust Bank betritt und den Knopf für den 36. Stock drückt, zeigt sein Gesichtsausdruck Aufmerksamkeit, Vorfreude und Konzentration. Hollbach hat seine Gespenster fest weggeschlossen. Er betritt den kleinen Konferenzraum der Bank. Der Raum ist schon gut gefüllt mit einem Dutzend Männern, alle zwischen dreißig und vierzig, alle in edlem Zwirn. Drei Damen sind dabei, dunkelblaue Hosenanzüge mit dezentem Schmuck. Um Punkt 8 Uhr öffnet sich die seitliche Tür des Raums und drei etwas ältere Herren treten ein. Plötzlich ist es totenstill. Der mittlere der drei Neuankömmlinge, ein asketisch wirkender Mann mit kurz geschnittenem Haar, zeigt auf den Konferenztisch, nimmt selber auf dem Sessel an der Stirnseite Platz. »Meine Damen und Herren, ich danke für Ihr Erscheinen. Dieser Konferenzraum ist ab sofort für die Mitglieder dieses Teams reserviert. Hier ist unser War-Room und der Krieg hat soeben begonnen. Sie alle sind von sämtlichen anderen Aufgaben befreit und stehen jetzt alle ausschließlich mir zur Verfügung. Wir beginnen heute mit der Operation Canadian Takeover. Vor uns liegen, ich schätze, zehn Tage, in denen wir hier wohnen werden, in denen wir kaum schlafen werden, in denen wir eine der größten Übernahmen der Wirtschaftsgeschichte managen werden und in denen wir – last but not least – eine Menge Geld verdienen werden. An die Arbeit.«

Hollbach findet sich in der Gruppe wieder, die den Kontakt zum Hedgefonds Elliot Associates aufbauen und halten soll. Hollbach fühlt sich fit und bereit, alle Gespenster des PMR scheinen ihm weit weg, er freut sich auf die Schlacht.

Aktenberge werden gebracht und stapeln sich auf dem Konferenztisch. Hollbach sieht aus den Augenwinkeln, dass der Big Boss in seine Richtung schaut, ihm mit einem Zeichen bedeutet zu kommen. »Hollbach, schön, dass Sie es geschafft haben. Sagen Sie, was war das für ein Hotel in dem Sie da abgestiegen waren? Ein Sanatorium? Sind Sie fit? Sie wissen, was jetzt hier losgeht. Ich will Sie dabeihaben, aber nur wenn Sie bei hundert Prozent sind, sonst lassen wir es lieber.«

»Chef, ich bin mehr als fit. Ich bin bereit, ich freue mich auf den Fight.«

Der drahtige Mann im sehr teuer aussehenden Nadelstreifenanzug klopft ihm auf die Schulter.

»Okay Hollbach, einen Fight werden Sie kriegen.«

Eine halbe Stunde später hat sich der Konferenzraum in ein Großraumbüro verwandelt, Monitore zeigen die aktuellen Börsenkurse, CNN, ntv und Bloomberg laufen auf den Fernsehern. Es herrscht eine Atmosphäre höchster Konzentration. Die Chefs pendeln zwischen dem großen Raum und den kleinen eleganten Büros direkt daneben.

Hollbach sitzt mit drei anderen Bankern über einer Liste mit Namen von leitenden Managern des Hedgefonds Elliot Associates. Elliot gilt als einer der aggressivsten Fonds überhaupt. Elliot ist mit circa zwölf Prozent an dem kanadischen Übernahmekandidaten beteiligt. Der Preis, den die Manhattan Trust Bank für die Kanadier bietet, liegt gut 25 Prozent über dem derzeitigen Börsenwert. Hedgefonds wie Elliot sind selten an der langfristigen Entwicklung einer Firma interessiert, sie suchen den schnellen Gewinn, der wiederum den eigenen Aktienkurs nach oben treibt. Die Chance, das in das kanadische Unternehmen investierte Geld auf einen Schlag um 25 Prozent zu mehren, kann ein Fonds wie Elliot nicht liegen lassen. Irgendwann in den nächsten Tagen wird Hollbachs Chef zum Telefon greifen, und dem legendären Elliot Chef Paul Singer gegenüber die Zahlen auf den Tisch legen. Dieses Gespräch aber will vorbereitet werden. Hollbach und seine Kollegen bearbeiten Elliot-Manager, streuen Gerüchte, legen Spuren, sodass die Hedgefonds-Manager aufmerksam werden, aber noch nicht das ganze Bild erkennen.

Die Übernahmeschlacht hat begonnen.

Claire Bergmann sitzt in ihrem Büro und grübelt über den gestrigen Abend.

Auf ihrem Computer ruft sie die Registratur der Krankenakten auf.

Hollbach wird noch als laufender Fall geführt, alle Unterlagen sind damit für sie gesperrt.

Nach einigen Mühen hat sie Teile der Ferrata-Akten auf dem Schirm, andere Dateien des Materials sind passwortgeschützt. Aber das, was sie lesen kann, reicht ihr. Alles spricht tatsächlich dafür, dass Giovanni Müller mit seiner Vermutung recht hat. Mentoff und Dr. Wahl haben sich bemüht, der Ferrata einzureden, sie sei das Unfallauto gefahren. Die Ferrata scheint sich gegen alle Versuche, sie von ihrer Schuld zu überzeugen, gewehrt zu haben. Claire bleibt an einem Memo hängen, dass Dr. Wahl erst nach dem Tod der Ferrata verfasst hat. In dem vertraulichen Papier für Mentoff betont sie, wie entscheidend wichtig es sei, dass die Probanden sich selber die Taten auch zutrauen. Genau das aber habe der behandelnde Arzt Dr. Tanner bei der Ferrata nicht sichergestellt, weshalb die ganze Sache aus dem Ruder gelaufen sei. Claire schüttelt entsetzt den Kopf. »Verdammt«, murmelt sie, »was heißt das? Ist das noch Therapie, oder schon Manipulation? Mensch, Carlos, was zum Teufel machst du da?«

Im Kellergeschoß macht sich Giovanni an einem der zentralen Rechner zu schaffen. Es ist nicht unüblich, dass auch Techniker wie Giovanni an den Schnittcomputern arbeiten, seine Anwesenheit fällt daher nicht weiter auf. Er merkt schnell, dass er höllisch aufpassen muss. Viele der Dateien sind zugriffsgeschützt, er ist sich sicher, dass unberechtigte Zugriffsversuche sofort registriert werden und später zurück verfolgbar sind. Dann hat er eine Idee. Er betritt einen der Schneideräume, in dem ein langhaariger junger Mann über seinem Rechner brütet. Giovanni weiß, dass der Typ ein Kumpel von Tony ist, die beiden haben häufiger zusammen Pause gemacht und oben die eine oder andere Kippe zusammen geraucht. Giovanni kommt ohne Umschweife zum Punkt. »Hör mal, Tony hat hier an ein paar eigenen, privaten Projekten gearbeitet. Die würde ich gerne aus dem Rechner holen, ohne dafür von Graves auf die Hörner zu kriegen. Tony hat dich immer für den Pfiffigsten hier gehalten, kannst du mir verraten ob und wie ich in den Rechner komme, ohne dass Graves mich rund macht?«

Der andere lacht: »Tony hat bei mir immer einen gut. Es gibt immer eine Hintertür, und Graves ist nicht halb so clever wie er glaubt. Komm her, ich zeige es dir. Allerdings hat das einen Haken, du kannst dir alles anschauen, aber sobald du etwas auf einen externen Datenträger ausspielst, wird das registriert, mit der Nummer des Benutzers und des Geräts. Das hat Graves erst vor einigen Tagen geschaltet, das kann ich leider noch nicht umgehen.«

Giovanni nickt und muss sich dann fürchterlich konzentrieren, um bei der nun folgenden Kurzanleitung zum Hacken mitzukommen. Er lernt, digitale Sperren zu umgehen, auszuweichen, Spuren im System zu vermeiden. Nach zehn Minuten verabschiedet er sich etwas verwirrt, aber glücklich von dem langhaarigen Nerd. »Wow, ich danke dir, jetzt weiß ich warum Tony meinte, du seist der Beste.«

Zur selben Zeit sitzt Mitch ziemlich wütend an seinem Schreibtisch. Dass Hollbach ihm praktisch die Zusammenarbeit aufgekündigt hat, ist schwer zu verdauen. Was immer man mit Hollbach im Paradise Mountain Resort angestellt hat, es scheint gewirkt zu haben. Mitch ist ratlos. Er hat nochmals die Webseite des PMR studiert und kapiert, dass er eine ziemlich gute Scheinidentität bräuchte, um dort als Gast akzeptiert zu werden. Einen Journalisten würden die nie aufnehmen.

Ganz abgesehen davon, dass er sich die Minimum 10 000 Euro pro Woche ums Verrecken nicht leisten kann. Mitch spürt genau, die Entscheidungsschlacht über diese Story wird in dem verdammten Luxusschuppen im Martelltal geschlagen werden, aber er hat nicht die geringste Ahnung, wie er da reinkommen soll.

In der Zwischenzeit vertieft er sich in alle im Netz verfügbaren Informationen zu Dr. Werner Reinhausen. Dieser Reinhausen hatte, wie auch Hollbach, auf der Liste der Leute gestanden, über die Mentoff und Graves in London bei Oxford Labs Daten gekauft haben. Auf den ersten Blick erkennt Mitch keinerlei Zusammenhänge zwischen Hollbach und Reinhausen. Er kapiert jetzt aber, warum ihm der Name Reinhausen bekannt vorkam. Der Mann ist ein Politiker aus der zweiten Reihe, immerhin Spitzenkandidat seiner Partei für das Amt des Ministerpräsidenten in einem der nördlichen Bundesländer. Mitch hat den Mann einige Male in den Nachrichten gesehen, ihn aber schnell wieder vergessen. Ein bieder wirkender Typ, ein ruhiger, weitgehend skandalfreier Mann. Seine Chancen werden als gut eingeschätzt, der bisherige, überaus populäre Landesvater tritt nicht mehr an, hat sich für Reinhausen als seinen Nachfolger ausgesprochen. Mitch findet eine einzige Meldung außerhalb der Politik- und Wirtschaftsseiten, ein Promireporter berichtet über einen Unfall, in den Reinhausen verwickelt war. Allerdings nicht er persönlich, sein Dienstwagen, gesteuert von seinem Fahrer, hat in der Dunkelheit ein Kind auf einem Fahrrad übersehen und mittelschwer verletzt. Der Fall hat sich zwei Tage in den Meldungen gehalten, dann ist das Interesse der Öffentlichkeit erlahmt. Der Wahlkampf an der Küste geht jetzt langsam in die entscheidende Phase, schon in gut einer Woche soll es ein erstes TV-Duell zwischen Reinhausen und seinem Kontrahenten geben. Der NDR wird es live in den nördlichen Bundesländern ausstrahlen.

Gegen 21 Uhr verlässt Peer Hollbach das Gebäude der Manhattan Trust Bank. Ihm schwirrt der Kopf. Er hat ein Dutzend Telefonate geführt, Zahlenkolonnen vorwärts und rückwärts interpretiert, und ständig darauf geachtet einen starken, aber auch keinen zu dominanten Eindruck zu machen. Er muss dringend etwas essen, vor allem aber braucht er einen Drink und dann ein paar gute Gläser Wein. Hollbach hat keine Lust, sich der großen Gruppe der Kollegen anzuschließen, die erst ins »Stanley Diamond« am Bahnhof und dann weiter in die Bars der Münchner Straße im Bahnhofsviertel wollen.

Er hat für sich einen Tisch in der »Heimat« gebucht, einem kleinen, schicken Lokal in der Innenstadt. Er ist Stammgast hier, bekommt trotz großem Andrang einen Zweiertisch für sich allein. Er bestellt einen Single Malt vorab, dann einen Chablis und ein paar Scampi.

Er starrt durch die großen Fenster nach draußen auf die Berliner Straße, beobachtet große Gruppen chinesischer Touristen, die vom innerstädtischen Shopping ermattet zu den wartenden Bussen strömen, um in ihre Hotels zurückgebracht zu werden. Hollbach lächelt über die Gruppen, die reiche Beute in den Edelboutiquen der Goethestraße gemacht haben. Doch er lässt sich nur kurz ablenken, er ist tief in Gedanken, das Paradise Mountain Resort hat ihn wieder eingeholt.

Zum Hauptgang ordert er ein Steak und eine halbe Flasche Saint Èmilion Grand Cru classé.

Er nimmt einen Schluck, genießt Geruch und Geschmack des schweren Weins.

Dann fällt sein Blick auf die Eingangstür und er erstarrt.

Urplötzlich hat der Wein seinen Geschmack verloren, achtlos kippt Hollbach das halbe Glas hinunter.

In der Tür schält sich eine etwa 1,75 Meter große, sehr auffällige Frau aus ihrem Mantel.

Sie lächelt dem Kellner zu, der ihr das kostbar aussehende Stück abnimmt. Sie schüttelt ihre dunklen Haare, eine Strähne fällt über ihre mandelförmigen Augen. Ein leicht verträumter, aber auch energischer Blick trifft Hollbach, der die Neuangekommene anstarrt. Ihm fällt ihre beeindruckende Oberweite auf, er sieht die großzügig geöffnete weiße Bluse, starrt auf die edle Kette von Cleef und Arpels, erschrickt, als er eine hässliche, noch recht frisch wirkende Narbe an ihrer linken Halsseite wahrnimmt.

Hollbach flucht tonlos: »Verdammt, das ist die Frau aus Malle, das ist sie, ich erkenne ihre Augen, den spöttisch arroganten Blick. Die verdammte Narbe, genau an der Stelle hat die große Scherbe sie getroffen.«

Hollbach spürt, dass er den Boden unter den Füßen verliert. Er ist einerseits erleichtert, dass die Lady lebt, er braucht sich also keine Gedanken mehr zu machen, ein Mörder oder ein Totschläger zu sein. Andererseits hämmert ein Gedanke in seinem Kopf.

»Was will die hier? Kann das Zufall sein, wenige Tage nachdem ich mich an den Vorfall auf dem Fest in Mallorca erinnere?«

Sein Schwindelgefühl verstärkt sich, als er den Blick der unbekannten Schönen wahrnimmt. Sie hat ihn zweifellos erkannt, sie wirkt kein bisschen überrascht, ihn hier zu treffen.

»Was zum Teufel ist das? Bin ich wieder auf einem Trip? Kann es sein, dass das Meskalin immer noch in meinem Hirn steckt?«

Jetzt steht sie vor seinem Tisch, fixiert Hollbach, genießt gleichzeitig die Blicke der Männer, die sie anstarren.

»Olá Señor Hollbach, buenas noches. Welch Überraschung, Sie wiederzusehen. Sie haben sich bei unserem letzten Treffen nicht wirklich wie ein Gentleman verabschiedet. Wenn ich mich recht erinnere, haben Sie mich in einer ziemlich großen Blutlache liegenlassen.«

»Wer sind Sie? Wie heißen Sie? Wie kommen Sie hierher und warum jetzt?«, hört Hollbach sich flüstern.

»Um mit der einfachsten Frage zu beginnen: Mein Name hat Sie nicht interessiert, als Sie mich in Ihrer Finca im Vollrausch ausgiebig gefickt haben, mein Name hat Sie nicht interessiert, als Sie mir zu einer verdammt großen Glasscheibe in meinem Hals verholfen haben. Also sehe ich nicht, warum Sie jetzt an meinem Namen Interesse haben sollten.«

Hollbach starrt sie an, unfähig ein Wort zu erwidern.

»Aber ich kann Ihnen bei den anderen Fragen helfen, Señor Hollbach. Ich bin mit dem Flieger gekommen, von ziemlich weit her. Und ich bin gekommen, um Ihnen zu sagen, dass heute Zahltag ist. Sie haben etwas, was mich interessiert, ich bin gekommen, um Sie an Ihre Schulden zu erinnern.«

Hollbach kämpft mit der Fassung, er versucht klar zu denken, merkt aber schnell, dass ihm das partout nicht gelingen will. Hollbach ist weiß Gott nicht das erste Mal in seinem Leben mit einer wütenden Frau konfrontiert, die ihn als sexistisches Schwein beschimpft, aber er hat trotz des Gewitters in seinem Kopf schnell kapiert, dass hier ein anderer Film läuft.

Die Frau ist kalt wie Hundeschnauze, völlig kontrolliert. Sie spielt geschickt mit seinen Schuldgefühlen, bleibt dabei aber völlig cool. Sie wirkt auf Hollbach plötzlich wie eine Business Lady bei einem Meeting, und genau der Gedanke gibt ihm etwas Sicherheit.

»Tun Sie mir den Gefallen und erzählen mir, wie Sie eigentlich damals auf mein Fest gekommen sind. Woher kennen wir uns? Und was zum Teufel habe ich, was Sie interessiert?«

»Warum, lieber Hollbach, fragen Sie plötzlich Sachen, die Ihnen vorher scheißegal waren? Ich bin mit einer Bekannten ganz harmlos in Ihr Haus gekommen, Sie aber haben eine Hand in meiner Hose gehabt, noch bevor ich guten Abend sagen konnte. War ein starkes Fest. Wahrscheinlich ganz normal bei Ihnen.«

»Was wollen Sie von mir?«

»Sie haben einen spannenden Job, Herr Hollbach, besonders im Moment.«

Plötzlich fühlt Hollbach, wie sich der Boden vor ihm öffnet.

»Wie meinen Sie das? Wollen Sie ins Bankgeschäft einsteigen?«

»Nicht wirklich. Mich interessiert mehr der Aktienmarkt. Besonders die Entwicklung einer bestimmten kanadischen Aktie in den nächsten Tagen.«

Hollbach hat plötzlich das Gefühl, er könne seinen Pulsschlag sehen. Es rauscht in seinen Ohren, sein Herz schlägt ihm bis in den Hals.

»Von was reden Sie? Wollen Sie Anlagetipps?«

»Nein, stell dich nicht dümmer, als du bist. Ich weiß genau, du arbeitest in dem Team der Manhattan Trust Bank, das gerade die große Übernahme vorbereitet. Stimmt doch, oder?«

Hollbach zuckt mit den Schultern, versucht ein Pokerface hinzukriegen.

»Brauchst nichts zu sagen, Kleiner, auf meine Infos kann ich mich verlassen.«

Sie winkt mit einer herrischen Handbewegung dem Kellner und bestellt ein Glas Champagner.

»Es ist alles ganz einfach, lieber Herr Hollbach. Entscheiden Sie sich. Zwei Tage, bevor Ihr Chef sein Übernahmeangebot an die Hedgefonds durchsteckt, will ich von Ihnen informiert werden. Meine Partner und ich brauchen 48 Stunden Vorlauf. Sie werden vielleicht nicht auf die Minute genau wissen, wann Ihr Chef loslegt, aber Sie werden die Richtung erkennen. Für so klug und so eingebunden halten wir Sie.«

»Sind Sie verrückt? Was Sie da fordern, ist strafbar, das ist Insiderhandel, die Börsenaufsicht hat Sie schneller am Wickel, als Sie glauben! Und mich auch. Ich schmeiß doch nicht meine gesamte Kariere auf den Müll!«

»Auf dem Müll landet nicht nur Ihre Karriere, sondern der ganze Mann, der ganze schicke Peer Hollbach. Falls Sie sich gegen eine Kooperation entscheiden«, sie unterbricht sich, als der Kellner das Glas Champagner vor ihr auf den Tisch stellt.

Sie nimmt einen Schluck, fixiert Hollbach mit einem Blick, der ihn frieren lässt.

»Sollten Sie den Helden spielen, dann werde ich Sie bei der Staatsanwaltschaft Frankfurt wegen Vergewaltigung und wegen schwerer Körperverletzung anzeigen. Glauben Sie mir, eine gute Freundin hat mich während der ganzen Party immer mal wieder fotografiert, von Ihnen sieht man hauptsächlich den Hintern, deutlich erkennbar aber ist mein schwer alkoholisierter Zustand. Gut gelungen sind auch die Bilder von mir, wie ich in meinem Blut liege. Spielen Sie den Helden, gehen diese Fotos an die Frankfurter Redaktion der BILD, ich glaube, die hätten ihren Spaß damit.«

Hollbach greift zu seinem Glas, stürzt den Saint Emilion runter, als wäre es Limo.

Fieberhaft versucht er einen klaren Gedanken zu fassen.

Er spielt jetzt auf Zeit.

»Hören Sie, der Kurs der Kanadier wird durch die Decke gehen und die Börsenaufsicht wird genau das beobachten. Ich rede nicht nur von den zugegebenermaßen etwas langsamen Leuten hier in Frankfurt, ich rede von der SEC in New York, das sind ganz scharfe Hunde, denen fällt so ein Manöver sofort auf.«

»Hollbach, machen Sie sich keinen Kopf über mich und meine Partner. Da sind große Jungs dabei, die schaukeln das ohne Risiko für die Beteiligten. Aber genug gelabert, kriegen wir die Info von Ihnen, oder wollen Sie sich in der Zeitung sehen?«

»Verdammte Schlampe, Du wirst uns alle in die Scheiße reiten. Du lässt mir die Wahl zwischen Pest und Cholera. Es ist noch nicht soweit. Wir werden die Info über den Hedgefonds Elliot spielen, aber es wird noch dauern. Es ist auch immer noch möglich, dass der kanadische CEO nachgibt, dann findet die ganze Nummer nicht statt. Braucht noch etwas Zeit.«

Mit einer sehr eleganten Körperdrehung steht die Dame von ihrem Stuhl auf. Sie öffnet ihre Chloe-Handtasche, fingert nach einer Karte.

»Hier, Hollbach, diese Nummer ist für dich reserviert. Rufe an, wenn es soweit ist. Keine langen Gespräche am Telefon, damit werden wir nur ein neues Date vereinbaren. Freue mich schon auf dich, und sei so gut, übernimm meinen Champagner.«

Sie winkt den Kellner, der sofort mit ihrem Mantel erscheint.

An der Tür dreht sie sich noch einmal um, wirft Hollmann eine Kusshand zu.

Mitch sitzt immer noch an seinem Computer und googelt Dr. Werner Reinhausen, als das laute Schrillen seiner Türklingel ihn aus seinen Gedanken reißt.

Mitchs Altbau verfügt über eine leicht eingerostete Gegensprechanlage, er hört Hollbachs gehetzt klingende Stimme. »Mann Mitch, mach auf schnell. Wir müssen reden.«

Mitch ist baff, mit diesem Besuch hat er absolut nicht gerechnet. Er blickt sich schnell in seiner Wohnung um, es ist halbwegs aufgeräumt, er nickt zufrieden.

Dann steht Hollbach leicht außer Atem vor ihm.

»Darf ich rein?«

»Klar«, Mitch macht eine einladende Handbewegung, der Banker betritt die Wohnung.

»Mann, sieht ein bisschen nach Studenten-WG aus, musst vielleicht mal in ein paar neue Möbel investieren und einen Termin mit dem Sperrmüll machen.«

»Danke für den Tipp, Herr Hollbach. Wenn du mir die Hälfte von deinem letzten Bonus überweist, folge ich gerne deinem Rat, ansonsten laber nicht so einen Scheiß. Bist ja kaum als Designberater gekommen. Was ist los, du guckst ja wie ein Kaninchen auf der Autobahn. Was ist los, zum Teufel?«

Hollbach sieht auf dem Küchentisch eine geöffnete Flasche Rioja stehen, zögert nicht lange, schnappt sich die Flasche und ein Wasserglas. Er trinkt hastig.

»Mensch, Mitch, ich werde dir jetzt die ganze miese Geschichte erzählen, die im Paradise gelaufen ist. Geht nicht anders, aber sie bleibt unter uns.«

Dann knallt Hollbach die ganze Story auf den Tisch. Er erzählt Mitch von den Avatarübungen, er schildert die Szene am Pool und im Raum daneben. Er beschreibt die Frau, ihre Locken, ihre Zurückweisung, sein Ausrasten, den Sturz in den Glastisch, die große Scherbe, die sich in ihren Hals bohrt, ihren Kopf, der auf den Boden knallt, die Blutlache.

»Und genau diese Frau hat mich gerade in einem Lokal angesprochen, droht mit einer Anzeige wegen Vergewaltigung und Körperverletzung, droht mit Fotos, die an die BILD gehen sollen, wenn ich nicht liefere.«

»Und was zum Teufel sollst du liefern?«

Wieder setzt Hollbach zu einer längeren Erklärung an. Mitch erfährt von der geplanten Übernahme, von der Schlacht, die gerade anfängt.

»Mitch, mein Chef hat den Kanadiern ein Angebot gemacht. Die Firma ist an der Börse 50 Milliarden wert und wir sind bereit, 70 Milliarden zu zahlen. Für die Aktionäre ein fetter Gewinn. Der Chef der Kanadier aber weiß, dass er bei einer Übernahme hochkant rausfliegt, pfeift auf das Geld und klammert sich an seinen Posten. Also wird mein Chef in der nächsten Woche mit einigen ausgesuchten Aktionären reden, vor allem mit einem Hedgefonds namens Elliott, der einen ganzen Brocken Aktien besitzt. Die Hedgefonds sind Haifische, die wollen immer schnelle Kohle, also werden sie das Angebot veröffentlichen, werden versuchen, andere Aktionäre ins Boot zu holen, um eine Mehrheit für die Übernahme und den damit verbundenen Kurssprung zu organisieren. Wenn du diese Info vorab hast, kannst du damit an der Börse eine Mörderkohle machen.«

»Ist das nicht hochgradig verboten? Insiderhandel?«

»Stimmt Mitch, das ist hochgefährlich. Allerdings, wenn du das geschickt anstellst, es international auffächerst und an verschiedenen Börsen machst und nicht nur in New York und Frankfurt, dann kannst du damit durchkommen.«

»Ist da viel zu verdienen mit?«

Hollbach blickt leicht abschätzig durch Mitchs Wohnung.

»Wenn du mit fünf Millionen einsteigst, dann könntest du dir diese Bude hier 20 Mal kaufen und noch zwei Ferraris oben drauf. Der Kurs wird durch die Decke gehen.«

Mitch ist leicht angepisst, er merkt, dass der Banker von seiner geliebten Wohnung nicht sehr angetan ist. Trotzdem versucht er, sich auf das Wesentliche zu konzentrieren.

»Okay, du hast diese Erinnerung, wenn es denn eine Erinnerung ist. Aber was hat die Lady gegen dich in der Hand, womit will sie dich erpressen?«

»Sie hat Fotos von der Party und vor allem ein Bild von sich, wie sie blutend am Boden liegt.«

»Hollbach, komm bitte mal runter. Findest du das nicht auch alles extrem merkwürdig? Du besuchst ein Sanatorium, von dem wir wissen, dass es mit dubiosen Methoden arbeitet. In eben diesem Sanatorium wirst du mit Meskalin vollgepumpt, kriegst eine VR-Brille verpasst. Danach glaubst du dich zu erinnern, du hättest eine Lady erst gevögelt und dann in einen Glastisch geworfen. Und genau diese Lady taucht eine paar Tage später auf und will dich zu einer Riesenbörsenmanipulation überreden. Das stinkt, das stinkt ganz gewaltig.«

»Mitch, du hast ja recht, das stinkt wirklich, aber glaube mir, ich erinnere mich an diese Frau, ich muss mich ihr gegenüber wie der kleine Bruder von Harvey Weinstein verhalten haben. Dass ich sie in diesen verdammten Tisch gestoßen habe, sehe ich vor mir, ganz genau, obwohl irgendwas mit dem Bild nicht gestimmt hat.«

Mitch wird hellhörig: »Was meinst du damit?«

»Ich hatte ganz kurz den Eindruck, als sei das Glas schon gesplittert, bevor der Körper draufknallte. Aber das ist nur ein dummer Eindruck. Glaub mir bitte, das ist so gelaufen. Ich wollte es wäre nicht so, aber ich war da, sie war da.«

Hollbach ist hoch erregt, hetzt in dem Zimmer hin und her.

»Verdammte Scheiße, was soll ich tun?«

Mitch hält ihn fest. »Junge, ruhig. Ich bin sicher, die verarschen dich. Soviel Zufälle kann es nicht geben. Die wussten, dass du in genau der Bank arbeitest, die die Übernahme vorantreibt. Die wussten, wo deine Schwachstellen sind. Wahrscheinlich hast du mehr als einmal geile Poolbilder gepostet und dein Balzverhalten ins Internet gestellt. Die wussten, wie sie dich kriegen.«

»Und, was sollen wir jetzt tun?«

»Wir holen uns die Alte, die dich erpresst.«

Hollbach starrt Mitch an.

»Ja, sie hat dir die Nummer gegeben. Ruf sie morgen an, mach ein Date, gib ihr Spielmaterial, ich werde euch beobachten, wir werden sehen, wo die Dame nach dem Meeting hingeht. Wir werden so vielleicht an ihre Hintermänner rankommen.«

Hollbach schüttelt sich.

Mitch gießt zwei Gläser voll.

Hollbach schüttelt sich erneut.

»Ich hasse Wein aus Wassergläsern.«

11

Gegen 10:30 Uhr wird die morgendliche Stille des Martelltals durch das rhythmische Tuckern eines Helikopters zerrissen, der sich schnell dem Landeplatz des Paradise Mountain Resorts nähert. Es ist ein kalter, aber herrlich sonniger Morgen. Die Bergluft schmeckt frisch und würzig. Sonnenstrahlen brechen sich in den wirbelnden Rotorblättern des jetzt langsam einschwebenden Agusta Bell 206 Jet Rangers. Professor Mentoff persönlich steht zum Empfang des Gastes bereit, an seiner Seite Vernon Graves, die Psychologin Dr. Angela Wahl und Markus Balder, der Chef des Computer Departments.

Angesichts dieses Begrüßungskomitees wissen Stammgäste und Angestellte des Hauses, dass ein wirklicher Promi anreist.

Touch Down, der Pilot stoppt die Rotoren, die Tür des Helis öffnet sich. Etwas unsicher verlässt ein grauhaariger Mittfünfziger den Hubschrauber, er zieht das Jackett seines eher unauffälligen Anzugs gerade, blinzelt in die grelle Sonne, die durch die Reflexion des Schnees noch heller wirkt.

»Lieber Dr. Reinhausen, ich heiße Sie auf das Herzlichste im Paradise Mountain Resort willkommen. Ich hoffe, Sie hatten einen guten Flug.«

Der so Angesprochene reibt sich die Augen, er wirkt müde und etwas unkonzentriert.

»Besten Dank Professor Mentoff, wir mussten leider sehr früh los, um in Frankfurt den Flieger nach Verona zu erreichen. Danke für den Helikopter, der hat uns dann doch einige Stunden Autofahrt gespart. Herr Professor, ich hoffe, Sie haben Kenntnis von meiner Bitte um absolute Diskretion. Ich stehe mitten in einem Wahlkampf, kann mir die Auszeit hier eigentlich gar nicht leisten. Noch viel weniger aber kann ich mir Schlagzeilen leisten wie: Ministerpräsidentenkandidat verkriecht sich in Alpensanatorium. Sollte irgendein Pressemensch auf meine Anwesenheit aufmerksam werden, dann lautet die Sprachregelung ›Reinhausen bereitet sich im Gebirge auf die TV Debatte vor‹ – Ende, aus, keine weiteren Kommentare. Darauf muss ich mich verlassen können. Ich habe«, er deutet auf einen zweiten Mann, der aus dem Helikopter gestiegen ist und jetzt neben ihm steht, »ich habe meinen Pressesprecher Herrn Campner mitgenommen. Sollte es irgendwelche Anfragen zu meinem Aufenthalt geben, werden diese umgehend Herrn Campner vorgelegt. Er entscheidet was zu tun ist. Bitte keine Alleingänge seitens der Klinik, Presse bitte nur über uns.«

Professor Mentoff hat ein wenig gezuckt als er »Klinik« hörte, zeigt sich aber jetzt von seiner allerbesten Seite. Er legt seine linke Hand beruhigend auf den Unterarm seines Gegenübers.

»Lieber Herr Reinhausen, das ist alles geregelt und geklärt. Wir haben hier häufig Gäste, die auf Diskretion Wert legen, für uns ist das Teil unseres Geschäfts und völlig selbstverständlich. Ich darf Sie jetzt mit Frau Dr. Wahl bekannt machen, sie wird Ihre behandelnde Ärztin sein und alles Weitere mit Ihnen besprechen. Ich werde mich jetzt zurückziehen, noch mal herzlich willkommen hier in den Bergen.«

Mentoff schüttelt Reinhausen die Hand, nickt dem Pressesprecher zu und geht mit Vernon Graves eiligen Schrittes zum Hauptgebäude.

Claire sitzt immer noch voller Fragen über den Teilen der Ferrata-Akte, die sie öffnen konnte.

Sie ist entschlossen, ein letztes Mal das Gespräch mit Carlos Mentoff zu suchen, obwohl sie ahnt, dass es nichts bringen wird. Was für ein Spiel spielt Carlos mittlerweile? Ruchlose Erpressung oder geniale Therapie? Sie spürt, dass es ihr immer schwerer fällt, Mentoff zu verteidigen. Sie hat die ganze Zeit immer noch einen Rest Loyalität, vielleicht sogar einen Rest Liebe für Carlos Mentoff empfunden. Für sie war der Böse immer ausschließlich Vernon Graves. Claire streicht sich nervös über die Haare. »Wäre ich bereit zur Polizei zu gehen und Carlos anzuzeigen, wenn ich genug Beweise für Verbrechen hier im Paradise Mountain Resort hätte?« Ratlos schüttelt sie den Kopf, sie weiß keine Antwort auf die eigene Frage.

Sie ruft Giovanni Müller auf dessen privaten Handy an: »Giovanni, wir müssen an die Rechner ran, die Akten hier oben scheinen deinen Verdacht zu bestätigen, aber sie beweisen nichts.«

Sie hört Müllers Zögern. »Okay, du hast recht, kein Telefon. Heute Abend, selber Ort.«

Giovanni Müller klingt erleichtert: »Ich habe was vorbereitet, wird dir gefallen.«

Im Hauptgebäude des PMR geht die tägliche 11-Uhr-Konferenz der medizinischen Leitung zu Ende. Zurzeit sind knapp 80 zahlende Gäste im Resort, die überwiegende Mehrzahl der Patienten werden konventionell betreut, einige bekommen Gesprächstherapie, bei anderen werden psychosomatische Störungen abgeklärt, wieder andere werden von Alkohol oder anderen Drogen entzogen. Es ist ein sehr kleiner Personenkreis, bei dem Professor Mentoff seinen »Ice Breaker« einsetzt. Nach Ende der Sitzung suchen einige der Ärzte ein kurzes Gespräch mit Mentoff. Normalerweise lässt sich der Professor gut zehn Minuten Zeit, heute aber wirkt er gestresst. Er winkt den Technikchef Markus Balder und die Psychologin Dr. Angela Wahl zu sich. »Wir haben noch etwas zu besprechen, bitte kommen Sie jetzt mit in mein Büro.«

Vernon Graves schließt sich wie selbstverständlich der Gruppe an.

Mentoff lässt sich in seinen Chefsessel fallen, über ihm lächelt der gerahmte Nobelpreisträger Susumu Tonegawa gütig die Anwesenden an.

Mentoff ergreift das Wort.

»Wir haben wieder eine Spezialbehandlung vor uns, diesmal aber unter erschwerten Zeitbedingungen. Unser Gast ist Dr. Werner Reinhausen, er bleibt maximal eine Woche, wir haben hundertprozentige Diskretion versprochen. Und, last but not least, wir haben durchaus eigene Interessen an dem Mann, er ist ein aussichtsreicher Kandidat für den Posten des Ministerpräsidenten in einem Bundesland, an dessen Küste wir uns ein zweites Paradise Resort vorstellen können. Gute Beziehungen zum Ministerpräsidenten helfen enorm bei solchen Plänen. Wenn es um Grundstücke, Planungsverfahren, Baurecht und nicht zuletzt um Subventionen geht, hat politischer Rückenwind noch nie geschadet. Also, erstklassiger Service, totale Diskretion, vor allem aber, liebe Frau Doktor Wahl, eine Lösung seiner Probleme.«

Mentoff klingt klar und entschlossen, nicht ein Hauch von Ironie ist seiner Stimme anzumerken. Jetzt wendet er sich direkt an Dr. Wahl.

»Liebe Angela, Sie haben sich in die Londoner Unterlagen eingelesen, bitte Ihren Bericht.«

»Sehr gerne. Dr. Reinhausen hat sich an uns gewandt, er leidet unter einer Angstblockade, er meint, als Folge eines Autounfalls. Er gibt an, fast immer beim Betreten eines Wagens unter Panikattacken zu leiden, die zu Atemnot, Beklemmungen und anderen unangenehmen Ausfallerscheinungen führen. Da er im Wahlkampf über einen extrem eng getakteten Terminkalender verfügt und ständig auf die Benutzung seines Dienstwagens angewiesen ist, behindern ihn diese Ängste sehr. Nach meinen Informationen wurde bei dem Unfall ein zehnjähriger Junge mittelschwer am Kopf verletzt. Da Dr. Reinhausen den Wagen nicht selber gefahren hat, am Steuer saß sein Fahrer, erscheint mir seine heftige psychische Reaktion auf den Unfall übertrieben. Ich vermute, dass da noch andere Assoziationen im Spiel sind. Hier haben sich die Londoner Daten als sehr hilfreich erwiesen: Reinhausen hat im Netz mehrfach Seiten aufgerufen, auf denen, zugegebenermaßen in sehr milder Form, kinderpornographisches Material zu sehen war. Um Missverständnissen vorzubeugen: Reinhausen ist auf keinen Fall ein aktiver Pädophiler. Aber er hat eine leichte Tendenz in diese Richtung, zweifelhafte Phantasien über Kinder dürften ihm nicht fremd sein. Er verfügt über eine starke Ich-Kontrolle, und so werden diese Tendenzen bei ihm nie zum Tragen kommen, er wird diese Phantasien nie ausleben. Aber er hat sie. Daher ist es gut möglich, dass der Unfall, dessen Opfer ein kleiner Junge war, Folgendes bei ihm ausgelöst hat. Seine Schuldgefühle aufgrund der tabuisierten Gefühle und seine Schuldgefühle wegen des Unfalls haben sich miteinander verknüpft. Das wäre eine Erklärung für die heftige Abwehr, die er gegen Autos entwickelt hat. Das Auto erinnert ihn an den Unfall, der Unfall erinnert ihn an verletzte Jungen, und schon sind wir bei seiner Angst mit seinen Phantasien, irgendwann ein mal einen Jungen zu verletzen. Hier sehe ich unser Einfalltor, auf dieser Erklärungsmöglichkeit würde ich gerne die weitere Behandlung aufbauen.«

Professor Mentoff deutet ein Händeklatschen an. »Für mich überzeugend, liebe Angela. Bitte verfahren Sie so, ich möchte über die nächsten Schritte informiert werden. Sie sollten spätestens morgen früh mit dem Avatartraining beginnen, der Zeitrahmen ist verdammt eng.«

Dr. Wahl strahlt zufrieden, sie liebt es gelobt zu werden.

»Bitte Dr. Wahl«, Vernon Graves meldet sich zu Wort, »bitte behalten Sie bei allem was jetzt kommt im Auge, dass wir nach der Therapie Einflussmöglichkeiten auf diesen Mann brauchen. Das darf nicht untergehen, das hat Priorität.«

Ein strafender Blich des Professors trifft den Sicherheitschef. »Danke, Vernon, ich würde es vorziehen, wenn du dich auf deine Felder konzentrierst. Okay?«

Graves zuckt aufreizend lässig mit den Schultern. »Alles klar, Boss«, murmelt er abschätzig. Mentoff ignoriert ihn, wendet sich zum Technikchef Marcus Balder. »Angela wird viel Rechnerkapazität brauchen, bitte mache alles möglich, was sie fordern wird. Reinhausen hat jetzt Top-Priorität.«

Mentoff verabschiedet die drei und vertieft sich in einen Stapel Papier auf seinem Schreibtisch. Zuoberst liegt eine Seite des FAZ-Wirtschaftsteils von heute, Aufmacher ein Artikel über Fusionsgerüchte auf dem Börsenparkett.

Gegen 19 Uhr steht Mitch vor dem Expressaufzug des schicken Wohnhochhauses, in dem Hollbach das Penthouse bewohnt.

Hollbach öffnet, wieder ist Mitch hin und weg von der grandiosen Aussicht.

»Scheiße Mann, in meinem nächsten Leben werde ich Banker«, flucht er vor sich hin. Er geht zum Esstisch und kramt aus seinem Rucksack ein extrem kleines Mikrophon und ein winziges Aufnahmegerät. »Kleines, aber feines Spielzeug«, sagt er zu Hollbach, der ihn misstrauisch beäugt. »Ich werde dich verkabeln, diese Dinger hier schlagen eine Tonaufnahme mit deinem Handy um Längen. Wann seid ihr verabredet?«

»Treff ist um 21 Uhr an der Bar im Walon & Rosetti.«

»Okay, war das ihr Vorschlag?«

Hollbach nickt. »Ja, ich habe die Nummer auf ihrer Karte angerufen, sie war extrem kurz angebunden, sagte sie würde Ort und Zeit per SMS schicken. Die Message mit dem Namen der Kneipe kam vor 30 Minuten.«

»Walon & Rosetti«, knurrt Mitch, »scheiße, der Laden liegt in der Moselstraße, mitten im Bahnhofsviertel. Da kriegst du nie einen Parkplatz. Wenn sie aus dem Laden rauskommt, will ich sie verfolgen. Was zum Teufel machen wir, wenn sie einen Wagen vor der Tür hat und sofort einsteigt?« »Dann holst du dir halt ein Taxi«, kommentiert der müde aussehende Hollbach. Mitch nickt. »Müssen wir riskieren, ich parke meinen Wagen Hauptbahnhof Südseite, ich wette, dort wird sie wahrscheinlich auch ihre Karre abstellen. Wenn nicht, dann Taxi.«

Mitch verpasst Hollbach ein knalliges Einstecktuch, in dem das winzige Mikro komplett verschwindet. Das Aufnahmegerät steckt in der Hosentasche, nimmt weniger Platz weg als ein Handy. Hollbach holt einen Single Malt von seiner Bar, gießt ordentlich ein, stellt ein Glas vor Mitch auf den Tisch. »Cheers, den brauch ich jetzt.« Die beiden stoßen an und machen sich dann langsam auf den Weg.

Claire Bergmann hat ihr Büro aufgeräumt, hat einige sehr private Sachen in einen Karton gepackt, der jetzt zum Abtransport bereitsteht. Claire schwirrt immer wieder ein Satz aus dem Memo von Dr. Wahl an den Klinikchef durch den Kopf: »Wir müssen darauf achten, dass die Patienten sich die Tat auch zutrauen, und das wurde bei Ferrata unterlassen« – mit diesen Worten hatte die Wahl ihren Kollegen Tanner kritisiert. Claire läuft jetzt hektisch in ihrem Büro auf und ab, führt Selbstgespräche. »Das heiß doch im Klartext, man hat der Ferrata eine Tat unterschieben wollen, die sie nicht nur nicht begangen hat, sondern die sie sich noch nicht mal vorstellen konnte. Das aber bedeutet, Carlos Mentoff wollte sie nicht von einer Angst befreien, sondern ihr ein Schuldgefühl implantieren. Wahrscheinlich, um sie dann zu erpressen. Das hat nichts mehr mit Wissenschaft zu tun.«

Sie schüttelt sich, löscht das Licht in ihrem Büro, eilt an der Rezeption vorbei auf den Parkplatz der Angestellten. Sie startet ihren Kleinwagen, steuert den Wagen Richtung Haupttor. Als sich das Metalltor wie von Geisterhand bewegt öffnet, fällt ihr Blick bei der Ausfahrt auf eine Batterie von fünf Kameras, die auf die Torpfeiler montiert sind. Auf der Kamera, die sich in ihre Richtung gedreht hat, leuchtet oben eine kleine rote Lampe. Plötzlich hat Claire das Gefühl, von Vernon Graves beobachtet zu werden. Sie unterdrückt die aufkeimende Angst, winkt in die Kamera und beschleunigt ihren Wagen.

Gut 20 Minuten später lenkt sie den Wagen auf den Parkplatz des Bamboo Hotels.

Sie eilt zum Pool, Giovanni sitzt bereits auf dem Platz, wie bei ihrem ersten Treff.

»Hi Giovanni, schön dich zu sehen. Fange an dir zu glauben, aber aus den Akten ergeben sich keine echten Beweise für ein Handeln gegen die Interessen der Patienten. Wir müssen an die Bilder, an die Rechner.«

Giovanni lächelt überlegen, beugt sich vor, legt eine Hand auf Claires Arm.

»Ich bin dran. Der fitteste Cutter hat mir eine Hintertür in den zentralen Rechner gezeigt, dort können wir alles sichten, ohne aufzufallen. Was wir leider nicht können, ist Kopien ausspielen, das würde sofort registriert werden.«

Claire strahlt. »Ein erster Schritt, lass uns in einer der nächsten Nächte reingehen, ich muss jetzt Klarheit haben, ich will nicht mehr warten. Aber pass auf, Vernon Graves hat überall Kameras aufhängen lassen, er kann beobachten wer wohin geht.«

»Hab ich dran gedacht, im Schnittbereich kann ich die Kameras kurzfristig ausschalten, das haben wir immer wieder gemacht wenn wir an privaten Filmen gearbeitet haben. Zufrieden?«

Claire lacht. »Bist ein cleverer Hund.«

Mitch und Peer Hollbach sitzen in Mitchs Auto. Hollbach lächelt abfällig über Mitchs alten Mercedes, er hatte aber nicht die geringste Lust, mit seinem Aston Martin ins Bahnhofsviertel zu fahren. Jetzt quälen sie sich durch den dichten Verkehr. Frankfurts sündige Meile ist in den letzten Jahren gewaltig aufgemöbelt worden, die Münchner Straße ist zur Hipster-Zone mit angesagten Bars und Kneipen geworden. Mitch liebt das Viertel, ein guter Mix, hier knallt alles aufeinander, was Frankfurt zu bieten hat – Türken, Inder, Studenten, Junkies, Werber, Nutten, Banker und Dealer. Immer mehr junge Leute drängen in das Viertel, suchen in den tollen Altbauten große Wohnungen für ihre WGs. Das aber gelingt immer weniger, denn die Immobiliengeier kreisen bereits über dem einst verruchten Viertel. Einige Blocks allerdings sind immer noch schwer zu genießen, hier ist Crack County, zerlumptes Elend, verwüstete Gesichter, Gestalten, die sich in Slow Motion nach heruntergefallenen Crack-Steinen bücken, während nur eine Straße weiter süßliche Musik aus den Eingängen der Laufhäuser dröhnt. Und über allem schweben die hell erleuchteten Fronten der Banken am dunklen Himmel.

Mitch fährt die Kaiserstraße hinunter, keine Chance auf einen Parkplatz. Er beschleunigt, umrundet den Hauptbahnhof und findet eine Lücke an der Südseite des Bahnhofs. Sie haben jetzt noch 20 Minuten Zeit. Ihr Plan ist simpel. Mitch wird zehn Minuten vor der Zeit an der Bar Platz nehmen. Er will versuchen, ein Foto der Erpresserin zu bekommen, und ihr nach dem Treff folgen, in der Hoffnung zu etwaigen Hintermännern geführt zu werden. Hollbach wird ihr ein ziemlich nichtssagendes Positionspapier der Bank zeigen, aus dem keinerlei Rückschlüsse über Höhe und Zeitpunkt des Übernahmeangebots zu ziehen sind.

Sie trennen sich im Kaisersack, so nennen die Frankfurter das immer noch recht abgefuckte untere Ende der Kaiserstraße. Mitch wendet sich rechts Richtung Moselstraße, wird von zwei Junkies in die Zange genommen, die den obligatorischen Euro wollen. Mitch zahlt, gibt auch noch einem frierenden jungen Mann eine Münze, der ihn aus leeren Augen anstarrt.

Das Walon & Rosetti ist eines der Hipster-Lokale im Viertel, dunkelgrün gestrichen, mit großen Holztischen bestückt, die von alten Filmscheinwerfern nachempfundenen Lampen von oben punktförmig beleuchtet werden. Eine angenehm schummrige Atmosphäre, eine lange Bar, die schon jetzt kurz vor neun gut besucht ist. Mitch findet einen Platz an der Bar, bestellt bei einem voll tätowierten Kellner ein Bier und spielt an seinem Telefon.

Schräg gegenüber ist ihm ein »Reserviert«-Schild auf der Theke vor zwei leeren Hockern aufgefallen. Mitch hat Hollbach eingeschärft, gut fünf Minuten zu spät zu erscheinen.

Plötzlich sieht Mitch eine verdammt gut aussehende Frau die Bar ansteuern, die Lady schüttelt ihre dunklen Haare, weiß genau, dass sie auffällt und angestarrt wird. Unter einer Designer-Lederjacke trägt sie eine weiße, recht weit geöffnete Bluse, zeigt was sie hat, und lässt eine Cleef und Arpels Kette blitzen. Mitch pfeift durch die Zähne.

»Wow, was ein Weib, macht was her, die virtuelle Lady mit Interesse an Börsenkursen.« Die Dame orientiert sich kurz, winkt herrisch den Barkeeper herbei, der Tätowierte überschlägt sich fast, die beiden tuscheln kurz, dann räumt der Barmann das »Reserviert«-Schild weg und Madame gleitet auf den Barhocker. Kurz danach betritt Hollbach das Lokal. Er schaut sich kurz um, orientiert sich im Dunkel der Kneipe und steuert die Dame an. Hollbach setzt sich neben die Lady, Mitch hat die Kamera in seinem Handy aktiviert, leider verdeckt Hollbach die Dame, jetzt zieht er endlich seinen Schädel zurück, und Mitch drückt schnell auf den Auslöser. Mitch hält das Telefon einige Zentimeter über der Bar, benimmt sich als würde er Mails checken. Hier Gäste zu fotografieren würde Ärger geben. Mitch checkt die beiden Bilder, das passt, er hat die Schöne bestens erwischt. Phase eins geglückt. Er beobachtet, wie Hollbach der Dame ein zweiseitiges Papier übereicht. Sie überfliegt es, knüllt es zusammen, knallt es auf die Bar, packt Hollbach an der Krawatte, reißt ihn nach vorne und zischt ihn böse an. Mitch versteht kein Wort, aber es ist eindeutig. Die Lady ist sauer. Sie lässt Hollbach los, zeigt ihm einen formvollendeten Stinkefinger, greift in ihre Handtasche und holt ein Handy raus. Sie tippt ein paarmal auf die Tasten, dreht das Handy dann zu Hollbach, der erstarrt. Jetzt steht sie abrupt auf, schlüpft in ihre verdammt chic aussehende Lederjacke, wirft einen Fünfzigeuroschein auf die Bar und stürmt aus dem Lokal. Mitch knallt einen Zwanziger hin und sprintet los. Er folgt der Lady in etwa zehn Meter Abstand. Sie biegt links auf die Kaiserstraße, schlendert jetzt langsamer

Richtung Hauptbahnhof. Sie nimmt die Rolltreppe, runter in die B-Ebene, eine der ganz schlimmen Bausünden der siebziger Jahre. Abgefuckter grauer Beton, die Hälfte der Läden steht leer, Junkies pissen in die Ecken, ein paar junge Marokkaner mit ausrasierten Schläfen versuchen aufdringlich, ihr heimatliches, inzwischen aber zehnmal gestrecktes Haschisch überteuert zu verticken. Die Lady marschiert zielgerichtet durch den ganzen Großstadtmist, unbeirrt und hocherhobenen Hauptes. Keiner der Dealer spricht sie an.

Sie nimmt den Ausgang Südseite, Mitch ballt die Faust, er hat richtig gewettet, auch die Lady hat hier ihr geparkt.

Jetzt steigt sie in einen gemieteten Golf, düst Richtung Platz der Republik. Mitch sitzt in seinem in Ehren ergrauten Mercedes, bleibt eng dran. Als Mitch merkt, dass die Dame Richtung Main steuert, schüttelt er den Kopf.

»Hoffentlich will die nicht zum Flughafen. Madame, treffen Sie sich doch bitte mit zwei Komplizen!«

Seine Bitte wird nicht erhört, der Golf biegt auf die Kennedyallee, beschleunigt und fährt eindeutig Richtung Flughafen. Mitch versucht dranzubleiben, in der Dunkelheit ist eine Verfolgung schwieriger als gedacht. Sie passieren das Waldstadion, Mitch beschleunigt, schickt wie immer, wenn er hier vorbeifährt, Grüße an die Mannschaft von Eintracht Frankfurt.

Sie nähern sich dem Flughafen, Mitch zwei Autos hinter der Lady. Sie sind jetzt auf dem Zubringer zum Terminal 1. Links ein Gebäude, das wie ein gestrandetes Riesenschiff aussieht, das 400 Meter lange The Squaire, ein Koloss, den findige Immobilienentwickler über dem ICE Bahnhof Frankfurt-Flughafen abgeworfen hatten.

Der Verkehr wird dichter. Madame hält sich mit zügigem Tempo in der linken Spur, Mitch eine Spur weiter rechts, er ist sich sicher, dass die Dame zur Vorfahrt beim Abflug will. Dann ist seine Spur die richtige.

Plötzlich aber sieht Mitch, dass sie scharf links einschlägt und die Rampe hoch zu den im Squaire gelegenen Hotels nimmt. Mitch geht in die Eisen, kurbelt wild nach links, kracht fast gegen einen Kleinlaster, merkt, dass die Leitplanke näherkommt und er die Linkskurve nicht schaffen wird. »Scheiße«, brüllt er, lenkt wieder nach rechts, hat Glück, die Spur ist frei und steht schon eine Minute später vor der Schranke zur Vorfahrt des Abflugs. Mitch parkt seine Karre und spurtet zum Übergang vom Terminal 1 zum Squaire. Er rennt wie lange nicht mehr, weiß doch, dass er kaum eine Chance hat, die Dame nochmal zu sehen. Mitch hetzt außer Atem den Gang entlang, geradeaus zum Bahnhof, rechts zu den Hotels. Er entscheidet sich für rechts, steht keuchend in einer gut gefüllten Halle mit Shops und der Rezeption des Hilton.

Mitch sieht eine Ausgangstür, läuft rüber, steht jetzt auf einer Parkfläche, auf der Taxis Hotelgäste absetzen. Keine Spur von dem Golf.

Mitch schlendert zur Rezeption, stellt seinen Gesichtsausdruck auf seriös, zeigt einem der Angestellten sein Handy mit dem Foto der Frau, fragt, ob die Dane hier abgestiegen sei. Der Mann verneint und bedeutet Mitch er solle sich lieber verpissen.

Mitch flucht vor sich hin und macht sich auf den Rückweg zum Terminal 1 und seinem Wagen.

Ihm entgeht, dass versteckt hinter einer der Palmen eine sehr schöne dunkelhaarige Frau steht, die aufmerksam die Halle beobachtet. Ihr ist der schwer keuchende Mitch sofort aufgefallen. Sein Suchen, das Fragen an der Rezeption hat sie bestätigt, sie hat ihren Verfolger identifiziert. Als Mitch ziemlich geknickt Richtung Terminal 1 abzieht, läuft er in fünf Meter Entfernung an ihr vorbei. Ihr gelingen zwei ziemlich gute Bilder.

Sie lädt die Fotos hoch, wählt die Nummer von Vernon Graves und drückt auf Senden.

12

Mitch ist total gefrustet und rast die A5 Richtung Norden zum Nordwestkreuz Frankfurt.

Er flucht vor sich hin, tritt vor Wut das Gaspedal durch. Er wählt Hollbachs Nummer.

»Hey Mann, ich habe sie am Flughafen verloren, aber zwei ganz passable Bilder im Kasten. Was zum Teufel hat sie dir auf dem Handy gezeigt?«

Hollbachs Stimme klingt gepresst, er spricht leise.

»Ein Foto von meiner Tochter vor ihrer Schule.«

»Was, du hast eine Tochter?«

»Ja, sie ist acht, eine Jugendsünde, habe mal sehr früh geheiratet, hat nicht lange gehalten.«

»Was wollte sie damit, was hat sie dir gesagt?«

»Nur ganz kalt, sie könne auch anders, ich solle ihr nie wieder so einen Dreck wie dieses Papier vorlegen. Entweder Kooperation oder Krieg.«

»Scheiße Mann, woher hat sie das Bild? Ich habe dich vor unserm Kennenlernen auch gegoogelt, da stand nichts von einer Tochter.«

»Scheinbar recherchiert sie besser als ein gewisser Herr Berger. Mitch, das ist alles ein Riesenmist. Der Kleinen darf nichts geschehen, das kommt mir alles vor wie ein schlechter Mafiafilm.«

»Bleib cool Hollbach, hast du das Band schon abgehört? Hollbach, hör zu, ich bin mir ziemlich sicher, dass diese Lady kein Mallorca-Partygirl ist, sondern ein Profi. Ich schicke dir die Fotos, versuche rauszukriegen wer die Tante ist, ich werde dasselbe tun. Ich habe eine Quelle, die könnte funktionieren.«

Mitch denkt an Peter Zerber vom Verfassungsschutz, der Mann hat ihm in Sachen PMR schon verdammt gut geholfen. Dann holt er tief Luft, er hat gerade eine Entscheidung getroffen: »Hollbach, wir werden uns eine Weile nicht sehen, ich starte morgen früh nach Südtirol. Ich verschwende hier meine Zeit und mein nicht vorhandenes Geld. Da unten spielt die Musik, da muss ich hin.«

Hollbach holt Luft, und Mitch spürt, dass es ihm nicht leichtfällt, gerade jetzt auf den einzigen eingeweihten Vertrauten zu verzichten. »Alles klar, Mitch, kann ich verstehen. Pass auf dich auf. Und kontaktiere die Dame Claire Bergmann, die wird dir helfen. Wir telefonieren ab und zu, kann gut sein, dass ich ein paar Tipps gebrauchen kann.«

Mitch hat es jetzt eilig. Zuhause nimmt er noch ein Glas Rioja, packt ein paar Klamotten ein, checkt seine Mails, schickt Hollbach die Bilder der Dame, schreibt dann an Peter Zerber, seinen Vertrauten im Verfassungsschutz. Er schildert kurz die Erpressung, hängt das Bild der Dame an, bittet um zeitnahe Auskunft.

Dann haut er sich hin.

Die schöne Erpresserin hat in einem Café gegenüber der Hilton-Rezeption einen Espresso bestellt. Sie holt ihr Handy, tippt Vernon Graves' Nummer ein.

»Hallo, Cheryl«, flötet Graves am anderen Ende. »Warum hast du mir ein Bild von dem älteren Typen da geschickt? Willst du mich eifersüchtig machen? Seit wann stehst du auf alten Knaben?«

»Halt den Mund, Graves, das ist ernst, der Typ war bei dem Treff in der Bar, wahrscheinlich hat er mich fotografiert, dann hat er mich verfolgt. Habe ich schnell mitgekriegt, habe ihn dann auf der Fahrt abgehängt und ihn meinerseits fotografiert. Krieg raus, wer das ist.«

»Okay, hör zu, wo bist du jetzt?«

»Im Hilton am Flughafen.«

»Bestens, es gibt eine Programmänderung. Du musst noch einen Job erledigen. Lass dein Zimmer im Frankfurter Hof wei terlaufen, aber quartiere dich heute Nacht am Airport ein. Buch dir morgen früh den ersten Flieger nach Hamburg, jetzt gleich. In Hamburg wartet ein Leihwagen auf dich, ich habe ihn reserviert. Du fährst hoch an die Küste, musst dort einen harmlosen Mann zu einem Telefonat verführen. Adresse und alle Details wie immer per Mail. Wenn dir Klamotten fehlen, kauf welche, Daddy zahlt. Gibt doch ein paar gute Shops am Flughafen.«

»Muss das sein, Vernon? Ich würde mich lieber auf den Börsenjob konzentrieren. Der Typ hat mir gestern ein dämlich nichtsagendes Papier vorgelegt, eine Frechheit. Ich spüre, dass er sich vor mir fürchtet, und ziemlich sicher glaubt er an die Erinnerung. Aber er hat die Hosen gestrichen voll, hat Angst vor der Börsenaufsicht, hat Angst, sein gewohntes Leben zu verlieren.«

»Cheryl, Liebes, alles klar. Logisch, dass der Typ zögert. Du bist morgen Abend schon wieder zurück, buch den letzten Flug retour. In dem einen Tag wird Hollbach sich nicht rühren.«

»Weiß nicht, ich habe gestern nochmal nachgelegt.«

»Du hast was?«

»Ich habe mir ein Foto seiner gottverdammten Tochter besorgt und es ihm unter die Nase gehalten.«

Cheryl hört ein böses Lachen aus dem Hörer.

»Lady, du bist dein Geld wert. Aber eins musst du mir versprechen: Wenn du Mentoff nochmal triffst, kein Wort von solchen Methoden. Den guten alten Holzhammer mag er gar nicht. Mentoff gibt immer den Feinen, will ständig duschen, ohne sich nass zumachen.«

»Alles klar Vernon. Sei's drum, ich erledige die Nummer im Norden, schick die Details. Und nur um sicher zu gehen, ich habe gerade eine blendende Idee. Ein befreundeter Hacker hat mir einen wundersamen Trojaner gebastelt. Ich werde Hollbach eine Mail mit Anhang schicken. Er denkt, es sind neue Bilder seiner lieben Tochter, wird also sofort den Anhang öffnen. Ab dem Moment kann ich sein Handy spiegeln und kriege alles mit, was er so plant.«

»Cheryl, Kompliment, bin verdammt froh, dass wir im selben Team spielen.«

»Gut, wir hören voneinander.«

Cheryl steht auf, schlendert zu einem der Ausgänge, holt den total illegal in einer Zufahrt für Lastwagen geparkten Golf, fährt den Wagen in die Tiefgarage und schlendert dann zum Lufthansaticketschalter.

Dr. Reinhausen hat sich einen längeren Vortrag von Frau Dr. Wahl angehört, die ihm erklärt, dass hinter seiner Blockade im Fonds eines Wagens Platz zu nehmen, mehr stecken müsse als die Erinnerung an einen von seinem Fahrer verursachten Unfall.

Reinhausen weiß nicht, worauf seine Therapeutin abzielt, aber er stimmt nach einigem Zögern der Methode »Ice Breaker« zu.

Der Einsatz von virtueller Realität macht ihn neugierig, er zuckt jedoch ein wenig, als die Sprache auf Meskalin kommt. Mentoff persönlich muss erscheinen, um den misstrauischen Politiker von der Harmlosigkeit der Prozedur zu überzeugen.

Frau Dr. Wahl hat inzwischen in den Schneideräumen ein Einspieler-Band in Auftrag gegeben. Ein Cutter hat von Reinhausens Lieblingsseiten im Netz einige Dutzend ästhetisierende Gegenlichtaufnahmen von Knaben heruntergeladen. Das Band beginnt mit einer langsamen, sanften Montage dieser Bilder, die mit schönen Naturbildern unterschnitten werden. Dann, nach etwa einer Minute, ändert sich der Rhythmus des Filmes drastisch. Jetzt werden harte Kinderpornobilder im Zehntelsekundentakt zwischen die sanften, Reinhausen bekannten Bilder geschnitten. Der Rhythmus der Bildfolge wird schneller, die Bilder immer härter, dann werden Unfallbilder dazu gemischt.

Währenddessen bereitet Dr. Wahl den Einsatz des Avatars vor. Reinhausen steht jetzt in dem grünen Raum, er trägt eine VR-Brille.

Dr. Wahl dreht sich zu den Technikern im Raum. »Kamera und 3D-Encoder fertig?«

Zwei Daumen werden nach oben gestreckt.

»Und ab«, kommandiert die Psychologin.

Auch diesmal steht ein Kameramann etwa zwei Meter hinter Dr. Reinhausen, filmt dessen Rücken.

Reinhausen sieht in dem virtuellen Raum vor ihm eine graue Gestalt, deren Umrisse ihm vertraut vorkommen.

»Cardio-visuelles Signal ein«, kommandiert Angela Wahl.

Reinhausen bemerkt plötzlich, dass sich um das Projektionsbild vor ihm eine Art heller Aura bildet. Diese beginnt zu pulsieren.

Dr. Wahl legt leise eine Manschette um Reinhausens Oberarm.

Sie kontrolliert Blutdruck und Puls.

Reinhausen gleitet unmerklich in einen tranceartigen Zustand. Die Aura der Figur vor ihm pulsiert genau im Rhythmus seines Herzschlags, sein Puls gibt den Takt an.

Reinhausen spürt intensiv die Übereinstimmung. Er empfindet Sympathie, ja Zuneigung zu der virtuellen Figur vor ihm. Sie scheint auf unerklärliche Weise zu ihm zu gehören. Sie und er teilen denselben Herzschlag. Reinhausen lächelt friedlich. Er fühlt sich entspannt, sicher und wohl.

Mitch sitzt zur selben Zeit in seinem Auto und ist blendend gelaunt. Drei Stunden langweilige Autobahn liegen hinter ihm, jetzt geht es Richtung Fernpass. Mitch bedauert, Hollbach nicht um den Aston Martin gebeten zu haben, vor ihm kreuzen deutsche Wohnmobile und Holländer mit Wohnwagen. Nicht ganz leicht zu überholen auf der kurvenreichen Strecke. Ein paar PS mehr würden helfen. Mitch beruhigt sich, beschließt, ein paar Telefonate zu machen. Er bestätigt dem Bamboo Hotel die heutige Anreise, erreicht dann einen Meraner Kollegen, den er von einem Journalisten-Kongress kennt, und den er bittet gegen 16 Uhr auf einen Drink im Bamboo reinzuschauen. Dann unterdrückt Mitch seine Nervosität und wählt Claire Bergmanns Handynummer.

Er hat Glück, hört das Freizeichen, dann ein Knacken und eine sanfte dunkle Stimme.

»Claire Bergmann hier, mit wem spreche ich?«

»Frau Bergmann, phantastisch, dass ich Sie erreiche. Herr Hollbach, der vor kurzem bei Ihnen in Behandlung war, hat mit Ihre Karte gegeben. Mein Name ist Mitch Berger, ich bin Journalist aus Deutschland und würde Sie sehr gerne kennenlernen.«

»Ja, Herr Berger, Herr Hollbach hat mir Ihren Anruf avisiert. Um was geht es?«

»Ich interessiere mich für das Paradise Mountain Resort. Ich habe Anlass zu glauben, dass dort Behandlungen stattfinden, die nicht unbedingt der Gesundung der Patienten dienen. Hollbach hat mir erklärt, Sie seien von Anfang an dabei gewesen, seien so etwas wie Mentoffs rechte Hand, hätten aber heute Differenzen mit der Klinikleitung. Frau Bergmann, vielleicht können wir uns gegenseitig helfen. Ich bin auf dem Weg nach Goldrain, wollen wir uns heute Abend treffen?«

Auf der anderen Seite bleibt es still, Mitch fürchtet schon, er sei zu offen gewesen, dann hört er Claires Stimme: »Okay, wo wohnen Sie?«

»Im Bamboo.«

»Na prima, das passt. Ich bin um 20 Uhr an der Bar.«

Am frühen Nachmittag – nach einer entspannenden Pause – liegt Dr. Reinhausen jetzt angeschnallt auf der Liege. Er trägt eine Lederkappe, deren Elektrodenanschlüsse gerade von Frau Dr. Wahl verkabelt werden. Reinhausen hat ein mildes Sedativum erhalten. Die Therapeutin tritt jetzt an das Regiepult.

»Regie für Z, ist der vorbereitende Einspieler fertig?«

»Z für Regie, wir sind bereit. Erwarten die Avatareinspielung in der nächsten halben Stunde.«

»Danke, Regie, das passt. Einspieler ab.«

Dr. Wahl sieht die Bilder, die Reinhausen unter der Brille erlebt auf einem Kontrollmonitor.

Ein zartes Lächeln umspielt Reinhausens Lippen.

Dann bäumt er sich auf. Dr. Wahl sieht auf ihrem Monitor: Die Sequenz mit den harten Bildern hat begonnen. Reinhausen zerrt an den Gurten, die ihn auf der Liege fixieren.

Dr. Wahl bereitet die Propofol-Injektion vor, Reinhausen entspannt sich und schläft ein.

Peer Hollbach sitzt in der Hektik des War Rooms, um ihn herum schwirren dutzende aufgeregter Stimmen. Sie haben Fortschritte gemacht, die Jungs von Elliot haben angebissen, die Chefs des Hedgefonds beginnen sich für die Übernahme zu interessieren. Bald wird der Moment kommen, in dem die Häuptlinge miteinander telefonieren, in dem die Karten auf den Tisch gelegt werden und sich die Schlinge um den Hals des kanadischen CEO zuzieht.

Hollbach spürt sein Handy vibrieren. Er wirft einen Blick darauf und zuckt zusammen. Er sieht die Nummer der Erpresserin, bemerkt eine Message mit Anhang. Er klickt den Anhang an, wundert sich, dass es relativ lange dauert, bis sich ein Foto öffnet. Er starrt auf ein Bild, sieht seinen Pool an einem Morgen nach einer wilden Party. Nichts weiter, kein Text, keine Anweisungen, keine Drohungen. Er zuckt die Schultern, lässt das Handy wieder in die Tasche seiner eleganten Anzughose gleiten.

In der Ebene 1 des Hamburger Flughafens sitzt Cheryl Cruz neben Gate C 15 und genehmigt sich ein paar Sushis. Vor dem Abflug in Frankfurt war ihr nicht nach frühstücken, aber jetzt hat sie noch einen Moment Zeit, bevor sie ihren Mietwagen abholt. In ihrer Handtasche meldet sich ihr Handy. Sie wirft einen Blick auf das Display, ein zufriedenes Lächeln umspielt ihre Lippen. Es hat geklappt, ab jetzt hat sie Zugang zum Telefon des Bankers.

Im Paradise Mountain Resort hat Frau Dr. Wahl die Gurte um die Arme ihres Patienten entfernt. Sie beginnt Reinhausen zu wecken. Der Politiker blickt einen Moment sehr verwirrt, dann verengen sich seine Augen zu aggressiv funkelnden Schlitzen.

»Was bilden Sie sich ein, wer Sie sind, was erlauben Sie sich, mir solche Bilder zu zeigen. Wollen Sie mich als Pädophilen outen, sind Sie verrückt?«

»Herr Dr. Reinhausen, ich bitte Sie. Sie sind mein Patient, Sie sind freiwillig hier, wir arbeiten an einer Lösung für Ihr Problem. Einige der Bilder waren Ihnen ja nicht ganz unbekannt, aber wir haben vor einer Stunde mit einer Therapie begonnen, der Sie ausdrücklich zugestimmt haben. Wollen wir nicht weiterarbeiten und dann streiten? Ich fände das den sinnvolleren Weg.«

Reinhausen atmet tief durch, signalisiert dann brummend seine Zustimmung.

Dr. Wahl merkt ihm die Erregung deutlich an.

»Ich schlage eine Pause vor. Ich lasse Sie jetzt auf Ihr Zimmer bringen, empfehle Ihnen eine Massage im Wellness Bereich. Bitte keine Arbeit mit Ihrem Pressesprecher, vor Ihnen liegt ein anstrengender Nachmittag.«

Reinhausen nickt müde, ein junger Pfleger begleitet ihn aus dem Kellergeschoss zurück in den öffentlichen Teil des Resorts. Die entscheidende Frage ist dem gewieften Politiker nicht eingefallen: Woher weiß Angela Wahl welche Internetseiten er besucht hat, woher kennt sie seine Lieblingsfotos?

Dr. Wahl bereitet am Regiepult von Raum Z den Avatareinsatz vor, als sie hinter sich ein Geräusch hört. Trotz Rotlicht draußen wird die Tür geöffnet. Sie fährt herum, bereit, den Eintretenden scharf zurechtzuweisen. Überrascht sieht sie Vernon Graves eintreten.

»Herr Graves, welch ein überraschender Gast hier unten im Maschinenraum.«

»Hallo Doktor, nur eine Frage, haben Sie Reinhausen bereits die Avatarsequenz vorgeführt?«

»Nein, warum fragen Sie?«

»Nun, Sie wissen, dass mir dieser Patient am Herzen liegt. Ich bin hier nicht nur für Sicherheit zuständig, sondern kümmere mich auch um die Finanzen. Wir arbeiten hier leider mit exorbitanten Kosten, schauen Sie sich doch nur um, hier stehen Spielsachen, mit denen wir jede Filmproduktion glücklich machen könnten. Für Carlos ist das alles eine Selbstverständlichkeit, er würde am liebsten reine Forschung betreiben, nur seinen Konfrontationsansatz verfeinern. Aber wir haben hier leider kein staatlich finanziertes Forschungsinstitut, wir müssen unser Geld verdienen. Das ist mein Job. Wir müssen expandieren, die Zahl der Patienten deutlich erhöhen. Dieses Gebäude hier stößt an seine Grenzen, wir brauchen ein zweites Standbein. Dann kann die Technik hier besser ausgelastet werden, kann von hier aus online auch für das neue Haus gearbeitet werden. Ich habe Pläne für ein Paradise Seaside Resort, und genau dafür brauche ich Einfluss auf Herrn Dr. Reinhausen. Passen Sie auf, Angela, sollte Reinhausen nach der Avatarbehandlung Zweifel haben, dann lassen Sie ihn diese Nummer anrufen. Dies ist unser kleiner Telefonjoker. Mein Geschenk an Sie. Allerdings liebe Frau Wahl«, jetzt schiebt Graves sein Gesicht ganz dicht an das der überraschten Angela Wahl, »allerdings müssen Sie mir versprechen, dass Sie Professor Mentoff gegenüber diesen Joker nie erwähnen. Er wär sonst böse auf uns beide. Alles klar, meine Liebe? Soll nicht Ihr Schaden sein.«

Graves dunkler Blick bohrt sich in Angela Wahls Augen. Sie steht plötzlich vor einer Entscheidung. Sie bewundert Mentoff für seine fachliche Genialität. Sie hat durchaus mehr für Mentoff empfunden als nur Sympathie und professionelle Nähe. Sie weiß aber auch, dass Mentoff in ihr nur eine unscheinbare Kollegin sieht. Der große Professor hat sie nie als Frau wahrgenommen. Und plötzlich versteht sie, dass ihr Graves indirekt ein Angebot macht. Sie schuldet Mentoff nichts. Als sie antwortet, spürt sie, dass ihre Stimme belegt ist.

»Ein neues Haus braucht eine medizinische Leitung, haben Sie, lieber Herr Graves, schon jemand im Auge für diese Position?«

Graves lacht anerkennend, dann schaltet er blitzschnell um und flüstert: »Liebe Angela, ich sehe wir verstehen uns.«

Mitch ist nach sieben Stunden Fahrt im Bamboo angekommen. Er parkt vor dem Haupthaus, streckt sich, genießt die klare Bergluft, atmet tief durch, schlendert dann fasziniert in das angebaute Glashaus.

»Tropical Island mitten in den Alpen, auf die Idee musst du auch erst mal kommen«, murmelt er. Er bekommt ein schönes großes Zimmer, wehrt sich gegen aufkommende Urlaubsgefühle, er ist nicht zum Spaß hier. Er packt die paar Sachen aus, die er in seine Reisetasche geworfen hat, nimmt seine Technik in Betrieb, schaut auf die Uhr, und sieht, dass in wenigen Minuten sein Südtiroler Kollege unten ankommen müsste. Mitch steht auf seinem Balkon, ihm gegenüber liegen die Berge, die das Martelltal begrenzen.

Vernon Graves hat gerade sein Büro betreten, als das Telefon, das er nur für die Kommunikation mit Cheryl Cruz verwendet, klingelt. »Cheryl, was gibt es?«

»Wollte dir nur doppelten Vollzug melden, erstens habe ich das Handy unseres geschätzten Bankers übernommen, zweitens sitze ich hier in einem spießigen Wohnzimmer mit einem zu Tode erschrockenen älteren Herren und frage mich, was ich hier soll?«

»Super, Cheryl, kriegst in wenigen Minuten eine Mail, die dir alles erklärt. Danke und viel Glück.«

Der Pfleger hat Reinhausen wieder in den unterirdischen Bereich des Paradise Mountain Resorts gebracht, beide stehen vor der

Tür des Raumes Z und warten auf Einlass. Die Tür öffnet sich, der Pfleger zieht sich zurück, Reinhausen betritt den Regiebereich. Neben Dr. Wahl sieht er eine leicht asiatisch aussehende Frau, die ihm als Dr. Janet Tamarata vorgestellt wird, eine Anästhesistin.

Dr. Wahl, noch ziemlich aufgeregt von dem Gespräch mit Graves, bittet Reinhausen, sich auf die Liege zu legen. »Machen Sie es sich bitte bequem, entspannen Sie sich, ich glaube wir werden bis heute Abend einen guten Schritt weiter sein.«

Reinhausen schließt die Augen, Janet Tamarata spritzt ihm eine geringe Dosis Propofol, der Politiker schläft friedlich ein.

Jetzt beginnt Angela Wahl zu wirbeln. »Meskalingabe vorbereiten. Regie für Z, auf 1 bitte die Fahrtaufnahmen einspielen, auf 2 dann die Avatarsequenz.«

Janet Tamarata reckt den Daumen hoch, Reinhausen macht gerade zum ersten Mal in seinem Leben mit einer Droge Bekanntschaft.

»Bitte die Brille aufsetzen, Janet weck ihn langsam auf, ganz langsam. Einspieler eins los, als Schleife gut fünf Minuten laufen lassen.«

Reinhausen macht unruhige Kopfbewegungen, auf dem Kontrollmonitor beobachtet Dr. Wahl die Bilder, die er intensiv erlebt.

Reinhausen sieht mit hoher Geschwindigkeit Landschaften vorbeifliegen, die Fahreindrücke sind völlig anders als gewohnt. Erst versteht er nicht, warum, dann kapiert er den Perspektivenwechsel, er sitzt auf dem Fahrersitz, blickt direkt nach vorne, sieht die enger werdende Landschaft rechts und links des Straßenrandes. Er hat das Gefühl in einen Tunnel zu rasen, immer schneller, das Licht verschwindet, es ist stockduster, und trotzdem spürt er die Geschwindigkeit.

»Einspieler zwei ab, jetzt.«

Reinhausen atmet heftig, sein Blutdruck ist bei 170 zu 85, Puls 92.

Plötzlich sieht er die Straße in der Nähe seines Büros. Vor ihm erscheint eine graue Gestalt, die ihm völlig vertraut vorkommt. Die Figur sieht aus wie er, er erkennt die Gestalt wieder, die seinen Herzschlag mit ihm teilt, er erkennt sich selbst.

Es ist dämmrig auf der vertrauten Straße. Ohne zu zögern öffnet der graue Freund die Fahrertür, startet den Wagen, fährt los. Es wird jetzt draußen dunkel, er nimmt verwischte Straßenlaternen wahr, ihr rötlicher Lichthof verformt sich beim Vorbeifahren zu einem Schweif.

Reinhausen keucht. Sein Blutdruck steigt.

Er beschleunigt, biegt sehr schnell nach rechts in eine kleine Straße ab, hört das Quietschen der Reifen auf dem Kopfsteinpflaster, das Licht wird rötlicher, ein Schatten huscht von rechts über die Fahrbahn. Er hört einen hässlichen Aufschlag, dann das Splittern von Glas, plötzlich knallt mit großer Wucht der Kopf eines Jungen auf die Frontscheibe des Wagens. Weit aufgerissene Augen starren Reinhausen an. Er kennt den Jungen, er kennt ihn genau. Normalerweise ist der Junge schwarzweiß, sitzt im Abendlicht am Meer, schaut gedankenverloren in die Ferne. Häufig hat sich Reinhausen im Internet in dem Gesicht dieses Jungen verloren. Jetzt sieht er ihn wieder, durch geborstenes Glas, durch Risse und Blut. Ein erstickter Schrei kommt aus seinem weit geöffneten Mund.

Janet steht auf, eine weitere Propofol-Injektion lässt Reinhausen zur Ruhe kommen.

Mitch hat seinen Meraner Kollegen auf einen Drink an den Pool eingeladen. Mitch ist noch durstig von der Fahrt, er trinkt Bier, der Kollege bestellt Espresso und Grappa.

Mitch plaudert nicht lange herum, erklärt, dass er dringend Informationen über das PMR sucht. Der Meraner Journalist schüttelt wissend den Kopf. »Haben wir auch recherchiert, sind aber nie sehr weit gekommen. Heute beschäftigt sich eigentlich nur unser Klatschdepartement mit dem Schuppen. Da steigen recht viele Promis ab, man hört wilde Geschichten über Handyverbote, Ausgangssperren, scheint so eine Art goldener Käfig zu sein. Hartnäckig hält sich das Gerücht, dass die mit Drogen experimentieren. Kann ich aber nicht bestätigen. Was wir wissen und sehr komisch finden ist Folgendes: Bei den Umbauten wurde für ein Schweinegeld ein mehrstöckiger Keller unter das alte Gebäude gebohrt. Sehr aufwendig. Auffällig auch, dorthin wurde eine Unmenge TV–Spielsachen geliefert, die haben ein virtuelles

Studio, haben Schneideräume, beschäftigen Cutter. Wir haben ein paarmal in den Kneipen hier mit Angestellten gesprochen. Dort arbeitet in der Technik eine komplette Multikulti-Truppe, viele Amerikaner, Deutsche, Engländer. Einheimische eigentlich nur im Service, in der Pflege und in der Küche. Die meisten der Typen da oben sind junge Computerfreaks, die verdienen richtig gut und bewundern blind den Chef, Professor Carlos Mentoff. Sie sehen in ihm einen tollen Wissenschaftler, der komplett neue Wege geht. Es ist ruhig geworden um das PMR, bis jetzt, ja bis zum Tod der Ferrata.«

Mitch bestellt noch ein Bier, der Kollege noch einen Grappa, aber viel mehr bekommt Mitch von seinem Kollegen nicht zu hören.

Langsam wacht Reinhausen aus einem tiefen Schlaf auf.

Er öffnet mühsam die Augen, sieht Angela Wahls Gesicht, die ihn erwartungsvoll anblickt.

»Wie geht es Ihnen Herr Dr. Reinhausen? Alles klar? Atmen Sie ruhig, kommen Sie zur Ruhe.«

Reinhausen versucht sich zu sortieren. Er ist verwirrt, findet keine Worte für das Erlebte. »Was für einen kranken Film haben Sie mir da vorgespielt? Woher kennen Sie den Jungen?« »Ich kenne den Jungen nicht, Dr. Reinhausen, Sie kennen den Jungen, Sie kennen ihn gut. Was Sie gerade erlebt haben, sollten Sie ernst nehmen, das war kein von mir gemachter Film, das ist eine echte Erinnerung, Ihre Erinnerung. Unsere Methode stimuliert Erinnerungen, wir sind für die Inhalte nicht verantwortlich.«

»Woher wissen Sie dann, was ich gesehen habe?«

»Von Ihnen, nur von Ihnen, Sie haben fast unablässig gesprochen, Sie haben von dem Jungen erzählt, haben Ihre tiefe Zuneigung zu ihm geschildert, haben um ihn geweint.«

»Das ist doch völliger Quatsch, wie kann ich einen Jungen überfahren, den ich aus dem Internet kenne, der wahrscheinlich in Kalifornien lebt, wie kann ich den dann in Schwerin überfahren?«

»Herr Dr. Reinhausen, Sie haben nicht diesen einen Jungen überfahren, was Sie aber akzeptieren müssen, ist dass Sie *einen* Jungen überfahren haben. Darüber existiert ein Polizeiprotokoll. Allerdings eines, das auf Falschaussagen beruht. Denn Sie sind an dem Abend gefahren, nicht Ihr Fahrer. Er hat die Schuld auf sich genommen, Sie waren der Fahrer, daher Ihre heftige psychische Reaktion, daher konnten Sie kein Auto mehr betreten. Sie haben ein doppeltes Schuldgefühl, einmal auf Grund Ihrer Zuneigung zu Jungen, die Sie sich selbst nie wirklich zugegeben haben, und zweitens wegen des von Ihnen verschuldeten Unfalls. Jetzt, da wir das wissen, können wir daran gehen Ihre Blockade zu lockern, deswegen sind Sie schließlich hier.«

»Dr. Wahl, hören Sie bitte mit diesem Psychoschnickschnack auf. Wollen Sie mir allen Ernstes erzählen, ich hätte an diesem Abend das Auto selbst gesteuert? Das ist kompletter Unsinn, ich fahre nie den Mercedes, der Wagen kommt mit Fahrer. Immer.«

Dr. Wahl zuckt mit den Schultern, wirft Reinhausen, der trotz aller Gegenwehr extrem mitgenommen aussieht, einen fast mitleidigen Blick zu. Sie greift zu dem Telefon, tippt eine Nummer ein.

»Hallo Vernon, ist Ihr Joker bereit?«

Mitch hat früh zu Abend gegessen, das Bamboo bietet eine offene Show-Küche mit einem vorzüglichen Angebot, italienisch-asiatisch cross over. Mitch hat Hunger, er haut rein, trinkt dazu eine köstliche Flasche Lagreiner von Elena Walch.

Kurz vor acht steht er auf, nimmt Glas und Flasche mit, läuft vor zum Lounge Bereich.

Er wartet auf Claire Bergmann.

Er erinnert sich an die Pressekonferenz nach dem Tod der Ferrata. Da hat er Claire Bergmann im TV gesehen, als sie die Pressekonferenz im Waldheim eröffnet hat.

Wenige Minuten nach acht sieht er eine mittelgroße dunkelhaarige Frau die Bar betreten.

Sie trägt enge Jeans, ein weißes Top unter einem klassischen schwarzen Blazer. Sie hat ihre vollen Haare nach hinten zu einem Zopf gebunden. Sie wechselt ein paar Worte mit der Dame hinter der Bar, die kurz überlegt und dann in Mitchs Richtung zeigt.

Mitch federt hoch, stellt seinen Bauch auf schlank, legt ein strahlendes Lächeln auf.

Claire bestellt einen Prosecco, die beiden stoßen an.

»Was führt einen Frankfurter Journalisten in den Vinschgau. Was kann ich für Sie tun, Herr Berger?« Claire Bergmann lächelt ihn verbindlich an.

Dienstleistungslächeln, denkt Mitch, der aber die Dame ausgesprochen sympathisch findet. Er bewundert den zarten natürlichen Schwung ihrer Lippen.

»Toll, dass Sie sich die Zeit genommen haben. Wie gesagt, es geht um das Paradise Mountain Resort, und es handelt sich um eine leider etwas längliche Geschichte.«

»Wenn die Geschichte gut ist, habe ich Zeit Herr Berger.«

Dr. Angela Wahl blickt zu Reinhausen, sie hält immer noch den Telefonhörer in der Hand. Sie tippt eine längere Nummer mit deutscher Vorwahl ein.

Reinhausen beobachtet sie gespannt.

Jetzt erhält Dr. Wahl ein Freizeichen.

Es knackt, eine ältliche Stimme meldet sich.

»Schuhmann hier, was möchten Sie?«

»Einen Moment, ich verbinde.«

Sie reicht Reinhausen, der sie mit einem verzweifelten Gesichtsausdruck anstarrt, den Hörer.

»Wer ist da dran?«

»Nehmen Sie schon, Ihr Fahrer.«

Aus Reinhausens Gesicht entweicht die Farbe.

»Schuhmann, sind Sie das?«

»Ja Schuhmann hier, Herr Dr. Reinhausen, ich dachte Sie wären im Urlaub, was kann ich für Sie tun?«

»Schuhmann, bitte seien Sie ehrlich, der Unfall neulich, bei dem der Junge am Kopf verletzt wurde, wer hat da den Wagen gefahren, Sie oder ich?«

Schweigen in der Leitung, Reinhausen hört nur Rauschen, dann Schuhmanns Stimme.

»Sie, Chef, Sie sind gefahren.«

Man hört Reinhausen jetzt die blanke Verzweiflung an.

»Schuhmann, wie ist das möglich, ich fahre nie den Wagen.«

»Stimmt Chef, aber an dem Abend haben Sie mich gebeten auszusteigen, Sie hätten noch etwas Privates vor. Eine gute

Stunde später haben Sie angerufen, glücklicherweise ganz aus der Nähe meiner Wohnung, Sie haben geschrien, komm sofort, sofort. Ich bin um die zwei Ecken gerannt, sah den Wagen und den Jungen davor. Dann haben wir den Notarzt und die Polizei gerufen. Sie haben mich gebeten, die Verantwortung zu übernehmen. Sie wollten nicht die Schlagzeilen im Wahlkampf, haben mir versprochen, alle möglichen Konsequenzen für mich auszugleichen.«

»Danke, Schuhmann, danke, das werde ich Ihnen nicht vergessen.«

Reinhausen legt auf, wischt sich den Schweiß von der Stirn.

»Das glaube ich nicht, das glaube ich nicht. Wie kann das sein, alles weg, keine Erinnerung.«

»Deswegen sind Sie hier bei uns, Dr. Reinhausen. Kommen Sie, ich bringe Sie auf Ihr Zimmer, Sie brauchen jetzt Ruhe und ganz viel Schlaf.«

Reinhausen erhebt sich wie ein alter Mann, schwerfällig und müde.

In einem kleinen graubraunen Haus am Rande von Schwerin federt Cheryl Cruz aus einem abgewetzten Sessel. Sie senkt eine großkalibrige Waffe. »Na alter Mann, geht doch. Gut gemacht.« Sie greift in ihre Handtasche, holt einen fetten Umschlag heraus.

»Ich weiß genau, dass Ihre Frau behindert ist und im oberen Stockwerk liegt.« Sie wirft den Umschlag auf den Couchtisch.

»Das sind 50 Hunderterscheine, nehmen Sie es als Weihnachtsgeld für sich und Ihre Frau.«

Sie zückt ihr Handy, macht ein Foto des Fahrers, der staunend das Geld betrachtet.

»Und vergessen Sie nie, falls Sie nachträglich Gewissensbisse kriegen, dieses Foto beweist, hier gab es keine Pistole, hier gab es nur Geld. Und vergessen Sie auch nie, ich weiß immer, wo ich Ihre liebe Frau finde. Also Maul halten, Geld ausgeben und brav sein.«

Cheryl lacht verächtlich, verlässt das einfache Haus und läuft zu ihrem Wagen. Sie muss sich beeilen, will noch den letzten Flieger zurück nach Frankfurt schaffen.

Mitch bemerkt gerade, dass ihm das Gespräch mit Claire Bergmann gefällt. Ihr Lachen hat nichts dienstleistungsmäßiges mehr, ist offen und sympathisch. Sie kann ihre Lippen ungemein attraktiv kräuseln, als sie im Gespräch einmal ihre Hand sanft auf Mitchs Arm legt, bereut der, nicht schon viel früher nach Südtirol gekommen zu sein.

Mitch beschreibt gerade den Brief, den er von der Ferrata bekam, der Brief, mit dem alles anfing. »Sie schrieb, sie werde manipuliert, sie werde gegen ihren Willen festgehalten, ihr würden Sachen unterstellt, die sie nie begangen habe.«

Claire antwortet schnell: »Das passt. Wir haben ein Tape, Sie können das morgen sehen, auf dem immer wieder der Unfall durchgespielt wird, immer aus der Fahrerperspektive, gerade so, als wolle man ihr einhämmern, dass sie gefahren ist. Ich weiß andererseits, dass Carlos an seinem neuen Ansatz in der Konfrontationstherapie ernsthaft wissenschaftlich gearbeitet hat. Carlos ist kein Schlechter – oder war kein Schlechter. Bei Graves sieht das anders aus. Und ich glaube, dass mittlerweile Graves das Lenkrad übernommen hat.«

Das ist das Stichwort für Mitch, der jetzt beginnt, sein London Abenteuer zu erzählen. Claire ist sprachlos, dass Mentoff detaillierte Informationen über seine Patienten kauft. Und ist entsetzt, als Mitch von dem Schuss auf Boultner erzählt.

»Er hat auf ihn geschossen, nur weil er gefilmt wurde? Ist das wirklich wahr, Herr Berger?«

Mitch nickt bestätigend.

»Sie haben von einer Liste mit Namen gesprochen, die Sie in London gefilmt haben, was waren das für Namen?«

»Wir haben leider nur zwei Namen von vieren verifizieren können. Einen kennen Sie, das ist Peer Hollbach, der zweite ist ein deutscher Politiker, ein gewisser Dr. Werner Reinhausen.«

Mitch bemerkt, dass Claire blass wird. »Verdammt, beide laufen bei uns als sogenannte VIP-Patienten, Sonderbehandlung, für beide wurde ein großer Rechneraufwand bestellt, beide werden von Dr. Angela Wahl betreut.«

»Sie sagen ›beide‹, war denn Reinhausen auch schon im Paradise Mountain Resort?«

Claire schüttelt den Kopf. »Dr. Reinhausen ist zurzeit unser Gast.«

Mitch starrt sie an.

»Er ist jetzt da oben?«

»Ja, wenn ich die Pläne richtig im Kopf habe, wird er zur Stunde von Dr. Wahl im Raum Z behandelt.«

»Was ist Raum Z?«

»Der Konfrontationsraum, in dem mit virtueller Realität gearbeitet wird. Kann ich Ihnen aber nicht genau sagen, Mentoff hat die Details der Behandlung immer vor mir abgeschirmt. Angela Wahl ist seine Vertraute, und bis zur Panne mit der Ferrata auch Tanner.«

»Wieso sagen Sie Panne?«

»Es gibt eine Aktennotiz, dass man nur Handlungen, Taten simulieren darf, die sich die Probanden selber zutrauen würden. Das hat Tanner bei der Ferrata wohl falsch gemacht.«

»Mensch, das klingt doch aber total danach, als würden den Leuten Sachen vorgegaukelt, die sie gar nicht zu verantworten haben.«

Claire schüttelt den Kopf. »Nicht unbedingt, das kann auch genau der neue Ansatz von Carlos sein, er lotet verborgene Ängste aus, visualisiert sie mit modernster Technik und lässt sie dann in therapeutischer Absicht auf die Patienten los.«

»Wer ist diese Angela Wahl? Sie haben sie jetzt schon ein paar Mal erwähnt.«

Claire muss lachen. »Sie sieht ein wenig aus wie ihre deutsche Namensvetterin. Nein, ernsthaft, sie ist deutlich jünger als die Kanzlerin, neigt ein wenig zur Korpulenz, ist eine äußerst fähige Ärztin und, wenn Sie mich fragen, ein wenig in Carlos verliebt. Hat allerdings bei ihm keine Chance, sie entspricht überhaupt nicht seinem Beuteschema, zu dick, zu spießig.«

Mitch nickt, lächelt. »Und wie ist das bei Ihnen? Das ist wohl schon eher sein Beuteschema, oder?«

»Das, Herr Berger, erzähle ich Ihnen vielleicht, wenn wir uns besser kennengelernt haben.«

Mitch nickt, legt seine Hand auf ihren Arm. »Sagen Sie doch bitte Mitch zu mir.«

13

Mitch genießt das gutsortierte Frühstücksbuffet im Bamboo. Er hat beschlossen, auf seinen Kardiologen und die Cholesterinwerte zu pfeifen und vertilgt gerade mit wachsendem Vergnügen zwei Spiegeleier mit Speck, die von einer sehr sympathischen dunkelhaarigen Dame frisch zubereitet wurden. Sein auf lautlos gestelltes Handy beginnt aufgeregt zu vibrieren. Mitch schaut auf das Display, eine unterdrückte Nummer. Er steht auf, geht hinaus vor das Restaurant in die morgendliche Frische der Berge.

Am Telefon meldet sich Peter Zerber, Mitchs Vertrauter beim Bundesamt für Verfassungsschutz. »Toll, Peter Zerber, besten Dank für den Rückruf. Ich verspreche, das wird nicht zu einer festen Gewohnheit, dass ich mich alle paar Tage mit einer Bitte bei dir melde.«

»Mitch, kein Problem. Ich habe dir auf Julians Beerdigung versprochen, dass ich dir helfe, das bin ich meinem toten Freund schuldig.«

Mitch schluckt, muss urplötzlich mit den Tränen kämpfen. Julian Mahler war ein aufrechter Verfassungsschützer gewesen, der Mitch bei seinem letzten großen Abenteuer unendlich geholfen und der dafür mit seinem Leben bezahlt hat.

»Mitch, pass auf, ich rufe an wegen des Fotos, das du mir geschickt hast. Die hübsche Dame war nicht leicht zu knacken. Wir haben nichts über sie. Aber ein Kollege, der für uns die Verbindung zum BKA hält, ist fündig geworden. Und zwar, halte dich fest, in den Daten der OK-Abteilung, also bei der Organisierten Kriminalität. In Deutschland ist die Frau sauber, aber sowohl das FBI als auch die Italiener haben umfangreiche Akten über sie. Es gibt keinerlei Verurteilung, aber eine Menge Verdachtsmomente. Pass verdammt auf, ich weiß, du hast schon einiges hinter dir, aber diese Dame spielt wahrscheinlich in einer sehr extremen Liga. Sie soll Mafiakontakte haben, soll als Drogenkurierin gearbeitet haben. Sie arbeitet freiberuflich, gehört zu keiner festen

Struktur und kann sich trotzdem in der Szene halten. Das Härteste, was über sie zu finden war, ist eine FBI-Einschätzung, in der man sie verdächtigt, eine Auftragskillerin zu sein. Wenn es irgend geht, halt dich fern von der Dame. Sie hat mehrere Namen, nach dem aktuellsten Eintrag der Italiener nennt sie sich zurzeit Cheryl Cruz. Übrigens, ich habe bei der Dame auch an deine letzte Anfrage denken müssen. Vom Profil her passt sie perfekt zu dem Sicherheitschef Vernon Graves – haben die beiden was miteinander zu tun? Übrigens, wo steckst du eigentlich gerade?«

Mitch zögert einen Moment, dann sagt er die Wahrheit. »In Südtirol, ein kleiner Ort namens Goldrain.«

Zerber kapiert sofort.

»Kann es sein, dass dieses Goldrain in der Nähe des Paradise Resorts liegt?«

»Ja, ziemlich nah sogar.«

»Mitch, wenn du vorhaben solltest, in diese verdammte Klinik einzumarschieren, dann kann ich dir nur abraten. Sowohl Graves als auch Cruz sind Leute, mit denen du dich nicht ohne Grund anlegen solltest.«

»Wer sagt dir, dass ich keinen Grund habe?«

»Mitch, okay, du bist ein sturer Hund. Pass auf dich auf, die Leute vom PMR sind gut vernetzt. Ich kenne zwar ein paar italienische Kollegen, glaube aber, dass ich dir im Endeffekt da wenig helfen kann.«

»Peter, lass gut sein, du hast mir schon mehr als genug geholfen. Sollte ich in die Scheiße geraten, melde ich mich.«

Mitch legt auf, will zu seinem Frühstück zurück, beschließt dann aber sich erst eine Zeitung zu holen. Eine freundliche junge Dame schickt ihn zu einem Supermarkt gegenüber. Mitch schlendert über die Straße, als mit ziemlichem Tempo ein pechschwarzer Maserati-SUV an ihm vorbei röhrt. Mitch liest in Goldbuchstaben Paradise Mountain Resort auf den Seitentüren. Der Wagen beschleunigt und verschwindet schnell. »Was immer ihr da oben macht«, murmelt Mitch, »ihr macht es mit Stil.« Mitch betritt den kleinen, exzellent sortierten Supermarkt, freut sich über ein ausladendes Flaschenregal, bekommt an der Kasse von einer gutgelaunten Dame einen schönen Urlaub gewünscht, schnappt sich seine FAZ und kehrt zum Frühstück zurück.

Nach zwei köstlichen Espresso ruft Mitch, der Speisesaal hat sich inzwischen geleert, bei Giovanni Müller an. Claire hat ihm gestern die Nummer gegeben und heute Morgen seinen Anruf angekündigt.

Giovanni hat heute Vormittag frei, er ist bereit, Mitch sofort zu treffen. Mitch macht sich auf den Weg in den alten Ortskern, überquert die Etsch. Giovanni wohnt in einem schönen alten Fachwerkhaus, eine Bäuerin hat den beiden Angestellten des PMR den zweiten Stock vermietet. Mitch schnaubt die recht steile Treppe nach oben. Giovanni begrüßt ihn freundlich mit Handschlag in der Tür. Mitch tritt ein, staunt dann über das Wohnzimmer, das sich Giovanni und Tony Raben geteilt haben. Eine merkwürdige Mischung aus bäuerlicher Stube mit einem schönen alten Ofen und einem High Tech-Laden, auf dem Tisch und in einem großen Regal eine State of the Art-Sammlung modernster digitaler Spielzeuge. Mitch stellt sich kurz vor, erklärt sein Bedauern über den Tod von Tony. Giovanni, offenbar kein Freund langer Reden, knallt einen Laptop auf den Esstisch, startet eine DVD. Mitch sieht die endlosen Fahrsequenzen, mal ein Ferrari von außen, dann Bilder, aufgenommen aus der Perspektive des Fahrers.

»Weißt du«, Giovanni mustert Mitch, »du warst ja wohl mal beim Fernsehen, das hier ist völlig anderes Material. Tony war Cutter, ich bin Techniker und Kameramann. Als wir im PMR anheuerten, wurde uns klar gesagt, wir würden hier keine Kunstfilme produzieren, sondern Bilder, die zu therapeutischen Zwecken eingesetzt werden. Also bräuchten wir gar nicht erst auf die Idee kommen zu fragen, was wir da eigentlich drehen. Aber, es wurde äußerster Wert auf technische Brillanz des Materials gelegt. Ich kann dir auch sagen warum. Diese Bilder werden alle wieder und wieder durch den Rechner gejagt, sie werden zur Grundlage von neuen Bildern, die überhaupt erst errechnet werden. In diese Fahrsequenz zum Beispiel kannst du später eine Person, die am Steuer sitzt, einkopieren, oder im virtuellen Raum kann auch ein Avatar am Lenker sitzen.« Mitch schwirrt der Kopf, ihm ist schwindelig. Es hat einen gewissen surrealen Reiz, in einer von einem alten Bollerofen geheizten Tiroler Bauernstube über CGIs, Computer Generated Images, und über Avatare zu reden.

In Mitchs Kopf arbeitet es.

»Ein Freund von mir, der bei euch in Behandlung war, hat mir Folgendes erzählt: Er sieht eine Frau in einen Glastisch stürzen und hat dabei das Gefühl, der Tisch zersplittere bereits eine Zehntelsekunde bevor der Körper hineinkracht. Kann es sich dabei um so ein bearbeitetes Bild gehandelt haben?«

Giovanni lacht. »Aber hallo, da hat ein lieber Kollege im Schnitt schlampig gearbeitet. Sowas ist eine leichte Übung, siehst du im Kino dauernd. Du lässt ein schweres längliches Objekt auf den Glastisch krachen und kopierst dann eine fallende Frau darüber. Was du allerdings brauchst, sind mindestens vier Glastische, sowas klappt nie beim ersten Mal.«

Giovanni hat aus der Küche einen Obstler geholt, sie stoßen miteinander an.

»Wer war dein Bekannter?« fragt Giovanni.

»Ein Banker, Peer Hollbach, er war letzte Woche hier.«

Giovanni nickt. »Ich erinnere mich, war ein ziemlich aufwendiger Dreh. Claire hat mir alles erzählt, wir werden in einer der nächsten Nächte versuchen an das Material ranzukommen. Wird nicht einfach, Vernon Graves ist ein Kontrollfreak, aber ich bin dran.«

Mitch verabschiedet sich, schlendert über die Dorfstraße, setzt sich auf eine Bank, kramt sein Handy hervor und ruft Hollbach an. Er erwischt den Banker bei einem Latte macchiato in der Cafeteria des 29. Stocks des Manhattan Trust Gebäudes in Frankfurt. Hollbach klingt müde und angestrengt, die Situation zehrt an seinen Nerven.

»Hollbach, hör zu, ich komme gut voran, habe gerade ein aus dem Rechner des Resorts illegal kopiertes Band gesehen. Ein Typ hat mir das alles erklärt. Ich bin mir fast sicher, dass du ein Fake gesehen hast. Du hast die Lady nicht in den Tisch geknallt. Die Lady ist ein hochgefährlicher Profi und keine Malle-Partymaus. Die haben nichts in der Hand, um dich zu erpressen.«

»Mitch, danke für deine Mühe, aber ich glaube dir nicht. Ich habe gesehen, was ich gesehen habe. Ich habe diese wahnsinnige Wut gespürt, das war meine Aggression, ich fühle sie bis heute, da war alles echt. Ich habe das nun mal gemacht, da kann ich nichts mehr dran ändern.«

»Hollbach, rede keinen Scheiß, was hast du vor?«

»Weiß ich noch nicht, ich kann denen unmöglich die verlangte Info geben, ich arbeite hier 16 Stunden am Tag mit den Kollegen, die kann ich nicht einfach verraten.«

»Hollbach, gib mir noch zwei Tage, dann habe ich die Nummer hier kapiert und dann können wir, so Gott will, sogar beweisen, was hier abgeht.«

Hollbach seufzt nur und Mitch beendet das Gespräch mit einem ganz miesen Gefühl.

In einer Suite des Frankfurter Hofs summt das Mobiltelefon von Cheryl Cruz.

Ihre Spionage-App meldet eine Aktivität auf Hollbachs Telefon. Sie studiert die Daten, registriert einen Anruf aus Italien. Sie aktiviert die Funkzellensuche und bemerkt beunruhigt, dass der Anruf zwar von einem deutschen Telefon kam, der Anrufer sich aber in der der Nähe des Paradise Mountain Resorts aufhalten muss. Sie wählt die Nummer von Vernon Graves. Der lässt alles andere stehen und liegen, verspricht Cheryl den Anrufer sofort zu identifizieren.

Nach nur zwei Telefonaten starrt Graves auf seinen Bildschirm, die Antworten auf seine Anfragen trudeln ein. Die Nummer gehört einen Mathias Berger aus Frankfurt, keine Berufsangabe eingetragen. Graves beginnt Mathias Berger zu googeln und er braucht keine drei Minuten, um zu verstehen, dass es ein verdammtes Problem gibt. Graves flucht vor sich hin.

»Fuck, der Mann ist Journalist, noch dazu einer der miesesten Sorte, ein investigativer Berufsschnüffler. Und der hängt mit Hollbach zusammen, ausgerechnet mit unserem momentan wichtigsten Projekt. Und der Drecksack steckt hier irgendwo in der Gegend, in Latsch, Goldrain oder Morter. Ich werde die Hotels abtelefonieren, den Mann muss ich finden, bevor er bei uns vor dem Tor steht.«

Dann findet er bei Google Bilder, ein Foto von Mitch Berger, Graves erstarrt, er kennt den Typen, er holt sein Handy, sucht das Foto, das ihm Cheryl neulich vom Flughafen geschickt hat. Kein Zweifel, Mitch Berger ist Claires Verfolger.

Graves knallt seine geballte Faust auf den Schreibtisch.

Am späteren Vormittag erscheint Dr. Werner Reinhausen im Vorzimmer von Professor Mentoff und wird sofort empfangen.

»Nehmen Sie doch Platz Herr Dr. Reinhausen, haben Sie sich von den gestrigen Erlebnissen etwas erholt? Der erste Blick in unsere inneren verschütteten Welten ist immer ein Wagnis, erfordert viel Kraft und auch Selbstdisziplin.«

»Professor Mentoff, ich muss gestehen, dass Sie mich ganz gewaltig verunsichert haben, bis zu dieser Minute, in der ich vor Ihnen stehe. Was haben Sie mir da serviert? Ihre Ärztin versucht mir zu erklären, dass alles, was ich gestern erlebt habe, eine Art Realtraum gewesen sei, ein Traum, der aus mir, aus meinen Erinnerungen gekommen sei. Es fällt mir schwer, das zu glauben. Sie haben hier eine Menge Zaubertechnik aufgebaut, Sie trüben mein Bewusstsein mit Drogen, ich hatte zunächst sogar den Verdacht, dass Sie mir einen Film vorgespielt haben, der nichts mit mir zu tun hat.«

»Lieber Herr Reinhausen, warum denken Sie in Widersprüchen, ich glaube, die Wahrheit ist beides. Ja, wir setzen Technik ein, auch bei Ihnen, ja, Sie sehen zum Teil von uns vorgegebene Bilder, aber eben nur zum Teil. Auf dem Regiestuhl sitze nicht ich, sondern sitzt immer der Patient. Wollen wir offen reden?«

Reinhausen nickt.

»Gut, worum geht es hier? Sie, werter Herr Dr. Reinhausen, haben eine gewisse Sehnsucht nach schönen Knaben, ein unschuldiges Gefühl, ein in keiner Weise strafbares Gefühl. Davon aber haben Sie uns gegenüber nichts erwähnt. Warum? Weil Sie eine panische Angst vor diesem Teil Ihrer Persönlichkeit haben, weil Sie wissen, dass diese Seite Ihrer Seele Ihre Karriere kaputtmachen kann. Wir haben vor der Frage gestanden, warum hat ein Unfall mit einem Jungen Sie dermaßen verunsichert? Von dieser Frage mussten wir ausgehen, und bei der Antwort hat Ihr Unterbewusstsein uns geholfen, wir haben zum Beispiel Ihre Reaktionen auf eingespielte Bilder getestet.«

»Professor Mentoff, Sie sagen also allen Ernstes, der Unfall ist genauso geschehen, wie ich ihn gestern erlebt habe?«

»Zum Teil ja, zum Teil nein. Ihr Traumerlebnis gestern ist ein Interpretationsversuch, keine Faktensammlung.«

»Wissen Sie, was mich gestern mehr als alles andere verängstigt, aber auch überzeugt hat, dass alles tatsächlich so war?«

»Nein«, Mentoff ist erleichtert, Reinhausen hat gerade zum ersten Mal signalisiert, dass er an den Traum glaubt.

»Nun, schmerzhaft real wurde das alles erst, als ich mit meinem Fahrer telefoniert habe und er alles bestätigt hat.«

Mentoff glaubt einen Moment nicht richtig verstanden zu haben. »Wann haben Sie mit Ihrem Fahrer telefoniert?«

»Na gestern, unmittelbar nach dem Aufwachen. Ihre Frau Dr. Wahl hat mir den Hörer in die Hand gedrückt. Mein Fahrer hat dann tatsächlich bestätigt, dass ich gefahren bin.«

Mentoff hat plötzlich Probleme sich zu konzentrieren.

Was Reinhausen da gerade erzählt, bedeutet, dass die kleine harmlose Angela Wahl, wahrscheinlich auf Geheiß von Graves, in unverschämter Weise in seine Versuchsanordnung eingegriffen hat.

Und, dass sie damit gewonnen hat.

Wie zum Teufel hat Graves den Fahrer dazu gebracht, diese Aussage zu machen?

Er schüttelt verächtlich den Kopf. Natürlich, auf Graves Lieblingsmethode, mit Gewalt wahrscheinlich. Mentoff will jetzt sofort mit Graves sprechen – aber erst einmal das Gespräch mit Reinhausen beenden.

»Dr. Reinhausen, Sie sollten jetzt aufhören zu grübeln, es nützt nichts, das jetzt alles noch ein paarmal intellektuell hin und her zu denken. Es ist eine emotionale Sache. Sie sollten sich heute verwöhnen lassen, Pool, Massagen, schlafen Sie ein wenig in unserem Panoramaraum. Dr. Wahl wird Sie dann ansprechen und die nächsten Schritte mit Ihnen planen.«

Mentoff steht auf und verabschiedet seinen Gast.

»Auf ein Wort noch Dr. Reinhausen, Ihr kleines Geheimnis ist bei uns bestens aufgehoben. Das Paradise Mountain Resort ist stolz auf seine Diskretion.«

Kaum ist die Tür hinter dem Politiker ins Schloss gefallen, greift Mentoff zum Telefon.

»Vernon, ich muss mit dir reden, sofort. Komm in mein Büro, augenblicklich.«

Graves ahnt, was auf ihn zukommt, kaum hat er die Tür zu Mentoffs Zimmer hinter sich geschlossen, fängt der an zu toben.

»Vernon, das war ein Schuss zu viel. Mir stinkt es seit geraumer Zeit, dass du dich hier als der Oberaufseher gerierst, aber jetzt hast du dich in meinen ureigensten Bereich eingeklinkt, in die medizinische Arbeit. Außerdem stiftest du meine Ärzte an, sich mir gegenüber illoyal zu verhalten. Wir brauchen nicht unsere ewige Grundsatzdebatte zu wiederholen, hör einfach zu: Dies hier ist und bleibt in erster Linie eine Forschungseinrichtung, die von mir geleitet wird. Reinhausen ist ein Patient, seinen Fall werde ich, selbstverständlich anonymisiert, irgendwann veröffentlichen. Dass wir daraus einen finanziellen Vorteil ziehen wollen, nehme ich gerne mit, ist aber zweitrangig. Und was machst du daraus? Einen scheiß Gangsterfilm. Hast du etwa Cheryl Cruz hoch zu dem Fahrer geschickt? Ich will zeigen, dass es durch unsere Technik der Visualisierung in virtueller Realität gelingt, eine Zwangsstörung, die auf eine verdrängte pädophile Neigung zurückgeht, zu heilen. Du beweist, dass ein Mann unter Druck genau das sagt, was von ihm verlangt wird. Toll.«

Vernon Graves beobachtet, dass sich das Gesicht seines Gegenübers von hellrot zu dunkelrot verfärbt hat. Er kennt diese Ausbrüche. Mentoff verdrängt dann seine Lage, steigert sich in seinen Traum von reiner Wissenschaft und wirft mit Fachausdrücken um sich. Graves schnaubt verächtlich.

»Lass Luft ab, Carlos, blas dich nicht so auf, ist schlecht für dein Herz und für das Betriebsklima. Mein kleiner Trick hat dafür gesorgt, dass Reinhausen zusammengebrochen ist. Mir ist es egal, was du irgendwann veröffentlichen willst. Du schuldest Leuten, die ich dir vermittelt habe, mittlerweile etwa neun Millionen Dollar. Ganz abgesehen von den erheblichen Verbindlichkeiten des PMR bei den Banken. Wenn du glaubst, du kannst deine Schulden mit normaler therapeutischer Arbeit abbezahlen, dann träumst du. Wir hatten uns auf die Projekte Hollbach und Reinhausen geeinigt, und genau die ziehe ich durch. Komm mir dabei bitte nicht in die Quere.«

Mentoff schnappt nach Luft, mit einer solchen Ohrfeige als Reaktion hat er nicht gerechnet.

Er spürt seine Wut steigen, hat aber zugleich ein elendes Gefühl von Hilflosigkeit. Er ist nicht in der Lage, Graves' kraftstrotzende Art zu kontern.

»Vernon, du bist ein scheiß Gangster, sonst nichts.«

»Okay, Herr Professor aber dieser Gangster vertritt hier deine amerikanischen Gläubiger, friss das endlich. Wenn ich den Jungs in New York deine Zahlungsunfähigkeit melde, dann erfährst du ganz schnell, was wirkliche Probleme sind.«

Mentoff spürt, wie er hinter seinem Schreibtisch schrumpft. Jetzt steht eine unverhüllte Drohung im Raum. Keine Bank der Welt würde ihm neun Millionen leihen, um die amerikanischen Schulden zu zahlen. Zu seiner Überraschung lässt ihn Graves für den Moment vom Haken.

»Es gibt da etwas, was du wissen musst, Carlos. Ein Typ ist aufgetaucht, der mit Hollbach zusammenarbeitet. Einer von der Sorte, die wir hier gar nicht gebrauchen können.«

Die Tür zu Mentoffs Büro öffnet sich, Claire Bergmann schaut fragend zu Mentoff, der ihr mit einer schnellen Handbewegung bedeutet, möglichst rasch zu verschwinden.

Graves hat Claire nicht bemerkt, er ist dabei sich in Rage zu reden. »Ein Schnüffler aus Frankfurt, ein Typ namens Mitch Berger, ein investigativer Journalist, ich lasse ihn gerade suchen.«

Jetzt bemerkt Graves, dass hinter ihm jemand ist, er fährt herum, aber Claire hat die Tür schon wieder geschlossen.

»Was will der Mann, woher weißt du von ihm?«

Graves reagiert ungnädig auf die Frage des Professors. »Woher ich das weiß, willst du nicht wirklich wissen. Was er will? Na, schnüffeln. Vermutlich schickt ihn Hollbach, der einen Ausweg aus seinem Dilemma sucht. Ich werde ihn finden und ihm auf den Zahn fühlen.«

»Finden ja, aber bitte nicht mehr, wir können uns hier keine ungeklärten Todesfälle mehr leisten.«

Graves steht auf, tippt mit zwei Fingern an seine Schläfe. »Aye, aye, Sir.«

Claire Bergmann ist in ihr Büro zurückgeeilt. Sie hat eben den Namen Mitch Berger aufgeschnappt und Graves' Ankündigung ihn suchen zu lassen. Der Schreck sitzt ihr in den Gliedern. Sie muss Mitch warnen.

Das Telefon auf ihrem Schreibtisch klingelt. Sie sieht Mentoffs Büronummer auf dem Display.

»Was sollte das gerade Claire, kannst du dich nicht anmelden lassen wie jeder Mensch?«

»Sorry Carlos, deine Sekretärin war nicht da, war ja nur eine Sekunde, habe nichts von euren wichtigen Gesprächen mitbekommen.«

»Was wolltest du eigentlich?«

»Dich um ein Date bitten, ich muss einfach nochmal mit dir sprechen. Keine Angst, ich werde dir keine Szene machen, ich muss nur etwas verstehen, um loslassen zu können.«

»Komm, Claire, was soll das? Zwischen uns ist alles gesagt. Mach deine Arbeit weiter, ich habe nichts dagegen, dass du hierbleibst, aber privat sind wir durch. Das weißt du so gut wie ich.«

»Carlos, was ist aus dir geworden? Du verrätst alles, was dir wichtig war, nicht nur mich, auch deine Arbeit, was ist los mit dir?«

»Claire, es ist gut jetzt. Du hast keine Ahnung, was hier wirklich geschieht. Mach mir nur Vorwürfe, ewig dieselbe Leier. Ich verhindere hier gerade Sachen, von denen du keine Ahnung hast. Und jetzt ist gut, nimm dir frei heute und lass mir bitte meine Ruhe, ich habe zu tun.«

Claire knallt den Hörer auf, starrt aus dem Fenster, sie ist stinkwütend, dann steht sie auf, packt ihre Handtasche. Sie will runter ins Tal, nach Goldrain ins Bamboo, sie muss Mitch warnen.

Von unterwegs wählt sie Mitchs Nummer. Der ist überrascht, dass Claire sich so schnell meldet.

Als sie ihm den Grund mitteilt, legt sich seine Freude schnell. »Ja verdammter Mist, klar kann ich hier ausziehen, aber wo soll ich hin? Giovanni zu bitten, mir das Zimmer des toten Tony zu überlassen, wäre mehr als pietätlos. Aber Claire, du hast doch bestimmt eine Couch.«

»Schöner Versuch, Mitch, aber du wirst bei keinem Angestellten des PMR wohnen, das wäre viel zu gefährlich. Rede mit der Rezeption bei dir im Hotel, die meisten Einheimischen sind nicht unbedingt Freunde des PMR.«

»Okay, kann ich versuchen. Hast du heute Nachmittag schon was vor, oder musst du arbeiten?«

»Warum?«

»Ich will in die Berge hoch, ist tolles Wetter, hast du Lust mitzukommen? Bei der Gelegenheit können wir weiterreden.«

»Gut, ich hole dich in 20 Minuten ab, zieh dir was Warmes an und vor allem feste Schuhe.« Mitch strahlt, er zieht sich um, eilt runter zur Rezeption, trifft dort auf einen freundlichen Mitfünfziger, der sich als einer der Eigentümer des Hotels vorstellt. »Ein echter Familienbetrieb«, denkt Mitch. Dann setzt er zu einer etwas umständlichen Erklärung an. »Ich hätte eine Bitte, einer meiner Freunde liegt in einem unangenehmen Rechtsstreit mit dem PMR. Ich soll im Urlaub hier die eine oder andere Info für ihn besorgen. Das gefällt dem PMR-Sicherheitschef gar nicht. Falls sich das PMR bei Ihnen meldet und fragt, ob ich hier abgestiegen bin, sagen Sie bitte nein. Ich wäre Ihnen sehr dankbar.«

Der Mann an der Rezeption mustert Mitch neugierig, lässt sich aber nicht aus der Ruhe bringen. »Wer bei uns wohnt, das geht nur uns und das Finanzamt an. Den amerikanischen Paradies-Rambo da oben bestimmt nicht. Kein Problem, das passt schon.« Mitch bedankt sich, tritt vor das Haus, wartet auf Claire.

Ein kleiner Fiat Punto rollt auf den Parkplatz vor dem Bamboo.

Claire springt aus dem Wagen.

»Hi Mitch, hast du einen Wagen hier? Meiner ist bei allen Paradise-Leuten bekannt, vielleicht keine gute Idee, damit Ausflüge zu machen, während Graves nach dir sucht.«

»Hallo Claire, freut mich, dich wiederzusehen. Ich habe mit einem der Besitzer hier geredet. Cooler, ruhiger Typ, ganz eindeutig kein Freund von Graves. Wenn der hier nach mir fragt, kennt man mich nicht. Komm wir nehmen meinen Wagen, habe eh Lust, hier ein bisschen die Straßenlage zu testen.«

Claire parkt ihren Wagen, sodass er von der Straße nicht sofort gesehen werden kann.

Dann sitzt sie unternehmungslustig lächelnd in Mitchs Auto.

Sie sieht bezaubernd aus, langsam fällt die Spannung von ihr ab. Nach zwei Kurven hat Mitch nur noch Augen für die Straße. »Wow«, schreit er, »nie wieder auf unserer dämlichen Autobahn, was sind schon 250 Sachen geradeaus gegen diesen geilen Slalomkurs hier.«

Langsam beruhigt er sich, Claire betrachtet ihn amüsiert von der Seite. Sie wird langsam wieder ernst. »Wir dürfen auf gar keinen Fall hoch zum Paradise.« Sie wehrt Mitchs Protest mit einer schnellen Handbewegung ab, »viel zu gefährlich. Graves hat ein ziemlich gutes Sicherheitssystem, er hat einige Kameras schon Dutzende Meter vor dem Zaun platziert, wir hatten ein paar Mal Probleme mit Paparazzi, da hat sich das bewährt. Würde Graves uns beide zusammen sehen, müsste ich sofort von hier verschwinden. Ich möchte nicht ausprobieren, was er mit Verrätern macht. Keine Sorge, du wirst auch so Slalom satt kriegen.«

Mitch streckt den Daumen hoch und gibt Gas.

Auf halber Strecke zum Paradise Resort zeigt Claire plötzlich nach rechts. »Da vorne biegen wir ab.« Mitch erhascht ein paar Panoramablicke runter ins Tal, seine Ohren knacken.

»Du folgst jetzt den Schildern nach Stallwies, wenn wir oben sind, wirst du für heute genug Slalom gehabt haben.« Claire Stimme klingt plötzlich belegt.

»Auf dieser Straße ist Tony Raben umgekommen, unter mehr als merkwürdigen Umständen.« Mitch versteht ihre Trauer, für ihn aber überwiegt im Moment der Kick dieser engen Straße, die mit atemberaubenden Kurven, mit Steigungen von zum Teil 18 Prozent direkt in den Himmel zu führen scheint.

»Stopp mal«, zischt Claire plötzlich, »halt bitte mal an.«

Mitch bremst scharf und rollt dann auf eine Miniwiese am Rand der Straße.

»Hier muss es gewesen sei«, Claire zeigt auf ein Absperrband der Polizei. Mitch geht nach vorne, steht vor dem Steilhang, den der Wagen hinuntergeflogen ist. »Komisch, nicht die geringste Bremsspur. Muss er doch gemerkt haben, dass er den Wagen nicht um die Kurve kriegt. Ich hätte nach links gezogen, krache doch lieber in den Stacheldraht auf der Bergseite, als da runter.«

Claire zuckt die Schultern. »Die Polizisten sagen, die Ermittlungen laufen noch.«

Dann schüttelt sich Mitch, zeigt runter ins Tal, »sensationell schön hier. Was ein Blick, unglaublich.«

Claire strahlt ihn an: »Warte mal bis du oben bist.«

»Nehm ich als Versprechen«, sagt Mitch und legt den Arm um ihre Schulter.

Graves sitzt in seinem Büro und starrt auf das gute Dutzend Monitore vor ihm. Er hat bereits zwei Bleistifte zerbrochen, er ist stinksauer, hat das ungute Gefühl, dass alles gerade den Bach runter geht. Der Streit mit Mentoff zehrt an seinen Nerven. In der Hollbach-Sache sind sie noch keinen entscheidenden Schritt weiter. Es ist immer noch unklar, ob der Banker liefern wird. Graves hat sich gegenüber den New Yorkern ziemlich aus dem Fenster gelehnt, da stehen Gelder bereit, die darauf warten, an der Börse richtig gesetzt zu werden. Er tippt etwas in seinen Computer, auf dem Monitor erscheint die Akte Reinhausen. Graves blättert, bis er gefunden hat, was er sucht. Auf seinem Monitor jetzt bildfüllend das schmerzverzerrte Gesicht des Jungen, aufgenommen durch die zersplitterte Frontscheibe von Reinhausens Wagen. Ein heftiges Bild. Graves klickt auf Drucken, geht zum Regal gegenüber, nimmt das Blatt, faltet es mit der bedruckten Seite nach außen, steckt es ein. Er zieht sein schwarzes Jackett über, betrachtet sich im Spiegel und nickt zufrieden. Für seine 39 Jahre sieht er passabel aus. Er hat dunkle Haare, die an einigen Stellen schon das kommende Grau verraten, aber ganz dezent. Er könnte zwei, drei Kilo abspecken, wirkt aber nach wie vor fit, tough und durchtrainiert. Er schiebt sein Kinn vor, Vernon Graves ist auf Streit gebürstet.

Er eilt zur Rezeption, erkundigt sich nach Reinhausens Zimmernummer und eilt nach oben.

Auf sein Klopfen öffnet Reinhausen, der einigermaßen überrascht ist, den Sicherheitschef des Resorts vor sich zu sehen. Reinhausen bittet ihn herein.

»Herr Graves, was führt Sie zu mir, ich hoffe es gibt keine Probleme mit Presseanfragen?«

»Nein, nichts dergleichen, Herr Dr. Reinhausen. Wissen Sie, ich bin hier nicht nur für die Sicherheit zuständig, sondern vor allem auch für die Finanzen. Die Angelegenheit, die ich erörtern möchte, ist ein wenig delikat. Wir planen, in Ihrem schönen Bundesland, dessen Ministerpräsident Sie hoffentlich in Bälde sein werden, eine zweites Standbein zu eröffnen.«

Graves hält einen Moment inne, greift in die Innentasche seiner Jacke, holt das zusammengefaltete Foto des Jungen heraus und beginnt langsam und sorgfältig das Bild zu entfalten.

Reinhausen ist irritiert, er schaut immer wieder auf Graves' Hände.

»Sie wissen, wie das ist, wir planen eine nicht unerhebliche Investition, wir müssen zügig vorankommen und hätten gerne etwas politischen Rückenwind bei Baugenehmigungen, bei Befreiungen von Ausschreibungen, etc.«

An dieser Stelle hat Graves das Blatt zur Hälfte aufgedeckt, Reinhausen erkennt jetzt unschwer die zerstörte Frontscheibe und einen Teil des Gesichts des Jungen. Er wird blass.

»Ich sehe eine Win-win-Situation im Geiste gegenseitigen Vertrauens. Für Sie eine Millioneninvestition, neue Arbeitsplätze und unsere immerwährende Diskretion, für uns freundliche Hilfe bei bürokratischen Problemen aller Art.«

Vernon Graves strahlt Reinhausen an, zerknüllt das Bild mit seiner linken Hand und streckt Reinhausen die Rechte zum Handschlag entgegen.

Der Politiker starrt Graves aus funkelnden Augen an. Reinhausen fühlt heiße Angst, aber auch kalten Zorn. Der Zorn siegt. »Das war das schmierigste Stück, was mir seit langem vorgespielt wurde. Wenn Sie mich mit dieser Unfallsache erpressen wollen, dann sind Sie bei mir am Falschen. Ich lasse mich nicht erpressen, merken Sie sich das. Sie können davon ausgehen, dass jede Ihrer Bauanfragen mit der gebotenen Sorgfalt behandelt wird. Und jetzt verlassen Sie bitte mein Zimmer, aber sofort.«

Graves ist Profi genug, um zu wissen, wann eine Partie verloren ist. Er steht grußlos auf, verlässt das Zimmer. Er flucht den ganzen Weg zurück seinem Büro. Dort kippt er einen doppelten

Jack Daniels, geht zum Computer. »Dann eben Plan B, du deutscher Provinzdepp.«

Mitch parkt seinen Wagen neben einem alten Bauernhaus. Claire hatte nicht zu viel versprochen, hinter ihnen liegt eine absolut wahnsinnige Fahrt. Mitch hat nie viel mit Bergen am Hut gehabt, jetzt ist er total begeistert von der Ministraße, auf der sie sich nach oben geschraubt haben. Die Schönheit der Natur macht ihn sprachlos, Claire freut sich über seine Reaktion und treibt ihn zur Eile an. »Los, komm, wir wollen nach vorne.« Sie laufen zu einer Wiese, die nach etwa 15 Metern steil nach unten kippt. Mitch starrt in die Ferne, sieht einen See blitzen und dahinter die schneebedeckten Berge. »Im Sommer liegst du hier im Bikini und lässt dich braten«, erzählt Claire mit leuchtenden Augen. Mitch reicht dieser herrliche Sonnentag im Spätherbst völlig, er ist fast ergriffen von der Schönheit des Panoramas. Claire deutet auf den See.

»Ist ein Stausee, du fährst durch einen Tunnel, siehst dann linker Hand die Krone der Staumauer, fährst an dem See entlang, dann noch ein paar Spitzkehren, dann bist du fast oben am Paradies.«

Sie setzen sich auf eine der Bänke, beide blicken in die Ferne. »Wie bist du hierhergekommen, Claire?«

Claire dreht sich zu Mitch, blinzelt ein wenig. »Bist du sicher, dass du das wissen willst?«

»Ja, unbedingt.«

Claire zögert einen Moment, dann schließt sie die Augen. »Die Geschichte beginnt in den USA. Ich hatte zuhause in Deutschland keinen Studienplatz für Medizin bekommen, lernte einen Amerikaner kennen, der mir versprach, er würde mir einen Studienplatz in den USA besorgen. Ich war naiv, abenteuerlustig, verliebt, ging mit ihm in die Staaten. Nach einer sehr kurzen Weile merkte ich, dass ich schlechten Sex und keinen Studienplatz bekam. Der Typ war ein Blender, ich habe mich getrennt und mich eher schlecht als recht in Boston als Kellnerin und Deutschlehrerin durchs Leben geschlagen. Ich hing viel an Unis rum, fühlte mich gestrandet. Dann trat Mentoff in mein Leben Ich habe ihn bei einem Vortrag des japanischen Hirnforschers Susumu Tonegawa in Harvard kennengelernt. Ich war an dem Tag deprimiert, ziemlich down, Mentoff war charmant und eloquent. Er hatte was Geheimnisvolles, er hat mich tief beeindruckt. Er war begeisterungsfähig, konnte mit glühenden Augen von seinen Plänen erzählen. Seine Grundidee ist genial, das glaube ich bis heute. Er will mit Hilfe modernster Bildgebungsverfahren traumatische Situationen nochmal erlebbar machen. Das, was in der Psychoanalyse das emotionale Nacherleben im Kopf des Patienten ist, will er in der virtuellen Realität eindrucksvoller erfahrbar machen. Du erlebst eine Situation, die dich geschockt hat, nochmal, kannst sie so verstehen, bewältigen. Mann, ich war verliebt in seine Sprache, in seine Leidenschaft. Ich habe wie eine kleine Studentin für den deutlich älteren Professor geschwärmt. Als er mir dann von seinem Projekt in den Alpen erzählte, war ich hin und weg.«

Claire lächelt bei der Erinnerung, Mitch spürt aber auch, dass sie verletzt ist.

»Dann kam Graves, ich glaube, er hat Carlos Geld besorgt. Vernon hat mit Wissenschaft nichts am Hut, ihm geht es um Macht, Kontrolle und Geld. Jetzt zählten plötzlich nur noch Geld und Promis. Unsere Beziehung zerbrach, Carlos veränderte sich. Er hat mir mal erzählt, wie sehr er in seiner Zeit als Schönheitschirurg in Rio die ganzen Jet Set Ladies hasste, jetzt aber fuhr er plötzlich selber auf Helis und seinen Bentley ab. Die ganzen stinkreichen Patienten, die ihn umschwärmen, haben ihn verdorben.«

Mitch ist aufgestanden, läuft aufgeregt hin und her.

»Wie verdienen die beiden eigentlich ihr Geld? Okay, das Paradise ruft Mondpreise auf, aber die beiden müssen Unsummen in TV- und Computerequipment investiert haben. Kann es sein, dass Graves einen Plan hat, aus Carlos' Theorie Erpressungen statt Therapie zu entwickeln?«

Claire schüttelt zweifelnd den Kopf, ihre schönen Augen sind ganz dunkel und voller Trauer.

»Komm, Claire, glaubst du an Zufälle? Der Banker kommt vom Resort, erinnert sich plötzlich daran, eine Frau fast umgebracht zu haben. Und, welch Wunder, kaum ist er zu Hause, da taucht genau diese Dame auf und erpresst ihn. Übrigens, kennst du eine Cheryl Cruz?«

»Nein, wer soll das sein.«

»Eine Bekannte von Graves.«

Mitch zeigt ihr das Bild von Cheryl auf seinem Handy.

»Die kenn ich, die war im Resort. Mitch, du hast Recht, das war kurz vor oder während der Hollbach-Behandlung.«

Claire fröstelt plötzlich trotz ihres dicken Pullovers. Mitch legt seinen Arm um sie, zieht sie tröstend an sich.

Sie schaut schräg hoch zu ihm.

»Das ist meine Geschichte, ich lerne immer die falschen Männer kennen.«

Ihre wunderschöne Oberlippenkurve zittert.

Mitch wischt ihr eine Träne von der Wange, beugt sich vor und gibt ihr einen ersten, noch scheuen Kuss.

Reinhausen hat sich entschieden.

Er will weg und zwar sofort. Er stürmt in Mentoffs Vorzimmer, die Sekretärin bittet ihn, einen Moment zu warten, dann steht er vor dem überraschten Professor.

Reinhausen lässt ihn nicht zu Wort kommen.

»Herr Mentoff, ich werde Ihren Laden hier sofort verlassen. Ich finde Ihren Stil unerträglich. Wir beide führen hier ein angenehmes Gespräch, und weniger als eine halbe Stunde später versucht Ihr Gorilla, mich zu erpressen. Ich habe jetzt nicht die Zeit, mich mit diesem Problem zu beschäftigen. Ich muss eine Wahl gewinnen. Aber lassen Sie sich gesagt sein: Sollten Sie mit meiner Geschichte an die Öffentlichkeit gehen, dann reiße ich Sie mit in den Abgrund. Auf Nimmerwiedersehen, Herr Professor.«

Mitch und Claire sitzen immer noch auf der Bank in Stallwies. Als die Sonne hinter den Bergen verschwindet, wird es schnell kalt. Die beiden schlendern in die warme Gaststube, werden herzlich begrüßt, genießen Tiroler Knödel und Rotwein.

Als Mitch einen dritten Wein bestellen will, winkt Claire ab: »Hast du die Strecke vergessen? Wir müssen die ganze Kurventour wieder runter.«

Mitch lacht. »Kein Problem, wo soll die Tour enden, bei mir oder bei dir?«

14

Als Mitch am nächsten Morgen aufwacht, braucht er einen Moment, bis er kapiert hat, wo zum Teufel er sich befindet. Durch die zugezogenen Vorhänge dringt schon helles Licht. Mitch hört Claires regelmäßigen Atem neben sich, von ihr selbst sind nur die völlig verwuselten Haare zu sehen, sie hat sich tief in die Kissen gegraben. Mitch betrachtete sie mit Zärtlichkeit, erinnert sich an den Hunger der Nacht, an die Freude des Neuen, des lange Vermissten. Er streicht ihr zart, ohne sie zu wecken, über Rücken und Hintern, er hat ihren Körper entdeckt in den letzten Stunden, und er hätte verdammt Lust, da weiter zu machen, wo sie aufgehört haben.

Doch er lässt sie schlafen, sie haben keine Eile.

Mitch merkt, dass auch er wieder eindämmert, er horcht in sich hinein, spürt neben dem Glück des Moments die altvertraute Sehnsucht. Sehnsucht wonach verdammt? Dass es immer so sei wie jetzt? Sehnsucht wegen all der verpassten Tage und Nächte, Angst vor Vergänglichkeit?

Eine gute Stunde später ist es Claire, die ihn mit Küssen weckt. Jetzt gibt es keine Sehnsucht mehr, jetzt spürt er nur noch die Wärme ihres Körpers, die Zartheit ihrer Haut, ihre fordernde Zunge.

Eine gefühlte Ewigkeit später klingelt Claires Handy auf dem Nachtisch. Es ist Giovanni, der auf ein Treffen vor seinem Schichtbeginn drängt.

Als sie ihn eine gute Stunde später im Bamboo treffen, muss Giovanni laut lachen.

»Leute, eure Tarnung ist perfekt, ihr seht aus wie ein Reklamepärchen für Honeymoon im Vinschgau und nicht wie zwei Verrückte, die bei Vernon Graves einbrechen wollen. Wollen wir das Ganze lassen, und ihr geht zurück ins Bett?«

Mitch kichert, wird dann todernst. »Rede keinen Unsinn Giovanni, wir ziehen das heute durch, glückliche Menschen sind erfolgreicher als andere, das gilt vor allem für gefährliche Situationen.«

Claire strahlt in die Runde, konzentriert sich dann aber schnell. »Wir fahren mit meinem Wagen rein, wenn es dämmert. Mit meiner Codekarte haben wir kein Problem am Tor. Mitch liegt flach auf dem Boden des Wagens. Ich parke normal am Parkplatz, werde dann mit ihm erst mal in mein Büro gehen. Wir müssen davon ausgehen, dass Vernon ein Foto von Mitch hat, also weiß, wie er aussieht. Trotzdem glaube ich, dass er mit Mantel, Schal und Hut reinkommt, ohne aufzufallen. Aber dann wird es eng. Kannst du die Videoüberwachung im Aufzugraum und auf der Ebene 1 manipulieren?«

»Bedingt, die Kameras laufen automatisch rund um die Uhr. Ich kann die Aufzeichnung blockieren. Die Bilder laufen im Kontrollraum, der aber nur in Abständen von vielleicht 30 Minuten von einem der Security-Leute gecheckt wird. Und sie laufen wahrscheinlich alle im Büro von Graves. Das heißt für uns, ich checke ob Graves da ist – sitzt er abends in seinem Büro, könnt ihr die Nummer vergessen.«

Claire nickt: »Sollte er weg sein, muss einer den Security Mann im Kontrollraum beschäftigen. Das kann ich übernehmen, dich brauchen wir mit Mitch am Computer.«

Giovanni fasst den Plan zusammen: »Ich habe reguläre Spätschicht, fahre um 18 Uhr auf das Gelände. Ihr beide folgt gegen 20 Uhr. Wenn die Luft rein ist, treffen wir uns um 20:30 Uhr am Aufzug.«

Erneut hat Mentoff Graves in sein Büro gebeten, erneut fliegen die Fetzen. Mentoff läuft zu großer Form auf: »Hast du mitbekommen, dass Reinhausen abgereist ist? Er war total wütend über deinen plumpen Erpressungsversuch. Wir können das gesamte Projekt Reinhausen in die Tonne treten, das zwingt uns zu Abschreibungen von weit über 100 000 Euro. Gratuliere, Mr. Graves, wirklich clever gemacht.«

Graves lächelt selbstzufrieden. »Cool it baby, ruhig bleiben. Die Hunderttausend zahle ich dir aus eigener Tasche. Aber das wird nicht nötig sein. Das was wir wollten, nämlich die Freundschaft und Dankbarkeit eines Ministerpräsidenten, können wir immer noch erreichen. Wenn nicht, zahle ich, okay?«

Mentoff schüttelt entnervt den Kopf. »Den Versuch, Reinhausen umzustimmen kannst du dir sparen. Der ist stocksauer.«

»Wer sagt dir, dass ich mit Reinhausen sprechen will?«

Mentoff starrt ihn verständnislos an. »Was für einen Unsinn planst du jetzt schon wieder?«

»Keine Sorge, Carlito«, Graves weiß genau, dass Carlos Mentoff diese Anrede hasst, »keine Sorge, ich stehe zu meinem Wort. Entweder ziehe ich mein Ding durch, oder ich schulde dir 100 000 Euro. Übrigens, du musst für zwei bis drei Tage auf meine Anwesenheit verzichten, mich zieht es in den Norden.«

Um kurz vor 18 Uhr passiert Giovanni Müller das Eingangstor des Paradise. Er parkt auf dem Personalparkplatz, betritt das Gebäude durch den Hintereingang, tippt im Aufzugraum seinen Code ein, fährt zur Ebene -1, schlendert in das Planungsbüro, holt sich seinen Job ab.

Er hat eine leichte Schicht, muss von Patienten mitgebrachte Fotos digitalisieren, danach eine Reihe von Animationen berechnen. Das lässt ihm locker Zeit und Spielraum für die geplante Aktion. Der Kontrollraum ist nicht besetzt, er überlegt kurz, wählt die Nummer des Büros von Vernon Graves. Eine sehr genervt klingende Sekretärin teilt ihm mit, dass Herr Graves für zwei Tage außer Hause sei.

Giovanni ballt die Faust, schickt eine Nachricht an Claire: Plan läuft.

Um kurz nach 19 Uhr verlassen Claire und Mitch Goldrain. Die verliebte Euphorie ist einer wachsenden Nervosität gewichen. Diesmal sitzt Claire am Steuer. Sie fährt zügig, sie passieren bald die Stelle, an der sie gestern rechts nach Stallwies abbogen.

Mitch staunt, war das wirklich erst gestern gewesen?

Es ist stockduster jetzt, der Mond verbirgt sich hinter grauschwarzen Wolken. Die Straße wird schmäler, jetzt liegt rechter Hand das Hotel Waldheim.

Kurz danach geht es durch einen Tunnel, linker Hand ahnt Mitch die Staumauer, sieht dann den fast schwarzen See liegen. Claire fährt die Strecke routiniert, sie kämpfen sich durch sehr enge Spitzkehren, erreichen dann den großen Parkplatz des Nationalparks. Die Tagesausflügler sind alle längst weg, niemand beginnt im Dunkeln die Wanderung hoch zu den Gipfelhütten, zur Zufallshütte auf gut 2 200 Metern, oder noch anspruchsvoller, zur Marteller Hütte auf gut 2 600 Metern.

Claire hält am Rande des Parkplatzes, löscht alle Lampen, öffnet den Kofferraum, holt eine Decke heraus.

Auch Mitch ist ausgestiegen, er steht vor Claire, nimmt ihr Gesicht in beide Hände und küsst sie zart. »Claire, wie immer das jetzt ausgeht, ich bin total froh, dass wir uns gefunden haben. Lass uns mutig und vorsichtig sein, ich will noch viel Zeit für uns haben.«

Claire zieht ihn an sich, küsst ihn, flucht. »Was für eine bescheuerte Art unsere zweite Nacht zu verbringen. Aber da müssen wir jetzt wohl durch.«

Mitch legt sich flach auf den Boden, nicht ganz einfach in dem dämlichen Kleinwagen.

Claire deckt ihn mit einer kratzigen Decke zu, die verdächtig nach Hund riecht.

Der Punto setzt sich in Bewegung. Mitch spürt, dass es ein Stück bergauf geht, dann eine Linkskurve. Jetzt hält der Wagen, Mitch spürt das Claire ihr Fenster geöffnet hat und ihren persönlichen Code eintippt. Der Wagen setzt sich wieder in Bewegung, es holpert etwas, dann erstirbt der Motor. Mitch hört Claires Stimme: »Bleib noch einen Moment liegen, ich kläre, ob die Luft rein ist.«

Die hintere Tür wird geöffnet. »Okay, mach schnell, komm jetzt raus.« Mitch windet sich, kommt dann auf die Beine und sieht durch ein paar Bäume hindurch das prächtige Hauptgebäude des Paradise Mountain Resorts liegen. Er hat es geschafft, er ist da.

»Prächtiger Schuppen, sieht noch imposanter aus als auf den Fotos.«

»Los, Mitch, stell deinen Kragen hoch, zieh den Hut in die Stirn und unterhalte dich angeregt mit mir. Die Eingangskamera zeigt die Gesichter groß und hätte bei zwei Insassen einen zusätzlichen Berechtigungscode verlangt. Deswegen der Boden. Hier sind die Kameras totaler eingestellt, da ist kein Gesicht zu erkennen. Wenn uns jemand anspricht, lass mich reden. Los jetzt.« Sie gehen mit schnellen Schritten Richtung Haupthaus, ein Page öffnet die Eingangstür, Claire grüßt freundlich und plappert unentwegt auf Mitch ein, der ab und zu zustimmend grunzt. Sie passieren die Rezeption, an der wenig Betrieb ist, der Abendportier schaut nur kurz auf, nickt, tippt dann weiter auf seiner Tastatur. »Was ein fetter Schuppen«, murmelt Mitch. Claire öffnet eine Bürotür, winkt Mitch hinein. Sie fällt ihm um den Hals. »Geschafft, wir sind drin.«

Mitch blickt auf seine Uhr. »Es ist zwanzig nach acht, wie lange brauchen wir zu dem Aufzug?« »Keine drei Minuten, wir haben Zeit für ein wenig Leben.« Sie küsst ihn, etwas Spannung fällt von ihnen ab. Das schlimmste Stück allerdings liegt noch vor ihnen. Kurz vor halb neun verlassen sie das schützende Büro. Wieder gehen sie mit schnellen Schritten an der Rezeption vorbei, biegen in den hinteren Gang ein. Zu ihrer großen Erleichterung wartet Giovanni Müller bereits an der Tür des Aufzugraumes. Sie verständigen sich tuschelnd. »Claire, du bleibst jetzt hier. Sprich mit jemand an der Rezeption oder der Bar. Komm in gut 20 Minuten runter. Laufe am Kontrollraum vorbei. Ist einer drin, dann rede mit ihm, lenke ihn ab. Ich bin mit Mitch im Scheideraum von Tony.« Giovanni Müller hat das Kommando übernommen.

Er schließt die Tür auf, tippt dann den Zugangscode für den Aufzug ein, zischend öffnet sich die Aufzugstür. Mitch ist auf dem Weg in das Allerheiligste des Paradise Mountain Resorts. »Geht mir bisher fast zu leicht«, murmelt Mitch.

»Warte ab«, kontert Giovanni.

Der Aufzug stoppt, Giovanni blickt kurz in einen vollverglasten Raum mit lauter Monitoren.

Der Raum ist leer.

»Wir haben ein Riesenglück, erstens ist gerade keine Produktion, daher wenig los. Dann ist Graves weg, da schaltet die Security sofort einen Gang runter. Los, hier rein.« Jetzt sind sie in Tony Rabens Schneideraum angekommen. Giovanni fährt den Computer hoch, wartet bis sich alle Geräte angemeldet haben, dann beginnt er eine längere Zahlenkombination einzugeben, klickt dann auf ENTER. Ein großer Ordner Hollbach öffnet sich. Giovanni tippt auf Avatarzuspielungen und wird um ein

Passwort gebeten. Jetzt tippt er eine Zahlen-Buchstabenkombination ein, die ihm der mit Tony befreundete Cutter gegeben hat. Der Ordner öffnet sich, die Hintertür hat funktioniert.

Der Ordner enthält mindestens ein Dutzend einzelne Einstellungen. Jetzt sieht Mitch Hollbachs Pool, die Kamera fliegt um das blau glitzernde Viereck. Jetzt ein großer Glastisch. Plötzlich sieht Mitch, wie von Geisterhand, dass die Glasplatte in Slow Motion in tausend Stücke zersplittert. Eine ungeheuer eindrucksvolle Aufnahme, Sonnenlicht bricht sich in den Splittern.

»Wie zum Teufel bringen die den Tisch zum Knallen, ohne dass jemand dem guten Stück zu nahekommt?« »Das ist ganz einfach, man wirft einen Gegenstand auf den Tisch und stanzt den dann raus. Du nimmst zum Beispiel eine Papierrolle, die in Größe und Gewicht einem Menschen entspricht. Dann wird im Computer die Rolle entfernt, übrig bleibt ein Tisch, der sich selber in die Luft jagt.«

»Giovanni, kannst du mir diese Bilder auf eine DVD packen?«

»Nein, Mitch, das hatte ich klar gesagt. Sobald hier etwas auf einen externen Datenträger ausgespielt wird, notiert das System den Cutter, der das veranlasst hat. Wenn ich dir jetzt was ausspiele, dann brauche ich nie mehr zurückzukommen, dann hat mich Graves am Arsch. Sorry, aber wir müssen nochmal wiederkommen, das müssen wir anders vorbereiten, vielleicht zeitgleich den ganzen Rechner hier von außen angreifen, das könnte gehen.«

Mitch holt sein Handy raus, aktiviert die Videofunktion, beginnt die Bilder auf dem Monitor abzufilmen. Besser als nichts.

Plötzlich schreit Mitch erschrocken auf. Die Erpresserin kommt auf ihn zu, Cheryl Cruz in einen Hauch von einem String Tanga, mit wehendem weit geöffnetem Hemd. Ein merkwürdiger Film, immer wieder fällt die Cruz nach hinten um, als würde sie heftig gestoßen.

Giovanni dreht sich zu Mitch, der das alles filmt.

»Verstehst du das?«, fragt Mitch.

»Die Lady da fällt immer wieder auf eine in der Ecke liegende Matratze. Es geht nur um den Moment des Fallens. Die Bilder ihres Fallens werden dann über den berstenden Tisch gelegt, beide Sequenzen fährt der Rechner zusammen, schon hast du das Bild: Frau kracht in Glastisch. Wenn der Cutter seinen Job nicht versteht, dann entsteht der Effekt, von dem dein Freund sprach, der Tisch platzt eine Zehntelsekunde zu früh.«

Mitch schwirrt der Kopf. »Aber das ist doch immer noch nur ein Bild, das ich von außen anschaue, warum glaubt Hollbach bis heute, er habe die Lady hineingestoßen.«

»Das entsteht durch den Einsatz des Avatars. Sie üben mit den Leuten, gewöhnen sie an die Figur, die in der virtuellen Realität für sie auftritt. Wenn dann der Avatar plötzlich die Frau angreift, dann glaubst du, du selber hättest sie in den verdammten Tisch geworfen.«

Claire hat ihr Büro verlassen, lässt sich auf einen Espresso in der Bar nieder. Es ist wenig los, vielleicht fünf Gäste läuten den Abend mit einem Drink ein. Hinten der große Speisesaal ist gut besetzt. Das Paradise ist ziemlich ausgelastet, nur Patienten mit VIP-Treatment gibt es seit Reinhausens überstürzter Abreise keine. Sie fragt den Barkeeper noch Mentoff, der Chef sei heute schon früh gegangen, ist die Antwort. Claire entspannt gerade etwas, als sie beobachtet, dass einer der Security Leute durch den Haupteingang kommt. Sie sieht den Mann in Richtung des hinteren Ganges verschwinden. Claire winkt dem Barkeeper zu: »Setz das auf meine Rechnung.« Sie gibt Gas und erreicht den Security-Mann, als der gerade den Aufzugraum betreten will. Claire begrüßt den Typen sehr von oben herab, ganz die Mitarbeiterin der Geschäftsleitung. Die Aufzugtür öffnet sich in der Ebene -1, beide verlassen den Aufzug. Claire sieht, dass der Aufpasser den Kontrollraum ansteuert. Sie improvisiert.

»Hören Sie, junger Mann, einen Moment«, der überraschte Security-Mann wendet sich Claire zu. »Ja bitte, was kann ich für Sie tun?«

»Als ich vorhin kam, fiel mir auf, dass auf dem Personalparkplatz zwei Lampen ausgefallen sind. Ziemlich blöd, gerade für Frauen, im Stockdunklen aussteigen zu müssen. Könnten Sie das bitte in Ordnung bringen?«

»Gerne, ich kümmere mich nachher drum.« »Ich wäre Ihnen verbunden, wenn Sie das sofort veranlassen könnten, sonst gerät das in Vergessenheit.« Der Typ zögert, hat offensichtlich wenig Lust unverrichteter Dinge wieder nach oben zu fahren. »Mit wem habe ich das Vergnügen?«, fragt er leicht genervt.

»Claire Bergmann, persönliche Referentin des Klinikchefs Professor Mentoff, reicht Ihnen das, oder wollen Sie meinen Ausweis sehen?«

Der Security Mann hat unbewusst Haltung angenommen. »Schon gut, Madame, ich werde mich sofort drum kümmern.« Er dreht ab, läuft zurück zum Aufzug. Claire atmet auf, weiß jetzt aber auch, dass sich dieser Mann jederzeit an dieses Treffen erinnern wird. Und sie hat keine Ahnung, wie sie ihre Anwesenheit hier unten rechtfertigen soll.

Giovanni ist immer noch dabei, Mitch das Wesen des Avatars zu erklären.

»Bis dein Banker gesehen hat wie der Avatar auf die Frau losgeht, haben sie ihm in einer Menge Übungen klargemacht, dass der Avatar ein Teil von ihm ist. Mentoff hat in einem Vortrag immer wieder einen Satz losgelassen: Das Gehirn definiert die Außengrenze des Körpers, und so ist das Gehirn in der Lage, einen Avatar einzugemeinden.« Mitch schüttelt sich: »Den Satz habe ich auch schon gehört, gruselig.«

Giovanni zuckt die Schultern.

Plötzlich hören sie Schritte.

Beide stöhnen erleichtert auf, als sie Claire um die Ecke kommen sehen. »Los, Leute, wir sollten verschwinden. Haben wir, was wir brauchen?«

»Nein«, Mitch schüttelt den Kopf, »er kann nichts kopieren, ohne aufzufliegen.«

Er filmt noch schnell die Sequenz mit der fallenden Cruz.

Er klopft auf sein Telefon: »Ich habe ein paar Sachen hier drauf. Wir hatten recht, die haben Hollbach voll verarscht.«

Sie teilen sich, Giovanni will hier unten noch aufräumen, die Zugriffsdaten auf dem Rechner manipulieren, Spuren verwischen. Mitch und Claire nehmen den Aufzug nach oben.

In der Sekunde, als sie den Raum vor dem Aufzug verlassen, kommt ein Kellner des Room Services vorbei.

Claire, gefriert das Blut in den Adern, aber sie bleibt cool. »Hey kannst du mir noch einen Champagner ins Büro bringen?«

»Sehr gerne, Frau Bergmann, und für den Herren?« »Vergiss es, das war ein Witz. Kein Champagner auf der Arbeit, wir sitzen gerade an einer neuen Werbebroschüre.« Der Kellner nickt, geht weiter.

»Hat der jetzt misstrauisch geschaut oder nicht?«

»Nein, der wollte nur nett sein«, Mitch versucht Claire zu beruhigen, weiß aber auch, dass es jetzt einen Zeugen gibt, der Claire mit einem Fremden gesehen hat. Sollte Graves dem Kellner ein Bild von Mitch zeigen, dann ist sie dran.

Sie erreichen ohne weitere Zwischenfälle den Parkplatz, Mitch geht wieder auf Tauchstation.

Als Claire losfahren will, hört sie plötzlich lautes Rufen. Sie sieht den Security-Mann auf sich zukommen. Claire will vermeiden, dass der Mann in den Wagen schauen kann. Sie springt blitzschnell aus dem Punto, macht einen Schritt auf den Wachmann zu. »Sorry, Frau Bergmann, überzeugen Sie sich selber, alle Lampen brennen.«

»Oh, dann muss das ein Wackelkontakt gewesen sein. Besten Dank für Ihre Mühe.«

Der Wachmann legt zwei Finger an seine Mütze, grüßt respektvoll.

Claire knallt die Wagentür zu, gibt Gas, öffnet die Pforte, sieht im Rückspiegel den Wachmann, der ihr nachschaut und schreit: »Verdammte Scheiße.«

Das Tor schließt sich hinter ihr, sie sind draußen.

Auf dem öffentlichen Parkplatz umklammern sie sich, als wäre es ihr letztes Mal.

»So ein Mist, Mitch, wenn der Typ mit Graves redet, wie soll ich erklären, was ich dort unten gesucht habe?«

»Sag einfach, du hast Giovanni ein Bild von Tony vorbeigebracht, er wird das bestätigen.«

»Mitch, warum machen wir das?«

»Einer muss es machen.«

15

»Guten Abend, meine Damen und Herren, der Norddeutsche Rundfunk begrüßt Sie recht herzlich zu der vielleicht entscheidenden Debatte dieses Wahlkampfes. Im Gegensatz zu den Kanzlerduellen haben sich hier beide Kandidaten auf ein einfaches Prozedere geeinigt. Die beiden Konkurrenten werden weitgehend frei diskutieren, ich als Moderatorin werde nur Themenwechsel vorgeben und eingreifen, wenn ein Kandidat deutlich mehr Redezeit verbraucht hat als sein Gegner. Mein Name ist Judith Brekers, und ich begrüße unsere Gäste hier im Studio und natürlich Sie alle zu Hause vor dem Fernseher.«

Mitch sitzt gelangweilt vor der Glotze und versteht die Welt nicht mehr.

Nicht nur hat ihm Claire für heute Abend einen Korb gegeben, sie hat ihn auch verpflichtet, sich auf N3 eine dämliche Debatte um den Posten des Ministerpräsidenten von Meck-Pomm zu Gemüte zu führen. Judith Brekers sieht er immer gerne, aber die Frage, wer in Schwerin den Häuptling gibt, ist wirklich nicht sein Ding. Geködert hat ihn Claire mit dem Hinweis, dass einer der Kandidaten Dr. Werner Reinhausen ist, der vor wenigen Tagen noch im Paradise Mountain Resort von Carlos Mentoff in die virtuelle Realität befördert wurde.

Mitch ist gespannt, ob man dem Mann etwas anmerken wird. »Was wollen die von dem?«, fragt er sich. »Bei Hollbach ist es klar. Hollbach besitzt eine Information, die für Anleger und Spekulanten Millionen wert sein kann. Aber Reinhausen, ich kapiere es nicht.«

Mitch ist gefrustet. Gestern Nacht war sensationell gewesen. Nach dem Stress und der Angst waren Claire und er wie ausgehungert über einander hergefallen, hatten nachher, als sie ermattet auf Claires Bett lagen Witze gerissen, dass ein bisschen Einbrechen wohl das weltbeste Aphrodisiakum sei. Das auch noch am nächsten Morgen wirkte.

Dann musste Claire weg – zur Arbeit ins Paradise Resort. Sie meldete sich kurz bei Mitch, alles sei in Ordnung, Graves immer noch nicht da, Mentoff säuerlich, aber genießbar. Niemand schien etwas bemerkt zu haben.

Mitch hatte nach ihrem Telefonat bei Hollbach angerufen, war auf dessen Mailbox gelandet, hatte den Banker um sofortigen Rückruf gebeten, vergeblich.

Judith Brekers eröffnet die Debatte. Die Kandidaten sitzen sich gegenüber, um sie herum im Halbkreis, sehr nah an den Kontrahenten, das Publikum. Im Studio dominiert das übliche ARD-Blau. Dr. Reinhausen schlägt sich wacker, er ist alles andere als ein Charismatiker, aber er scheint seinem Gegner intellektuell überlegen. Mitch erlaubt sich eine Pause, eilt runter zur Bar des Bamboo und holt sich eine Flasche Rotwein.

Gut sechshundert Höhenmeter oberhalb von Mitch läuft dasselbe Programm. Allerdings in ganz anderer Qualität. Ein riesiger Flachbildschirm zeigt in gnadenloser Schärfe auch die letzte Hautveränderung im Gesicht von Dr. Reinhausen. Gegenüber dem Fernseher erlaubt ein leicht gebogenes überdimensionales Fenster einen atemberaubenden Blick in den abendlichen Vinschgau. Man sieht wie aus einem Flugzeug die Lichter von Latsch und Goldrain. In der Ferne verliert sich die Straße, die hinauf zum Paradise Resort führt, im Dunkel. In zwei bequemen Sesseln sitzen Mentoff und Graves vor der Glotze, jeder mit einem Scotch in der Hand. Das Szenario wirkt wie ein Bild aus früheren, vertrauten Tagen, aber zumindest Mentoff hat wenig Lust auf diese gemeinsame Abendunterhaltung. »Warum um alles in der Welt bestehst du drauf, dass wir uns gemeinsam diese dämliche Veranstaltung anschauen müssen. Ehrlich, wenn ich Reinhausen sehe, kriege ich sofort wieder Lust, dir den Hals umzudrehen.«

Judith Brekers hat die Punkte Infrastruktur, Jobs im Tourismussektor und Gefahren des Rechtsradikalismus abgehakt. Jetzt beginnt ein Kapitel, das sie mit der Überschrift Amt und Person ankündigt. Es soll wohl um die charakterliche Eignung für den hohen Posten gehen, das Publikum ist jetzt eingeladen, an der Diskussion teilzunehmen. Reinhausen eröffnet, spricht über die Empfehlung des scheidenden Landesvaters für ihn, spricht über seine glückliche Ehe, sein skandalfreies Leben. Sein Gegner zollt ihm Respekt, kommt dann auf den Unfall zu sprechen. »Niemand ist gegen Unfälle gefeit, leider aber ist mir zu Ohren gekommen, dass Sie, Kollege Reinhausen durch den Unfall in eine tiefe Krise geraten sind, dass Sie ärztlichen Rat gesucht haben.«

An dieser Stelle dreht sich Mentoff abrupt zu Graves, der genüsslich seinem Whisky schlürft. Mitch, der wieder in seinem Zimmer ist, hört plötzlich aufmerksam zu.

»Kollege Reinhausen«, sein Gegner lächelt jetzt fast mitleidig, »die Frage muss erlaubt sein: Wenn ein einfacher Verkehrsunfall Sie so aus der Bahn wirft, vielleicht fehlt Ihnen dann ganz einfach die Härte, die man für den Job des Ministerpräsidenten braucht.«

Mentoff lässt sich zurückfallen, die Spannung weicht aus seinem Gesicht.

Mitch stöhnt laut auf und flucht: »Du scheinheiliger Drecksack.«

In dieser Sekunde kippt die Fernsehsendung, der immerhin fast vier Millionen Menschen zuschauen.

In der ersten Reihe, nur etwa zwei Meter von Reinhausen entfernt, springen zwei junge Männer auf, holen große Fotos aus ihren Jacken und halten sie so vor Reinhausen, dass der sie anschauen muss. Millionen Zuschauer sehen wie Reinhausen seinen professionell coolen Gesichtsausdruck verliert. Er schluckt, er beginnt zu schwitzen, er ist kurz davor aufzuspringen. Er schlägt in Richtung der jungen Männer. »Nehmen Sie das weg, nehmen Sie das weg.«

Er presst die Hände vors Gesicht, scheint den Tränen nahe. Ordner drängen jetzt zwischen die beiden und Reinhausen. Einer der Ordner zerreißt das Bild, man sieht unscharf, aber gut erkennbar das Foto eines Jungen, der auf einer zersplitterten Frontscheibe liegt. Man sieht Blut und schmerzgequälten Augen. Der zweite Ordner zerknüllt das Bild, die beiden werden aus dem Studio geführt. Draußen gelingt es den jungen Männern im Chaos aus Ordnern, Neugierigen und Journalisten zu entkommen.

Judith Brekers versucht die Situation professionell einzufangen. »Folgendes ist zu diesem Unfall zu sagen. Gefahren ist nicht Dr. Reinhausen, sondern sein Fahrer. Die bisherigen Ermittlungen haben nichts Belastendes gegen den Fahrer von Dr. Reinhausen ergeben, der Junge soll plötzlich unmotiviert auf die Straße gelaufen sein. Können Sie weitermachen Dr. Reinhausen?« Der trinkt einen großen Schluck Wasser, nickt, aber er wirkt angeschlagen, sitzt apathisch auf seinem Sessel.

Mitch ist fassungslos, hat Mühe zu verstehen, was er da gerade gesehen hat. Sein Handy summt. Erste Push Meldungen von Spiegel online »Reinhausen nahe Nervenzusammenbruch. Debatte gekippt.«

Mentoff hat es aus seinem Sessel gerissen. »Was hast du da gemacht? Hast du Reinhausens Story, hast du das Wissen um seine pädophilen Interessen an diesen bräsigen Gegner verkauft?«

Graves lächelt, hebt sein Glas Richtung Mentoff. »Nenn den Mann nicht bräsig, das ist unser Ministerpräsident, uns tief verbunden in Freundschaft, Sympathie und Dankbarkeit.«

Mitch Handy summt erneut, Claire ruft an, völlig aufgelöst. »Hast du das gesehen, diese Riesensauerei? Widerlich, was die da abgezogen haben, die haben einen Gast öffentlich gekillt, das ist das Gegenteil von Fürsorge für einen Patienten. Riesenschweine sind das doch.« Mitch versucht sie zu beruhigen, Claire schimpft weiter, verspricht aber, später zu kommen.

Mentoff und Graves stehen sich gegenüber, Mentoff ist außer sich. »Graves, das ist ohne Worte, du hast Informationen, die Teil einer Behandlung waren, benutzt, um einen Patienten öffentlich zum Trottel zu machen. Das verstößt nicht nur gegen alle ärztlichen Gebote, das ist einfach eine Sauerei.«

»Carlito, hör auf mit der geschwollenen Scheiße. Du stehst hier nicht vor dem Ethikausschuss der Ärztekammer. Was ist los mit dir? Unsere Finanzleute haben uns klar gesagt, unsere einzige Chance heißt Expansion. Ein neues Resort aufmachen, die Zahl der normalen Gäste verdoppeln, deine teuren Geräte durch Erhöhung der VIP-Behandlungen endlich kostendeckend laufen lassen. Gleichzeitig haben sie uns vor dem deutschen Genehmigungsslalom gewarnt, also wollten wir einen Ministerpräsidenten in die Hand bekommen, der uns wohlwollend durch diesen Slalom begleitet. Jetzt warten wir noch zwei Wochen bis zur Wahl, dann sind wir am Ziel. Ich habe den Kandidaten gewechselt, das ist alles. Deine Behandlung hat bei Reinhausen gewirkt, kannst stolz auf dich sein.«

Mentoff sieht aus, als wolle er platzen oder Graves einen Schlag in das grinsende Gesicht verpassen.

»Was hast du dem Mann erzählt, was hast du ihm versprochen?«

»Nicht viel. Ich habe ihm geraten, Reinhausen in offener Debatte mit dem Foto zu konfrontieren, habe ihm versichert, dass sein Gegner sich in dieser Situation selber aus dem Rennen schießen würde. Ich habe ihm gesagt, Sie brauchen nicht zu wissen, wie das funktioniert, Sie gewinnen, weil es funktioniert. Er hat nachgebohrt, ich habe abgeblockt. Dann habe ich ihm ein wenig gedroht. Habe gesagt, der Service ist kostenlos, aber, nicht vergessen, ich habe dieses Gespräch auf Band, Sie werden todsicher Ministerpräsident ihres schönen Bundeslandes werden. Wir wollen in Ihr Land investieren, wir wollen Wohlwollen, Freundschaft, vielleicht ein wenig Hilfe, wenn Sie erst mal im Amt sind. Der Mann war begeistert. Er weiß, dass er unter normalen Umständen gegen Reinhausen verliert, jetzt ist er super im Rennen. Das mit den Fotos hat er clever gemacht.«

Mentoff starrt Graves entsetzt an. »Das glaube ich nicht, Vernon, du bist ein komplett amoralischer Mensch, du bist wirklich ein scheiß Gangster, sonst nichts.«

Mentoff steht jetzt vor seinem Schreibtisch, fummelt unkonzentriert in seinen Sachen. Plötzlich hat er sein kleines Diktiergerät in den Händen. Er kapiert, dass es mit Graves unweigerlich auf einen Bruch hinausläuft – entweder passt er sich dessen Stil komplett an oder er wird schauen müssen, irgendwie aus der Nummer rauszukommen.

Er schaltet das Gerät auf Aufnahme.

Vernon Graves baut sich vor Mentoff auf. »Ehrlich gesagt, Carlito, habe ich etwas Dankbarkeit erwartet. Ich habe mit dieser ungeplanten Rochade das gesamte Ostseeprojekt gerettet. Wenn jetzt noch Hollbach liefert, stehen wir plötzlich ganz gut da. Also, Augen zu und durch.«

»Dazu, Vernon, braucht man deine Mentalität, deine Gewissenlosigkeit. Du gehst wirklich über Leichen. Ich habe mit Grauen gehört, dass du den armen Tony Raben getötet hast, hast du eigentlich auch bei der Ferrata deine Finger im Spiel gehabt?«

Graves schüttelt unwillig den Kopf. »Was soll jetzt der alte Scheiß? Ich habe immer getan, was getan werden musste, während du immer so getan hast, als hättest du den Nobelpreis gewonnen. Du weißt nicht was du willst, Carlos, das ist dein Problem. Wenn du die hehre Wissenschaft willst, dann verkaufe deinen Bentley, deinen Heli, deine Armani-Sammlung und diese Protzhütte hier. Dann arbeite in einem Forschungslabor und esse Currywurst statt Hummer. Was fängst du jetzt mit der Ferrata an? Wenn ich nicht reagiert hätte, wären längst alle Klatschreporter der Republik hinter dir her, würdest du dich bei den Bullen wegen Körperverletzung und Freiheitsberaubung verantworten müssen. Ich habe die Ferrata an dem Abend ziemlich verwirrt und torkelnd draußen im Park gefunden. Sie lallte, war aber aggressiv, wollte die Polizei rufen, drohte unentwegt. Ich habe sie in ihr Zimmer zurückgebracht, und als sie auch dort immer weiter schrie und uns unflätig beschimpfte, habe ich die Notbremse gezogen.«

»Was heißt das, die Notbremse gezogen?«

»Stell dich nicht so blöd, ich habe ihr aus dem Fenster geholfen. Was hätte ich sonst tun sollen. Warten, dass sie das Haus zusammenschreit und zur Polizei stürmt?«

Graves schüttelt den Kopf, wirkt plötzlich sehr nachdenklich. Er starrt Carlos Mentoff an.

»Carlos, bitte, werde dir klar was du willst, sonst machen wir hier zu, fliegen nach New York und du erklärst den Jungs, dass dummerweise ihr Geld weg ist. So wie jetzt geht es nicht mehr lange.«

Graves steht auf, blickt noch einmal in Mentoffs Richtung und verlässt die Villa.

Mentoff eilt zum Schreibtisch, hebt das kleine Diktiergerät auf, drückt die Stopptaste, geht dann rüber zur Wand, schiebt ein Bild zur Seite und öffnet einen Safe. Er hat jetzt eine Lebensversicherung gegen Vernon Graves, glaubt er.

Trotzdem fühlt er sich kaum besser. Manches, was da von Graves kam, war schlicht richtig.

Wie kann er aus dem ganzen Schlamassel rauskommen? Wenn er alles platzen lässt, Bankrott anmeldet und gegenüber den Behörden umfassend aussagt, dann hat er immer noch die ominösen amerikanischen Freunde an der Backe, wahrscheinlich auch staatsanwaltliche Ermittlungen. Zwar war er an keinem Kapitalverbrechen beteiligt, aber seine Approbation wird weg sein. Er denkt an Claire, die ihn immer wieder aufhalten wollte. Mentoff starrt ins Tal, sieht die funkelnden Lichter gegen die Schwärze kämpfen, plötzlich hat er das Gefühl, dass alles schiefläuft.

Mitch hat immer noch den NDR eingeschaltet, Reinhausen hat die Sendung mehr schlecht als recht überstanden, aber jetzt diskutieren mehrere selbsternannte Experten über die psychische Verfassung von Dr. Werner Reinhausen. Mitch wird fast schlecht beim Zuschauen. Keiner der Laberköpfe in der Glotze kennt den Mann wirklich, über den sie da reden, Hauptsache, sie halten ihre Gesichter ins Scheinwerferlicht und kommen sich wichtig vor. Dann stellt einer endlich mal eine intelligente Frage, er will wissen, wer eigentlich der Junge auf dem Foto war, und ob man die beiden jungen Männer identifiziert habe, die die Bilder hochgehalten hätten. Es gibt keine Antwort, noch nicht.

Und wieder summt Mitchs Handy. Er hofft, Claire ruft an, sieht aber eine deutsche Nummer. Es ist Hollbach.

»Hey Banker, endlich, warte schon den ganzen Tag auf deinen Rückruf. Warum so spät?«

»Weil wir arbeiten wie die Blöden. Was gibt es so Dringendes?«

»Gute Nachrichten, Mann. Ich war drin in dem Bunker der seltsamen Träume. Du kannst dich zurücklehnen, du hast nichts

Unrechtes gemacht, du hast diese Frau nicht in den verdammten Tisch geworfen. Die haben nichts, nada, nichts gegen dich in der Hand. Die haben dir eine perfekte Illusion ins Hirn gesetzt. Ich werde dir gleich zwei Handyfilme schicken, da siehst du wie deine Lady immer wieder fällt, immer wieder, auf dem zweiten Streifen siehst du wie der Tisch immer wieder zersplittert. Die haben die Bilder übereinandergelegt, Hollywood für Arme.«

»Aber, aber«, Hollbach gerät ins Stottern, »ich habe doch gesehen wie ich selber sie gestoßen habe, voller Wut und Hass.«

»Lass gut sein Mann, schwer zu erklären, mir auch nur bedingt klar. Das warst nicht du, das war dein Avatar, der aber wurde nicht von deinem Hirn, sondern von einer perfiden Regie gesteuert. Egal, du bist sauber, lass dich nicht erpressen. Mach gar nichts, mach deinen Job und verkaufe dieses verdammte Unternehmen gerade so, als hättest du diese digitale Mata Hari nie getroffen.«

»Ich weiß nicht, Mitch, ich würde dir gerne glauben, aber die haben mir Seiten von mir selbst gezeigt, ich könnte kotzen.«

»Kannst du ja, gerne und immer wieder. Aber lass dich nicht erpressen.«

»Mitch, ich will endlich in meinem Leben etwas richtig machen, ich bin ziemlich entschlossen, morgen mit der Börsenaufsicht zu sprechen und denen alles zu beichten.«

Mitch schluckt, keine schlechte Idee, aber warum klingt der Banker so depressiv, als habe er zum Dinner eine Valium 10 eingeworfen?

»Hollbach, mach was dir dein Bauch sagt. Aber sei verdammt vorsichtig und halte mich auf dem Laufenden.«

Mitch wird nicht schlau aus diesem Mann.

»Man kann ja über Mentoff sagen, was man will«, murmelt er vor sich hin, »aber er hat aus Peer Hollbach einen besseren Menschen gemacht. Da ist nichts mehr von diesem präpotenten Showman! Wahrscheinlich hat Mentoff ihm gezeigt, was für ein Ekelpaket in ihm steckt. Und wenn er das jetzt los werden will, meinen Respekt hat er.«

Er schnappt sich sein Handy, sucht die beiden Filme, die fallende Cruz und den platzenden Tisch, und schickt beide nach Frankfurt.

Vernon Graves sitzt aufgewühlt in einem der Maseratis des Resorts, als sein Handy klingelt.

Im Display erkennt er die vertraute Nummer von Cheryl Cruz.

»Hallo, Vernon, sorry für den späten Anruf, störe ich dich?«

»Nein, alles klar. Fahre gerade Sankt Martin runter und will dann hoch ins Resort. War bei Carlos in seinem Adlerhorst, war kein erquicklicher Abend. Ich hoffe, du hast gute Nachrichten.«

»Nicht wirklich, ich wollte dir nur durchgeben, dass es gerade ein etwa zehnminütiges Telefonat zwischen Hollbach und diesem Berger gegeben hat. Anschließend hat der Journalist zwei umfangreiche Videodateien gesendet. Ich vermute mal, dass es keine Bilder von malerischen Bergpanoramen gewesen sind.«

»Danke dir Cheryl, bleib am Ball, kann seien, dass ich spät nochmal zurückrufe. Das klingt nicht gut.«

Graves ist alarmiert, er beschleunigt den Wagen nochmal. Jetzt rast er durch den, dunklen, menschenleeren Ortskern von Goldrain, brettert am Bamboo vorbei, muss daran denken, dass er immer noch nicht Mitchs Aufenthaltsort ermittelt hat. Er hat es jetzt sehr eilig, er will ins Resort, etwas überprüfen.

Graves schafft die Strecke hoch in Rekordzeit, gut, dass um 23:30 Uhr hier nur noch wenig Wagen auf der Straße sind. Graves öffnet das Eingangstor, parkt den Wagen und sprintet in sein Büro. Er fährt die Überwachungsanlage hoch, will sich die Bänder des Vortags anschauen. Er kapiert schnell, dass keine Aufzeichnungen vorhanden sind. Er checkt, niemand hat die Bänder gelöscht, also muss der ständige Aufzeichnungsbefehl manipuliert worden sein. Graves ist stocksauer. Er ermittelt, dass der Änderungsbefehl aus dem Rechner in dem Schneideraum des toten Tony Raben kam. Er grinst bitter.

Ruft jetzt die Anwesenheitsliste auf. Sieht, dass Giovanni Müller zur fraglichen Zeit in dem Schneideraum gleich nebenan gearbeitet hat, auch die ganze Zeit dort eingeloggt war.

»Ein Leichtes die drei Schritte zu machen, und dich dann neu einzuloggen. Giovanni Müller was soll die Scheiße, willst du deinen Kumpel rächen, was spielst du da?«

Graves öffnet die untere Schreibtischschublade, er hat dort ein Manual, das ihm zeigt, wie er auf eine Sicherheitsebene des

Überwachungssystems zugreifen kann. Dort wird ein ständiges Back-up erstellt, Graves ist guter Hoffnung, dort noch Aufzeichnungen des fraglichen Abends zu finden. Er werden Bilder mit schlechter Qualität sein, aber er wird sehen, ob sein Verdacht richtig ist. Er tippt, wartet, tippt wieder einen Befehl ein, dann sieht er ein Display. Er wählt die Kamera des Schneideraums von Tony Raben. Es rauscht, das Bild flimmert, die Aufzeichnung speichert nur ein Bild pro Minute.

Doch das reicht, um Vernon Graves einen Wutanfall zu verpassen.

Minutenlang sieht er einen leeren Schneideraum.

Dann plötzlich zwei Gestalten. Der eine macht sich am Rechner zu schaffen, der andere schaut sich neugierig um. Der Typ am Rechner – ohne Frage Giovanni Müller, der andere genauso klar, der Frankfurter Schnüffler Mitch Berger.

Graves weiß jetzt, dass er ein fettes Problem hat.

Sein Gesicht ist weiß vor Wut, am liebsten würde Giovanni Müller eigenhändig in der Etsch ersäufen. Er weiß aber, dass er genau das nicht darf. Würde nur 14 Tage nach dem tragischen Unfalltod von Tony Raben dessen Kollege und Mitbewohner ertrunken in der Etsch gefunden, dann würden selbst die nicht gerade proaktiven Carabinieri des Vinschgaus freiwillig Überstunden machen. Zum ersten Mal fühlt sich Graves ratlos. Seine Fähigkeiten am Computer reichen nicht aus, um zweifelsfrei festzustellen, welche Dateien die beiden gesichtet haben. Aber er kann es sich denken. Mitch hat Bilddateien an Hollbach geschickt und dem wahrscheinlich mitgeteilt, dass die Erpressung auf einem Fake basiert. Das Unternehmen Hollbach muss abgeschrieben werden. Graves verabschiedet sich schweren Herzens von ein paar Millionen Dollar.

Es klopft an Mitchs Tür.

Er öffnet, schaut in Claires große Augen, die traurig sind und trotzdem strahlen.

»Wow, welch Freude dich zu sehen, dachte schon Mister Graves kommt mit der Kavallerie.«

»Lass mich heute Abend mit Graves in Ruhe, ich will nicht mehr an ihn denken. So etwas Böses wie heute Abend, widerlich.«

Mitch kratzt sich am Kopf. »Darf ich ehrlich sein, Claire?«

Sie nickt.

»Was haben wir da eigentlich gesehen, was für ein Foto haben die Reinhausen gezeigt?«

»Weiß ich nicht, Mitch, ist aber auch egal. Das muss irgendein Bild sein, das in der Avatararbeit eine Rolle gespielt hat und das für Reinhausen so mit Bedeutung aufgeladen war, dass er in der angespannten Situation einer Livesendung damit einfach nicht umgehen konnte.«

»Also sagst du, Graves und Mentoff haben Reinhausen an seinen Gegner verkauft. Aber warum? Für Geld?«

»Mitch, ich habe keine Ahnung, ist mir aber, ehrlich gesagt, auch egal. Was schert es mich, was diese Gangster umtreibt. Verstehst du nicht, Carlos wollte mal Leuten wie Reinhausen helfen, sie heilen. Und heute? Heute hat Carlos einen Menschen vernichtet, der sich hilfesuchend an ihn gewandt hat.«

Plötzlich ist es still in Mitchs Zimmer.

Plötzlich stehen sich Mitch und Claire gegenüber und schweigen.

Sie betrachten einander, als sähen sie sich zum ersten Mal.

Plötzlich ist alles klar zwischen ihnen, sie sind Fremde, durch ein aberwitziges Schicksal miteinander verknüpft.

Aber das Heute, das gehört ihnen, heute, das sind nur sie beide, sie ahnen die Einmaligkeit des Moments, morgen lauert Gefahr, der Tod.

Heute, das sind ihre Augen, heute, das sind seine zärtlichen Hände auf ihren Brüsten, heute, das ist ihre wilde Zunge in seinem Mund, heute, das ist ihr gemeinsames Stöhnen, als sie endlich aufs Bett fallen und alles vergessen außer diesem Moment, der nur ihnen gehört.

In seinem Büro im Resort hat Vernon Graves deutlich mehr als das übliche Glas getrunken.

Er fühlt sich angeschossen, verletzt, schwach. Sein Handy holt ihn in die Wirklichkeit zurück. Ein abonnierter Wirtschaftsdienst meldet für morgen eine Pressekonferenz der Frankfurter Börsenaufsicht mit dem Investmentbanker Peer Hollbach.

Graves reagiert wie ein Profi. Er leitet die Meldung weiter an Cheryl Cruz, wartet dann fünf Minuten, wählt ihre Nummer.

»Cheryl, du musst improvisieren, diese Pressekonferenz wird nicht stattfinden.«

16

Peer Hollbach erwacht mitten in einer zermarterten Nacht. Rotwein hat ihn zu Bett gebracht, aber schon zwei Stunden nach dem Einschlafen beobachtet er den Digitalwecker beim Sekundenzählen. Er schaltet gewohnheitsmäßig die Glotze an, hat mittlerweile kapiert, dass Actionfilme das Einschlafen nicht fördern, zappt auf zdf.info und sieht die letzten Minuten der siebten Folge einer zwölfteiligen Doku über die Milchstraße. Bei einem länglichen O-Ton eines schlecht übersetzten russischen Astrophysikers zappt er weg, landet auf einer Werbung für Telefonsex mit zwei tätowierten Dominas auf Tele 5, kehrt reumütig zur gebührenfinanzierten Milchstraße zurück und kann endlich wieder einschlafen.

Als er wieder hochkommt, zeigt der Wecker 6:56 Uhr.

Um 9 erwartet ihn die Börsenaufsicht, um 10 Uhr wird er vor der versammelten Presse stehen. Er ist mit sich im Reinen. Er wird kein Wort über Carlos Mentoff und das Paradise Mountain Resort verlieren. Er ist zwar angeschlagen, aber nicht blöd. Fängt er vor zehn Kameras an, über Meskalin, virtuelle Realität und Partys auf Mallorca zu reden, dann hat er schon verloren.

Seine Story wird schlanker sein. Ein Mitglied des Teams der Manhattan Trust Bank wird von Gangstern erpresst, die Informationen über angebliche Übernahmegeschäfte der Bank erhalten wollen.

Die Manhattan Trust Bank aber lässt sich nicht erpressen.

Deswegen steht er hier.

Peer Hollbach genießt die Dusche, die heißen Strahlen kom men von allen Seiten.

Dies ist jeden Morgen sein Moment.

Dann dreht er auf eiskalt.

In der Küche eine kleine Portion Skyr mit Blaubeeren, dazu ein doppelter Espresso.

Hollbach stiert aus dem Fenster, seit Mitch ihn am Telefon

freigesprochen hat, wundert er sich, warum er sich nicht erleichtert fühlt.

Die Antwort ist einfach, er glaubt Mitch nicht.

Hollbach weiß nicht, ob es am Meskalin liegt, er hat keine Erfahrung mit dieser Droge.

Aber er weiß, er wird diesen Moment nie vergessen. Als der Avatar die Frau, von der er heute weiß, dass sie eine Erpresserin ist, als er diese Frau in das Glas schmetterte, da war er, Peer Hollbach, der Avatar. Er wollte die Frau vernichten, wollte ihre Missachtung bestrafen. Mitch kann erzählen, was er will, er weiß es besser.

Und trotzdem wird er auf der Pressekonferenz funktionieren.

Schließlich ist er ein Profi.

Peer Hollbach zieht sich sorgfältig, aber ohne Begeisterung an. Ein dunkelanthrazitfarbener Armani-Anzug mit weißem Hemd und dunkelroter Krawatte garantieren einen seriösen Auftritt. Hollbach fühlt sich merkwürdig heute Morgen, jeder Moment, jeder Handgriff hat plötzlich eine Bedeutung, es ist, als gäbe es keine alltägliche Routine mehr.

Hollbach nimmt den Aufzug nach unten, läuft die paar Schritte zu seinem Aston Martin, steigt ein, drückt den Startknopf und genießt das Röhren des Motors. Eine Sekunde denkt er an die tollen Kurven des Martelltals, dann rollt er vorsichtig die enge Auffahrt aus der Tiefgarage nach oben. Vor der Ausfahrt haben wie jeden Morgen liebe Nachbarn aus Rache an den neureichen Garagenbesitzern die Ausfahrt fast zugeparkt.

Er rangiert vorsichtig, immer noch leicht abwesend.

Dann glaubt er rechts eine plötzliche Bewegung zu sehen. Er dreht sich Richtung Fenster, sieht eine schlanke Gestalt, in einen schwarzen Kapuzenpulli gehüllt, die ihm merkwürdig vertraut vorkommt. Hollbach fühlt eigentlich nichts, wundert sich nur über die gleitende, schnelle Bewegung, mit der die Kapuzenperson plötzlich eine schwere Pistole auf ihn richtet. Er sieht es dreimal blitzen, hört aber nur ein ineinander übergehendes lautes Geräusch. Er fühlt Schwärze um sich herum, spürt einen Schlag auf die Stirn, fällt in einen tiefen Tunnel, fällt, wartet auf ein Erwachen im Hellen, fällt weiter.

Auf der Straße schreien Passanten, der Aston Martin rammt einen A3, bleibt mit laufendem Motor stehen. Kein Mensch achtet auf den Kapuzenpulli, der sich mit wachsender Geschwindigkeit, aber ohne zu rennen vom Tatort entfernt. Aus der Ferne hört man das Heulen von Sirenen. In einem kleinen Park in der Nachbarschaft lässt sich Cheryl Cruz auf eine Bank fallen. Sie fingert ihr Handy aus dem Sportgürtel, ruft im WhatsApp-Verzeichnis Vernon Graves auf. Sie tippt »Pressekonferenz abgesagt«, verstaut ihr Handy wieder im Gürtel, zieht ein pinkfarbenes Shirt über den Pulli, lässt die Kapuze weg und verschwindet in einer Gruppe Jogger.

Mitch wird vom Klingelton seines Handys geweckt. Für eine kurze Sekunde betrachtet er liebevoll die schlafende Claire, schnappt dann das Handy, sieht Giovannis Nummer. »Mann, was ist los, es ist gerade halb acht.«

»Tut mir leid, wenn ich dich geweckt habe, aber ich erhielt gerade einen Anruf vom Büro Vernon Graves'. Ich muss um neun bei ihm antreten. Dir ist klar, was das heißt.«

Mitch schluckt, das sind schlechte Nachrichten.

»Das heißt, dass wir wahrscheinlich aufgeflogen sind. Willst du hingehen?«

»Habe ich eine Wahl?«

»Pass auf, Giovanni, er wird dich nicht umlegen, wenn er das vorhätte, dann hätte dich nicht seine Sekretärin förmlich eingeladen. Dann hätte er dich überrascht.«

Giovanni grunzt zustimmend. »Okay, ich fahre da hoch, rufe euch gleich danach an. Hast du bis 10 Uhr nichts von mir gehört, dann rufe die Bullen.«

Mitch legt auf, schüttelt den Kopf, geht zu Claire, die durch das Telefonat geweckt wurde, küsst sie und beginnt leise zu fluchen.

Aus alter Gewohnheit schaltet er das ZDF Morgenmagazin an, hat Glück, erwischt gerade den Moment als Dunja Hayali nach Mainz zu Carsten Rüger und den Nachrichten abgibt. Der Nachrichtenmann, Typ gutgelaunter Sportler, beginnt mit der Reinhausen-Geschichte. Man sieht die peinlichsten Szenen von gestern noch einmal. Gegen Mittag habe Reinhausen eine Pressekonferenz angekündigt. Es folgen neue Horrorstorys über Donald Trump, dann trifft Angela Merkel in Paris ein. Neben Macron stehend, sieht man der Kanzlerin ihre Dienstjahre ziemlich an. Zum Schluss eine Meldung aus Frankfurt, die Mitch trifft wie ein Blitz. Der Finanzplatz Frankfurt stehe unter Schock, in den frühen Morgenstunden sei ein bekannter Banker in seinem Wagen, beim Verlassen seiner Tiefgarage mit drei Kopfschüssen aus nächster Nähe regelrecht hingerichtet worden. Im Bild sieht er Polizeiabsperrungen vor Hollbachs Haus, sieht den Aston Martin, der in einen geparkten A3 gekracht war. Die ZDF-Börsenexpertin verweist auf einen möglichen Zusammenhang mit einer internationalen Übernahmeschlacht, von der seit Wochen gemunkelt werde. Weder Bank noch Staatsanwaltschaft wollen sich äußern.

Mitch erstarrt, schluchzt auf, schlägt die Hände vor das Gesicht, er dreht sich zu Claire.

»Hast du zugehört? Hollbach ist tot, erschossen. Sie haben ihn umgelegt, ich fasse es nicht.«

Mitch ballt die Faust in hilflosem Zorn. Claire laufen die Tränen über die Wangen.

»Er hat mich damals um meine Karte gebeten, und sie dann dir gegeben. Er hat uns zusammengebracht. Vielleicht sollten wir die Koffer packen und verschwinden, Mitch, ich habe Angst.«

Mitch nimmt sie in den Arm. »Geht mir genauso, ich habe die Hosen voll.«

Dann denkt er nach.

»Claire, in den Nachrichten gerade hatten zwei Meldungen mit unserer Geschichte zu tun. Reinhausen und Hollbach. Ein Zusammenbruch und ein Mord. Das ist eine Riesenstory. Ich kann jetzt nicht abhauen.«

Um Punkt 9 Uhr steht Giovanni Müller vor dem Büro von Vernon Graves, der in einem der oberen Stockwerke des Haupthauses residiert.

Er wird sofort vorgelassen. Graves sitzt hinter einem wuchtigen Schreibtisch, an der Wand gegenüber eine Menge Monitore, die er ausschaltet, solange er Besucher empfängt. In der Mitte des Büros steht ein Besprechungstisch mit einigen Stühlen.

Auf dem Tisch liegt ein Dokument. Graves deutet auf den Tisch, setzt sich hin, greift nach dem Papier. »Wissen Sie was das ist, Herr Müller?«

Giovanni schüttelt den Kopf.

»Schade, dieses Papier sollten Sie kennen. Dies ist der von Ihnen unterschriebene Arbeitsvertrag, der noch bis zum 31.03. des nächsten Jahres gültig ist. Gegen diesen Vertrag haben Sie mindestens zweimal verstoßen. § 17 untersagt Ihnen, betriebsfremde Personen ohne Erlaubnis auf das Gelände zu lassen. §24 untersagt Ihnen, Rechnerbereiche zu verändern, die nichts mit Ihren unmittelbaren Aufgaben zu tun haben. Ist ein Herr Mitch Berger aus Frankfurt ein Angestellter des Paradise Mountain Resorts?« Graves hebt seine Hand, er will jetzt noch keine Antwort.

»Zweite Frage: Gehört die Steuerung der Überwachungskameras zu ihren unmittelbaren Aufgaben?«

Giovanni Müller windet sich auf seinem Stuhl. »Zweimal nein.«

»Dann darf ich Ihnen im Namen der Geschäftsleitung hiermit die fristlose Kündigung aussprechen. Damit ist der offizielle Teil dieser Veranstaltung beendet. Kommen wir zum inoffiziellen Teil. Was haben Sie mit Mitch Berger zu tun?«

»Gar nichts, ich habe ihn in Schlanders in einer Kneipe kennengelernt, er will über die Ferrata-Sache schreiben. Er hat mir die Ohren abgekaut, bis ich mich bereit erklärt habe, ihn mal mitzunehmen. Habe ihm nur ganz allgemein die Räumlichkeiten gezeigt.«

»Herr Müller, Sie sind ein gottverdammter Lügner, ich hätte nicht übel Lust die Wahrheit aus Ihnen rauszuprügeln. Kurz nach Ihrer Führung hat Herr Berger zwei Handyvideos nach Frankfurt geschickt, das waren natürlich nur Bilder unserer Schneideräume, was sonst auch? Sie sollten öfters an Ihren toten Freund Tony Raben denken, man lebt nicht ungefährlich hier in den Bergen. Besonders mit den falschen Freunden. Diese Geschichte ist noch nicht gegessen. Wir werden feststellen, was Herr Berger mit den von Ihnen gelieferten Informationen vorhat. Und jetzt hören Sie mir bitte ganz genau zu.« Vernon Graves senkt seine Stimme zu einem bedrohlichen Flüstern.

»Sie haben ein ziemliches Glück, Herr Giovanni. Ich kann mir momentan keinen weiteren Unfall eines Mitarbeiters leisten. Aber überstrapazieren Sie Ihr Glück nicht. Wenn ich Sie noch einmal mit diesem Berger zusammen sehe, oder wenn ich Sie in der Nähe des Resorts erblicke, dann werden Sie sich wünschen Sie seien nie geboren worden. Haben Sie verstanden?«

Giovanni Müller ist bleich, sein Magen krampft, er will aufstehen.

»Einen Moment noch. Wo hält sich Mitch Berger zurzeit auf?«

»Es tut mir leid, Herr Graves, ich würde Ihnen gerne helfen, aber ich weiß es nicht. Wir haben uns, wie gesagt, in einer Kneipe in Schlanders kennengelernt. An dem fraglichen Abend dann, als ich ihn mitgenommen habe, haben wir uns hier an der Straße im Waldheim verabredet.«

Graves glaubt ihm kein Wort.

Aber er spürt, dass er in einer Falle steckt. Sein Vorzimmer weiß, dass Müller hier war. Sollte der jetzt plötzlich verschwinden, gerät er sofort in Verdacht. Er kann jetzt keine polizeiliche Ermittlung im Umfeld des Resorts gebrauchen. Er rechnet damit, dass die Frankfurter Mordkommission keine zwei Tage brauchen wird, bis ihnen Hollbachs Aufenthalt im Resort auffällt. Es steht zu befürchten, dass Mitch Berger Kontakt zu den Frankfurter Ermittlern aufnimmt. Seine Hände sind gefesselt, er kann sich im Augenblick keinen toten oder vermissten Mitarbeiter leisten.

»Herr Müller, bitte verlassen Sie mein Büro, geben Sie draußen ihre Ausweise und Schlüssel ab. Vergessen Sie nicht, was ich Ihnen gesagt habe. Glauben Sie mir, noch ein Fehler – und Sie sind erledigt.«

Giovanni Müller springt geradezu aus seinem Stuhl, er verlässt das Büro grußlos und in Eile. Draußen hält ihn eine Sekretärin an, nimmt ihm Ausweis und Schlüssel ab.

Als er in seinem Auto sitzt und durch das Tor nach draußen rollt, spürt er eine ungeheure Erleichterung.

Er gibt Gas, überquert den Wanderer-Parkplatz, jagt durch die Spitzkehren, hält erst auf dem Parkplatz vor dem Waldheim an. Er springt aus dem Wagen und saugt sich die Lungen voll mit köstlicher Luft. Er merkt, dass ihm immer noch die Knie zittern.

Er fischt sein Handy aus der Hose, wählt Mitchs Nummer.

»Hey Mann Giovanni, gut dich zu hören. Wo steckst du?«

»Auf dem Parkplatz vor dem Waldheim. Werde mir einen Grappa holen.«

»Was ist passiert, hast du Graves gesehen?«

»Ja klar, er hat mich gefeuert, er weiß alles, er muss eine zusätzliche Kamera haben. Er hat mir wüst gedroht, hat mir durch die Blume zu verstehen gegeben, dass ich nur deswegen noch am Leben bin, weil er keinen Ärger mit den Carabinieri will.«

»Komm rum, den Grappa kannst du auch hier trinken.«

»Nein, wir müssen vorsichtig sein, er sucht dich, er hat mir jeden Kontakt zu dir verboten. Wir müssen höllisch aufpassen, vielleicht hat er mich nur laufen lassen, damit ich ihn zu dir führe.«

»Giovanni, beruhige dich, du bist da heil rausgekommen. Denen schwimmen langsam die Aktien weg. Aber du hast recht, kann sein, dass er dich beobachten lässt. Fahr erst mal nach Hause, ich melde mich später.«

»Okay Mitch, und noch etwas: Ich glaube, einmal hat er sich verplappert. Er erwähnte, du hättest zwei Handyvideos an Hollbach geschickt. Stimmt das?«

»Ja, stimmt und weiter?«

»Mitch denk nach, woher weiß er das?«

Mitch, der noch in seinem Zimmer im Bamboo steht, klatscht sich die Hand auf die Stirn.

»Verdammt, du hast recht. Die kontrollieren die Handys. Entweder meins oder Hollbachs oder beide. Bei meinem ist mir nichts aufgefallen, wahrscheinlich haben die Hollbach einen Trojaner aufgespielt.«

Mitch denkt nach. Ihm fällt ein, dass Hollbach erwähnt hat, er habe von der Erpresserin ziemlich unmotiviert ein Foto erhalten. Wahrscheinlich war in dieser Bilddatei ein Trojaner versteckt. Mitch grübelt, dann schnappt er sein Telefon, betrachtet es misstrauisch, schüttelt den Kopf, wählt eine Frankfurter

Nummer. Ein Kumpel aus alten Fernsehtagen meldet sich, der aktuell bei der ARD arbeitet.

»Hi, Mitch hier, sag mal, kann es sein, dass du an der Hollbach Story arbeitest?«

»Treffer, mein Lieber, aber das war nicht wirklich schwer. Gibt wenig Kollegen, die nicht auf den Fall angesetzt sind. Hast du was?«

»Eine ganze Menge, ich sitze seit Wochen an dieser Geschichte.«

»Mitch, bist du jetzt schon besoffen? Hollbach wurde heute in aller Frühe erschossen.«

»Danke für deine Frage, unsere Leberwerte dürften sich die Waage halten. Nein, ernsthaft, ich sitze wirklich seit einiger Zeit an dieser Story, wird ein Riesending. Zu gegebener Zeit wirst du einer der ersten sein, den ich ins Boot hole, jetzt kann ich hier aber keinen Reportertrupp brauchen. Aber ich gebe dir einen Tipp, den du bitte an die Frankfurter Cops weitergibst. Sie sollen mal das Handy von Hollbach unter die Lupe nehmen. Könnte gut sein, dass sie dabei eine Überraschung erleben. Ich rede nicht von angerufenen Nummern oder sowas, ich rede von einem Trojaner, der Handydaten weitermeldet.«

»Darf ich dich als Quelle nennen?«

»Nein, jetzt noch nicht, aber das kann sich schon morgen geändert haben. Nur eins, im Namen alter Freundschaft, achte auf Meldungen aus Südtirol in nächster Zeit. Und falls du in den nächsten zwei Tagen nicht von mir hörst, dann informiere die Polizei.«

»Mach keinen Scheiß, Mann.«

»Nein, alles klar, aber ich bin sauer, ich kannte Hollbach, das hat er nicht verdient.«

»Du kanntest Hollbach? Was hast du mit einem aufgeblasenen Investmentbanker am Hut? Hat er dein nicht vorhandenes Aktienportfolio verwaltet?«

»Reiß keine Witze über Tote, alles andere später, mach's gut.«

Vor einer großen Parteizentrale in Schwerin drängen sich die Reporter. Drei Übertragungswagen mit fetten Satellitenschüsseln auf dem Dach sind aufgefahren, Kamerateams kämpfen um gute Plätze. In wenigen Minuten wird Dr. Reinhausen eine Erklärung abgeben und anschließend Fragen beantworten. Im Saal herrscht ein wüstes Stimmengewirr, der Geräuschpegel ist kurz unterhalb der Schmerzgrenze. Plötzlich, über Nacht, hat ein bis dahin langweiliger Landtagswahlkampf nationale Schlagzeilen gemacht. Ein Kandidat, dem live die Nerven durchgehen, ein Politiker, dem die Tränen kommen und dem die Stimme versagt, für die Sensationsmeute ein wunderbarer Stoff.

Plötzlich wird es schlagartig leise im Saal. Reinhausen, begleitet von seinem Pressesprecher und weiteren Mitarbeitern, betritt den Raum. Der Pressesprecher begrüßt die Anwesenden, kündigt eine persönliche Erklärung des Kandidaten an und erklärt, dass die Pressekonferenz auf zehn Minuten begrenzt sei.

Dann erteilt er Reinhausen das Wort.

Der nimmt das Mikrophon, schwenkt einmal mit seinen Blicken die ersten Reihen ab, erkennt viele der bekannten Pressegesichter der Landespolitik, aber auch eine ganze Reihe von Journalisten, die sonst aus Berlin berichten.

»Meine Damen und Herren, ich habe mich nach reiflicher Überlegung, nach Rücksprache mit meiner lieben Frau und nach intensiven Beratungen mit meinen Parteifreunden entschieden, nicht weiter für das Amt des Ministerpräsidenten zu kandidieren. Diese Entscheidung ist mir nicht leichtgefallen, ich arbeite seit langen Jahren für unser schönes Bundesland und ich hätte gerne meinem Land auch als Ministerpräsident gedient. Allerdings haben mir die Ereignisse des gestrigen Abends gezeigt, dass ich gesundheitlich angeschlagener bin, als ich dachte. Ich werde mich für eine Weile aus der Öffentlichkeit zurückziehen, ich werde dem Rat meiner Ärzte folgen und ich hoffe, schon bald, in welcher Funktion auch immer, meinen Dienst am Land fortsetzen zu können. Bevor wir zu Ihren Fragen kommen, lassen Sie mich Folgendes vorwegschicken: Ich werde keine Details meines Gesundheitszustandes in der Öffentlichkeit erörtern. Ich danke Ihnen für Ihr Verständnis.«

Sofort steigt der Geräuschpegel im Saal wieder sprunghaft an.

Der Pressesprecher ruft die erste Frage auf.

»Dr. Reinhausen, steht Ihre gesundheitliche Beeinträchtigung im Zusammenhang mit ihrem Unfall?«

Reinhausen nickt.

»Ja, dieses Ereignis ist mir näher gegangen als ich dachte, da gibt es etwas aufzuarbeiten, was wir tun werden.«

»Dr. Reinhausen, kann man sagen, Ihre Erkrankung ist psychischer Natur?«

»Wir beantworten keine diesbezüglichen Fragen. Bitte respektieren Sie das.«

»Dr. Reinhausen kennen Sie den Jungen, der auf den Fotos, die hochgehalten wurden abgebildet ist?«

»Nein, der Junge ist mit nicht bekannt.«

Das Frage-und-Antwort-Spiel geht weiter, Reinhausen lehnt weiter Spekulation über seine Gesundheit ab, die Agenturmeldungen reden unisono von einem Rücktritt aus psychischen Gründen.

Viele der Journalisten tuscheln untereinander, und viele Spekulationen drehen sich um den Jungen auf dem Foto, es soll gelungen sein, ihn als ein kalifornisches Softporno Model zu identifizieren. Als die Meldung die Runde macht, basteln einige schon an der Headline: »Was verbindet Schweriner Politiker mit LA-Kinderpornostar?« Allerdings wird noch keine Zeitung mit dieser Schlagzeile erscheinen, das verhindern vorsichtige Justitiare. Es ist nicht auszuschließen, dass Reinhausen nicht auf das Model, sondern auf die brutale Darstellung eines Unfalls reagierte. Es gibt keinen Beweis, dass Reinhausen den Jungen kannte.

Auf der Pressekonferenz wird jetzt die letzte Frage zugelassen.

»Dr. Reinhausen, halten Sie es für möglich, dass Ihr politischer Gegner die jungen Leute zu der Aktion im Studio animierte? Er ist derjenige, der von Ihrem Rückzug profitiert.«

»Mir liegen keine Informationen vor, die diesen Verdacht bestätigen. An Spekulationen beteilige ich mich nicht. Besten Dank, wir sehen uns bald wieder.«

Dr. Reinhausen wird mit Applaus verabschiedet.

Mitch steht abrupt auf, er hat einen Großteil der Veranstaltung live auf ntv verfolgt.

»Was zum Teufel haben die mit Reinhausen gemacht?« Er merkt, dass er die Frage laut gestellt hat, obwohl niemand da ist, der sie ihm beantworten könnte.

Er muss an den Brief der Ferrata denken, mit dem für ihn die ganze Sache begonnen hat. Die hatte von Schuldgefühlen geschrieben, von dem Versuch, ihr die Schuld an einem Unfall einzureden. Vielleicht lag hier alles ganz ähnlich. Mitch versucht sich zu überlegen, was zum Teufel er tun soll. Giovanni wird kein zweites Mal bei einem Einbruchsversuch dabei sein, er klang vorhin am Telefon richtig verängstigt. Wird er alleine mit den Computern klarkommen, selbst wenn ihm Giovanni alles dreimal erklärt? Wenn tatsächlich auf eine nicht autorisierte Ausspielung sofort Alarm gegeben wird, wie will er dann wieder aus dem Untergeschoß rauskommen? Vielleicht wird der Aufzug geblockt? Kann er es verantworten, Claire nochmal einer solchen Gefahr auszusetzen? Mitch steht auf seiner Terrasse, schaut auf die Berge, die rechts und links das Martelltal begrenzen. Was für ein wunderschönes, friedliches Bild. Wie trügerisch.

Was wäre die Alternative? Er kann sich mit dem Chef der Frankfurter Mordkommission verbinden lassen, und dem die Hintergründe des Hollbachmordes erklären. Würde der ihm glauben? Was hat er denn schon, das Bild von Cheryl Cruz und die Infos des Verfassungsschutzes zu ihr. Eine wilde Geschichte über Avatare, eine Erpressungsstory, die er nicht beweisen kann. Zweifellos würden die Frankfurter ihre italienischen Kollegen um Amtshilfe bitten, genauso zweifellos würden Graves und Mentoff davon so früh erfahren, dass sie Beweismaterial vernichten könnten. Er kann erklären, dass auch Reinhausen mit dem Paradise Mountain Resort zusammenhängt. Allerdings wieder ohne Beweis. Seine schlichte Anwesenheit im Resort besagt wenig.

Mitch schüttelt den Kopf. Zweimal hat die italienische Polizei im Zusammenhang mit Todesfällen im Umfeld des Resorts ermittelt, beim Tod der Ferrata und beim Tod von Tony Raben. Beide Male verliefen die Ermittlungen im Sand. Mitch ist sich sicher, dass Graves zumindest einen Informanden bei der Polizei hat. So umsichtig wie Graves seine Netze zieht, muss man davon ausgehen.

Er ruft Claire an, die nach Hause gegangen ist. Sie erzählt, dass sie gerade mit ihrem Büro im Resort telefoniert hat, übliche Routine an einem freien Tag. Alles sei ganz normal gewesen, Claire kennt ihre Mitarbeiterinnen gut, sie hätte es gemerkt, wenn eine von denen von Graves unter Druck gesetzt worden wäre. Auf Claire ist also noch kein Verdacht gefallen.

Mitch reagiert erfreut. »Was ein Glück, wir können also mit deinem Ausweis und mit mir unter der Hundedecke aufs Gelände fahren. Wäre echt Mist, wenn auch dein Ausweis gesperrt wäre. Hör zu, ich will mich jetzt mit Giovanni treffen. Bleib du lieber weg, es könnte sein, dass Giovanni beobachtet wird. Ich muss eh mit ihm einen Computerschnellkurs machen, er muss mir erklären, wie ich die richtigen Dateien finde und wie ich eine Ausspielung hinbekomme.«

»Mitch, willst du wirklich nochmal da hoch?«

»Von wollen kann keine Rede sein, wir haben keine Alternative. Wenn wir mit dem, was wir jetzt wissen, zur Polizei gehen, gibt es höchstens eine Razzia von der Graves hundertpro früh genug Wind bekommt, um den Keller ordentlich aufzuräumen.«

»Ich habe ein ganz mieses Gefühl.«

»Claire, ich auch. Aber ich will Graves kriegen. Und das wird nur gelingen, wenn wir Beweise sichern. Wir müssen Material haben, das die Polizei zwingt mit Haftbefehlen für Graves und Mentoff auf den Hof zu reiten.«

Claire seufzt, ihr passt die ganze Nummer nicht.

»Claire pass auf, ich habe einen Plan. Du bringst mich auf das Gelände, du gehst hoch in dein Büro, falls du jemand triffst, dann hast du was Privates vergessen. Ich gehe allein runter in die Katakomben.«

»Wieso du allein, was ein Quatsch, gib jetzt bitte nicht den Lonesome Cowboy. Entweder machen wir das zusammen oder gar nicht.«

»Claire, wir machen das gemeinsam, aber du musst nicht in den verdammten Keller, du musst was Wichtigeres machen.«

»Und was, wenn ich fragen darf?«

»Du wirst Graves ablenken.«

»Und wie soll ich das bitte schön machen? Ihn auf einen Spaziergang einladen?«

»Nein, du wirst ihm Feuer geben.«

Mitch fühlt sich elend, er hasst es, Claire unter Druck zu setzen. Aber ohne ihre Hilfe kommt er nicht hinein in das verdammte Gemäuer. Claires Angst beginnt ihn zu irritieren. Mitch kann verdammt abergläubisch sein, vielleicht ahnt Claire, dass etwas schieflaufen wird. Mitch ist eigentlich kein Kamikaze-Typ, aber er verliert sich gerne und leicht in einer Geschichte, will sie zu Ende bringen und übersieht dabei schon mal Gefahren. Und genauso geht es ihm jetzt, er hat den Tunnelblick, ist wild entschlossen, die Story zu Ende zu führen. Seit Hollbachs Tod fühlt er sich persönlich betroffen. Er hatte Hollbach am Anfang für einen aufgeblasenen Clown gehalten, dann aber hatten ihn die nachdenklichen Selbstzweifel des Bankers beeindruckt. Außerdem muss Mitch jetzt einfach die Geschichte rundkriegen. Er braucht dringend ein Honorar – das aber gibt es nur für fertige Geschichten und nicht für halbgare Recherchen. Und trotzdem macht er sich Sorgen um Claire.

Mitch ist mit Giovanni in einer Kneipe in einer der Nachbargemeinden von Goldrain verabredet. Er betritt einen gemütlichen holzgetäfelten Gastraum. Er sieht Giovanni an einem Ecktisch sitzen, von dem aus man alle Eintretenden im Blick hat. Er begrüßt ihn und nimmt Platz. Mitch hätte Lust auf einen kleinen Lagreiner, aber angesichts der vor ihm liegenden Computerstunde bestellt er einen doppelten Espresso macchiato und einen halben Liter Wasser.

Giovanni holt einen Schreibblock und einen Kugelschreiber aus seiner Jacke.

»Mitch, nur um das gesagt zu haben: Ich finde es mutig, aber auch ein wenig verrückt, da nochmal reinzugehen. Ich komme mir richtig feige vor, dass ich nicht mitkomme, aber ich schaffe es nicht. Graves hat mir heute früh gedroht. Ich sah ihm zu beim Denken, der hat ganz kalt abgewogen, ob es sinnvoller ist, mich umzulegen, oder mich laufen zu lassen. Das waren für ihn zwei mögliche Optionen, beide jederzeit denkbar. Der hat keine Scheu vor einem Mord.«

»Giovanni, lass gut sein. Ich habe jetzt schon ein schlechtes Gewissen, weil ich Claire da reinziehe. Komm, lass uns arbeiten.«

Giovanni nickt und greift zu seinem Kugelschreiber.

Er notiert eine Zahlenkombination für den Aufzug, es ist die Zugangsberechtigung eines Freundes, Giovanni geht davon aus, dass sein Code gesperrt ist.

Es folgen Nummern und Buchstabenkombinationen. Giovanni gibt sich tierisch Mühe, es für Mitch so einfach wie möglich zu machen, wobei er nichts als bekannt voraussetzen darf. Mitch muss erst mal den Schnittcomputer hochfahren, für Giovanni eine Alltäglichkeit, für Mitch eine Premiere.

Dann folgt eine detaillierte Beschreibung der Menüebenen, an jeder Gabelung gibt es zehn mögliche Wege, einer ist der Richtige.

Mitch raucht der Kopf, aber er schreibt tapfer mit, versucht den Zettel übersichtlich zu halten, dass er am Abend unter Stress nicht an seiner eigenen Handschrift oder an falschen Verweisen scheitert.

Nach gut neunzig Minuten sind sie durch. Mitch bestellt jetzt doch einen kleinen Roten, er muss ein bisschen entspannen.

»Hör zu, Giovanni, wir werden gegen 20 Uhr auf das Gelände fahren. Gib uns vier, besser sechs Stunden, vielleicht müssen wir uns zwischenzeitlich irgendwo verstecken. Also, wenn du bis zwei Uhr in der Nacht nichts von uns gehört hast, dann tritt den Carabinieri die Tür ein. Rufe nicht an, fahr hin und lass dich nicht abwimmeln.«

»Mitch, eine indiskrete Frage, was empfindest du für Claire?«

»Warum fragst du?«

»Weil ich sie mag, ich möchte nicht, dass sie verletzt wird.«

»Giovanni, was soll ich sagen? Ich fühle mich high. Wenn ich sie sehe, dann geht die Sonne auf, aber wir sind beide keine Teenies. Sie kaut gewaltig an ihren Gefühlen für Mentoff, ich habe da auch so einiges in meinem Rucksack. Wir haben uns gerade erst getroffen, lass sehen, was da noch kommt. Eine Chance, denke ich, haben wir auf jeden Fall.«

Die beiden klatschen sich ab, Mitch zahlt und macht sich auf den Rückweg ins Bamboo.

Der ntv-Nachrichtensprecher berichtet von neuen Spekulationen im Fall Hollbach.

Angeblich habe man im Handy des Erschossenen eine sehr moderne Spy-Software gefunden, mit der Hollbachs Handy überwacht wurde. Dies werde als Bestätigung der These gewertet, dass der Mord mit der Übernahmeschlacht zu tun habe.

Danach kommt der Nachrichtenmann auf Reinhausen zu sprechen. Es folgt eine Zusammenfassung der Pressekonferenz vom Vormittag, dann schaltet der Sender live zu der gerade laufenden Pressekonferenz von Reinhausens Gegner.

Mitch steht in seinem Zimmer und sieht die üblichen Bilder, einen überfüllten Saal, Kameraleute, die sich um die besten Plätze prügeln. Im Eingangsstatement wünscht der jetzige Favorit auf das Amt des Ministerpräsidenten seinem ausgeschiedenen Gegner alles Gute. »Ich habe die Erklärung von Herrn Dr. Reinhausen mit großem Respekt zur Kenntnis genommen und wünsche ihm baldige und vollständige Genesung. Erlauben Sie mir einen persönlichen Gruß, lieber Dr. Reinhausen, unser Land braucht Männer wie Sie, in diesem Sinne hoffe ich auf Ihre baldige Rückkehr.«

Dann äußert sich der kommende Ministerpräsident von Mecklenburg-Vorpommern zu einigen Schwerpunkten seiner Politik. »Wir hoffen auf einige namhafte Ansiedlungen arbeitsplatzintensiver Unternehmen aus der Tourismusbranche, ich möchte aber auch an Häuser denken, die sich dem Heilen und Pflegen widmen. Auch dort werden viele Bürger unseres Landes neue und feste Beschäftigungen finden. Wir müssen solche Investitionen erleichtern, bürokratische Hindernisse abbauen, und darum, das verspreche ich, werde ich mich persönlich kümmern.«

Oben im Martelltal sitzt Vernon Graves vor dem Fernsehen und klatscht höhnisch Beifall. »Das nenne ich mal einen zuverlässigen Partner. Der beginnt schon mit der Rückzahlung seiner Schulden, bevor er überhaupt im Amt ist.«

Graves schaltet ab, er hat genug gesehen.

Mitch bleibt weiter vor dem Fernseher, er ist gespannt, ob die Journalisten den Kandidaten grillen werden.

»Es stehen Vorwürfe im Raum, die beiden jungen Männer, die Reinhausen provozierten, seien von Ihnen oder von Mitgliedern Ihres Teams angestiftet worden. Sind Ihnen diese jungen Männer bekannt?«

»Die in dieser Frage liegende Unterstellung weise ich in aller Schärfe zurück. Ich persönlich kenne diese beiden jungen Männer nicht, für die Mitglieder meines engeren Teams möchte ich mich verbürgen.«

Mitch grinst, die Kollegen haben den richtigen Riecher, aber es gibt keine Beweise.

Wenig später endet die Pressekonferenz in Schwerin.

Oben auf dem Podium flüstert der Kandidat seinem Pressesprecher ins Ohr. »Deine Idee, die Jungen aus Polen zu holen, war super. Aber sei so gut, sprich nochmal mit den Freunden drüben. Es wäre mir wohler, wenn die beiden bis zum Wahltag auf Urlaubsreise in Asien oder Südamerika wären. Bitte, arrangiere da was.«

Gegen 18 Uhr klopft Claire an Mitchs Zimmertür. Sie wirkt angestrengt und ein wenig neben der Spur.

Mitch nimmt sie in den Arm und sie stehen lange und schweigsam aneinandergeschmiegt.

Sie schauen sich in die Augen, erkennen in den Blicken des anderen das eigene Gefühl.

Plötzlich merkt Mitch, dass ihm die ganze Zeit ein alter Song durch den Kopf geht, ein Stakkato-Hit der damals Neuen Deutschen Welle: Drück dich an mich, so fest wie du kannst. Küss mich, mein Liebling, als wärs das letzte Mal, küss mich, als wärs das letzte Mal. Und schlagartig ist seine Angst um Claire zurück.

Warum fällt ihm jetzt dieser Song ein? Er hat ihn seit Jahrzehnten nicht mehr gehört.

Er versucht, seine schwarzen Gedanken mit Küssen zu vertreiben.

Sie lieben sich leidenschaftlich und spüren doch, dass sie nicht alleine im Zimmer sind. Sobald sie die Augen öffnen, schaut ihre Angst sie an.

Um 19:30 Uhr verlassen Claire und Mitch das Hotel.

Sie sitzen, ohne ein Wort zu sprechen in dem Fiat Punto und starten in die Nacht. Auf halber Höhe merken sie, dass Nebel aufzieht.

»Das kann ganz schnell gehen in den Bergen, das Wetter ändert sich blitzschnell. Unten kann die Sonne scheinen, oben ist alles dicht.«

»Mensch Claire, kommt uns doch gelegen, der Nebel. Kann vom Haus aus keiner das Auto im Blick behalten.«

»Mitch, jetzt erzähl mir endlich deinen hoffentlich verdammt guten Plan. Was hast du gemeint mit, als du sagtest, ich solle Graves Feuer geben?«

»Das war wörtlich gemeint. Diesmal ist alles völlig anders als beim ersten Mal. Die Überwachung ist nicht manipuliert, Graves ist im Haus. Also müssen wir ihn daran hindern, die Kontrollmonitore im Auge zu behalten. Wenn wir drin sind, bleibe ich zehn Minuten regungslos unter der verdammten Hundedecke auf dem Boden liegen. Du gehst ins Haus, und wenn du auf Graves triffst oder jemand anderen, dann willst du dir was Privates aus deinem Büro holen. Oben suchst du dir ein geöffnetes Büro in gebührendem Abstand von deinem. Du nimmst eine Kerze mit und ein Feuerzeug. Such den verdammten Rauchmelder, den gibt es in jedem Zimmer, meistens in der Mitte, oder nahe der Tür. Zieh einen Tisch unter den Melder, packe einen Stuhl auf den Tisch, darauf noch irgendwas Hohes, Papierkorb oder so, und dann steckst du die Kerze an und stellst sie etwa 20 Zentimeter unter den Melder. Dann haust du ab. Am besten raus ins Auto. Nach etwa fünf Minuten geht der Alarm los. Ich verstecke mich in der Nähe des Eingangs. Sobald der Alarm losgeht, fahre ich runter, erledige meine Sachen, und bete dabei, dass durch den Alarm kein Schwein auf die Monitore starrt. Ich komme hoch, renne zum Auto, küsse dich und wir fahren in die Freiheit.«

Claire schaut ihn an, muss wider Willen lachen.

»Mitch, du bist ein kleiner Träumer. Der Plan ist gut, aber«, sie macht eine Pause, »aber was machst du, wenn wegen des Feueralarm der Aufzug nicht fährt?«

»Come on Lady, sei kein Spielverderber. Nie und nimmer haben die das gekoppelt. Das mag für den großen Personenaufzug im Haupthaus gelten, aber nie für das kleine Teil, das ja ohnehin fast nur Personal befördert. Okay, wenn der nicht geht, sind wir ganz schnell wieder raus.«

Um 20:05 Uhr halten sie auf dem öffentlichen Parkplatz, die Sicht ist miserabel.

Sie küssen sich, wild und voller Angst.

Mitch legt sich auf den Boden, flucht sofort über den Hundegeruch, hält dann aber die Klappe. Claire steuert vorsichtig das Eingangsportal an, tippt ihren Code ein, das Tor öffnet sich. Mitch hört den Kies knirschen, dann spürt er, wie der Wagen zum Stehen kommt.

»Irre, der Nebel, ich kann von hier das Haupthaus kaum sehen. Es ist jetzt zehn nach acht. Gib mir zehn Minuten, dann brennt die Kerze. Wenn du mit den fünf Minuten recht hast, geht der Alarm um 20:25 Uhr los. Mitch, ich liebe dich.«

Und schon fällt die Wagentür ins Schloss.

Vernon Graves sitzt an seinem Schreibtisch, erledigt liegengebliebene Post und grübelt über Mitch und Giovanni. Am Nachmittag hat ihm ein Techniker mitgeteilt, dass die Manipulation am Sicherheitssystem nur die Aufzeichnung der Aufnahme blockiert hat, nicht aber das live laufende Bild. Das hat Graves ins Grübeln gebracht. »Waren die tatsächlich so frech und haben riskiert, dass ein Mann im Kontrollraum sieht, dass sich da zwei Typen in einem Schneideraum zu schaffen machen? Schwer vorstellbar«, murmelt er und ruft auf seinem Bildschirm den gestrigen Dienstplan der Security-Männer auf. Er sieht, wer zum Dienst im Kontrollraum eingeteilt war, entdeckt, dass der Mann auch jetzt gerade Dienst hat und ruft ihn über Sprechfunk zu sich. Wenige Minuten später steht ein eingeschüchtert aussehender Uniformierter vor ihm. »Alles okay, ich habe nur eine einzige Frage an dich. Bei deiner Schicht gestern, war da alles normal, oder gab es irgendwelche besonderen Vorkommnisse?«

»Nein Chef, war alles wie immer, alles ruhig, gestern war sehr wenig los.«

»Gar nichts anders als sonst?«

»Na wenn Sie so fragen, eines war etwas schräg. Ich habe eine Dame aus der Geschäftsleitung getroffen, die beschwerte sich, dass die Lampen auf dem Parkplatz nicht brannten. Ich musste sofort hoch, nur um oben festzustellen, dass alle Lampen brannten.«

»Weißt du den Namen der Dame?«

»Ja, sie hieß Claire Bergmann, sie meinte, sie sei die Assistentin vom Professor. Eine Hübsche.«

Jetzt war Graves hellwach.

»Nochmal genau, wo hast du die Bergmann getroffen?«

»Na unten, Ebene -1, ganz in der Nähe des Kontrollraums. Ich wollte gerade rein, da kam sie mit den Lampen und sagte, ich müsse das sofort machen.«

»Danke, Mann danke, du hast einen gut bei mir. Und beim nächsten Mal kommst du mit so einer Geschichte direkt zu mir und wartest nicht, bis ich dich rufe. Okay?«

»Okay, Chef.«

Vernon Graves flucht vor sich hin. »Claire Bergmann, du alte Schlange. Du bist also die Dritte im Paket. Shit, hätte ich mir denken können. Immer mit deinen Gutmenschensprüchen, immer hast du bei Mentoff gegen mich gehetzt, immer die heilige Wissenschaft hochgehalten. Das passt.«

Er öffnet das Protokoll der Eingangspforte, will checken, wann Claire gestern auf dem Gelände war.

Da fällt ihm auf, dass Claires Name und ihre Codenummer rot unterlegt sind.

Rot unterlegt werden alle Personen, die aktuell eingeloggt sind.

»Verdammt, sie ist auf dem Gelände. Einfahrtzeit 20:10 Uhr.«

Er starrt auf seine Uhr, es ist 20:23.

17

Fast genau zur selben Zeit schaut auch Claire keuchend auf ihre Uhr.

20:25.

Sie klettert von einem Beistelltisch herunter, den sie mühsam unter den Rauchmelder gezerrt hatte. Alles hat länger gedauert, als in Mitchs famosem Plan vorgesehen. Sie musste zwei Stühle aufeinander stellen, und es dauerte, bis die Konstruktion hielt. Sie ist spät dran, aber jetzt hat sie es geschafft, sie hat wieder festen Boden unter den Füßen, blickt nach oben, sieht, dass die Kerze einwandfrei brennt. Abstand zum Melder: höchstens 50 Zentimeter.

Sie löscht das Licht, öffnet vorsichtig die Tür und huscht den leeren Flur im Bürotrakt entlang, bis sie die trügerische Sicherheit ihres Büros erreicht hat.

»Was zum Teufel mache ich hier«, stöhnt Claire. Sie hat Panik, sie fühlt, irgendwo in diesem Gemäuer sitzt Vernon Graves und wartet auf sie. Sie spürt Hass und Furcht, wenn sie an Graves denkt. Und da ist noch ein Gefühl. Claire bemerkt einen wachsenden Groll auf Mitch, sie ist sauer, weil Mitch sich augenscheinlich mehr für seine Story interessiert, als für ihre Sorgen.

Sie schnappt ihre Jacke, verlässt das Büro, eilt über den Gang, erreicht das Treppenhaus, stürmt die große Treppe hinab, bremst dann ihr Tempo und schlendert auf die Rezeption zu.

In diesem Moment bricht ein ohrenbetäubender Lärm los. Sirenen heulen einen immer aufs Neue anschwellenden Ton, der an amerikanische Polizeisirenen erinnert. Rote Alarmlampen flackern.

Der Chefportier drückt auf einen roten Knopf auf dem Tresen vor ihm. Jetzt schallt seine Stimme durch die Halle und alle Gänge des Hotels. »Dies ist ein Feueralarm, dies ist keine Übung. Bitte verlassen Sie alle das Gebäude in Ruhe, und versammeln sich vor dem Haupteingang. Bitte verlassen Sie umgehend das Gebäude, dies ist keine Übung.«

Claire erreicht den Haupteingang, bevor der große Run nach draußen beginnt.

Einen Moment lang kommt es ihr so vor, als habe sie aus den Augenwinkeln einen schwarz gekleideten Mann gesehen, der in das Gebäude stürmt. Mitch? Sie verwirft den Gedanken, konzentriert sich auf sich selbst, ist jetzt aus dem Gebäude raus und läuft nun langsamer Richtung Parkplatz. Sie dreht sich um, der Nebel ist wirklich hilfreich, das Haupthaus ist von hier aus nur noch schemenhaft zu erkennen. Sicher kann von dort niemand eine einzelne Frau auf dem Parkplatz erkennen.

Mitch hatte sich in der Nähe des Eingangs hinter einem Gebüsch versteckt. Er fluchte, als es 20:25 Uhr wurde und immer noch kein Alarm ertönte. Dann, als endlich die Sirenen heulten, raste er los, hin zum Eingang, dann eilte er zielstrebig in die Halle. Immer mehr panisch rufende Menschen kamen ihm entgegen.

Jetzt stoppt Mitch hinter einer Säule, orientiert sich neu und strebt dann zum hinteren Gang. Niemand achtet auf den Mann, der gegen die allgemeine Richtung läuft, alle stürmen Richtung Ausgang. Obwohl weder Rauch noch Feuer zu sehen sind, liegt ein Hauch von Panik in der Luft.

Mitch steht jetzt vor der Stahltür mit dem großen Schild: ZUTRITT VERBOTEN, NUR AUTORISIERTES PERSONAL. Mitch schüttelt den Kopf. »Fuck you, Vernon Graves«, flüstert er, als der Nachschlüssel, den Giovanni Müller ihm gegeben hatte, problemlos in das Schloss flutscht. Jetzt steht Mitch vor dem Aufzug, spricht ein Stoßgebet, tippt den Code ein und sieht erleichtert, dass sich die Tür öffnet. Mitch springt hinein, drückt -1, der Aufzug setzt sich in Bewegung. Unten angekommen surrt die Tür zur Seite. Mitch atmet auf. Er ist drin.

Beim ersten Alarm hatte Vernon Graves noch gezögert. Er ist zwar der Sicherheitschef, aber für Brandschutz und irgendwelche Katastrophenpläne fühlt er sich nicht wirklich zuständig. Als er aber auf seinem Kontrollmonitor das Chaos in der Haupthalle sah, machte er sich auf den Weg nach unten. Jetzt steht er neben dem Chefportier, hat sich ein Megaphon geben lassen und dirigiert die Leute nach draußen. Er lässt durchzählen, der Chefportier vergleicht die

Gästezahlen, allmählich beruhigt sich die Menge. Graves wundert sich, dass keinerlei Rauch oder Feuer zu sehen ist. Plötzlich fällt ihm auf, dass er Claire nirgendwo gesehen hat. Sofort wird er misstrauisch. Ist sie in dem Gewühl an ihm vorbeigewischt, oder ist das alles nur ein Ablenkungsmanöver? Wie auch immer, erst muss die Ursache des Alarms gefunden werden.

Er läuft zurück zum Chefportier. Er faucht den älteren Mann an: »Gibt es im Computer einen Plan der Rauchmelder, können wir sehen, wo der Alarm ausgelöst wurde?« Graves macht sich plötzlich Vorwürfe, diesen Teil seines Jobs nicht ernst genug genommen zu haben.

Der Chefportier kratzt sich am Kopf: »Ehrlich gesagt keine Ahnung, ich rufe den diensthabenden Techniker, der müsste das wissen.«

Claire hat sich in ihr Auto zurückgezogen, macht sich klein, rutscht tief in ihren Sitz.

Nervös spielt sie mit dem Zündschlüssel. All ihre Instinkte schreien: »Hau ab, lass die Karre an, hau ab solange du kannst. Mitch wird schon irgendwie über den Zaun kommen.«

Sie dreht den Schlüssel nicht um, sie wartet, gibt Mitch weitere zehn Minuten.

Mitch hat einen Moment Probleme, sich unten in dem engen Gang zu orientieren, dann findet er die richtige Abzweigung, hat jetzt den alten Schneideraum von Tony Raben erreicht. Er fingert nach dem Zettel mit den Anweisungen von Giovanni. Er startet den Schnittcomputer, wartet, bis alle Ebenen hochgefahren sind. Dann liest er zu seinem Entsetzen, dass Updates geladen werden sollen. Er klickt auf »später ausführen«, der Computer ist nett zu ihm, lässt ihn gewähren.

Jetzt hat Mitch das Verzeichnis der verfügbaren Dateien erreicht. Er tippt auf ERWEITERTES VERZEICHNIS, wird umgehend aufgefordert, ein Passwort einzugeben, er blickt auf seinen Zettel, tippt eine achtstellige Kombination aus Ziffern, Zahlen und Sonderzeichen ein und hat plötzlich Bescherung. Vor ihm liegen die kompletten Ordner »Reinhausen« und »Hollbach«, einige Order tragen Namen, die ihm nicht bekannt sind.

Bei Graves an der Rezeption meldet sich ein verschlafen aussehender Haustechniker. Als Graves ihn anfährt, ob es eine Möglichkeit gäbe, online zu erfahren, welcher Rauchmelder den Alarm auslöst, schüttelt er unentschlossen den Kopf. »Ehrlich, Herr Graves, ich weiß es nicht. Und wenn es sowas gäbe, dann hätte ich keine Ahnung, wo wir es finden können. Ich kann versuchen meinen Chef mobil zu erreichen, der müsste das wissen.«

Graves brüllt ihn: »Worauf warten Sie, na los!«

Der Techniker zuckt erschrocken zusammen, tippt in sein Telefon. »Scheiße, Mailbox.«

Graves reicht es jetzt. »Wie viele Techniker sind heute Abend hier?«

»Drei.«

»Okay, ihr drei und drei Mann Security checkt jetzt sofort die Stockwerke durch, Zimmer für Zimmer. Der Alarm ist im Haupthaus ausgelöst worden, also beginnen wir hier. Los, jeweils zwei Mann eine Etage.«

Der kleine Trupp entfernt sich.

Mitch will kurz die Dateien sichten, er weiß, sobald er die Ausspielung beginnt, wird er einen Alarm auslösen. Er will dieses Risiko nicht für wertloses Material eingehen.

Was er sieht, ist das Gegenteil von wertlos.

Unter »Reinhausen/Zuspieler/1« findet er eine wüste Sammlung Kinderpornos, die immer wieder mit dem Gesicht des Jungen aus der Pressekonferenz in Verbindung gebracht werden.

Unter »Reinhausen/Avatar/1+2« findet er Aufnahmen eines Autos. Erst steht der Wagen, dann ist er in rasender Fahrt, das Lenkrad bewegt sich wie von Geisterhand. Mitch kapiert: Das sind die Sequenzen, in die dann der Avatar einbaut werden kann. Plötzlich zuckt Mitch zusammen, mitten in der Fahrt klatscht plötzlich der Kopf eines Jungen auf die Frontscheibe, gebrochene Augen starren den Fahrer an. »Mann, das ist hart. Das ist der Junge, den die beiden Störer in der TV-Debatte hochgehalten haben. Kein Wunder, dass Reinhausen durch die Decke gegangen ist. Die müssen aus den in London gekauften Daten herausbekommen haben, dass Reinhausen eine Schwäche für

Jungs hat, und dann hauen sie ihm das mit aller Gewalt um die Ohren. Kombiniert mit seinem Unfall. Mann, ist das hart.«

Dann wird Mitch plötzlich klar, dass er hier raus muss, er hat weiß Gott keine Zeit, jetzt hier das ganze Material zu sichten.

Und doch kann er seine Neugier nicht zähmen, als er die Datei »Hollbach/Avatar/finale Version« findet.

Claire kauert immer noch in ihrem Wagen, sie hat es nicht geschafft einfach los zu fahren und Mitch seinem Improvisationstalent zu überlassen. Sie verlängert Mitchs Frist um fünf Minuten. Ihr ist schlecht vor Anspannung.

An der Rezeption schrillt das Telefon. Der Chefportier hebt auf. »Für Sie Herr Graves.« Er recht den Hörer rüber.

»Chef, kommen Sie hoch, in den zweiten Stock, Verwaltungsflügel, das müssen Sie sehen.«

Graves will gerade los, da steht ein aufgeregter älterer Herr völlig aufgelöst vor ihm.

»Bitte, ich brauche sofort einen Arzt, ich glaube, meine Frau hat einen Herzanfall, sie verträgt keine Aufregung, und jetzt dieser Alarm. Können Sie nicht bitte diese fürchterliche Sirene abstellen.«

Graves stoppt, wendet sich zu dem Portier: »Stoppen Sie das verdammte Geheul, hier gibt es kein Feuer.« Dann greift er zu seinem Megaphon, tritt vor die Eingangstür. »Bitte einen Arzt zur Rezeption, bitte sofort einen Arzt zur Rezeption.«

Claire in ihrem Wagen hört Graves Stimme, zuckt erst zusammen und muss dann wider Willen grinsen. Graves hat immer noch Wichtigeres zu tun, als Eindringlinge und Verräter zu jagen.

Gleich zwei Klinikärzte melden sich an der Rezeption. »Bitte folgen Sie diesem Herrn zu seiner Frau. Ich glaube, Sie können die Dame unbesorgt in ein Arztzimmer bringen.«

Dann sprintet Graves los in den zweiten Stock. Er rennt nach oben, nimmt immer mindestens drei Stufen gleichzeitig.

Mitch sieht die Erpresserin, spärlich bekleidet, mit geöffnetem weißem Hemd und einer knalligen Kette über ihren gebräunten Brüsten. Sie macht einen Mann an, der allerdings nicht zu sehen ist, Mitch vermutet, dass auch hier dann von der Regie der Avatar hinzugefügt wird. Madame Cruz legt eine gekonnte Nummer zwischen Locken, verächtlichem Zurückweisen, und wieder Locken hin, dass Mitch die Spucke weg bleibt.

Graves ist im zweiten Stock angekommen. Zwei aufgeregte Techniker winken vom hinteren Ende des Flurs. Graves eilt zu ihnen.

»Kommen Sie rein, Chef, hier verarscht uns jemand.« Graves steht im Zimmer, der Fußboden steht komplett unter Wasser. Er starrt auf einen Schreibtisch, auf dem zwei Stühle kunstvoll übereinander getürmt sind. Darauf ein Papierkorb, auf dem ein Buch liegt, darauf eine Kerze, deren Flamme längst vom Wasser der Sprinkleranlage gelöscht worden ist. »Den Alarm hat jemand bewusst ausgelöst, Chef.«

»Ja verdammt, und ich weiß auch, wer.« Graves flucht vor sich hin. »Schaltet endlich diese verfluchte Sauerei da oben ab.« Er zeigt auf den Sprinkler, dann spurtet er los. Im Treppenhaus macht er mit lautem Schreien auf sich aufmerksam. »Falscher Alarm, holen Sie die Gäste wieder rein, geben Sie im Restaurant allen einen Drink aufs Haus.«

Dann nimmt er die Treppe nach oben, er will zu seiner Kontrollwand.

Mitch hat genug gesehen.

Er legt einen DVD-Rohling ein, klickt die Dateien einzeln an, wählt eine Ausspielung minderer Qualität und drückt die rote Taste. Der Kopiervorgang läuft, er wird im zentralen Rechner erfasst, da keine Autorisierung vorliegt, wird automatisch ein Alarm ausgelöst, der allerdings nicht die Ausspielung unterbricht, sondern sie nur dokumentiert.

Mitch hat jetzt alles auf der mitgebrachten DVD.

Er stürzt aus dem Raum.

Im selben Moment erreicht Graves seine Monitorwand, sieht den Kopieralarm, liest, dass der Vorgang vor 30 Sekunden beendet wurde. Er checkt die Ein- und Ausfahrten, Claires Name ist immer noch rot unterlegt. Er löscht ihren Zugangscode, damit kann Claire mit ihrem Wagen das Tor nicht mehr passieren.

Graves spurtet wieder die Treppen nach unten, ordert heftig keuchend drei Mann Security zum Haupteingang.

Als er unten ankommt, warten zwei der Männer bereits.

Graves ist heilfroh, als er sieht, dass Luigi dabei ist, der ihm bereits half, Tony Raben zu erledigen. Auch der andere ist okay, Robert, ein Kumpel von Luigi.

»Los rüber zum Parkplatz, wir suchen einen Fiat Punto.«

Nicht ganz leicht im Nebel.

Claire starrt wieder auf ihre Uhr, sie hat bereits die Hand am Zündschlüssel, als sie im Rückspiegel eine dunkle Silhouette sieht, die sich schnell nähert. Sie fährt aus dem Fahrersitz hoch. »Mensch Mitch, endlich.«

Ihre Anspannung beginnt sich zu lösen, dann wird die Fahrertür von außen aufgerissen.

Claire starrt in Vernon Graves höhnisches Gesicht.

»Frau Bergmann, was für eine Überraschung«, ätzt Graves. »Was führt dich hierher, darf ich raten? Du wolltest Carlos schnell frische Hemden holen? Los raus aus dem Wagen, du verdammtes Miststück.« Graves hat Claire brutal an der Schulter gepackt, zieht sie nach draußen.

»Lass los, du Gorilla«, tobt Claire, die im Nebel nach Mitch Ausschau hält. Stattdessen sieht sie zwei Security-Typen, die sich hinter Graves aufbauen. Sie windet sich unter Graves Griff, versucht den bulligen Sicherheitschef zu treten.

Sie hört ein Geräusch hinter den Büschen, fährt herum. »Hau ab Mitch. Sie sind zu dritt.«

Graves hat plötzlich eine großkalibrige Waffe in der Hand. Er knurrt die Security-Leute an: »Los, sucht den Typ. Ist ein einzelner Mann, wahrscheinlich unbewaffnet, der Trottel.«

Graves zerrt Claire in Richtung eines Seiteneingangs, er will den immer noch zahlreich am Haupteingang stehenden Gästen kein Schauspiel bieten. Er hat seine breite Pranke über Claires Mund gelegt, sie bringt keinen Laut mehr heraus.

Mitch hat Claires Warnung gehört, er ist geschockt, alles läuft schief, er hat zu viel Zeit im Schneideraum vertändelt. Jetzt sieht er durch den Schleier des Nebels zwei Security-Männer in seine Richtung kommen. Beide haben ihre Pistolen gezogen.

Mitch duckt sich hinter die Hecke, und wieder hört er Claire rufen. »Mitch, hau ab. Hol Hilfe, Graves hat eine Knarre.«

Claire ist es für einen kurzen Moment gelungen Graves Hand abzuschütteln. Jetzt umklammert er stattdessen ihren Hals. »Noch ein Laut und ich drehe dir die Luft ab.«

Ihr Widerstand erlahmt. Sie sind jetzt vielleicht noch zwanzig Meter vom Haus entfernt.

Mitch ist keine zwanzig Meter von Graves entfernt, versucht, an ihn heranzukommen, muss dabei aber auch auf die beiden Security-Männer achten, die jetzt systematisch die Heckenreihe durchforsten. Mitch sieht den Seiteneingang den Graves erreichen will. Er beschleunigt seine Schritte, läuft immer noch gebückt.

Graves ist jetzt gut sichtbar, er zerrt Claire mit sich, hat eine Hand um ihren Hals gelegt. Er ist auf einem Kiesstreifen, noch knapp drei Meter vom Eingang des Resorts entfernt. Mitch richtet sich auf, sprintet los.

Graves sieht ihn kommen, richtet die Knarre auf Claire. »Noch einen Schritt, und ich schwöre, ich jage ihr eine Kugel in den Kopf.«

Claire schaut Mitch an, ruft erstickt, »Hau ab, bitte hau ab.«

Mitch hört von hinten die beiden Security-Gorillas kommen, er springt zur Seite, rennt so schnell er kann tief in den Park hinein. Er versteckt sich in einer Baumgruppe und sieht, dass die beiden Verfolger in etwa zehn Meter Entfernung vorbeilaufen. Mitch kauert sich im Schutz der Bäume zusammen. Er hat Tränen des Zorns in den Augen. »Ich habe Claire zurückgelassen, ich Idiot habe ihr Leben in Gefahr gebracht.«

Plötzlich hört er das Geräusch eines kräftigen Motors, das Knirschen von Reifen auf Kies, Scheinwerferlicht versucht den Nebel zu durchdringen. Mitch sieht jetzt, dass ein Maserati-SUV aus der PMR-Flotte auf den Parkplatz rollt. Mitch wittert seine Chance. Der Wagen hält vielleicht fünf Meter von ihm entfernt.

Mitch sucht fieberhaft den Boden ab, hat Glück, findet einen kräftigen Ast, und in dem Moment, in dem der Fahrer aussteigt, springt Mitch aus der Deckung, schlägt dem völlig überraschten Mann von hinten den Ast über den Kopf.

Der Fahrer geht in die Knie, Mitch schnappt sich den Schlüssel, schlägt sicherheitshalber nochmal zu, stellt die Automatik auf »Drive« und gibt Vollgas. Er sieht jetzt die beiden Gorillas heranstürmen, die aber zögern, in der Nähe des Haupthauses loszuballern. Mitch schrammt einen geparkten Wagen, schnallt sich an, gibt weiter Gas. »Jetzt wollen wir mal sehen, ob die Karre nur gut aussieht oder auch was draufhat«, schreit Mitch, als er sich mit jetzt ganz beachtlichem Tempo dem geschlossenen Tor nährt. Er zieht im letzten Moment ein wenig nach rechts, kracht dadurch leicht angewinkelt auf die Mitte, in der sich die beiden Flügel des Tores treffen. Es kracht gewaltig, das Tor fliegt auf, die Airbags werden nicht ausgelöst. »Bella macchina«, jubelt Mitch, »jetzt ein paar Kilometer zwischen mich und dieses Horrorhaus bringen, dann Giovanni Müller anrufen, Hilfe holen.«

Mit quietschenden Reifen jagt Mitch den Wagen durch die Spitzkehren.

Plötzlich hat er den Eindruck, im Rückspiegel Scheinwerferlicht zu sehen. Er schüttelt den Kopf, war wohl eine Täuschung.

Der Nebel verzieht sich etwas, dafür beginnt es jetzt zu regnen. Wieder sieht Mitch ein Licht weit hinter sich. Er beschleunigt nochmal.

Graves hat Claire in das Haupthaus gezerrt. Durch die Seitentür gelangen sie direkt in den hinteren Gang und von dort ungesehen zum Aufzugzimmer.

Claire wehrt sich nicht mehr, zu schmerzhaft sind Graves' Klammergriffe.

Graves fährt in die Ebene 2, neben dem Studio befindet sich ein Materialraum, den Graves mit seinem Universalschlüssel öffnet.

Er stößt Claire auf zwei Lichtkoffer in der Ecke des Raums.

»Wo will Mitch hin? In welchem Hotel hat er sich einquartiert?«

Als Claire nicht antwortet, schlägt er ihr mit dem Handrücken voll ins Gesicht. Claire stöhnt auf, ihre Backe glüht, sie fixiert Graves, spuckt ihn an. Wieder schlägt er zu, ansatzlos.

»Wo steckt dieser scheiß deutsche Schnüffler?«

Claire mustert ihn verächtlich. »Toll Vernon, schlag doch weiter, wenn es dir Spaß macht. Könntest du bitte Carlos Bescheid sagen, dass ich hier bin, ich möchte ihm gerne alles erklären?«

»Was willst du ihm erklären, dass du gerne Kerzen unter Sprinkleranlagen stellst? Halt einfach dein Maul, Schlampe.«

Graves knallt die Tür zu, Claire hört, dass zweimal abgeschlossen wird.

Graves steht jetzt draußen vor dem Hotel. Sein Handy klingelt. Es ist Luigi.

»Hallo Chef, ich weiß nicht, ob du das schon mitbekommen hast, der Kerl hat einen Fahrer niedergeschlagen, einen Maserati geklaut und damit das Tor durchbrochen. Er rast jetzt wie ein Irrer runter ins Tal, Robert und ich haben uns auch einen Wagen genommen, verfolgen ihn, kommen aber nicht wirklich näher.«

Graves überlegt hektisch. »Ist der Kontrollposten am Kriegerdenkmal besetzt?«

»Nein, Chef, nicht um diese Zeit. Aber ich habe einen Kumpel, der hat talwärts einen Hof direkt an der Straße, den könnte ich bitten, einen Trecker mit Hänger querzustellen. Kann ich ihm dafür einen Fünfhunderter versprechen?«

»Gib ihm einen Tausender, aber bring mir diesen Mistkerl.«

»Kann sein, dass der Maserati dabei draufgeht.«

»Du kannst die ganze Flotte schreddern, aber bring mir den Typen.«

Luigi greift zum Handy, wählt eine lokale Nummer.

»Hallo Anton, gut dass du da bist. Bist du zu Hause? Bestens. Hast du Bock dir auf die Schnelle fünfhundert Euro zu verdienen?«

Mitch beobachtet die Scheinwerfer des Verfolgers im Rückspiegel. Der Wagen kommt nicht wirklich näher, es gelingt ihm aber auch nicht, Abstand zu gewinnen. Er fliegt jetzt am Waldheim vorbei, leider wirkt das Hotel ziemlich verlassen, keine Leute auf der Straße davor. Mitch ist entschlossen, am nächsten belebten Ort anzuhalten. Er muss die Polizei alarmieren, Claire ist da oben mit diesem verdammten Mörder. Mitch bemerkt viel zu spät, dass am Ausgang einer engen Kurve ein unbeleuchteter Heuwagen samt Trecker quer auf der Straße steht. Mitch geht voll in die Eisen, kracht in den Anhänger, hört es splittern, dann fliegt ihm der Airbag ins Gesicht.

Als er wieder zu sich kommt, blickt er in die Mündung einer Knarre, die auf seinen Kopf gerichtet ist. »Rauskommen, aber langsam.«

Mitch schält sich aus dem ziemlich demolierten Maserati, schüttelt benommen den Kopf. »Und was wollt ihr beiden Clowns von mir?«

»Sie zu einem Plauderstündchen mitnehmen, Sie sind jetzt Gast des Paradise Mountain Resorts.«

Während Luigi Mitch mit der Knarre in Schach hält, dreht Robert ihm die Arme hinter den Körper, lässt Handschellen klicken. Mitch hasst das Gefühl von Hilflosigkeit, aber er ist zu untrainiert, um sich wehren zu können. »Dummerweise ist das kein Film und ich bin nicht Jason Bourne«, flucht er und ergibt sich in sein Schicksal.

Sie zerren Mitch zu ihrem Maserati, packen ihn in den Kofferraum. Dann wird der beschädigte Wagen an die Seite gerollt, Luigis Kumpel koppelt den völlig demolierten Anhänger ab, steigt auf seinen Traktor. »Du schuldest mir fünfhundert und einen Anhänger.«

»Kriegst du, bringe ich morgen vorbei.«

Robert wendet den Wagen, Luigi ruft Graves an. »Wir haben den Vogel, liegt im Kofferraum.«

»Bestens, gute Arbeit, bring ihn runter nach -2. Pack ihn in den Materialraum B, Raum A ist belegt. Und Luigi, durchsuche ihn sorgfältig. Er muss eine DVD oder eine Festplatte dabeihaben. Bringe die bitte hoch in mein Büro und kümmere dich dann um eine provisorische Sicherung des Tors. Ich muss nochmal weg, wir sehen uns später im Resort.«

Graves läuft über den Parkplatz, sein Telefon am Ohr.

»Carlos, bist du daheim? Ich bin in einer halben Stunde bei dir, wir müssen reden, es ist wichtig.«

Ein erster Blitz zuckt über den Himmel, ein schweres Gewitter zieht auf.

Es riecht nach Regen.

18

Vernon Graves stellt einen neuen Geschwindigkeitsrekord auf. Er fährt wie in Trance, in seinem Kopf schwirren düstere Gedanken. Er hat den Angriff erst mal abgewehrt, aber wie weiter? Er hat zwei Gefangene in den Katakomben des Resorts, das ist kein Dauerzustand. Graves' Bauchgefühl sagt ihm, dass die Sache zu Ende geht. Scharfe Rechtskurve, quietschende Reifen, er fängt den ausbrechenden Wagen wieder ein. »Ich muss die beiden verschwinden lassen, die werden sich nie auf einen Deal einlassen. Carlos kann vielleicht Claire mit einer Charmeoffensive einfangen, aber dieser Schmierer aus Frankfurt wirkt nicht so, als würde er sich kaufen lassen.« Graves führt Selbstgespräche, während er durch das Dunkel rast. »Eins nach dem anderen«, murmelt er, donnert durch eine Linkskurve, hat jetzt Goldrain fast erreicht. »Jetzt erst mal Carlos auf Linie bringen. Wird nicht leicht. Was hat der Idiot sich aufgeregt, als ich ihn über den Tod Hollbachs informiert habe. Er liebt es, mich als dämlichen Killer anzumachen. Ich hasse das.« Graves hat keine Freude am Töten, er sieht nur das Geschäft und seine Notwendigkeiten. Und da kann es eben vorkommen, dass es keine vernünftige Alternative zu einem Mord gibt. Graves weiß auch, dass zu viel Blut immer schlecht für das Geschäft ist. Das ist keine Frage der Moral, das ist eine Kosten-Nutzen-Abwägung. Plötzlich fällt ihm beim Durchqueren von Goldrain Giovanni Müller ein. Was ist, wenn Mitch und Claire mit dem verabredet haben, dass er zu einem bestimmten Zeitpunkt die Polizei alarmiert? Dann läuft ihm jetzt die Zeit weg. Trotzdem, er muss mit Mentoff sprechen. Es geht um die Existenz der Klinik.

Jetzt rast er die noch schmalere Straße den Sonnenberg hinauf nach Sankt Martin im Kofel, zum extravaganten Wohnsitz von Carlos Mentoff. »Was mache ich, wenn mich Carlos opfern will? Die Klinik trennt sich von einem Mitarbeiter, der für schwerste Fehler und Verbrechen verantwortlich ist. Ich wette,

Carlos kommt damit.« Er flucht, schraubt sich Serpentine um Serpentine nach oben, sieht jetzt die Bergstation der Seilbahn, und zu seiner großen Freude auf einer Wiese daneben den Hubschrauber des PMR. Der Rückweg wird schneller gehen, Graves ist ein begabter Hobbypilot.

Die beiden Security-Männer haben den Maserati-SUV direkt neben dem Seiteneingang geparkt. Noch im Wagen verpassen sie Mitch unsanft einen Knebel. Im Haupthaus herrscht mittlerweile Ruhe, das Restaurant hat sich geleert, ein paar Gäste trinken in der Bar noch gegen den Schrecken des Feueralarms an. Mitch wird in den Aufzug verfrachtet, dann auf der Ebene -2 einen Gang entlang gezerrt. Rechts sieht er eine große Tür mit dem Hinweis »Studiobereich – KEEP OUT«. Luigi öffnet jetzt die Tür zum Materialraum B. Mitch bildet sich ein, aus dem Raum gegenüber unterdrücktes Rufen zu hören. Robert hält ihn fest gepackt, während Luigi ihn zu durchsuchen beginnt. Er wird schnell fündig, fischt aus der Innentasche von Mitchs Jacke eine DVD. Luigi grinst höhnisch und wedelt damit vor Mitchs Gesicht. Dann stößt er den Gefangenen unsanft über einen Rollwagen. Mitch landet auf einer Holzbank, wenigstens mit dem schmerzenden Rücken an der Wand.

Er macht Zeichen, man möge ihm den Knebel abnehmen. Luigi grinst, schüttelt dann den Kopf. Die beiden Security-Männer löschen das Licht, die Tür fällt zu.

Graves klingelt, kurz danach öffnet sich die Tür. Mentoffs prächtige Behausung betritt man über eine rundum verglaste Brücke. Carlos steht an der Tür, ein Glas Scotch in der Hand. »Hallo, Al Capone, wen hast du diesmal erledigt?«

Graves verzieht das Gesicht, lässt sich dann in einen Designersessel fallen. »Carlos, keine Zeit für Witze. Heute Nacht ist die Nacht der Entscheidung. Es brennt. Du erinnerst dich, dass ich dir von einem Frankfurter Schnüffler namens Mitch Berger erzählt habe? Nun, der Typ war schneller, als ich gedacht habe. Er hat sich Verbündete gesucht und gefunden. Einmal einen Typen namens Giovanni Müller, einen Cutter und Techniker und, viel schlimmer, jetzt halt dich fest, deine liebe Claire Bergmann.«

Mentoff, der bis jetzt leicht gelangweilt wirkt, ist hellwach. »Claire? Das glaube ich nicht. Was soll sie gemacht haben?«

»Sie hat heute Abend bewusst einen falschen Feueralarm im Resort ausgelöst, es gab ein Riesenchaos. Das hat sie getan, um damit Mitch Berger die Möglichkeit zu geben, in die Schneideräume einzubrechen, und Teile des Hollbach- und Reinhausen-Materials zu kopieren.«

Mentoff starrt Graves sichtlich geschockt an. »Wie kam dieser Berger an das Material? Das ist doch alles doppelt und dreifach passwortgeschützt.«

Graves steht auf, holt sich einen Drink von der Bar. Draußen zuckt ein bläulich weißer Blitz über das Tal, gespenstisch flackern die Konturen der Bergrücken auf. Ein irres Bild aus dieser Höhe. Donner grollt, und wieder flammen die Berge blau auf. Graves reißt sich los, dreht sich zu Mentoff, zuckt mit den Schultern. »Ich schätze, unser kleiner Verräter Giovanni Müller hat ihm alle Passwörter und Hintertüren auf einem silbernen Tablett überreicht. Carlos, mir läuft die Zeit weg, deswegen jetzt kurz und hart, ich habe sowohl Claire als auch diesen Mitch Berger festgesetzt. Wahrscheinlich aber wird Müller, wenn die nicht bald wiederauftauchen, die Polizei verständigen. Was sollen wir tun, was schlägst du vor?«

Mentoff schluckt seinen Whisky. »Warum soll ich was vorschlagen. Du bist doch der hochbezahlte Sicherheitschef der Resorts. Was willst du tun?«

Mentoff blickt in Graves jetzt maskenhaft starres Gesicht. Seine Augen sind leicht rötlich und zu Schlitzen geschlossen. »Okay, wenn du es hören willst: Ich sehe nur einen Ausweg. Die beiden fallen mit Claires Wagen in den Stausee und tauchen erst im nächsten Sommer wieder auf.«

Mentoff springt auf, jetzt ist er es, der zum Fenster geht und den mehrfach gezackten Blitz bewundert. »Vernon, wach auf. Willst du endlos weiter morden, die Ferrata, Tony Raben, Hollbach, jetzt Claire und diesen Mitch Berger? Wo soll das enden? Ich könnte mit Claire reden, sie überzeugen, loyal zu bleiben. Ist mir nie schwergefallen, Claire zu beeinflussen. Das löst allerdings nicht das Problem Berger.«

»Sei dir nicht zu sicher mit Claire, ich habe heute Abend sie und Berger beobachtet – ich glaube, die sind ein Paar geworden, da war etwas sehr Vertrautes zwischen ihnen.«

Mentoff lacht, »Claire verliebt, Mann, was hätte ich ihr das unter anderen Umständen gegönnt. Vernon, wir werden unter keinen Umständen die beiden einfach ermorden, es muss einen anderen Weg geben.«

»Gerne, aber verdammt, welchen denn?«

Jetzt fixiert Mentoff sein Gegenüber aus plötzlich kalt gewordenen Augen. »Du musst ein Opfer bringen, Vernon, du stellst bei den beiden alles Beweismaterial sicher, vernichtest es, löschst wirklich alles auf den Rechnern, nimmst ein Band mit einem Schuldeingeständnis auf, bedauerst, mich und die Klinik hintergangen zu haben, seilst dich ab in die Staaten, holst dir einen neuen Pass und beglückst die Damen in der Karibik.«

Einen Moment lang hört man nur das Donnern draußen, die Blitze entfernen sich, das Gewitter zieht ab.

Graves ist aufgestanden, ein böses Lachen ist zu hören. »Weißt du was, dein Vorschlag überrascht mich überhaupt nicht. Genau das habe ich mir auf der Fahrt gedacht. Was wird dem lieben Carlos wohl einfallen in der Krise? Ganz einfach, wir verbrennen Vernon, den nützlichen Idioten, und leben weiter als wäre nichts geschehen. Vergiss es, Carlito. Ich habe deine Arroganz satt, ich weiß, dass du mich im tiefsten Herzen verachtest. Du siehst dich als den hehren Mann der Wissenschaft, und mich als den tumben Straßenschläger.«

Graves' Stimme zittert etwas, er hat sich in Rage geredet, hat dabei an Kränkungen gekratzt, ist jetzt wütend über diesen eigenen Moment der Schwäche.

»Vernon, rede keinen Mist, ich verachte dich mitnichten, ich versuche, einen Ausweg für uns beide zu finden.«

»Carlito, dein Vorschlag ist abgelehnt. Ich habe einen besseren Plan.«

Vernon spricht jetzt wieder mit der gewohnten Härte in der Stimme. Er blickt aus dem Fenster, sieht einen letzten Blitz in der Ferne, dann dreht sich abrupt zu Carlos Mentoff um.

»Ich musste gerade an einen alten Ausbilder bei den Marines denken, weißt du, was er uns lehrte? Nein? Egal. Gehe immer deinen Weg bis zum Ende und hinterlasse niemals Spuren.«

Carlos Mentoff schaut Vernon Graves jetzt verständnislos an.

»Und was will uns der Dichter damit sagen?«

»Etwas ganz Einfaches: Drei Tote sind besser als zwei. Sorry, Carlos.«

Graves hat mit einer schnellen Bewegung seinen Revolver aus dem Gürtel gezogen, zielt auf Mentoff und feuert, ohne zu zögern, zweimal auf dessen Kopf.

Er sieht noch den verständnislosen Blick in Mentoffs brechenden Augen, dann geht der Professor zu Boden.

»Sorry Carlos, du wolltest es nicht anders. Du hättest dasselbe gemacht, wenn du es gekonnt hättest. Wir waren nie Brüder, du hast mich nie respektiert.«

Routiniert sucht Graves auf Mentoffs Schreibtisch nach den Schlüsseln für den Heli. Er wird fündig, löscht das Licht, verschließt das Haus. Um die Leiche wird er sich später kümmern.

Er muss sich beeilen. Er startet den Heli, hebt ab, gewinnt schnell an Höhe und donnert dann über die Etsch, überfliegt Goldrain, nimmt Kurs auf das Martelltal.

Nur zehn Minuten später setzt er auf dem kleinen Landeplatz des Resorts auf. Es wird Ärger wegen des nicht angemeldeten Nachtflugs geben, aber das ist sein kleinstes Problem. Er fischt sein Telefon aus seiner Jacke, ruft noch aus dem Heli eine gespeicherte Nummer an.

Er ist sich nicht sicher, ob er gerade einen Fehler macht, aber er braucht Hilfe. Plötzlich ist seine Stimme tiefer und sanfter. »Doktor, sorry für die späte Störung. Vernon Graves hier. Ich brauche Hilfe, und da sind Sie mir eingefallen. Wir haben ein Problem, das die Existenz des Resorts gefährdet und Carlos ist leider nicht zu erreichen. Können Sie so schnell wie möglich ins Resort kommen, am besten ins Studio unten auf -2. Ach, Sie sind noch auf der Anlage, toll, dann sehen wir uns in einer Viertelstunde.«

Graves eilt von dem Heli-Landeplatz hoch in sein Büro. Auf dem Schreibtisch liegt die DVD, die Luigi Mitch abgenommen hat. Er nimmt einen Hammer, zerschlägt sie in tausend Stücke.

Dann öffnet er den Safe und steckt einige Dokumente in den Reißwolf, wirft die Splitter der DVD hinterher, hört befriedigt das kreischende Geräusch. Dann lässt er sich für einen Moment in den Besuchersessel fallen, denkt nach. Gut eine Minute später verändert sich sein Gesichtsausdruck. Ein böses Lächeln spielt um seinen Mund. Er hat eine Idee. Könnte funktionieren. Aber er ist Profi genug, dass er auch an Plan B denken muss, an die sofortige Flucht in die USA. Er holt eine Schatulle aus dem Safe, öffnet sie und hält einen amerikanischen und einen kanadischen Pass in den Händen. Er checkt die Fotos, nickt zufrieden, steckt beide Pässe ein. Als nächstes stopft er einen ansehnlichen Stapel Fünfhundert- und Hunderteuroscheine in Hose und Jackett. Er schaut auf die Uhr, er muss los. Unterwegs greift er zum Telefon. »Hey Luigi, wir haben noch zwei Sachen zu erledigen. Leg deine Bergschuhe bereit, du musst ins Gelände, aber erst wartet noch ein unangenehmer Job im Studio auf uns. Bring Rudolf mit, es wird für beide von euch heute Weihnachts- und Urlaubsgeld zugleich geben. Bis gleich.«

Er verschließt den Safe, dann verlässt er das Büro. Als er an der Rezeption vorbeikommt und die leere Haupthalle durchquert, schaut er erneut auf seine Uhr, es ist jetzt 0:15.

Auch Giovanni Müller starrt immer wieder auf seine Uhr. Er dreht Kreise in seiner kleinen Wohnung, von innerer Unruhe und Sorge um Claire und Mitch getrieben. Vor einer halben Stunde hatte er es nicht mehr ausgehalten, war nach draußen gestürmt, hatte eine Runde im menschenleeren Ort gedreht. Dabei hatte er sich fast zu Tode erschrocken, als ein Heli von Sankt Martin kommend Richtung Martelltal über Goldrain hinweg donnerte. Das konnte nur der Heli des Resorts sein. Und es konnte nur bedeuten, dass Professor Mentoff ins PMR geholt wurde. War das ein gutes Zeichen? Oder ein schlechtes? Es ist jetzt totenstill in Goldrain, der Ort schläft. Giovanni Müller schaut auf seine Uhr, es ist 0:32. Sechs Stunden, hatte Mitch gesagt, das heißt, er muss bis 2 Uhr warten.

Claire hat das Gefühl, ihr würden die Hände absterben. Vor kurzem hat sie geglaubt, im Nebenraum Geräusche zu hören, aber mittlerweile ist wieder alles still. Sie hat aufgehört um Hilfe zu rufen, würde jemand sie hier hören, würde sofort eine Meldung an Graves gehen. Sie sitzt in der Falle, es ist ein Alptraum. Sie hofft, dass sich Graves mit Mentoff berät, der Professor würde nie zulassen, dass ihr etwas zustößt. Vielleicht ist ja auch Mitch die Flucht gelungen, und er ist bereits unterwegs, um Hilfe zu holen. Aber Claire ist klug genug, um zu wissen, dass sie ein großes Problem hat. Wenn Graves glaubt, sie sei eine echte Gefahr für ihn, würde er keine Sekunde zögern und sie verschwinden lassen. Warum nur hatte sie sich auf diese Kamikaze Nummer eingelassen. Sie weiß die Antwort: aus Verliebtheit. Wieder spürt sie Zorn auf Mitch in sich aufsteigen. Dass er sein Leben vor lauter Jagdfieber aufs Spiel setzt, ist eine Sache, seine Sache. Dass er aber leichtfertig von ihr verlangt, dasselbe zu tun, nagt an ihr. Sie spürt eine wilde Panik in sich aufsteigen, plötzlich schreit sie aus Leibeskräften laut um Hilfe.

Mitch sitzt gefesselt auf einer uralten Holzbank, ihm schmerzen alle Glieder vom Aufprall. Am meisten aber macht ihn der Knebel fertig. Er kämpft mit der Angst, ersticken zu müssen, merkt, je mehr er in Panik gerät, desto größer wird die Atemnot. Er zwingt sich zum ruhigen Atmen durch die Nase. Bei seinem letzten Abenteuer wurde er von einem Neo-Nazi verprügelt und hat sich gehasst dafür. Genauso fühlt er sich jetzt wieder, hilflos und wehrlos. Unfähig, Claire zu schützen. Plötzlich glaubt er Claires Stimme zu hören, gedämpft zwar, aber doch ganz in der Nähe. Er hört ihre verzweifelten Hilferufe, versucht zu antworten, bringt aber nur ein erbärmliches Röcheln heraus. Ihm ist klar, dass er viel zu leise ist, um gehört zu werden. Er zieht die Beine an den Körper, kickt dann mit aller Kraft nach vorne, trifft den Rollwagen, der laut krachend in ein Regal fliegt.

Claire hört ein dumpfes Scheppern, das aus dem Nachbarraum kommt. Ist dort auch jemand eingesperrt? Wieder schreit sie mit voller Kraft, wieder hört sie von drüben ein Rumpeln. Claire zuckt bei dem Geräusch zusammen, es ist eindeutig: Neben an sitzt ein weiterer Gefangener. »Das kann nur Mitch sein«, denkt Claire und weiß jetzt, dass sie um eine Hoffnung ärmer ist. Ihr

Plan ist krachend gescheitert. Was haben sie bloß mit Mitch gemacht, dass er nicht antworten kann? Er muss geknebelt sein. Claire steigen Tränen der Wut und der Verzweiflung in die Augen.

Vernon Graves verlässt den Aufzug und eilt in Richtung Studio. Im Gang hat eine Neonröhre einen Wackelkontakt, das flackernde Licht in dem fast weißen Gang beunruhigt ihn. Er kommt an den Materialräumen vorbei. Alles ist still. Graves, der immer bereit ist das Nötige zu tun, spürt plötzlich, dass er Angst vor den nächsten Stunden hat. Aber noch sieht er eine winzige Chance für sich, er ist gewillt die Karte zu spielen. Er hört Schritte im Gang, er strafft sich, jetzt gilt es, er muss jetzt überzeugen.

»Guten Abend, Herr Graves, ich gestehe, ich war einigermaßen überrascht über Ihren Anruf, was ist geschehen?«

Vor Vernon Graves steht Dr. Angela Wahl, ohne ihren obligatorischen weißen Arztkittel. Sie trägt eine schwarze Jeans, etwas gewagt bei ihrem Körperbau, darüber einen hellgrauen Freizeitpullover. Sie beobachtet Graves aus wachen Augen.

»Ich bin Ihnen überaus dankbar, dass Sie gekommen sind. Ich werde jetzt ganz offen mit Ihnen sprechen, und dann werden Sie eine Entscheidung treffen müssen, die Ihr weiteres Leben beeinflussen wird. Ihnen ist nicht entgangen, dass wir hier nicht gerade ein normales Sanatorium für die Reichen und Schönen betreiben. Carlos hat einer Gruppe amerikanischer Finanziers einen gewagten Plan vorgetragen. Er bat um eine große Summe Geld und dafür bot er eine Möglichkeit an, reiche und bedeutende Personen unter unseren Einfluss zu bekommen, um so eine Menge Geld zu verdienen. Bei Hollbach ging es um Börseninformationen, die Millionen Dollar wert sein können. Bei Reinhausen um Einflussnahme auf Baugenehmigungen, Konzessionen und dergleichen. Wie das alles praktisch funktioniert, wissen Sie besser als ich. Für mich hieß Carlos' berühmtes VIP-Treatment, Leuten so ins Gehirn zu spucken, dass sie glauben, sie hätten etwas Schreckliches getan, um sie anschließend damit erpressen zu können.«

»Herr Graves, mir ist bewusst, dass ich hier nicht in einer Universitätsklinik arbeite. Dass hier im Hintergrund um viel

Geld gepokert wurde und wird, das konnte jeder sehen, der es sehen wollte. Was ist geschehen? Reden Sie offen.«

Graves räuspert sich und blickt Angela Wahl aus nächster Nähe in die Augen.

»Der Laden hier ist erledigt. Hollbach hat einen Schnüffler geschickt, einen deutschen Journalisten namens Mitch Berger. Dem ist es gelungen, zwei Mitarbeiter zum Verrat zu bewegen. Er ist hier eingebrochen, hat Filmsequenzen zu kopieren versucht, aus denen unsere Methode erkennbar wird. Dieses Material, zusammen mit entsprechenden Zeugenaussagen, kann uns die Polizei auf den Hals hetzen, kann uns vor Gericht bringen. Glücklicherweise haben wir den Eindringling erwischt und festgesetzt, er ist zurzeit hier im Keller.«

Dr. Angela Wahl bleibt völlig emotionslos, nur ein Blinzeln verrät ihre Anspannung.

»Wer sind die beiden Mitarbeiter, die ihm geholfen haben?«

»Ein Techniker namens Giovanni Müller, und Claire Bergmann, die persönliche Assistentin von Carlos. Sie hat eine Affäre mit diesem Mitch angefangen, die beiden sind ein Paar.«

Als Graves Claire Bergmann nennt, umspielt ein kaltes Lächeln die Lippen der Ärztin.

Sie hat Claire nie leiden können, ihr Charme, ihre Schönheit und vor allem ihre große Nähe zu Mentoff, sind für Angela Wahl immer ein Ärgernis gewesen.

»Überrascht mich nicht, ich habe nie viel von der Dame gehalten. Wahrscheinlich wollte sie sich so für die letzten Zurückweisungen Mentoffs revanchieren. Aber was soll jetzt geschehen?«

»Nun Angela, ich darf Sie doch Angela nennen, ich habe hier zwei Gefangene, die ich nicht laufen lassen kann. Ich kann aber auch nicht zwei Leichen im Wald verstecken. Der Schnüffler und Claire müssen verschwinden. Ich habe überlegt, wie ich die beiden mit einer glaubwürdigen Geschichte loswerden kann.«

Graves holt tief Luft, jetzt gilt es.

»Wenn ich zwei Menschen beseitigen muss und nicht selber in Verdacht geraten möchte, dann gibt es nur einen Weg. Einer der beiden muss den anderen töten, und den Überlebenden präsentieren wir als Täter. Ich werde Claire erledigen und mit Ihrer Hilfe Mitch Berger einreden, er sei der Täter. Wir setzen ihn in den Bergen ab, und Sie sorgen dafür, dass er in einem psychisch so angeschlagenen Zustand ist, dass er sich durch sein Verhalten selber verdächtig macht.«

»Guter Plan, Vernon. Aber wir können diesen Mitch jetzt keiner echten Behandlung mit Avatar und allem unterziehen, das würde viel zu lang dauern. Wie viel Zeit haben wir?«

»Ein paar Stunden. Bis morgen früh.«

»Was werden Sie machen, wenn das alles schief geht?«

»Ich setze mich ab in die Staaten, dort habe ich alle Möglichkeiten für ein neues Leben.«

»Was sagt Mentoff zu all dem?«

»Carlos ist im Ausland, um Geld aufzutreiben.«

Jetzt mustert Angela Wahl ihr Gegenüber skeptisch, trifft dann aber eine Entscheidung, die ihr plötzlich überraschend leichtfällt. Dr. Angela Wahl staunt über sich selbst.

»Vernon, ich helfe dir. Der Preis, wenn alles gut geht, ist eine Klinikleitung mit Bonus, wenn es schiefläuft, komme ich mit in die USA und erhalte falsche Papieren und genug Geld, ich will eine Chance dort als Medizinerin zu arbeiten.«

Graves bemerkt zufrieden, dass sie zum Du gewechselt ist.

Sie hält ihm jetzt die rechte Hand hin, Graves schlägt erleichtert ein, umarmt dann die Wahl, küsst sie rechts und links auf die Wangen.

»Okay, wir müssen es mit einer sehr vereinfachten Art probieren. Ich besorge Propofol und Meskalin für Herrn Mitch, du gehst ins Studio und erledigst, was du zu erledigen hast. Ich brauche Claires Tod auf Video, mit viel Blut und Großaufnahmen. Hast du Helfer?«

Vernon Graves staunt, wie schnell die Ärztin mit der neuen Situation klarkommt und mit emotionsloser Effizienz beginnt Probleme zu lösen. Dass es dabei um Mord geht, scheint sie nicht zu beschäftigen.

»Ich habe zwei zuverlässige Security-Männer, die weitgehend eingeweiht sind.«

»Meinst du, einer von denen kann eine Kamera bedienen?«

»Sollte gehen.«

»Dann fangen wir an. Lass bitte Mitch Berger in den Raum Z bringen.«

Dr. Angela Wahl ist nicht halb so ruhig, wie es scheint. Sie hat sich selbst zugehört bei dem Gespräch mit Graves, und sich dabei kaum erkannt. Während sie mechanisch im Raum Z die nötigen Vorbereitungen trifft, jagen die Gedanken durch ihren Kopf. »Will ich das wirklich? Ich bin dabei, Beihilfe bei einem Mord zu leisten. Aber wenn hier alles hochgeht, werde ich vor Gericht gestellt; ich habe aktiv an den Behandlungen mitgewirkt, ich werde meine Approbation verlieren. Kann ich überhaupt noch zurück? Nein, verdammt, ich will ein neues Leben, will alles, wirklich alles hinter mir lassen, alle Enttäuschungen und Kränkungen.«

Sie stellt die Geräte neu ein, diesmal muss sie ohne Regie auskommen.

Sie muss ein Videoband von Claires Tod herstellen und Mitch diesen Bildern aussetzen.

Bei der Vorstellung, welche Bilder das sein werden, schüttelt sie sich. Mit diesem Teil des Jobs will sie nichts zu tun haben. Das ist Graves Arbeit, sie ist für Mitch zuständig. Der wird eine brutal einfache Behandlung erfahren. Keine Zeit für das übliche Programm, das vorsieht den Patienten langsam an den Avatar zu gewöhnen, und zu warten bis die Probanden bereit sind, den Avatar als Teil ihrer selbst zu begreifen.

Für Mitch hat Angela Wahl einen einfachen Plan im Kopf.

Mitch wird mit Propofol betäubt werden, dann wird ihm eine starke Dosis Meskalin verabreicht, er wird mit einer VR-Brille auf den Augen aufwachen und er wird glauben, den Verstand zu verlieren, weil er wieder und wieder den Tod seiner Freundin sehen wird. Er wird keine Chance haben, sich gegen diese Bilder zu wehren. Die Ärztin lächelt bitter. Sie wird Mitch auf einen heftigen Horror-Trip schicken. Beim Aufwachen wird er sehen, dass seine Hände blutverschmiert sind, seine Fingerabdrücke werden auf der Tatwaffe sein.

Wenn später Mitch draußen in diesem Zustand gefunden wird, dann wird er wirr vom Tod seiner Freundin erzählen und sich verdächtig machen.

Ihr Telefon summt, Vernon Graves meldet sich. »Kannst du bitte kommen und die beiden sedieren?«

Dr. Wahl hat jetzt einen Arztkittel angelegt und eilt durch den Gang. Die Tür zu Claires Raum ist geöffnet. Graves steht da, er ist sehr bleich, denkt sie, das mag aber auch dem fürchterlichen Neonlicht geschuldet sein. Zwei Männer mit Security-Jacken stehen neben ihm. Dann fällt ihr Blich auf Claire Bergmann, die sie mit ängstlich aufgerissenen Augen anstarrt. »Dr. Wahl, endlich ein vernünftiger Mensch hier. Bitte, ich muss dringend Professor Mentoff sprechen, bitte alarmieren Sie ihn.«

Dr. Wahl schaut Claire abweisend an, die Erwähnung Mentoffs macht sie wütend.

»Claire, bitte reichen Sie mir Ihren Arm, ich muss Ihnen ein Beruhigungsmittel spritzen. Es wird Ihnen nichts geschehen, seien Sie ganz ruhig.«

Claire wehrt sich, Graves packt ihren Arm, Dr. Wahl zieht die Spritze auf, tritt an Claire heran.

Luigi hält ihr jetzt mit aller Kraft den Mund zu, Vernon umklammert den Arm. Angela Wahl trifft routiniert beim ersten Mal die Ader, Claire spürt eine wohlige Wärme, dann kippt sie weg.

Aus dem Nebenraum hört man sie lautes Rumpeln, es klingt nach umstürzenden Möbelstücken. Mitch tritt hilflos um sich, zerrt an seinen Fesseln, der verdammte Knebel erwürgt ihn fast.

Die Tür öffnet sich, es wird taghell im Raum.

Mitch sieht Graves in Begleitung einer Ärztin auf sich zukommen, dahinter die beiden Security-Gorillas, die ihn hergebracht haben.

Graves tritt auf ihn zu, versucht, Mitchs Ärmel nach oben zu schieben. Mitch wehrt sich, so gut er kann. Die Ärztin blickt ihn an. »Herr Berger, beruhigen Sie sich, Ihnen wird hier nichts geschehen, ich bin Ärztin. Sie bekommen jetzt eine harmlose Beruhigungsspritze, Sie werden transportiert werden, alles ist okay.« Mitch würgt, Dr. Wahl bittet Luigi, den Knebel zu entfernen. Mitch ringt nach Luft, atmet tief durch. »Was ist mit Claire?«

Dr. Wahl ist nach wie vor bemüht alles, so normal wie möglich zu halten. »Frau Bergmann geht es gut, sie wird gerade auf die Krankenstation gebracht. Würden Sie mir jetzt bitte Ihren Arm reichen.« Plötzlich schreit Mitch aus voller Kraft, »Claire, halte durch, ich bin bei dir.«

Luigi legt seine Hand um Mitchs Hals. Mitch starrt die Ärztin an. »Sie kommen mit einer Killertruppe und tun so, als wäre ich bei Ihnen in der Sprechstunde. Schämen Sie sich.« Robert umklammert jetzt Mitch von hinten, Graves zieht den Arm gerade und Angela Wahl setzt die Nadel gekonnt in die Ader. Mitch spürt eine warme Welle in sich aufsteigen. Noch ist er Herr seiner Gedanken, er verflucht seine Hilflosigkeit, er wird Claire nicht helfen können, er kann nicht mal sich selber helfen. Mitch wird müde, sein Atem wird ruhig, er rutscht fast von der Holzbank. Graves richtet sich auf: »Los Jungs anfassen, bringen wir erst den Kerl hier rüber in Raum Z.«

Um 01:45 Uhr hält Giovanni es nicht länger aus, er stürzt aus dem Haus, springt in seinen Wagen, fährt runter zur Staatsstraße, biegt rechts ab und parkt wenige Minuten später vor dem Gebäude der Carabinieri. Das Haus liegt im Dunklen, nur zwei Räume im Parterre und einer im ersten Stock sind erleuchtet. Müller klingelt Sturm, nach einigen Minuten wird die Tür geöffnet, ein müde blickender Brigadiere starrt ihn an.

»Signore, ich hoffe, Sie haben einen verdammt guten Grund, jetzt hier zu klingeln.«

Giovanni Müller nickt aufgeregt. »Ist zufällig einer der Beamten anwesend, die sich um die Fälle oben im Paradise Mountain Resort gekümmert haben, also die Todesfälle Ferrata und Tony Raben?«

»Nein, um was geht es?«

Giovanni beginnt zu erzählen und merkt schnell, dass ein müder Beamter zu dieser Uhrzeit einer so komplizierten Geschichte kaum folgen kann.

»Hören Sie, Signore, was erzählen Sie da eigentlich? Zwei Personen wollten in das Resort einbrechen, und jetzt machen Sie sich Sorgen, weil diese beiden Personen noch nicht wieder aufgetaucht sind. Uns liegt kein Alarm seitens des Resorts vor.«

Müller verlegt sich jetzt aufs Bitten. »Gibt es einen höheren Offizier hier, mit dem ich sprechen könnte? Der Fall hat internationale Bedeutung.« Schlecht gelaunt stapft der Brigadiere ins Haus, bedeutet Müller zu warten.

»Tenente Ricci, was kann ich für Sie tun?« Müller wiederholt seine Geschichte vor dem Offizier, baut jetzt den Mord an Hollbach in Frankfurt mit ein. Der Tenente beobachtet Müller skeptisch, aber nicht desinteressiert. »Der ganze Komplex PMR wird von meinem Kollegen Commissario Giordano von der der Kriminalpolizei bearbeitet. Er ist morgen früh ab acht hier im Büro. Ich werde eine Notiz über Ihren Besuch schreiben, am besten aber kommen Sie selber morgen nochmal und verlangen nach Commissario Giordano.«

Müller ist genervt. Aber was tun? Er steigt in sein Auto, fährt zurück. Die Uhr im Wagen zeigt 02:15.

Mitch liegt jetzt, mit Ledergurten fixiert, auf der Liege im Behandlungsraum Z. Er kapiert, dass sich der Raum verändert hat, er zerrt an seinen Fesseln, keine Chance. Er erlebt alles wie in einem Wachtraum. Immer wieder wiederholt er den Satz: »Die haben mich unter Drogen gesetzt, ich bin hier bei Feinden, ich stehe unter Drogen.«

Und immer wieder überwindet ihn die Müdigkeit, lässt ihn weich fallen, ein angenehmes Schweben in endlose Tiefen.

Claire wird von Luigi und Robert ins Studio gebracht, dort auf eine Matratze gebettet.

Vernon Graves kommt herein, er trägt jetzt Mitchs Jacke und Mütze. Er legt einen Dolch mit einer ziemlich großen Klinge auf einem Regal ab, holt eine mobile Kamera aus einem silbernen Metallkoffer und beginnt Luigi die Bedienung zu erklären.

Luigi und Robert verfluchen beide die Situation, in die sie geraten sind. Aber beide arbeiten seit Jahren für Graves, sie sind gewohnt, ihm blind zu gehorchen.

Luigi übt mit der Kamera, den Zoom hat er schnell kapiert, die Belichtung stellt er auf Automatik.

Graves tippt auf eine Sprechtaste. »Angela, bitte schalte die Aufzeichnung ein.«

»Hör zu, Vernon, stell mich laut, damit auch dein Kameramann mich hören kann. Wir brauchen unterschiedliche Aufnahmen, das heißt einerseits Totalen, die ganze Frau liegend, dann

Großaufnahmen, eine Wunde groß, eine schnelle Bewegung eines Messers, eine Blutlache. Kapiert?«

Aus dem Studio kommt ein zustimmendes Grunzen.

»Wenn ihr fertig seid, kommt mit der Kamera rüber, wir brauchen Bilder von dem Mann hier, Gesicht groß, blutige Hände.«

Frau Dr. Wahl drückt jetzt die rote Rec-Taste unter der Kontrolllampe für die Studiokamera.

Die aktiven Kameras zeichnen jetzt auf.

An Luigis Kamera leuchtet ein kleines Rotlicht auf.

Vor dem Studio schimmert jetzt grellrot das Schild AUFNAHME NICHT STÖREN.

Angela Wahl schüttelt sich, lenkt sich durch Arbeit ab, durchforstet das umfangreiche Bildarchiv des Resorts nach dem Bild eines prächtigen zerwühlten Doppelbettes.

Das wird unter die Studioaufnahmen gelegt werden, es wird wackliger aussehen als sonst, halt von Amateuren gemacht, aber für einen unter Meskalin stehenden Mann wird es reichen.

Angela Wahl schaut rüber zu Mitch.

Fast hat sie Mitleid mit ihm.

Dann blickt sie auf ihre Uhr, es ist 2:50.

19

Der Türsummer tönt.

Angela Wahl öffnet, Graves und Luigi treten ein, beide sehr bleich. Luigi trägt seine Kamera, Graves ein in Plastik gehülltes Bündel.

Die drei gehen zur Liege, auf der Mitch festgeschnallt ist.

Frau Dr. Wahl hat Mitch eine Braunüle gelegt, um ihn nicht jedes Mal neu spritzen zu müssen. Jetzt bekommt Mitch eine geringe Gabe Propofol, die Ärztin will ihn ruhig gestellt wissen. Luigi macht die Kamera bereit, filmt Mitchs Gesicht, seine Hände. Dann öffnet Graves den Plastikbeutel, ein blutiges Laken ist zu sehen. Dr. Wahl wendet sich angeekelt ab. Graves wickelt das Laken um Mitchs Hände, verschmiert sie mit Blut.

Sie arbeiten schweigend gut 20 Minuten. Graves hat das Laken wieder verstaut, stellt die Plastiktüte jetzt in der Nähe des Kommandopults ab, greift sich ein Telefon.

»Robert, bist du soweit fertig mit Aufräumen? Okay, ich schick dir jetzt Luigi rüber, der weiß, wie es weitergeht.« Graves wendet sich an Luigi: »Lass die Kamera hier stehen, geh jetzt rüber zu Robert und schafft die Leiche rüber in die Massageräume. Legt sie dort ab, ich kümmere mich später darum. Dann bringt die Matratze nach hinten zum Müll-Schredder, ruht euch dann aus, geht ein, zwei Stunden schlafen, ich melde mich, wenn es weitergeht. Ich brauche Euch fit, wir müssen nachher in die Berge, zur Marteller Hütte.«

»Was Chef, zur Marteller Hütte? Sie wollen aber nicht, dass wir den Kerl da auf 2600 Meter schaffen?« Graves grinst, trotz seiner Anspannung.

»Keine Sorge, das machen wir anders.«

Dr. Wahl bittet Graves, die Kamera mit dem Schnittcomputer zu verkabeln. Sie überspielen das gerade mit Mitch gedrehte Material in denselben Speicher, in dem die Studioaufnahmen abgelegt sind. Eine Schnitt Software wird jetzt selbstständig einen dreiminütigen, schnell geschnittenen Film erstellen, Dr. Wahl stellt die Schnittfrequenz auf »sehr schnell« ein, das Ergebnis wird ein wildes Stakkato sein, das alle drei Minuten von vorne beginnt.

Der Rechenvorgang nimmt einige Zeit in Anspruch, Zeit, die Dr. Wahl nutzt, um Graves nochmal nach Professor Mentoff zu fragen. »Wo steckt er, ich kann mir nicht vorstellen, dass er in einer so existenziellen Krise einfach wegfährt, um Geld zu akquirieren.« Dabei mustert sie Graves.

Der ist nicht aus der Ruhe zu bringen. »Er ist schon vorgestern gestartet, ist jetzt in Singapur, was soll ich ihn mit diesen Horror-Storys belasten. Außerdem habe ich keine Lust, mit ihm über Claire Bergmanns weiteres Schicksal zu diskutieren.« Das Argument überzeugt Dr. Wahl, die sich wieder der Kontrolle der Geräte widmet. Sie steht auf, geht rüber zu einem Medizinschrank, bereitet eine weitere Injektion vor. »Das hier ist mit physiologischer Kochsalzlösung verflüssigtes synthetisches Meskalin. Das darf ich ihm nicht über die Braunüle geben, sondern subkutan. Kann ihm Schmerzen bereiten, aber noch ist er ja sediert. Das Zeug braucht eine Weile, bis es wirkt. Es ist jetzt 3:25 Uhr, ich glaube, wir können es ihm jetzt verabreichen.«

Sie zieht die Spritze auf, beugt sich über Mitch, spritzt ihm das synthetische Meskalin in den Oberarm.

Der Schnittcomputer meldet die Fertigstellung des Films.

Graves will sich an der in Ecke des Raumes stehenden Espressomaschine bedienen, stolpert dabei fast über die auf dem Boden stehende Kamera. Er stellt die Kamera achtlos in ein Regal.

Robert und Luigi haben Claire in eine der eleganten Massageräume in dem modernen Holzanbau gebracht. In einer plötzlichen Anwandlung von Menschlichkeit legen sie Claire auf ein Massagebett, decken sie mit einer schweren Decke zu. »War eine schöne Frau«, knurrt Luigi, »schade drum.« Er schaut auf das leichenblasse Gesicht, dann dreht er sich zu Robert um. »Hör zu, Junge, ich habe keine Ahnung, wie das hier ausgeht, kommt mir schon alles sehr improvisiert und ein bisschen verzweifelt vor. Wir lassen uns, bevor wir noch irgendetwas anderes machen, einen Batzen Geld auszahlen, Cash auf die Kralle. Und sollte uns das hier um die Ohren fliegen, müssen wir aussagen, Graves hat uns mit dem Tod bedroht, wir waren gezwungen ihm zu helfen. Ist das klar?«

Robert nickt. Dann gehen sie rüber in den Personalraum der Security-Männer, dort gibt es Schlafliegen. Sie hauen sich hin.

Um 4:15 Uhr setzt Dr. Wahl Mitch die VR-Brille auf. Er bekommt eine Hallo-wach-Injektion in die Braunüle, dann kontrolliert Dr. Wahl Atmung und Blutdruck, Mitch wacht langsam auf.

Graves kontrolliert die Gurte, mit denen Mitch angeschnallt ist.

Dr. Wahl startet den Film. Die beiden sehen über einen Kontrollmonitor den Film, der Mitch jetzt komplett umgibt.

Mitch beginnt zu zucken.

Er stöhnt, versucht seinen Arm anzufassen. Mitch hat keine Ahnung, wo er sich befindet, um ihn herum ist es tief schwarz. Dann hat er das Gefühl, durch einen Tunnel zu fliegen, auf einen heller und größer werdenden Punkt zu. Aus dem Punkt, der jetzt sein ganzes Blickfeld ausfüllt, wird nun ein Bild. Der Film setzt ein, sein Puls schießt nach oben.

Mitch sieht ein zerwühltes Bett, dann plötzlich, wie hineingezaubert, liegt Claire friedlich schlafend in diesem Bett. Mitch überkommt ein tiefes Glücksgefühl. Claire lebt, ihr geht es gut. Dann schlägt seine Stimmung um in blankes Entsetzen, Kälte überwältigt ihn, dringt in ihn ein, bis in die letzte Faser seiner Sinne.

Er sieht eine dunkle Figur langsam auf Claire zugehen. Jacke und Mütze des Schattenmanns kommen ihm seltsam vertraut vor. Ein breiter dunkler Rücken verdeckt Claire, er sieht ein Messer blitzen, ein hochgereckter Arm stößt nach unten, die Klinge trifft Claire, er sieht eine Stichwunde, sieht Blut, schreit auf, sieht wie das Messer wieder zustößt. Dann starrt er in sein eigenes Gesicht, sieht seine blutverschmierten Hände, er schreit und schreit, zerrt an seinen Fesseln, er hat das Gefühl, den Verstand zu verlieren, kann sich nicht orientieren, er wirft den Kopf nach rechts und links, doch das Bild bleibt stets das gleiche, er sieht Blut, das Messer, ihr lebloses Gesicht.

Er sieht Claire sterben.

Plötzlich kapiert er: Der Mann mit dem Messer, den er nie von vorne sieht, trägt seine Jacke und seine Mütze. Wieder schreit er, wieder kämpft er vergebens gegen die Gurte. Er ist verloren in den Bildern, die auf sein durch Meskalin schutzlos gemachtes Gehirn einprasseln. Alles wiederholt sich, als wäre er in einer endlosen Schleife gefangen. Jedes Mal, wenn er die schlafende, unverletzte Claire sieht, empfindet er eine Sekunde des Glücks. Mitch versucht sich an diese Sekunde zu krallen, sie festzuhalten in dem ganzen Horror.

Er kämpft um einen einzigen Gedanken. »Ich liebe die Frau, ich töte sie nicht, das bin nicht ich, ich liebe die Frau.« Sein Entsetzen hat eine Farbe, rot. Rot überwältigt ihn, alles ist rot.

Um 5:20 Uhr geht Frau Dr. Wahl zu Mitch, gibt ihm eine Propofol-Injektion, die etwa eine Stunde anhalten wird. Sie entfernt die Braunüle aus Mitchs Arm.

Graves wird zunehmend ungeduldiger. Er sucht in seinem Handy nach einer Nummer.

»Super Bruno, auf dich ist Verlass, du bist schon früh aus den Federn. Hör mal, sei so gut und schicke uns die Seilbahn runter, wir planen eine Überraschung für ein paar Gäste. Brauchst du die Bahn in den nächsten anderthalb Stunden? Nein? Perfekt. Schick sie runter, wir melden uns, wenn die erste Fuhre startet. Danke dir.«

Dr. Angela Wahl schaut ihn fragend an.

»Das war Bruno, der Wirt von der Marteller Hütte.«

»Und was willst du da jetzt hoch schaffen?« Sie blickt zu Mitch.

»Genau, unser Freund braucht dringend Frischluft.«

Und schon ist Graves wieder am Telefon.

»Hallo Luigi, macht euch bereit, geht rüber zur Talstation der Marteller Lastenseilbahn.«

»Sorry Chef, Robert und ich haben nachgedacht. Wir hätten gerne das versprochene Weihnachtsgeld jetzt, nicht dass es nachher vergessen wird.«

»Okay, wenn ihr mir nicht traut. In fünf Minuten in meinem Büro.«

Graves wendet sich zu Angela Wahl. »Die Idioten wollen Geld sehen, ich muss hoch ins Büro. Bis später, wir holen den da gleich ab.«

Jetzt ist Angela Wahl allein im Raum Z. Sie betrachtet Mitch, denkt nach. Will sie das alles wirklich?

Sie tritt neben Mitch, nimmt seinen rechten Arm, zögert einen Moment, kratzt dann Mitch mit voller Kraft. Vier parallel laufende blutige Streifen zeichnen sich ab. Mitch schläft tief, bemerkt nichts. Frau Dr. Wahl hat sich entschieden.

Als Graves sein Büro erreicht, warten Robert und Luigi schon vor der Tür. »Ein Hammer, dass ihr mir nicht über den Weg traut, aber was soll's, jeder muss sehen, wo er bleibt. Wartet hier bitte einen Moment.« Graves betritt sein Büro, holt die vorhin schon geplünderte Schatulle hervor, entnimmt ihr 20 000 Euro. Er verschließt den Safe, schaut sich noch einmal in seinem Büro um, schüttelt den Kopf und tritt auf den Gang. »So, hier sind Zehntausend für jeden von euch. Nehmt es, steckt es ein und vergesst diese Nacht. Wenn ihr loyal bleibt, gibt es mehr, sonst gibt es meine Rache. Und jetzt los. Wir haben noch eine Menge zu erledigen.«

Draußen vor dem Haupteingang schaut Graves auf seine Uhr, es ist 5:45, das Resort schläft noch, nur im Restaurant und in der Küche brennt schon Licht.

Graves verteilt seine Truppen. »Luigi, du bleibst bei mir. Robert, du gehst rüber zur Marteller Lastenbahn. Bruno, der Wirt der Hütte, hat das Ding runter geschickt. Rede mit ihm, sag ihm, in etwa 20 Minuten soll er die Gondel wieder hochholen. Alles klar, los.«

Als Luigi und Vernon Graves wieder im Raum Z ankommen, zeigt Mitch erste Anzeichen eines leisen Erwachens. »Wie lange pennt der denn noch?«

Dr. Wahl zuckt die Schultern. »Kann ich dir auch nicht genau beantworten. Eine gute halbe Stunde werdet ihr noch Ruhe haben. Wenn ich ihn aber nochmal betäube, braucht ihr eine Trage. Ab jetzt, etwa in 20 Minuten, kann er gestützt langsam schlurfen.«

Luigi und Graves packen Mitch unter den Armen, wuchten ihn hoch, zerren ihn zum Ausgang. Graves dreht sich um. »Mach hier bitte zu, lösche sorgfältig alles vom Rechner, sei genau.«

Die Ärztin nickt. »Ich werde mich krankmelden, und mich erst mal hinlegen, sag Bescheid, wann immer ich helfen kann. Viel Glück.«

Um 6:15 Uhr rollt ein Maserati-SUV auf eine umzäunte Rasenfläche, etwa 100 Meter von den öffentlichen Parkplätzen entfernt. Hier, in einer baufälligen Holzhütte, endet die kleine Lastenseilbahn, mit deren Hilfe die Marteller Hütte auf 2600 Metern Höhe mit Nachschub versorgt wird. Getränke und Lebensmittel werden hier geladen, manchmal auch das Gepäck von Übernachtungsgästen. Die Gondel ist da, sie ist etwa 140 Zentimeter lang und einen Meter breit. Der Boden ist solide, die Außenwände sind aus leichtem Blech. Ein grün gestrichenes Dach soll ein wenig vor Regen und Schnee schützen, die Außenwände reichen aber nur einen knappen Meter hoch, bis zum Dach fehlt ein guter weiterer Meter. Das uralte Stück wird elektrisch betrieben, die Fahrten werden von der Bergstation gesteuert.

Robert kommt aus der Hütte, berichtet, Bruno könne jederzeit die Gondel hochholen.

»Los, dann rein mit euch«, befiehlt Graves energisch. »Spinnst du«, flucht Luigi, »wir können doch nicht zu zweit da rein.«

»Doch könnt ihr, das passt, vertraut mir. Oder will einer hoch laufen? Dann los, aber sofort.«

Maulend und mit ausgesprochen unguten Gefühlen steigen die beiden ein. Graves greift zum Telefon. »Bruno, los abfahren, einmal Volllast.«

Dann wendet er sich zu den beiden. »Sobald ihr oben seid, schickt ihr das Teil wieder runter, dann kommt unser Freund hier nach.« Ruckelnd setzt sich die deutlich überladene Gondel in Bewegung. Das Seil hängt durch, aber es hält die Belastung aus. Langsam entschwindet die Gondel aus Graves Sicht.

Luigi und Robert sind fast grün vor Angst. Die Gondel schaukelt beachtlich, beide wissen, dass Personentransport streng verboten ist, aber sie wissen auch, dass immer mal wieder junge Männer hier ihre Mutproben machen. Von einer Fahrt mit zwei Männern allerdings, ist ihnen nichts bekannt. Nach gut 20 Minuten, die den beiden wie eine Ewigkeit vorkommen, erreicht die Gondel die Bergstation, ebenfalls eine wackelige Holzbude. Bruno, der Wirt, flucht als er sieht, dass sich zwei Männer aus der Gondel quälen. Luigi würgt seinen Protest ab. »Rede mit Graves, meinst du, ich bin freiwillig in das Scheißding eingestiegen?« Alle drei wissen, dass der Wirt Graves gegenüber handzahm ist, manchmal organisiert das Resort Ausflüge mit sportiven Gästen, und bei diesen Anlässen macht die Berghütte traumhafte Umsätze. Luigi lässt sich den Kommandohebel erklären, schickt die Gondel leer wieder runter. Der Wirt muss zurück in die Stube, Bergwanderer sind auch morgens schon hungrig.

Um 7:05 Uhr erreicht die Gondel wieder die Talstation. Graves zerrt Mitch von der Rückbank des Wagens, es gelingt ihm, den Torkelnden auf die Beine zu stellen. Graves hat ihn jetzt an der Gondel, öffnet mühsam die mit Riegeln gesicherte Seitenwand und wuchtet Mitch unter Aufbietung aller Kräfte hinein. Er zerrt Mitchs Kopf und Oberkörper nach oben. Dann verriegelt er die Seitenwand, schnappt sich noch keuchend das Handy. »Hey Luigi, er ist drin. Hol ihn hoch, und schafft ihn dann so unauffällig wie möglich Richtung Gletscher. Ihr nehmt ihn zwischen euch. Wenn ihr ihn liegen lasst, dann zieht ihm den Anorak aus, seine Windjacke reicht. Kommt dann zu Fuß runter, nehmt euch frei, geht nach Hause.«

Es ist 7:30, als sich die Gondel mit Mitch in Bewegung setzt.

Zur selben Zeit trinkt Giovanni Müller seinen zweiten Espresso. Er ist frisch gestriegelt und hat ordentliche Sachen an. Er will einen seriösen Eindruck machen. Er steigt in sein Auto, fädelt auf die Hauptstraße ein, steht um 7:45 Uhr vor dem Haus der Polizei in Schlanders. Er will bis Punkt acht Uhr warten, er möchte den Polizisten nicht verärgern.

Mitch kommt langsam wieder in die Gänge. Ganz langsam. Er hat die Augen geschlossen, aus Angst, wieder Claire und das Messer zu sehen. Er fühlt und riecht frische Luft, die nach Schnee schmeckt. Sie tut ihm gut, lindert seine rasenden Kopfschmerzen. Ganz vorsichtig öffnet Mitch die Augen, er sieht unter sich eine weite grünweiße Fläche, und neben sich verschneite Tannenwipfel. »Wieso zum Teufel bin ich über den verdammten Bäumen?« Mitch hat keinerlei Ahnung, wo er sich befindet. Das Paradise Resort, Graves, die Ereignisse der Nacht, all das ist weit weg. Dann zuckt eine Erinnerung durch sein gemartertes Hirn. Die Erinnerung an den blutigen Tod einer Frau. Er fühlt sich unendlich traurig und weiß doch im Moment nicht, wer sie war.

Er füllt seine Lungen mit der frischen Luft, bemerkt, dass es um ihn herum gefährlich wackelt, er sitzt in etwas Hartem, versucht aufzustehen, merkt, dass es nicht geht, versteht plötzlich, dass er sich weit über den Bäumen befindet. Ihm wird schwindelig, als er spürt, dass die Fahrt weiter steil nach oben geht. Es gibt jetzt nur noch eine Farbe, weiß. Er blickt auf kahle Hänge, Felsen und unendlich viel Schnee.

Plötzlich überfällt ihn die Erinnerung, kurz, für eine glasklare Sekunde. Sie sind ins Resort eingebrochen. Claire ist gefangen, Claire ist tot. Plötzlich sieht er den Schatten mit seiner Jacke, seiner Mütze, schreit: »Ich war das nicht, niemals, ich liebe sie doch.« Er sackt zusammen.

Giovanni hat sein Auto verlassen, läuft jetzt auf die Polizeistation zu. Er ist tief besorgt um Mitch und Claire. Etwas muss komplett schiefgelaufen sein. Er ist entschlossen, sich nicht noch einmal abwimmeln zu lassen. Die Tür wird geöffnet, er erklärt dem Diensthabenden, dass er Commissario Giordano von der Kriminalpolizei sprechen wolle, er sei angemeldet. Nach den obligatorischen fünf Minuten Wartezeit wird er nach oben gebeten. Der Commissario Giordano sieht für die Tageszeit überraschend wach aus, er begrüßt Giovanni auf Deutsch, eine Seltenheit bei einem italienischen Polizeioffizier.

»Herr Müller, mein Kollege hat mir Ihren Besuch angekündigt, es geht um das Paradise Resort. Was liegt an?« Müller bemüht sich strukturiert zu erzählen, er muss sich beherrschen, alles möchte auf einmal aus ihm heraussprudeln. Am Ende kommt er auf Frankfurt zu sprechen.

»Commissario, falls es Ihnen schwerfällt, mir zu glauben, mache ich Ihnen folgenden Vorschlag: Rufen Sie bitte Ihre deutschen Kollegen von der Mordkommission in Frankfurt an. Dort wurde vor einigen Tagen ein Banker namens Peer Hollbach ermordet. Genau dieser Hollbach aber war vor kurzem als Patient im Resort, der jetzt von mir gesuchte Mitch Berger ist Frankfurter Journalist, er recherchiert den Fall Hollbach. Sein Verschwinden muss damit zu tun haben.«

Der Commissario mustert ihn aufmerksam, die Geschichte interessiert ihn. Statt sich wie üblich mit Einbrüchen zu beschäftigen, bietet ein international verästelter Mordfall in einem Luxusresort gewisse Chancen für einen ehrgeizigen Polizisten. Er sucht eine Nummer der Frankfurter Kripo im Computer, greift zum Hörer, wählt und beginnt, sich durch das nicht gerade kleine Frankfurter Polizeipräsidium zu fragen. Endlich scheint er den richtigen Mann am Rohr zu haben. Der Frankfurter Kriminalhauptkommissar Fred Prattner ist ein misstrauischer Mann, er sagt, er rufe zurück, er will sicher sein, dass er tatsächlich mit einem italienischen Kollegen spricht und nicht mit einem cleveren Journalisten. Die beiden Beamten verstehen sich prächtig, Prattner bestätigt dem Italiener, dass Hollbach tatsächlich im Resort war. »Kollege Giordano, wahrscheinlich hätte ich mich in den nächsten Tagen bei Ihnen gemeldet, um Informationen zu diesem Resort zu bekommen.«

Dann fragt Giordano nach Mitch. Prattner stöhnt auf. »Der Mann kann lästig sein, ist aber im Grunde ein fitter Journalist. Er hat sich vor einigen Jahren mit den deutschen Geheimdiensten angelegt, deswegen ist sein Image in der Polizci ambivalent. Er ist wie alle Journalisten ein Schaumschläger, aber auch ein zäher Kerl, im Grunde kein Schlechter.«

»Würden Sie ihm einen Einbruch zutrauen?« »Jederzeit, wenn es um eine Story geht, nein, wenn es um private Bereicherung geht. Ich habe hier gerade im Hintergrund einen Kollegen gebeten, Hollbachs Anruflisten zu checken, und ich kann Ihnen bestätigen, die beiden hatten Kontakt.«

Giordano ist jetzt sehr nachdenklich. Er bedankt sich, legt auf.

Jetzt schaut er ernst und entschlossen zu Giovanni Müller. »Okay, es ist wahrscheinlich wie Sie sagen, er wollte ins Resort eindringen, um in der Sache Hollbach zu recherchieren. Und ist seitdem nicht mehr aufgetaucht. Das reicht. Wir werden das Resort durchsuchen. Ich werde etwa eine bis zwei Stunden brauchen, bis ich eine richterliche Genehmigung und genügend Leute habe.«

»Darf ich mit? Ich kann Ihnen da oben helfen, es ist eine sehr weitläufige Anlage. Die interessantesten Räume sind im Keller, ich kenne mich da bestens aus.«

»Okay, Herr Müller, Sie sind dabei. Gehen Sie jetzt nach Hause, wir holen Sie in Goldrain ab, kommen da ja eh vorbei auf dem Weg ins Martelltal. Bin gespannt, was uns da oben erwartet.«

Giovanni Müller ballt im Rausgehen eine Faust, endlich wird etwas geschehen, endlich hat das verdammte Warten bald ein Ende.

Luigi und Robert verfluchen ihren Job. Es liegt viel Schnee hier in der Höhe, sie haben Mitch in die Mitte genommen, untergehakt. Mitch bewegt sich, als habe er Minimum 2,5 Promille. Er schlurft, redet unverständliches Zeug. Der Weg ist beschwerlich, Luigi will den direkten Weg an der Marteller Hütte vorbei vermeiden, sie würden nur auffallen. Hier bewegen sich um diese Uhrzeit sportlich gestählte Menschen und keine Alkoholleichen. In der Marteller Hütte treffen sich sportliche Wanderer, die vom Parkplatz unweit der Einfahrt des Resorts aus loslaufen, mit harten Sportlern, die auf langen Höhenskiwanderungen hier Station machen. Jetzt um kurz nach acht ist hier schon guter Betrieb.

Die beiden Security-Männer, mit Mitch in der Mitte, haben die Hütte passiert, ohne aufzufallen. Sie haben das Gletscherumfeld erreicht. Laufen wird hier zur Qual. Man versinkt bei jedem Schritt, es ist empfindlich kalt. Nach 15 Minuten Quälerei hat

Luigi genug. Er stoppt, beide lassen Mitch fallen, schnappen nach Luft. Ein eisiger Wind tobt. Luigi zerrt Mitch den Anorak vom Körper, er trägt jetzt nur noch Jeans, Turnschuhe, Pullover und eine dünne Windjacke. Mitch liegt apathisch im Schnee, er scheint wach zu sein, aber nicht Herr seiner Sinne.

Die beiden betrachten ihn ein letztes Mal, zucken die Schultern und treten den Rückweg an.

Über einen halben Kilometer von Mitch entfernt, kämpfen sich zwei abenteuerlich aussehende Gestalten durch den Schnee. Zwei junge französische Skiwanderer, die noch vor Sonnenaufgang gestartet sind wollen in der Marteller Hütte ihr zweites Frühstück einnehmen, dann zur Zufallshütte absteigen und von da über das Madritschjoch rüber nach Sulden. Eine anspruchsvolle Tour, aber die beiden sind fit. Sie haben die Helme abgezogen, tragen rote Halstücher auf dem Kopf und wittern bereits den Kaffeeduft der nahenden Hütte.

Mitch hat sich taumelnd aufgerichtet. Staunend schaut er um sich.

In der Ferne leuchtet golden ein schneebedecktes schroffes Felsmassiv. Davor zerrissene Nebelschwaden.

Er hat nicht die geringste Ahnung, wo er sich befindet, keine Erinnerung, wie er an diesen verzauberten Platz gekommen ist. Ist ihm auch egal.

Er hat keine Fragen mehr.

Er versucht aufzustehen, sinkt aber in dem tiefen Schnee sofort wieder ein.

Er bemerkt kleine Spalten, in denen blaues Wasser schimmert. Oder ist es Eis?

Wieder versinkt er bis zur Hüfte im Schnee. Er fällt unendlich schwer, immer wieder das Bein aus dem klammen Schnee zu zerren, nur um sofort wieder einzusinken.

Ein violetter Blitz trifft seinen Kopf, schlagartig ist alles in gleißendes Licht getaucht.

Dann spürt er die Stille. Und fühlt doch den tosenden, zerrenden Wind auf seiner Haut.

Glühende Schleier gleiten vorbei.

Das Schneefeld vor ihm leuchtet hellgrün und zartrosa.

Mitch beginnt zu lachen, merkt aber, wie ihm die Tränen über die Wangen laufen.

Er hat plötzlich das Gefühl, Claire zu sehen.

Er will zu ihr, stolpert, spürt plötzlich die brutale Kälte.

Er stürzt, Schnee umgibt ihn, er lässt sich fallen, gibt der Müdigkeit nach.

20

Eine Kolonne aus zehn Polizeiwagen rast mit Blaulicht das Martelltal hinauf.

Commissario Giordano hat alle nötigen Durchsuchungsbefehle erhalten und immerhin 25 Mann für diesen Einsatz zusammengetrommelt.

Friedliche Spaziergänger auf dem großen Parkplatz springen zur Seite, die Kolonne donnert mit Blaulicht und Sirenengeheul die letzten Meter zum Resort hinauf.

»Commissario Giordano von der Kriminalpolizei, bitte sofort das Tor öffnen«, bellt der Kommissar in die Gegensprechanlage. Das Tor schwingt auf, Giordano registriert aufmerksam die schwere Beschädigung des Tors. Vor dem Haupthaus blockiert die Polizeikolonne die gesamte Auffahrt, einige Gäste auf dem Weg zum frühen Frühstück starren verwundert, erst abends der Feueralarm, jetzt ein großer Auftritt der Polizei.

Giordano eilt in Begleitung mehrerer Uniformierter zur Rezeption.

»Commissario Giordano, wir haben hier einen richterlichen Durchsuchungsbefehl. Ich möchte bitte sofort mit Professor Mentoff und dem Sicherheitschef Vernon Graves sprechen.«

Der Chefportier windet sich.

»Commissario, es tut mir unendlich leid, aber beide Herren sind nicht im Haus. Wir hatten gestern Nacht einen Feueralarm, vielleicht kommen sie deswegen später.«

»Sie hatten einen Feueralarm, interessant. Wodurch ausgelöst, schwere Schäden?«

»Nein, hat sich als Fehlalarm herausgestellt. Jemand hat mutwillig einen Rauchmelder ausgelöst.«

»Waren Graves und Mentoff gestern Abend hier?«

»Den Herrn Professor habe ich nicht gesehen, Herr Graves hat die Arbeiten und die Evakuierung persönlich geleitet.«

»Versuchen Sie bitte umgehend die beiden Herren zu erreichen!«

Ein drohender Blick trifft den Chefportier, der keine Ahnung hat, wie ihm hier geschieht.

Giordano schickt zwei Männer zu dem Raum, in dem der Alarm ausgelöst wurde.

Giovanni Müller will gerade dem Commissario empfehlen, mit der Durchsuchung in den Kellergeschossen zu beginnen, als lautes Schreien Polizisten und Gäste des Resorts herumfahren lässt. Aus den modernen Holzanbauten kommen zwei laut rufende Zimmermädchen zum Haupthaus gestürzt.

»Hilfe, kommen Sie sofort in den Massageraum, eine Leiche, schnell!!«

Giovanni Müller wird bleich, er eilt Giordano nach, der sich von den Zimmermädchen den Weg zeigen lässt. Der Kommissar hat seine Dienstwaffe gezogen, bedeutet jetzt Müller zurückzubleiben.

Drei Polizisten betreten den Massageraum. Ein schlichter aber intensiver Raum, ganz aus duftendem Holz, ein großes Fenster lässt einen Blick auf die Berge zu, in der Ecke bollert ein Ofen mit prasselnden Holzscheiten im Sichtfenster, die Mitte des Raums wird von einer Massageliege dominiert. Darauf, zugedeckt mit einer blutbefleckten Wolldecke, eine junge Frau, nur ihr Kopf und die vollen braunen Haare sind zu sehen. Giordano hebt die Wolldecke hoch, sieht mehrere Einstiche im Bereich der Schultern und der Brust.

Eine schöne Frau, denkt der Commissario, er will gerade Giovanni Müller rufen, um zu erfahren, ob die Tote die vermisste Claire Bergmann ist, als einer seiner Begleiter laut ausruft: »Leute, seid ihr blind? Ich glaube die lebt! Die atmet, ganz flach, aber sie atmet!«

Giordano schnappt sich einen Taschenspiegel aus dem Regal, hält ihn Claire vorsichtig vor den Mund. Der Spiegel beschlägt, nur wenig, aber er beschlägt.

Giordano ordert sofort einen Helikopter der Bergwacht, verständigt das Krankenhaus in Meran. Dann ruft er Giovanni Müller. Giovanni stürzt zur Liege. »Ja, das ist Claire, ohne Zweifel, die Schweine haben sie umgebracht, genau wie Tony.«

Giordano schüttelt den Kopf. »Sie lebt, vielleicht hat sie eine Chance. Mann, Scheiße, haben wir Zeit verloren, wenn wir gleich um zwei gestartet wären, als Sie das erste Mal bei uns waren, hätte sie jetzt bessere Chancen. Gott stehe ihr bei.«

Schon nach wenigen Minuten landet der Helikopter, als die Rettungssanitäter Claire anheben, um sie auf die Transportbahre zu legen, bleibt ein blutbeflecktes Laken auf der Massageliege zurück. »Da sind blutige Fingerabdrücke drauf«, zischt Giordano. »Alarmiert die Spurensicherung. Das hier ist jetzt deren Job. Macht hier dicht, wir werden mit der Durchsuchung beginnen.«

Mitch kämpft einen aussichtslosen Kampf auf dem Gletscher. Seine Kräfte schwinden, er spürt Füße und Hände längst nicht mehr.

Seine Lungen stechen, er atmet schwer, das Herz bekommt nicht die Hälfte des Sauerstoffs, den es so dringend bräuchte. Der Ring um seine Brust wird enger und enger, seine Füße gehören ihm nicht mehr. Die lächerlich leichten Schuhe sind vollgesogen mit eiskaltem Wasser. Von all dem spürt Mitch wenig. Statt Panik umgibt ihn Ruhe.

Trotzdem bemüht er sich, ab und zu seine Lider zu heben.

Und plötzlich sieht er mit fast geschlossenen Augen verschwommen zwei Gestalten auf sich zukommen. Mitch stiert auf die roten Kopftücher, denkt an karibische Piraten, hört französische Laute.

Dann hat er einen Flachmann im Mund, köstlicher Cognac rinnt seine Kehle hinunter, Wärme füllt seine Brust. Kräftige Arme richten ihn auf.

Der ältere der beiden Skiwanderer zeigt auf die Spuren auf dem Schneefeld. »Sieht so aus, als seien drei Mann hier gewesen, zwei sind zurückgegangen. Was für Drecksäcke, was für Schweine, lassen einen betrunkenen Kumpel einfach hier liegen.«

Mitch hört die französischen Laute, er mag die Melodie der Sprache, aber versteht keinen Ton von dem, was die beiden da erzählen.

»Claire ist tot«, erklärt Mitch und schüttelt sich, »Claire ist tot, aber ich habe nichts damit zu tun, ich war es nicht.«

Die beiden Franzosen starren auf Mitchs blutige Hände – aber sie haben keine Angst, sie sind jung und stark.

»Pass auf, Junge, wir müssen jetzt zur Hütte, dann runter ins Tal. Du musst mit der Polizei sprechen. Komm, lass uns versuchen zu gehen.«

Mitch lässt sich widerstandslos zur Marteller Hütte mitnehmen. Die beiden Franzosen schleppen ihn neben den bollernden Kachelofen, drücken ihm einen heißen Tee in die Hand.

Die Bergwanderer reden mit dem Hüttenwirt, der als erstes Graves anruft, aber keine Verbindung bekommt.

Dann hat der Hüttenwirt die Faxen dicke, greift zum Hörer, ruft Bergwacht und Polizei an.

Er wird nach einigem Hin und Her zu Commissario Giordano durchgestellt.

»Danke an die Marteller Hütte, habt ihr genau richtig gemacht. Leute, packt den Geretteten in den Lastenaufzug, schickt ihn runter, wir nehmen ihn hier unten in Empfang.«

»Okay, Commissario, ich schicke ihn jetzt runter. Der Typ hat eben ein bisschen randaliert, wollte nicht in die Gondel einsteigen. Der schrie die ganze Zeit, er sei in dem scheiß Kasten hochgebracht worden. Keine Ahnung, ob der faselt, oder ob das stimmt.«

»Danke, Bruno, schick ihn runter, wir übernehmen.«

Commissario Giordano schickt drei Mann zur Station der Lastenseilbahn, sie sollen Mitch in Empfang nehmen und ins Resort bringen. Der Kommissar nimmt Müller zur Seite: »Okay, dann werden wir jetzt mal Ihren berühmten Keller in Augenschein nehmen.« Die beiden, begleitet von sechs oder sieben Polizisten, betreten den hinteren Gang, streben zum Aufzugzimmer, als plötzlich ein ohrenbetäubender Lärm losbricht. Die Sirene des Feueralarms heult los, nun zum zweiten Mal in den letzten Stunden. Im Vorraum des Aufzugs riecht es leicht nach verbranntem Plastik.

»Scheiße, es brennt da unten«, flucht Giovanni Müller. »Trotzdem müssen wir runter, da liegen alle Beweise, wahrscheinlich ist Graves gerade dabei, sie zu vernichten.«

»Sie können nicht bei Feuer in diesen gottverdammten Aufzug steigen, außerdem: Wenn sich da unten ein wahrscheinlich bewaffneter Brandstifter aufhält, wird da kein Zivilist runtergehen, solange ich das Kommando habe.«

Müller überlegt fieberhaft, dann fällt ihm die Nottreppe ein, die er ein einziges Mal bei einer Feueralarmübung benutzt hatte. »Los, hier entlang, bitte beeilt euch«, Müller rennt los, fordert die Polizisten auf ihm zu folgen. Müller öffnet eine kleine Tür am Ende des Gangs, wundert sich, dass die dahinterliegende Wendeltreppe beleuchtet ist.

»Mist, ich glaube, Graves hatte dieselbe Idee, nur in die andere Richtung«, flucht Müller.

Das Handy des Commissario meldet sich. Giordano bedeutet allen, auf der Stelle zu stoppen. »Die Gondel mit dem Typen von der Marteller Hütte ist eingetroffen. Den will ich erst sehen. Wir gehen hier später mit den Feuerwehrleuten runter. Zwei Mann bleiben, bewachen den Ausstieg, einer vorne am Aufzug.«

Der Commissario dreht ab, geht mit seiner Begleitung zurück Richtung Rezeption. Müller wartet, bis Giordano außer Sicht ist, springt dann an den beiden völlig überraschten Beamten vorbei auf die Treppe, hastet nach unten, ignoriert die gebrüllten Aufforderungen sofort zurückzukommen. Giovanni Müller will nicht mehr warten und gehorchen. Er hat sich die ganze Nacht Vorwürfe gemacht, Mitch und Claire alleine gelassen zu haben, er muss jetzt etwas machen.

Müller hastet den verqualmten Gang entlang zum Serverraum. Er hat richtig getippt, der Qualm wird stärker, je näher er dem Server kommt. Plötzlich ein Rauschen, ein plätscherndes Geräusch. Er eilt um die letzte Kurve, und starrt auf die Katastrophe. Drei Sprinkler schütten von oben literweise Wasser in die empfindlichen Server. »Fuck you Graves, das also wolltest du, einen Kabelbrand legen und dann hoffen, dass das Löschwasser die Rechner erledigt!« Giovanni Müller flucht vor sich hin, sprintet dann zum nächsten Schneideraum, wo es ihm gelingt, die Anlage hochzufahren, als er aber auf gespeicherte Dateien zurückgreifen will, bleibt der Bildschirm schwarz. Müller tippt besessen Befehle ein, sucht Umwege, sucht Reservespeicher, zwecklos, es scheint, dass alle Daten des zentralen Servers verloren sind.

»Graves, du bist ein cleverer Drecksack. Vielleicht schaffen es Experten der Polizei die Anlage doch noch auszulesen, aber für den Moment ist hier Schicht im Schacht.«

Mitch hat die Abfahrt in dem Lastenaufzug deutlich besser verkraftet als die Fahrt hinauf. Langsam wirkt der Kaffee, den er literweise auf der Marteller Hütte in sich reingeschüttet hat. Als seine Gondel unten einschwebt, ist er immer noch benebelt, aber er beginnt langsam wieder klarer zu sehen und zu denken. Zwei Uniformierte helfen ihm aus der Gondel. Den Beamten fallen sofort seine blutbefleckten Hände auf. »Woher stammt das Blut auf Ihren Händen? Sind Sie verletzt? Nein, also woher das Blut?«

Mitch gerät sofort ins Schwimmen. »Claire ist tot, sie ist tot, ich habe es gesehen.« Handschellen klicken um Mitchs Handgelenke. Die Beamten zerren ihn zum Resort. Giordano ist mittlerweile an der Rezeption angekommen, hier trifft er Mitch. »Sind Sie Herr Berger aus Frankfurt? Ja, das ist gut. Herr Berger, woher stammt das Blut an Ihren Händen?«

Er ruft zwei Männer der Spurensicherung.

»Los, Fingerabdrücke nehmen und mit den Abdrücken auf dem Laken vergleichen. Das Blut auf dem Laken vergleichen mit dem Blut auf seinen Händen.«

Während Mitch erkennungsdienstlich behandelt wird, fixiert ihn Giordano. »Herr Berger, Sie sind mit Frau Claire Bergmann hier eingebrochen, haben ein Feuer gelegt, was ist dann passiert?« Mitch schüttelt sich, bittet um einen Kaffee mit ganz viel Zucker, kippt das heiße braune Zeug in sich rein, versucht sich zu erinnern.

»Wir wurden erwischt, draußen im Nebel, Graves war da, er hatte eine Knarre. Er hat gedroht Claire zu erschießen.«

»Weiter, Herr Berger, weiter, woher kommt das Blut an Ihren Händen, gab es einen Kampf?«

Mitch starrt vor sich hin, er kämpft gegen die Schleier, die immer wieder durch seinen Kopf ziehen.

»Ich bin abgehauen, mit einem der SUVs vom Resort. Hatte einen Unfall, wurde von zwei Security-Typen wieder hochgebracht.« Giordano unterbricht ihn, ruft den Chefportier. »Sie haben doch bestimmt ein Mitarbeiterverzeichnis mit Bildern. Ich würde gerne alle Security-Männer sehen.«

Der Chefportier wühlt in den Tiefen einer Schublade, kommt mit einem fetten Ordner hervor, der nach Abteilungen geordnet ist. Giordano blättert mit Mitch durch die Fotos der Security Mitarbeiter.

»Der hier, der war dabei«, Mitch zeigt auf ein wenig schmeichelhaftes Foto von Robert. Er blättert weiter, »und der hier auch, der war der Wortführer.« Luigi lächelt aus dem Album, ganz gut getroffen.

»Die beiden werden sofort zur Fahndung ausgeschrieben, Vorwurf Beihilfe zur Freiheitsberaubung, Beihilfe zur Körperverletzung.«

Einer der Begleiter des Commissarios beginnt zu telefonieren.

Der Chef der Spurensicherung zieht Giordano zur Seite. »Alles, was ich jetzt sage, ist noch nicht bewiesen, steht unter dem Vorbehalt einer Überprüfung am Computer. Die Fingerabdrücke auf dem Laken stammen von dem da«, er nickt mit dem Kopf in Richtung Mitch. »Das Blut an seinen Händen stammt bestimmt von dem Laken. Aber die Blutspuren auf seiner Hand sind merkwürdig gleichförmig. So als hätte jemand mit dem Laken über seine Hände gestrichen, sieht komisch aus. Es gibt keine Tropfen, kein dicker geronnenes Blut an einigen Stellen, sondern nur einen gleichmäßigen dünnen Film über dem Handrücken und den Fingern. Wirkt wie von einer dritten Person aufgetragen. Außerdem steht der Mann unter Drogen.« Er geht zu Mitch, nimmt dessen Ärmel und schiebt das Hemd nach oben.

Mitch hat mindestens fünf Einstiche in seiner Vene. Eine davon ist angeschwollen.

Mitch starrt auf seinen Arm.

»Genau, ich war gefangen. In einem Lagerraum. Dann kam Graves mit einer Ärztin. Sie hat mir eine Spritze gegeben, dann wurde alles schwarz. Die tote Claire habe ich erst später gesehen, da lag ich angeschnallt auf einem Bett.«

Giovanni hustet, der Rauch ist weniger geworden, kratzt aber immer noch in seinem Hals.

Er hat jetzt in drei verschiedenen Schneideräumen versucht, Daten vom Server zu laden. Vergebens. Giovanni flucht vor sich hin. »Wenn die Daten zu Hollbach, Reinhausen, Ferrata und all den anderen Leuten mit VIP-Behandlung alle gelöscht sind, wie zum Teufel wollen wir dann beweisen, was hier gespielt worden ist?«

Er geht zurück zu der Notfalltreppe, steigt jetzt einen Stock tiefer auf die Ebene -2. Er streift durch die Gänge, weiß nicht genau, wonach er sucht. Plötzlich bemerkt er, dass die Tür zum Studio geöffnet ist. Er tritt ein, macht die Festbeleuchtung an. Er bemerkt Blutspuren auf dem Boden, die nur ungenügend weggewischt wurden. Wurde Claire hier angegriffen? Warum im Studio? Wurde etwa dabei gefilmt?

Giovanni beschließt, nach oben zu gehen, er muss Giordano von dem Blut im Studio berichten. Auf dem Gang sieht er aus der Tür vom Raum Z einen Lichtschein schimmern. Vorsichtig nähert er sich dem Raum. Die Tür ist nur angelehnt. »Ich sollte hoch, die Polizei holen, gleich stehe ich vor Graves und der hat 'ne Knarre in der Hand.« Giovanni pfeift auf seine eigenen Ratschläge, er betritt den Raum. Das Regiepult ist runtergefahren, er schaltet es ein. Funktioniert. Im Arbeitsspeicher liest er, letzte Zuspielung aus dem Studio um 2:45 Uhr. Die Zuspielung ist gelöscht, aber der Zeitpunkt ist im Speicher geblieben.

»Wahnsinn, die waren also mitten in der Nacht im Studio und haben hier gearbeitet. Claire wurde im Studio vor laufender Kamera erstochen, beziehungsweise verletzt. Fragt sich nur von wem. Von Graves, oder von Mitch auf irgendeiner abgefuckten Droge?«

Giovanni will jetzt schleunigst nach oben, er muss dem Commissario berichten.

Im Weggehen fällt sein Blick auf eine Kamera, deren Batteriekontrolle flackert. Im Raum Z hat eine Kamera nichts zu suchen. Neugierig geworden nimmt Müller die Kamera vom Regal, sieht, dass eine Chipkarte in der Kamera steckt. Er drückt auf Play und erstarrt. Er sieht, dass ein Mann, von hinten gedreht, mit gezücktem Dolch zu Claire geht, die bewusstlos auf einer Bahre liegt. Und der Mann dort im Sucher trägt Mitchs Jacke und seine Mütze.

Oben an der Rezeption ist Commissario Giordano unsicher, was er mit Mitch anfangen soll. Die Beobachtungen seines Spurensicheres haben ihn beeindruckt. Und dann ist da die Frage des Motivs. Warum sollte Mitch seine neue Freundin umbringen, mit der er gerade noch einen frechen Einbruch hingelegt hat? Trotzdem, sicher ist sicher, er lässt Mitch weiterhin in Handschellen schmoren. Einige Beamte kommen von der Durchsuchung des Haupthauses zurück. Umsonst, nichts gefunden, was weiterhelfen würde. Was jetzt noch fehlt, sind die Büros von Mentoff und Graves. Die will sich der Chef persönlich vornehmen.

Giovanni Müller kommt auf die Rezeption zugestürmt.

»Commissario, Sie müssen mit runterkommen. Ich habe viel kapiert. Feuer und Sprinklerwasser haben die Server gekillt. Vielleicht gibt es ja irgendeinen Computerfreak, der die Daten wieder rekonstruieren kann, wenn nicht, dann hat es Graves geschafft, alle digitalen Spuren zu verwischen. Aber ich habe etwas anderes. Im Studio unten ist Blut auf dem Boden. Ich wette, es ist Claires Blut. Das heißt, sie wurde im Studio vor laufender Kamera angegriffen. Und der Raum Z verzeichnet um 2:45 Uhr eine Zuspielung vom Studio. Das kann nur bedeuten, sie wollen den Mord jemand im Raum Z um die Ohren hauen. Und diese Person kann nur Mitch gewesen sein, wer sonst? Und, ich habe diese Kamera gefunden, samt Speicherkarte.«

Mitch starrt ihn an. »Giovanni, danke dir, du hast recht, ich erinnere mich. Ich war mit dieser Ärztin im Raum, angeschnallt auf einer Liege. Sie hat mir dauernd irgendwas gespritzt. Dann habe ich Claire gesehen. Das war ein Film, diese Schweine, was für eine kaputte Idee.«

Giovanni nickt, drückt auf Play. Mitch und Giordano starren auf das Bild im Sucher. Sie sehen wieder den dunklen Rücken – und einen Mann mit Mütze.

Es platzt aus Mitch heraus, »Das ist meine Jacke und meine Mütze.«

Giovanni nickt, spult zurück, die Szene wiederholt sich.

Der Kommissar blickt Mitch an. »Spricht einiges dafür, dass Sie hier nur Opfer waren, aber noch bin ich mir nicht sicher, und solange bleiben die Armreifen dran.«

Er grinst, deutet auf die Handschellen.

In dem Moment erstarrt Giovanni, er hat ein paar Mal vor und zurück gespult, war eben ganz am Anfang des Bandes. »Kommt her, sofort.« Er flüstert vor Anspannung.

Wieder starren Mitch und der Kommissar in den Sucher der Kamera.

Das Bild wackelt, es wirkt, als versuche jemand, die Kamera scharf zu stellen und gerade zu halten. Das Bild schwankt wie bei Seegang, plötzlich sieht man verzerrt von unten Luigis Gesicht.

»Der Idiot hat gedreht, er wackelt wie blöd, er schafft es nicht, die Mühle gerade zu halten und gleichzeitig das manuelle Zoom zu bedienen.« Dann schwenkt das Bild von Luigi weg. Jetzt sieht man die Kinnpartie eines größeren Mannes, das Bild fällt nach unten, es wackelt wieder sehr stark, dann ist für eine kurze Sekunde Vernon Graves zu erkennen, er trägt Mitchs Jacke, seine Mütze und schwarze Gummihandschuhe.

Mitch starrt das Bild an, Erleichterung überflutet ihn, dann Zorn, Hass, Wut.

Er dreht sich zu Giordano, hält seine Hände hoch.

Giordano nickt, befiehlt einem der Beamten, Mitchs Handschellen zu öffnen.

Vernon Graves wischt sich den Schweiß von der Stirn. Er ist im Kampfmodus, alle Reflexe geschärft. Als er vor gut zwei Stunden das Polizeigeschwader einfliegen sah, wusste er, dass er verloren hatte. Selbst wenn die Polizei zunächst Mitch festnehmen würde, es war zu Ende. Und irgendwann in den nächsten Stunden würden die Bullen vor Mentoffs Villa stehen, würden sich Zutritt verschaffen und den toten Professor finden. Er hatte geplant, Mentoff einen spektakulären Abgang zu verschaffen, einen vorgetäuschten Einbruch und eine brennende Prachtvilla, in der man dann eine verkohlte Leiche gefunden hätte. Die große Feuerbestattung für den großen Carlos Mentoff. Zu spät. Er hatte versucht, den Serverraum irreparabel zu beschädigen und so die allermeisten Beweise in den digitalen Orkus zu spülen. Immerhin das hatte geklappt. Er war über die Feuertreppe nach oben gekommen, wäre fast in ein Paar Bullen gerannt, die mit dem Verräter Giovanni Müller in der Mitte über den Gang schritten. Er war nach außen ausgewichen, hatte das Haupthaus umrundet, war hinten in den alten Werkstätten gelandet, hatte versucht sich hier etwas zu erholen.

Er muss hier weg, und zwar schnell. Er fasst in seine Hosentasche, hat plötzlich den Helikopterschlüssel in der Hand, kichert los, küsst den Schlüssel. »Du rettest mich. Wow, das wird ein würdiger Abgang, diese Provinzspießer werden mich nicht erlegen, Vernon Graves wird durch die Luft reiten.«

Mitch hat zwei weitere Kaffee getrunken, von Minute zu Minute wird er klarer.

Er schüttelt sich, legt den Kopf in beide Hände, atmet tief durch, wendet sich dann an Giordano. »Können Sie bitte mal im Krankenhaus anrufen, was ist mit Claire?«

Commissario Giordano nickt, macht ein paar Schritte zur Seite, redet leise in sein Handy, dreht sich dann zu Mitch, wiegt den Kopf bedächtig. »Sie wird gerade operiert, sie hat sehr viel Blut verloren, aber das Herz ist unverletzt. Sie sind optimistisch, sie kann es schaffen.«

Mitch schluckt erleichtert, erstmals umspielt ein kleines Lächeln seine Lippen.

Die Gruppe der Polizisten, mit Mitch und Müller mitten drin, wird von einigen Ärzten und noch mehr Patienten neugierig betrachtet. In der sonst so gepflegt ruhigen Lobby herrscht Chaos.

Jetzt telefoniert der Kommissar mit seinem Chef in Meran. Er erbittet ein Sondereinsatzkommando, das sich die Mentoff-Villa vornehmen soll. »Das wird eine Riesensache«, grinst er Mitch an, »bald werden hier Scharen Ihrer werten Kollegen rumlaufen.«

Graves versteckt sich immer noch in den alten Werkstätten hinter dem Haus. Ursprünglich hatte er hier das Studio und die Schneideräume unterbringen wollen, aber Mentoff, der Verschwender, hatte sich mit der schickeren unterirdischen Lösung durchgesetzt.

Graves überlegt, nimmt sein Handy, wählt eine Nummer. »Die Show ist zu Ende. Komm auf gar keinen Fall hoch ins Resort. Besorge dir bitte einen neutralen Wagen. Sei in einer Stunde in Stilfs, rechts von der Hauptstraße liegt das Albergo Stilfserhof, daneben sind große Wiesen. Schau nach oben, ich komme mit dem Helikopter. Der Heli wird auffallen, die Polizei wird denken, wir wollen über das Joch in die Schweiz und werden die Grenze blockieren. Machen wir aber nicht. In einer Stunde, ich zähle auf dich.«

Mitch trinkt einen Kaffee nach dem anderen. Einer der Ärzte des Resorts, der sich nützlich machen will, rät ihm zu viel Zucker und viel Flüssigkeit. Mitch hat immer noch die Bilder von Claire im Kopf, aber er denkt jetzt klarer. Er macht sich Vorwürfe, weil er Claire unter Druck gesetzt und mitgenommen hat, gegen ihr Bauchgefühl. Er flucht. Der Commissario schaut ihn von der Seite an. »War eine harte Nummer, was Sie da gerade erlebt haben. Geht es wieder?«

Mitch nickt, »Commissario, wenn Sie jetzt gleich die Büros von Graves und Mentoff durchsuchen, wäre ich verdammt gerne dabei. Geht das?«

Giordano nickt. Dann klingelt sein Handy. Er steht auf, geht ein paar Schritte zur Seite, hört mit einem erschrockenen Gesichtsausdruck zu. Jetzt geht er zur Rezeption zurück. »Das SEK hat soeben die Mentoff-Villa betreten. Es wurde nicht geöffnet, also sind sie gewaltsam rein. Es gab keinen Widerstand, sie haben den Professor gefunden, tot, seit einiger Zeit schon, mit Kopfschüssen aus nächster Nähe getötet. Verdammter Mist, hier räumt jemand ab, und das kann ja wohl nur Vernon Graves sein. Wo zum Teufel steckt der Hurensohn?«

Er befiehlt, dass zehn Beamte sofort und systematisch den Außenbereich des Resorts durchkämmen. Er selber, Mitch, Giovanni und fünf Beamte machen sich auf den Weg in die Räume der Geschäftsleitung. Unterwegs werden sie von zwei ratlos blickenden Ärzten aufgehalten, die wissen wollen, ob der normale Betrieb aufrechterhalten werden kann.

Der Commissario reagiert ungnädig auf ihre Fragen.

»Es ist, ehrlich gesagt, mein kleinstes Problem ob hier jemand pünktlich sein Schlammbad oder seine Fußmassage bekommt. Hier in diesem Resort sind schwerste Straftaten begangen worden. Wer hier von was gewusst hat, werden wir ermitteln, keine Sorge. Und damit meine ich insbesondere die Ärzte. Lassen Sie den Betrieb hier weiterlaufen, bespaßen Sie Ihre Gäste weiter, allerdings würde ich keine neuen aufnehmen, dieses Resort hat keine Zukunft. Und, der gesamte Kellerbereich bleibt bis auf weiteres geschlossen.«

Er lässt die Ärzte stehen, betritt das Sekretariat von Mentoff, teilt den verblüfften und geschockten Damen mit, dass ihr Chef ermordet wurde. Dann steht er in Mentoffs modern und minimalistisch eingerichtetem Arbeitszimmer.

Er schaut sich um, sein Blick bleibt auf dem Portrait des japanischen Wissenschaftlers hängen. »Wer bitte schön ist das denn?« Die Chefsekretärin tritt vor: »Das ist Susumu Tonegawa, ein japanischer Nobelpreisträger, ein großes Vorbild des Chefs.«

Der Commissario fixiert sie. »Apropos Chef, gibt es hier einen Safe und haben Sie die Kombination?« »Ja, es gibt einen Safe und nein, die Kombination ist mir nicht bekannt.«

Mitch ist losgelaufen, betrachtet jetzt den imposanten Glasschreibtisch. Er sieht die Hängeregistratur neben dem Tisch, liest die Namen Hollbach und Reinhausen. Er blättert in dem Ordner, wird schnell fündig. Auf dem Briefpapier der ihm wohlbekannten Firma Oxford Labs aus London liest er erschreckend genaue Persönlichkeitsprofile, erstellt auf Grundlage von Browserverläufen und Social Media Likes und Dislikes.

Mitch wendet sich an Giordano. »Hier, haben die aus London die Daten von ihren wichtigen Patienten geholt. Auf dieser Grundlage wurden dann Filme und VR-Umgebungen erstellt, mit dem Ziel, den potentiellen Erpressungsopfern Taten unterzuschieben, die sie zwar nie begangen haben, für die sie aber fürchterliche Schuldgefühle empfinden. Hier steht, Hollbach habe harte Sex-Seiten besucht, also gaukeln sie ihm in der virtuellen Welt eine Situation vor, in der er eine junge Frau gewalttätig angreift. Sie wussten, Gewalt ist seine schwache Seite, also zielt der Angriff genau darauf. Guter Plan. Dass es wirkt, habe ich selber erlebt.«

Giordano nickt, schiebt ein Regal zur Seite, starrt jetzt auf einen in die Wand eingelassenen Safe, dessen Eingabetastatur aus Ziffern und Buchstaben besteht. »Super, bis wir den geöffnet haben, werden ein paar Stunden vergehen. Ich rufe die Techniker.« Mitch schüttelt den Kopf, »einen Moment. Ein Typ wie Mentoff merkt sich keine achtstelligen Codes mit Nummer und Leerzeichen, der hat den Kopf voll, das ist kein Zahlenmensch, der nimmt auch nicht den Geburtstag seiner Freundin. Lass uns einen Zettel suchen.«

Mitchs Blicke schweifen durch den Raum. Sie bleiben hängen bei dem beeindruckenden Portrait des japanischen Nobelpreisträgers. Er hat plötzlich eine Idee. »Hey Kommissar, versuche mal T O N E G A W A.«

Giordano tippt die Buchstaben ein, der Tür des Safes schwenkt auf.

Mitch lacht.

»Der Drogencocktail scheint mir zu bekommen.«

Giordano holt Akten aus dem Safe, eine notarielle Urkunde in englischer Sprache, die auf den ersten Blick ein Schuldschein über neun Millionen Dollar ist. Dann legt er eine kleine Audio-Kassette auf den Tisch, die zu einem altmodischen Diktiergerät zu passen scheint. Daran hängt ein gelber Zettel mit zwei Buchstaben V./F.

»Das kann ja nur Vernon und Ferrata bedeuten«, murmelt Mitch, während der Kommissar die Sekretärin um ein Diktiergerät bittet.

Giordano legt die Kassette ein, sie hören ein erregtes Gespräch zwischen Graves und Mentoff. Der Professor klingt wütend, er beschuldigt Graves Tony Raben getötet zu haben, fragt dann nach der Ferrata.

Jetzt hört man Graves antworten, außer sich vor Wut: »Was fängst du jetzt mit der Ferrata an? Wenn ich nicht reagiert hätte, wären längst alle Klatschreporter der Republik hinter dir her, würdest du dich bei den Bullen wegen Körperverletzung und Freiheitsberaubung verantworten müssen. Ich habe sie an dem Abend ziemlich verwirrt und torkelnd draußen im Park gefunden. Sie lallte, war aber aggressiv, wollte die Polizei rufen, drohte unentwegt. Ich habe sie in ihr Zimmer zurückgebracht, und als sie auch dort immer weiter schrie und uns unflätig beschimpfte, habe ich die Notbremse gezogen.«

»Was heißt: die Notbremse gezogen?«

»Stell dich nicht so blöd, ich habe ihr aus dem Fenster geholfen. Was hätte ich sonst tun sollen. Warten, dass sie das Haus zusammenschreit und zur Polizei stürmt?«

Giordano und Mitch starren sich an. »Das ist ein lupenreines Geständnis, Graves hat Leute gekillt wie Fliegen. Und offenbar gab es tiefe Spannungen zwischen den beiden.«

Der Kommissar greift zu seinem Telefon, bittet um eine landesweite Fahndung nach Vernon Graves, amerikanischer Staatsbürger.

Mitch hat währenddessen weiter in den Papieren geblättert und mit seinem Handy einige Fotos gemacht, was der Kommissar freundlicherweise übersieht. Eines scheint klar: Mentoff war von einem amerikanischen Konsortium abhängig, das Graves als Interessenverwalter eingesetzt hatte. Mentoff war nichts Graves' Chef, eher umgekehrt.

Graves hat die schützende Deckung verlassen, er hat mitbekommen, dass die Polizisten jetzt den Park durchsuchen. Auch das Ausgangstor steht unter Beobachtung.

Graves weiß, dass er zwei Minuten brauchen wird, bis er den Hubschrauber in sicherer Höhe hat.

Die zwei Minuten Zeit muss er sich verschaffen. Er will kein Western-Ende, will nicht im Kugelhagel der Polizei in einem Helikopter verrecken.

Graves schleicht zu einem der Anbauten. Er weiß, dass der Raum von einem älteren Schweizer Unternehmer bewohnt wird, der zu einer Alkoholentzugskur im Resort ist. Graves dringt in das Zimmer ein, überwältigt den völlig überraschten älteren Herren, bindet ihn am Bett fest. Er lässt die Fesseln allerdings so locker, dass der Mann sich mühelos in fünf Minuten befreien kann. Er knebelt den Schweizer und nimmt dessen Brieftasche und Portemonnaie an sich. Graves huscht aus dem Holzbau. Er grinst, »Okay Opa, du bist meine lebende Eieruhr, in fünf Minuten wirst du dir die Lunge aus dem Hals schreien.«

Giordano, Mitch und die anderen durchsuchen weiter die Papiere des Professors. Mitch begreift, dass Mentoff völlig abhängig von seinen Finanziers war. Das Resort mit all der verrückten Technik war ein überaus teures Spielzeug. Andererseits, hätte Hollbach geliefert, wäre Mentoff auf einen Schlag seine Schulden losgeworden.

Plötzlich ertönt draußen lautes Geschrei. Giordano reißt das Bürofenster auf. Ein älterer Herr steht vor einem der Holzanbauten und schreit aus Leibeskräften, er sei beraubt und niedergeschlagen worden. Alle Beamten, die gerade den Park durchsuchen, rennen zu dem Mann. Aus einer weiter entfernten Ecke des Parks ist jetzt ein gleichmäßiges tiefes Tuckern zu hören, das langsam höher und schneller wird. Die Beamten, die den älteren Herren umringen, schauen jetzt alle in diese Richtung, aber ohne irgendetwas zu unternehmen.

Das Geräusch wird lauter, geht in ein Pfeifen über. »Scheiße«, schreit Mitch, »das ist ein verdammter Hubschrauber. Graves will fliehen.«

Zu spät, plötzlich wirbelt Schnee und Staub auf, der Helikopter wird sichtbar, ist jetzt schon höher als die Bäume.

Giordano zieht seinen Revolver, schießt, zu spät.

Der Helikopter dreht bei, steigt schnell, fast senkrecht nach oben.

Im Helikopter feixt Vernon Graves, die Flucht ist gelungen.

21

Der Commissario ist die Treppe runter vor das Haupthaus gestürmt, von hier sieht das Ganze nicht besser aus. Der Hubschrauber ist längst außer Schussweite, hat weiter an Höhe gewonnen, zieht eine enge Kurve, dreht dann talwärts ab. Giordano hängt jetzt am Telefon, lässt sich mit den Carabinieri verbinden. »Jetzt lasst mal eure Beziehungen zum Militär spielen. Alarmiert die Luftwaffe, die Flugsicherung, wen auch immer. Da kommt ein Helikopter das Martelltal runter, in dem sitzt ein mehrfacher Mörder. Wir müssen den Kerl kriegen, am besten lebend. Aber wenn es nicht anders geht, schießt das verdammte Ding ab!«

Sein Kollege von den Carabinieri beginnt schallend zu lachen. »Träum weiter, Giordano, bevor hier irgendjemand erlaubt, einen Hubschrauber über bewohntem Gebiet abzuschießen, fällt die verdammte Mühle wegen Spritmangel runter. Ich alarmiere die Luftüberwachung, aber einen tieffliegenden Heli zu orten ist verdammt schwer.«

Giordano flucht wütend vor sich hin.

Mitch ist in Mentoffs Büro geblieben. Er fühlt sich wieder einigermaßen fit, denkt jetzt nur noch an seine Story, er braucht Beweise, Dokumente, er wühlt sich durch die Akten, fotografiert ständig.

Allein die Lieferungen von Oxford Labs sind Gold wert, hier wird so eklatant gegen alle Richtlinien des Datenschutzes verstoßen, das wird der Story politisch Feuer geben.

Dann findet Mitch etwas völlig anderes, er starrt auf eine Pharmabestellung. Es geht um größere Mengen Propofol und um synthetisches Meskalin. Mitch erinnert sich, Hollbach hatte von Meskalin gesprochen. Die Bestellung wurde von einer Dr. Angela Wahl unterschrieben. »Ob das die Alte ist, die mir die ganzen Drogen verpasst hat?«

Graves steuert den Helokopter routiniert. Aus Angst geortet zu werden fliegt er tief und immer nahe an den Bergen. Als er Goldrain unter sich auftauchen sieht, dreht er in eine Linkskurve nach Westen. Er folgt der Staatsstraße, unter ihm die endlosen Apfelplantagen des Vinschgaus. Nach ein paar Minuten legt er den Hubschrauber in eine weitere Linkskurve, orientiert sich jetzt an einer Passstraße, die sich in unendlichen Spitzkehren Richtung Schweiz windet.

Vor ihm liegt der Ort Stilfs, er sieht rechts den Albergo liegen, dreht auf der Stelle, landet glatt auf einer Wiese. Er stoppt den Motor, wartet bis die Rotorblätter etwas langsamer drehen, springt geduckt aus dem Heli und läuft los.

Vor einem bescheidenen Haus in der kleinen Ortschaft Morter stoppen zwei Polizeiwagen. Die Beamten springen aus dem Wagen, klingeln Sturm an der Tür. Eine Frau, Anfang dreißig, öffnet die Tür. »Ist ihr Mann zu Hause?«, herrscht einer der Beamten die erschrockene Frau an, erst auf Deutsch, dann zur Sicherheit nochmal auf Italienisch. Die Frau starrt die Beamten zögernd an, sie ist unsicher, weiß nicht, wie sie reagieren soll. Der Polizist versteht ihr Zögern richtig, Luigi ist irgendwo im Haus versteckt. Der Polizist zieht seine Waffe, brüllt los: »Luigi, komm verdammt nochmal raus, bevor es hier ein Unglück gibt.«

Die Frau schreit völlig erschrocken, »Luigi, Achtung, der schießt!«

Jetzt hört man im Haus Schritte, mit gesenktem Kopf und erhobenen Händen steht Luigi vor den Polizisten. »Ich habe nur gemacht, was mir der Chef gesagt hat.«

»Das kannst du gleich dem Commissario erzählen.«

Handschellen klicken um Luigis Hände, seine Frau küsst ihn zum Abschied und legt ihm eine warme Jacke um die Schultern.

Graves hat gerade die Straße erreicht, als ein weißer Golf mit ordentlichem Tempo um die Ecke kommt. Er sieht die Lichthupe zweimal aufflammen, dann hält der Wagen vor ihm.

»Das nenne ich Timing«, lächelt Angela Wahl hinter dem Steuer. »War wohl nicht so ganz erfolgreich unsere Nachtschicht?«

Graves zuckt die Schultern. »Never look back.«

Er drückt den Arm der Ärztin. »Wir müssen jetzt sehr schnell machen. Hast du deine Sachen dabei? Gut. Deine bisherige Wohnung kannst du vergessen. Bring mich zum nächsten Bahnhof, ich will nach Meran. Die glauben, ich fliehe in die Schweiz, dort oben wird kontrolliert werden wie blöd.« Graves deutet Richtung Stilfser Joch. »Also geh ich in die Gegenrichtung, nach Süden.«

Eine Weile fahren sie schweigend, jeder hängt seinen Gedanken nach.

»Nach dir sucht noch niemand, du hast noch ein paar Stunden. Du fährst sofort über den Reschenpass nach Österreich, dann weiter zum nächsten großen Flughafen, das dürfte München sein, dann nach London. Dort bekommst du neue Papiere, und einen Pass mit einem Visum für die USA. Fahre zu dieser Adresse in London, sag du kämst von mir, dort erfährst du auch, wie es weitergeht.«

Dr. Angela Wahl weiß immer noch nicht ganz genau, in welchem Film sie hier eigentlich steckt.

Allerdings ist sie klug genug um zu wissen, dass sie für ihre Arbeit im Resort juristisch belangt werden wird. Ganz zu schweigen von den Geschehnissen der letzten Nacht. Es dürfte auf Beihilfe zum Mord und Körperverletzung hinauslaufen. Dafür wird sie ins Gefängnis kommen, sie kann ihre Approbation vergessen. Beides ist für sie inakzeptabel, also kann die Reise nur nach vorne gehen – mit diesem Mann, dem sie gerade zur Flucht verhilft.

Sie hält am Bahnhof in Laas. Graves dreht sich zu ihr. »Danke dir, du bist eine sehr tapfere Frau. Glaube mir, ich zahle immer meine Schulden. Wir sehen uns in New York wieder. Ich werde dich den richtigen Leuten vorstellen, du wirst deine Klinik kriegen. Und jetzt gib Gas, du musst schnell über die Grenze.«

Dr. Angela Wahl schluckt heftig, nickt, winkt einmal kurz, wendet den Wagen und startet Richtung Österreich.

Graves schaut auf seine Uhr, der Zug kommt in zwei Minuten. In der Ferne hört er Sirenengeheul. Der Helikopter ist entdeckt worden, jetzt wird zunächst der Befehl ergehen, die Schweizer Grenze scharf zu kontrollieren.

Der Zug fährt ein, Graves nimmt Platz, nimmt sein Handy, wählt die Nummer von Cheryl Cruz in Bozen. Und wieder einmal geht ihm der Satz seines Ausbilders durch den Kopf. »Hinterlasse keine Spuren.«

Keine Antwort auf der Festnetznummer, verdammt, denkt er, wenn sie nicht in Bozen ist, kann ich mir diesen gefährlichen Trip sparen.

Er versucht die Handynummer. Es dauert lange, bis der Ruf durchgeht. Klingt nach Ausland, ziemlich weit weg. Dann hat er plötzlich ihre Stimme im Ohr. Ruhig und vertraut wie immer.

»Hi Vernon, was ist los? Bin im Urlaub, das Letzte mit dem ich gerechnet habe ist ein Anruf von dir.«

»Hier ist die Kacke am dampfen, wir mussten das Resort aufgeben, Mentoff ist tot.«

»Ach, das überrascht mich nicht. Nach dem Job in Frankfurt war mir klar, dass die Nummer einen Riesenwirbel auslösen würde. Und Hollbach ist leicht ins Resort zurückzuverfolgen. Und schon habt ihr Ärger.«

»War nicht ganz so, aber ähnlich.«

»Vernon, kann es sein, dass du nicht aus alter Freundschaft bei mir anrufst?«

»Warum denn sonst?«

»Weil du abhauen willst, und aus alter Gewohnheit vorher aufräumst.«

Vernon schweigt, es ist zwecklos, sie kennen sich zu lange.

»Vernon, komm zur Vernunft. Ich bin keine Gefahr, ich werde nie vor irgendeiner verfluchten Polizei gegen dich aussagen.«

»Wo bist du Cheryl?«

»Bin in Südostasien, ich mache Urlaub in Thailand, ab übermorgen in Vietnam.«

»Schönen Urlaub und lebe wohl.«

Vernon hängt auf, schüttelt den Kopf. Wie kann er Cheryl trauen?

Er traut sich selber nicht.

Cheryl hört das Knacken in der Leitung. Sie wählt eine Nummer mit der New Yorker 212-Vorwahl. »Er ist auf der Flucht, dürfte bald hier sein.«

Sie lauscht aufmerksam der Stimme am anderen Ende.

»Okay, alles klar. Über London. Habe verstanden. Ihr meldet euch. Okay.«

Cheryl grübelt einen Moment, beschließt dann, sich die Laune nicht verderben zu lassen. Sie verlässt ihr Hotelzimmer, nimmt den Aufzug nach unten. Sie durchquert die Lobby, tritt ins Freie. Draußen herrscht das übliche New Yorker Chaos.

Mitch ist seit Stunden dabei, das Büro von Professor Mentoff zu durchsuchen, Giordano lässt ihn gewähren. Mitch ist auf interessante Briefe gestoßen. Mentoff hat wohl versucht, sich aus der finanziellen Abhängigkeit von Graves zu befreien. Mitch liest staunend, wie Mentoff seine Forschungen anpreist. Er findet Briefe, in denen Mentoff seine Expertise namhaften Spiele-Entwicklern anbietet. »Wow, der Mann hat Druck gehabt, er war bereit, sich aus einer Abhängigkeit zu befreien, um sofort in die nächste zu geraten.«

Aber Mitch fühlt auch, dass sich sein Mitleid mit Mentoff in Grenzen hält.

Draußen fährt ein Polizeiwagen mit Blaulicht vor.

Mitch wird neugierig, eilt nach unten.

An der Rezeption steht Luigi in Handschellen vor Commissario Giordano und bemüht sich einen guten Eindruck zu machen. Der Kommissar fragt nach Tony Raben.

»Was sollte ich denn tun? Graves ist mein Chef, ein wichtiger Mann. Er gibt die Befehle, er hat gesagt, Tony Raben sei ein Verräter, der unser aller Auskommen hier oben im Resort gefährdet. Ich habe dann die Straße blockiert und ihm geholfen, Raben in das Auto zu setzen. Ich habe ihn nicht getötet. Graves hat den Wagen abstürzen lassen.«

Mitch beobachtet Luigi, er hat ihn sofort wiedererkannt.

»Du Scheißkerl, und mich hast du in diesen verdammten Heuwagen krachen lassen, hast mich gefesselt an Graves ausgeliefert. Aber was ich dir nie verzeihen werde: Du hast ungerührt die Kamera draufgehalten, als Graves Claire töten wollte. Dafür wirst du in der Hölle schmoren.«

Luigi schaut zu Boden, er schluckt, die Bilder der blutenden Claire in diesem verdammten Studio werden ihn für den Rest seines Lebens verfolgen.

Der Kommissar macht ein Zeichen, Luigi wird abgeführt.

Das Telefon klingelt.

Giordano grinst: »Super, das sind gute Nachrichten, danke euch für die gute Arbeit.«

Dann wendet er sich zu Mitch und den anderen. »Luigis Kumpel Robert wurde gerade in Latsch verhaftet, hat sich widerstandslos festnehmen lassen.«

»Na, dann haben wir ja wenigstens die Kleinen«, knurrt Mitch, der immer noch stocksauer wegen Graves' Flucht ist. »Apropos Kleine«, Mitch wendet sich jetzt an den Kommissar, »haben Sie ein Verzeichnis der Ärzte mit Fotos? Ich würde gerne mal sehen, ob eine Dr. Angela Wahl die Dame ist, die mich und wahrscheinlich Claire unter Drogen gesetzt hat.«

Giordano winkt dem Chefportier, bittet nochmal um den Personalordner.

Mitch blättert und stöhnt auf.

»Das ist die Hexe, das ist sie.« Er zeigt erregt auf ein Foto von Dr. Wahl.

Giordano wendet sich an seinen Adjutanten. »Schreiben Sie die Dame zur Fahndung aus, erst mal national, das ist weniger Bürokratie. Die Dame wird schon nicht gleich ins Ausland abhauen.«

Ungefähr zur selben Zeit rast ein weißer Golf durch Österreich. Dr. Angela Wahl hat problemlos die Grenze am Reschen passiert, ist in Rekordzeit über den Fernpass gefahren und hat jetzt nur noch eine gute halbe Stunde Weg vor sich, bis sie durch den Grenztunnel bei Reute in die Bundesrepublik kommt. Sie hat vom Wagen aus telefoniert, sie schaut auf die Uhr, lächelt beruhigt, sie hat jetzt noch vier Stunden Zeit, bis sie mit der Lufthansa von München nach London startet.

Mitch bestellt sich bei einem der Kellner einen doppelten Espresso. In der großen Eingangshalle herrscht reges Treiben. Der normale Betrieb des Resorts ist so gut wie zusammengebrochen. Die Angestellten diskutieren in Gruppen, was wohl aus ihren Jobs wird. Viele Gäste denken an Abreise. Für das verwöhnte und sensible Publikum des Resorts ist das alles zu viel. Abends ein gellender Feueralarm, zum Frühstück eine Razzia, ein Helikopter-Schnellstart, eine Schwerverletzte im Massageraum, das braucht niemand, der für Ruhe und Konzentration auf das eigene Ich eine Menge Kohle zahlt. Mitch schaut sich die Leute an, die in Grüppchen miteinander reden. Eine reiche Klientel, wenig Protz, eher altes Geld, allesamt Menschen mit großen Problemen, die gerade um eine Hoffnung ärmer geworden sind.

Plötzlich spürt Mitch, dass es ihm im Kopf merkwürdig leicht wird. Der Boden scheint sich zu bewegen, aber als er sich umschaut, bemerkt er, dass alle anderen völlig mühelos weiter aufrecht stehen. Er sieht vor sich einen Sessel, macht einen Schritt darauf zu und merkt, dass er es nicht schaffen wird. Es wird dunkel um ihn, ein langes und tiefes Fallen, dann ist es alles ruhig.

Zwei Polizisten zerren ihn hoch. »Mann, der Typ ist schneeweiß, holt einen Arzt.«

Mitch wird von zwei herbeigeholten Ärzten untersucht, sie messen Blutdruck, leuchten in seine Pupillen. Mitch wacht auf, will aufstehen, Giordano drückt ihn in den Sessel zurück. »Ende der Vorstellung, Herr Berger. Wir rufen einen Krankenwagen, Sie werden in Meran durchgecheckt. Sie haben etwas zu viel Drogen intus, Sie gehören ins Bett. Ende der Debatte.« Mitch lässt los, spürt wie abgrundtief müde sein Körper ist, er nickt und schließt die Augen.

Im Krankenwagen kommt Mitch wieder zu sich. Er lächelt gequält, Giordano hatte sich zum Abschied zu ihm gebeugt und ihm zugeflüstert: »Sie kommen in dasselbe Krankenhaus wie Ihre Freundin, machen Sie was draus.«

Dann schläft er wieder ein.

Im Krankenhaus angekommen, besteht er darauf, selber laufen zu können. Er ist abergläubisch und hat einmal gehört, wer in ein Krankenhaus hineingetragen wird, der wird es auch liegend verlassen.

Der übliche Krankenhausslalom beginnt. Mitch sitzt in einem fensterlosen Gang, der im Licht zahlloser Neonröhren grünstichig leuchtet.

Endlich wird er zur Blutabnahme gebeten, eine Ärztin besteht auf einer MRT-Aufnahme seines Kopfes – als könne man so eine Überdosis Meskalin nachweisen.

Dann wird Mitch auf sein Zimmer gebracht, er hat Glück, es ist ein Einzelzimmer.

Er hat weder Pyjama noch Bademantel dabei, eine Krankenschwester, die mit einem reizenden Tiroler Akzent spricht, spendiert ihm einen OP-Kittel.

Mitch ruft Giovanni an, bittet ihn, ein paar Sachen aus dem Bamboo zu holen und vorbeizubringen. Dann schläft er durch bis zum späten Nachmittag.

Giovanni Müller weckt ihn mit frischer Unterwäsche und ein paar T-Shirts.

Er hat wenig Neues zu berichten, nichts von Graves oder Wahl. Beide sind nach wie vor spurlos verschwunden.

Die Tür öffnet sich, ein Arzt tritt ein, bittet Giovanni Müller zu gehen, setzt sich dann an Mitchs Bett.

»Sie haben wirklich mehr Glück als Verstand gehabt, Herr Berger. Wir haben Propofol und synthetisches Meskalin in ihrem Blut nachweisen können, und zwar in ungewöhnlich hohen Konzentrationen. Sie haben das überraschend gut weggesteckt. Ihre Leberwerte sind sehr mies, aber das dürfte auf die Drogen zurückzuführen sein.«

»Na ja, da wird die eine oder andere Flasche Rioja auch mitgespielt haben«, flachst Mitch, der sich schon viel besser fühlt.

»Herr Berger, mit Ihrem Einverständnis, würden wir Sie gerne zwei Tage zur Beobachtung hierbehalten, reine Vorsicht.«

»Okay, mache ich Doktor, aber nur wenn Sie mir einen Gefallen tun.«

»Welchen, Herr Berger?«

»Hier im Haus wurde eine Claire Bergmann operiert, wo finde ich sie?«

»Frau Bergmann liegt auf der Intensivstation, sie wurde heute früh operiert. Sie wird gerade aufgewacht sein. Sie können sie heute auf keinen Fall besuchen.«

Mitch verschläft den Rest des Tages, gegen 22 Uhr ist er hellwach, sitzt in seinem Bett und schreibt eine Mail an Dr. Kurt Baumeister, den Frankfurter Redaktionschef des großen deutschen Nachrichtenmagazins. Er bietet ihm eine zweiteilige Exklusivgeschichte über den Hollbach-Mord und das Paradise

Mountain Resort an. Er skizziert was er hat, hängt einige Dokumente als Appetithappen an, schickt das Ganze ab und wartet, was passiert.

Trotz der späten Uhrzeit bekommt er nach 30 Minuten als Antwort einen Vertragsentwurf zugeschickt. Mitch liest die Mail sorgfältig durch, korrigiert die angesetzte Honorarsumme deutlich nach oben, verpflichtet sich binnen einer Woche zu liefern.

Wenige Minuten später klingelt sein Telefon. Dr. Baumeister ist dran. »Wollen Sie jetzt pokern, Herr Berger?«

»Nein, Dr. Baumeister, eigentlich wollte ich noch 5 000 Euro mehr, aber dann fiel mir ein, ich schulde Ihnen ja noch eine London-Story. Ich habe als einziger sensationelles Material, viele werden ab morgen, übermorgen auf diese Story einsteigen, aber ich habe Hintergrund, der auf absehbare Zeit nicht zu toppen ist. Also schlucken Sie meinen Preis, oder wir lassen es.«

»Okay, Herr Berger, legen Sie los.«

Mitch döst einen Moment, dann schüttelt er sich, zieht den Bademantel an, den Giovanni ihm mitgebracht hat. Er betritt den leeren Gang, der von einem fahlen Licht beleuchtet wird. Er orientiert sich an den Schildern. Mitch sucht die Intensivstation. Eine Nachtschwester kommt vorbei, schaut ihn verwundert an. »Kann nicht schlafen«, murmelt Mitch. Sie nickt verständnisvoll. Dann steht Mitch vor einer geschlossenen Tür. INTENSIVSTATION. BITTE HIER ANMELDEN. Ein roter Pfeil zeigt auf eine Gegensprechanlage. Mitch drückt den Knopf, wartet. Erst geschieht nichts, dann fragt eine schnarrende Stimme, um was es gehe.

»Mein Name ist Berger. Ich bin Patient hier. Ich hatte gemeinsam mit meiner Freundin Claire Bergmann einen Unfall, ich will sie sehen, muss wissen, ob es ihr gut geht.«

Zu seiner Überraschung öffnet sich die Tür mit einem surrenden Geräusch.

Mitch steht vor einer freundlich wirkenden Schwester. Er gibt hingebungsvoll den besorgten Freund, und erweicht das Herz der Schwester. »Ich gebe Ihnen fünf Minuten, sie ist noch sehr benommen.«

Mitch bekommt einen Mundschutz verpasst, betritt dann leise das Zimmer. Ein Raum, vollgestopft mit Geräten, ein elektrisches Surren in der Luft. Claire liegt auf dem Rücken, zugedeckt, ihr Gesicht ganz schmal und bleich. Mitch erschrickt ein wenig, sie liegt da wie tot. Aber die Monitore hinter ihr zeigen stabilen Blutdruck und Herzschlag.

Mitch sieht Schläuche unter der Bettdecke hervorkommen, erschrickt wieder, tritt näher, streichelt Claire ganz zart, fast unmerklich und schüchtern über die Stirn.

»Claire, mein Liebling, verzeih mir. Und schlaf dich gesund.«

Claire hat die Augen geschlossen, ihre Lippen bewegen sich, mit kratzender Stimme flüstert sie: »Mitch, bist du das?«

Mitch greift nach einem Feuchtigkeitsstab, tupft ihr damit über die Lippen. »Ja Claire, ich bin bei dir, alles ist vorbei. Wir haben es geschafft.«

»Mitch, wo bin ich?«

»In Meran, in einem Krankenhaus. Aber es geht dir schon besser. Schlaf jetzt, du brauchst viel Kraft.«

Claire nickt, versucht die Augen zu öffnen, lächelt ein wenig.

»Mitch«, sagt sie mit schläfriger Stimme, »ich wollte da nicht rein, ich hatte Angst.«

Mitch fühlt sich, als hätte er einen Faustschlag in die Magengrube bekommen.

»Ich weiß, Claire, schlaf jetzt, ich komme morgen wieder.«

Er haucht ihr einen Kuss auf die Stirn. »Verflucht«, denkt er verzweifelt, »das wird sie mir auf ewig übelnehmen, dass ich sie da reingetrieben habe.«

Mitch fällt irgendwann in einen unruhigen Schlaf, in dem er von weißen Kitteln, Spritzen, Seilbahnen und Gletscherspalten träumt.

Er wacht zermartert auf, flucht vor sich hin. »Was eine scheiß Nacht.«

Am nächsten Morgen gibt es ein deutlich besseres Frühstück als in einem vergleichbaren deutschen Krankenhaus. Nach einer ziemlich guten Tasse Kaffee ruft er Commisario Giordano an.

»Hallo Mitch, hoffe es geht Ihnen besser. Nein, es gibt keine Neuigkeiten. Wir haben jetzt Dr. Wahl auch international zur Fahndung ausgeschrieben. Nein, von Graves nichts Neues.

Natürlich haben wir Kontakt zu den amerikanischen Kollegen, aber es gibt keine heiße Spur. Ja, das nervt mich auch, aber das ist der Stand heute.«

Gegen Mittag schleicht sich Mitch, jetzt schon in normalen Klamotten, zur Intensivstation, um dort zu seiner Freude zu erfahren, dass Claire wieder auf der normalen Station liegt. Er bekommt die Zimmernummer und macht sich auf den Weg.

Vorsichtig öffnet er die Zimmertür, Claire liegt im Bett, diesmal sind ihre Augen geöffnet. Sie sieht unendlich müde aus. Mitch eilt ins Zimmer, beugt sich über Claire, küsst sie vorsichtig auf den Mund. Claire erwidert seinen Kuss, sehr schwach, sehr vorsichtig.

»Mitch, wie schön, dich zu sehen. Bitte, was ist passiert?«

Mitch erzählt ihr die ganze miese Geschichte, erzählt von Graves, der auf sie einstach, von Dr. Wahl, die ihn zwang, bei Claires Sterben zuzuschauen. Dann erzählt er vom Gletscher, von seiner Rettung. Claire schaut ihn mit müden und auch traurigen Augen an.

»Meine Erinnerung endet im Auto, ich saß da, während der Alarm jaulte und habe auf dich gewartet. Ich habe mich vor Angst fast umgebracht. Ich wollte fliehen, und du bist nicht gekommen, ich wollte dich nicht im Stich lassen, aber du bist nicht gekommen. Endlich dachte ich, ich sehe dich, mein Herz schlug mir bis an den Hals, und dann riss Graves die Tür auf.«

Mitch hält ihre Hand, streichelt ihre Stirn, reicht ihr Wasser, nimmt dann seinen ganzen Mut zusammen. »Claire, ich weiß, du wolltest an dem Abend da nicht rein, aber ich dachte, wir müssen es. Es tut mir leid, ich hätte dich nicht so unter Druck setzen dürfen.«

»Du wolltest deine Story, sonst nichts. Neben diesem Gedanken gab es keinen anderen Platz. So bist du Mitch, etwas daran gefällt mir, aber gleichzeitig hasse ich es auch, für eine Story machst du ziemlich viel, leider auch ziemlich viel kaputt.«

»Claire, nichts ist kaputt, komm hier raus, komm mit nach Deutschland. Komm mit mir.«

»Bist du dir ganz sicher, dass du das willst?«

Alles in ihm will ja sagen, aber ganz hinten gibt es auch den Gedanken, dass er in einer Woche den verdammten Text abgeben muss.

»Claire, werde gesund, erhole dich. Sobald du raus darfst, hole ich dich nach Frankfurt.«

»Wieso Frankfurt?«

»Ich habe die Story verkauft, in einer Woche muss der Text stehen.«

»Also reist du bald ab?«

»Ja, aber nur für kurz, dann komme ich wieder und hole dich ab?«

»Mitch, lass mich nachdenken, meine Welt ist gerade untergegangen, ich weiß nicht, ob ich so einfach in deine einziehen will.«

Claire holt tief Luft, sie sieht plötzlich sehr nachdenklich aus.

»Mitch, weißt du was mein größter Fehler war?

»Nein, sag es mir.«

»Ich habe mich mein ganzes verdammtes Leben lang immer an den Männern orientiert, in die ich gerade verliebt war. So bin ich in die Staaten gekommen, so habe ich begonnen, das Leben von Carlos Mentoff zu begleiten. Das werde ich nicht wieder tun. Ich muss nachdenken, versteh das bitte. Ich kann nicht morgen in dein Frankfurter Leben einziehen. Ich muss rauskriegen, wohin ich selber will, und dafür brauche ich mehr Zeit als ein paar Tage im Krankenhaus.«

Mitch starrt sie an, nickt, sieht aber wenig überzeugt aus. »Willst du etwa hierbleiben?«

»Nein, bestimmt nicht. Ich will jetzt erst mal gesund werden, hier rauskommen. Wahrscheinlich werde ich versuchen, einen Job im Medizinbereich zu finden.«

Mitch nickt verständnisvoll, ist sich unsicher, ob das die ersten Zeilen einer Abschiedserklärung sind.

Claire legt ihre Hand auf seine.

»Weißt du schon, wie dein Text beginnen wird?«

»Nein, aber ich denke die ganze Zeit darüber nach, dass Mentoff etwas wirklich Starkes gelungen ist. Er schafft es, uns ganz sinnlich beizubringen, dass eine Kunstfigur ein Teil von uns ist. Er lässt einen Avatar ein Teil von mir werden, so sehr, dass ich die Handlungen des Avatars als meine Handlungen empfinde. Wenn jetzt aber der Avatar fremdgesteuert wird, und das war das Perfide an Mentoffs Plan, dann werde ich fremdgesteuert. Aber ich habe auch die Grenzen seiner Methode kapiert. Er kann mir keine Tat unterjubeln, die mir vollkommen wesensfremd ist. Ich habe keine Sekunde geglaubt, dass ich dich getötet habe, wie könnte ich töten, was ich liebe?«

»Mitch, sei ehrlich, ist das eine Liebeserklärung oder der erste Satz deines Artikels?«

Am nächsten Morgen wird Mitch entlassen, er eilt schnell zu Claires Zimmer, sie schläft fest. Er fährt mit dem Taxi zur Polizei, zu Commissario Giordano. Der begrüßt ihn wie einen alten Freund, berichtet von zahllosen Aktenfunden, von unendlich viel Arbeit. Sie haben seit gestern Dr. Angela Wahl international zur Fahndung ausgeschrieben, und prompt kam Antwort aus Deutschland. Eine Dr. Angela Wahl sei vor kurzem unter diesem Namen von München nach London geflogen. Das Ticket wurde von einem Mobiltelefon gebucht, das zum Zeitpunkt des Anrufs in Österreich eingeloggt war. Seit dem Flug wurde das Handy nicht mehr benutzt.

Giordano flucht. »Wenn ich Idiot sie sofort international ausgeschrieben hätte, wäre sie in München festgenommen worden. Scheiße, Herr Kommissar, dumm gelaufen.«

Mitch tröstet den Polizisten, aber auch er ist sauer.

»London, was will die Wahl in London. Vielleicht ist London nur ein Durchgangszimmer. Ich wette, sie will mit Graves in die USA.«

Vernon Graves verlässt müde und übelgelaunt eine Wohnung in der Upper West Side in New York. Es ist das einfachste Haus auf dem Block, ohne all die Yuppie-Accessoires, die sich in der Gegend immer mehr durchsetzen, kein Doorman, keine Hundewaschanlage. Ein anonymes siebenstöckiges Haus mit vielen Ein-Zimmer-Appartements, ein idealer Ort für eine diskrete Zwischenstation.

Graves hatte sich nach Genua durchgeschlagen, dort mit Hilfe seines kanadischen Passes einen Wagen gemietet, mit dem er bis Ventimiglia fuhr. Von dort ging es in einem Taxi weiter nach Frankreich. Dort wechselte er in ein anderes Taxi zum Airport in Nizza, dann mit dem Flieger nach Paris, und weiter nach New York. Sein kanadischer Pass funktionierte problemlos. Selbst die Immigration auf dem Kennedy Airport passierte er ohne Beanstandung.

Trotz der gelungenen Flucht ist Graves sauer und alarmiert. Seine italienischen Kontakte ließen sich zunächst am Telefon verleugnen. Erst nach einer Weile meldete sich Aldo, sein Jugendfreund. Der erklärte ihm freundlich, aber auch glasklar, dass die Chefs der Familie eine Entscheidung getroffen hätten. Graves hatte immer noch Aldos Stimme im Ohr.

»Vernon, hör zu, die haben einfach kein Vertrauen mehr. Sie haben neun Millionen investiert, weil sie an dich geglaubt haben und dir einen Gefallen tun wollten. Es gab all die Jahre kaum einen Return. Dann hast du alle wild gemacht mit der Börsengeschichte, mit der großen Übernahme. Und, was ist passiert? Sie ist geplatzt, wie so vieles. In diesem Moment haben sich Leute gemeldet, die angeboten haben, die Schulden des Paradise Mountain Resorts zu kaufen. Die Kaufinteressenten, ein Konsortium, sind an dem Know-how von Mentoff interessiert. Ich habe keine Ahnung, wer dieses Konsortium ist, wie diese Leute überhaupt von dem Kredit erfahren haben. Aber das Geld ist inzwischen geflossen, die neun Millionen samt Zinsen sind bezahlt. Der Deal ist über eine große Anwaltskanzlei abgewickelt worden. Wir sind raus aus dem Geschäft, deine neuen Partner werden sich bei dir melden.«

Vernon empfand diese Ansage seines alten Freundes als Ohrfeige, aber es sollte noch schlimmer kommen. Aldo bat ihn unmissverständlich, auf Distanz zu bleiben, bis Gras über die Sache gewachsen sei.

Zwei Stunden nach diesem Gespräch meldete sich ein Vertreter der neuen Gläubiger bei Graves. Man gab ihm zwei Tage Zeit zum Luft holen, dann sollte bei einem Meeting im Plaza Hotel entschieden werden, wie es weiter geht. Graves gefiel das alles gar nicht, aber was blieb ihm übrig: Er sagte das Treffen zu.

Mitch verlässt das Bamboo, fährt los, es geht nach Frankfurt, er muss anfangen, seine Story zu schreiben.

Vorher macht er noch einen kurzen Stopp bei Commissario Giordano. Der hat nichts Neues in Sachen Graves und Wahl zu berichten. Aber dafür anderes Interessantes. Mittlerweile hat eine systematische Auswertung der Papiere aus Mentoffs Büro begonnen. Giordano zeigt Mitch einen ganzen Aktenordner Schriftverkehr. Das meiste sind Briefe, die Mentoff auf der Suche nach Investoren verfasst hat. Mentoff hat an Gott und die Welt geschrieben, erst an Adressen in Deutschland, dann auch in England, Schweden und den Staaten.

»Wir glauben, dass Mentoff die Italiener, die ihm via Graves den Kredit gegeben hatten, auszahlen wollte. Seine Beziehung zu Graves muss ziemlich kaputt gewesen sein. Wahrscheinlich hat sich Graves als Interessensverwalter der Gläubiger aufgespielt, das wollte Mentoff beenden. Aus den Unterlagen geht nicht hervor, ob Mentoff mit seiner Investorensuche Erfolg hatte. Nicht ungefährlich was Mentoff da gemacht hat.«

»Wieso«, fragt Mitch verblüfft, »was ist daran gefährlich, Geldgeber zu suchen?«

»Ganz einfach. Erstens zeigst du, dass du dringend Geld brauchst. Zweitens, da er ein sehr schräges Geschäftsmodell hat, lädt Mentoff damit natürlich auch sehr schräge Leute ein, sich für sein Unternehmen zu interessieren.«

Dann verabschieden sich die beiden, Mitch findet den italienischen Kommissar mittlerweile richtig sympathisch. Man verspricht sich, in Kontakt zu bleiben.

Dann eilt Mitch zum Krankenhaus.

Claire sieht immer noch sehr angegriffen aus, heute hat sie Fieber bekommen, aber die Ärzte versichern, dass das unbedenklich und normal sei. Mitch fragt sich, ob er wieder einen Fehler macht, wenn er sie jetzt alleine lässt. Aber er wird jetzt tagelang am Computer sitzen, und das geht am besten zu Hause. Er streichelt ihre Hände, sie schauen sich in die Augen.

Dann muss Claire lachen, »Komm Junge, fahr schon, irgendwie werde ich das Gefühl nicht los, dass du in deinem Kopf bereits die ganze Zeit an deinem Text sitzt, während sich deine Augen bemühen romantisch zu schauen.«

Auch Mitch muss lachen, Claire kennt ihn bereits ziemlich gut.

Ein langer Kuss, ein letzter Blick, dann ist Mitch auf dem Flur, bald danach im Auto.

Vernon Graves parkt seinen Wagen in der Nähe des Terminals 7 am Kennedy Airport. Er will Dr. Angela Wahl abholen, die heute mit der British Airways aus London ankommt.

Die beiden begrüßen sich etwas steif, sie sind sich eigentlich fremd und doch jetzt auf Gedeih und Verderb aufeinander angewiesen. Graves ist in den letzten Stunden eines klar geworden: Wenn es den neuen Investoren um Mentoffs Know-how geht, dann ist er dringend auf Angela Wahl angewiesen. Sie ist die Expertin, nicht er. Also muss er ihr klarmachen, dass sie beide nur als Team überleben werden.

Als sie im Auto sitzen, greift Dr. Wahl stolz in ihre Handtasche und präsentiert einen nagelneu aussehenden amerikanischen Pass.

»Wow, und wie heißt du jetzt?«

»Elaine Taylor. Ich bin in Kopenhagen geboren und aufgewachsen, daher mein merkwürdiger Akzent. Muss mir ein paar Bücher über Kopenhagen besorgen, falls ich per Zufall mal an einen Dänen gerate.«

»Angela, pass auf, es gibt gute und schlechte Nachrichten.«

Graves steuert den Wagen jetzt auf den Van Wyck Expressway.

»Fang mit den guten an.«

»Okay, gerne. Ich bringe dich jetzt zu einem der schönsten alten Hotels der Stadt, du wohnst im Plaza, direkt am Central Park. Weniger gut ist, schon morgen gibt es ein Treffen mit unseren Geldgebern. Leider hat da das Team gewechselt. Meine alten Freunde sind raus, wir treffen auf mir Fremde, die aber für neun Millionen Dollar die Schulden des Paradise Mountain Resort übernommen haben. Ich vermute stark, dass sie sich weniger für die schöne Immobilie interessieren als vielmehr für das Know-how. Und da kommst du ins Spiel. Davon verstehst du viel mehr als ich, das musst du morgen präsentieren.«

Graves biegt auf den Long Island Expressway ab. Angela Wahl starrt aus dem Fenster, sie ist beeindruckt und eingeschüchtert von dem, was sie da vorbeiziehen sieht.

»Warte, bis wir in Manhattan sind, dann wirst du staunen.«

Angela Wahl legt Graves ihre Hand auf den Arm. »Vernon, so eine Präsentation ist kein Problem. Aber du musst mir helfen, sprachlich, aber auch wie man mit so Businesstypen umgeht, das ist nicht meine Welt.«

Vernon Graves nicht zufrieden. Sie fahren in den Queens-Midtown Tunnel ein.

»Mach die Augen auf, wenn wir hier rauskommen, sind wir in Manhattan.«

Mitch hat Gas gegeben und donnert bereits in Deutschland auf der A7 nach Norden.

Er muss sich beeilen, er hat unterwegs einen Anruf von Peter Zerber bekommen, seinem Vertrauten im Verfassungsschutz. Zerber muss am Abend von Frankfurt nach Madrid fliegen, er wolle Mitch gerne vor seinem Abflug treffen, er habe interessante Neuigkeiten.

Sie haben sich für 19 Uhr im Terminal 1 verabredet.

Er hat Glück, es gibt keine Staus, und so schafft er es rechtzeitig in das Parkhaus am Flughafen.

Wenige Minuten später hat er Zerber gefunden, die beiden setzten sich in eine ruhige Ecke eines der Restaurants im Abflugbereich A.

Mitch schaut Zerber an. »Mann, das ist das erste Mal, dass wir uns seit Julians Beerdigung treffen. Du hast mir damals deine Hilfe versprochen, und du hast in unglaublicher Weise Wort gehalten. Ich schulde dir eine ganze Menge. Herzlichen Dank.«

»Passt schon Mitch. Du hast dich damals, mit Julians Hilfe, sehr um unseren Dienst verdient gemacht, auch wenn das eine Menge alter Säcke immer noch anders sehen. War eine starke Nummer von euch beiden. Julian ist tot, ich schulde es ihm, dir zu helfen.«

Die beiden heben ihr Glas Weißwein und stoßen auf Julian an. Mitch denkt an den gnadenlosen Kampf mit den Geheimdienstverschwörern zurück, der Julian das Leben gekostet hat. Das war sein erstes großes Abenteuer gewesen, jetzt steckt er mitten im zweiten.

»Pass auf, Mitch, wir haben doch schon einmal über diese italienische Familie aus New York gesprochen, die Mentoff finanziert hat. Unsere Kollegen vom FBI müssen im Umfeld dieser Familie einen Informanten haben. Auf jeden Fall gibt es einen Report, der besagt, dass die Italiener ihren Schuldschein über neun Millionen Dollar an ein Konsortium verkauft haben, das angeblich auf der Grundlage von Mentoffs Ideen ähnliche Häuser gründen will. Der Schuppen in Südtirol wird geschlossen, da können sie höchstens noch die Immobilie verkaufen. Aber die planen Neugründungen in den Staaten. Woher die wussten, dass Mentoff bei den Italienern Schulden hatte? Keine Ahnung.«

»Das kann ich dir sagen, Mentoff hat im großen Stil Leute und Firmen angeschrieben, um Investoren zu finden.«

»Okay, Mitch, das passt. Dann hat er die selber angelockt.«

»Wer sind die?«

»Gute Frage, nächste Frage. Da kann ich nur Spekulationen weitergeben. Der erste Kredit war eine persönliche Gefälligkeit für Vernon Graves, jetzt die Leute wollen wohl im großen Stil mit Mentoffs Techniken Geld machen.«

»Also im Erpressungsgeschäft?«

»Nicht unbedingt, soweit unsere Infos stimmen, gehören zu dem Konsortium Leute aus der Pornoindustrie, aber auch Spiele-Entwickler. Sie sind überzeugt davon, dass VR eine große kommerzielle Zukunft hat, und so wollen sie auch die dunklen Bereiche rechtzeitig besetzen. Die suchen auch sowas wie kriminelle Start Ups. Flapsig gesagt, du stehst hier an der Drehtür von der Wall Street zum Darknet. Wie auch immer, bei solchen Leuten hat sich Mentoff einen Namen gemacht, die werden die Expertise behalten wollen, sich aber im Laufe der Zeit von den kriminellen Anfängen trennen.«

»Was denkst du wird passieren?«

»Die werden Graves ausquetschen und dann wegschmeißen wie eine heiße Kartoffel.«

22

Elaine Taylor alias Dr. Angela Wahl räkelt sich in ihrem Himmelbett, betrachtet begeistert das luxuriöse Zimmer im Plaza, springt auf, öffnet die Vorhänge und blickt auf den morgendlichen Central Park. Die ersten Kutschen für die Touristen nehmen Aufstellung, Dutzende von Joggern strömen in den Park. Sie schaut auf ihre Uhr, 9:15, in einer Dreiviertelstunde soll sie Graves in der Lobby treffen.

Vernon Graves schlürft derweil nervös einen Espresso.

Auf seinem Handy geht eine Nachricht ein: Treff Besprechungszimmer 7, vierte Etage, 10:15 Uhr.

Graves nimmt die enthusiastisch aufgeregte Frau Dr. Wahl in Empfang, die einige Unterlagen unter dem Arm trägt.

Im Besprechungsraum 7 warten vier Herren auf sie. Zwei Anwälte, ein Mediziner und ein kräftiges schweigsames Kraftpaket.

Einer der Anwälte ergreift das Wort. Es folgt eine spannende Zuckerbrot-und-Peitsche-Ansprache. Der Anwalt fordert unbedingte Kooperation von Graves und Wahl, verweist auf die neun Millionen, verweist auf die fast unverkäufliche Immobilie im Martelltal und verweist dann mit aller Härte darauf, dass sowohl Graves als auch Wahl polizeilich gesucht werden. Er schlägt einen Deal vor. Die beiden bringen ihr Know-how vollständig ein und sie helfen bei der Gründung eines neuen Resorts, das in Palm Beach Florida entstehen soll. Dafür erhalten sie volle Unterstützung beim Aufbau neuer Identitäten und Beschäftigung im neuen Resort. Durch die Blume lässt der Anwalt wissen, dass gerade die im Martelltal entwickelten Programme für besondere Gäste von Interesse seien.

Dann ergreift der Mediziner das Wort, lobt die Kreativität Mentoffs und bittet Dr. Wahl um eine Einschätzung, was mit den VIP-Therapien von Mentoff möglich sei und mit welchen Investitionen für eine Neugründung man rechnen müsse.

Zu Graves' größter Überraschung legt Dr. Wahl eine blendende Performance hin.

Sie ist charmant, kompetent, erschlägt den Mediziner mit Fachwissen und sie fasziniert mit ihrem Akzent. Man merkt ihr an, dass sie von Anfang an eine enge Mitarbeiterin Mentoffs war. Graves springt ihr nur wenn nötig zur Seite, beschreibt Sicherheitsaspekte, betont die Wichtigkeit der Informationsbeschaffung, hier besonders die Zusammenarbeit mit Oxford Labs.

Das Schlusswort hat der ältere der beiden Anwälte.

Er kündigt an, schon bald vor der Presse eine Erklärung abgeben zu wollen, in der die Gründung eines Resorts in Palm Beach verkündet werden wird. Das neue Resort wird Paradise Sea Side heißen und es wird ganz in der Nähe von 1100 South Ocean Boulevard liegen, dem legendären Mar a Lago Club von Donald Trump.

»Allein die Lage wird uns nationale Beachtung bringen«, führt der Anwalt aus, »die Kosten dort sind beachtlich, aber sie werden sich schnell amortisieren.«

Die Runde löst sich auf, der offizielle Teil ist beendet.

Während sich die Anwälte und der Mediziner angeregt mit Dr. Wahl unterhalten, überreicht der Body Guard Graves ein Dossier mit Nummern und Mailadressen, die zukünftigen Kommunikationskanäle.

Mitch ist wie erschlagen, aber zufrieden. Er hat sechs Tage im Rausch geschrieben, die Story steht. Mitchs Augen sind gerötet, täglich zehn Stunden am Computer fordern ihren Preis. Er hat eine halbe Stunde heiß und fünf Minuten eiskalt geduscht, hat sich in den besten verfügbaren Anzug geklemmt, mehrere Espressi getrunken und steht jetzt vor dem Hochhaus, in dem die Frankfurter Redaktion von Deutschlands bestem Magazin residiert. Drei Minuten später betritt er das Vorzimmer, in dem vor einigen Wochen alles begann. Die blonde Susan an der Rezeption ist genauso blasiert und trägt denselben grellen Nagellack wie damals. Allerdings wird Mitch diesmal sofort vorgelassen. Dr. Baumeister, wieder im makellosen Dreiteiler, begrüßt ihn wie einen lange vermissten Freund. Man versichert sich gegenseitig, dass die London-Story vergessen sei. Dr. Baumeister lächelt, macht sich gleich über das Manuskript her, das Mitch auf den imposanten Glasschreibtisch geknallt hat.

Er liest mit wachsendem Interesse, schüttelt den Kopf, nickt bestätigend.

»Vorbehaltlich der Zustimmung der Chefredaktion und unseres Justitiars werden wir den Text drucken, zu den vertraglich vereinbarten Bedingungen. Eine wirklich starke Geschichte. Allerdings, das sage ich Ihnen gleich, den US-Teil hinten halte ich für komplette Spekulation. Da wir erstens auch online erscheinen und zweitens unser Blatt auch in den USA erhältlich ist, gibt es da ein hohes Prozessrisiko, das wir nicht brauchen. Aber jetzt warten wir erst mal ab, was Hamburg sagt. Kompliment, Herr Berger, besser, als ich dachte.«

Wie so häufig nach Gesprächen mit Hierarchen weiß Mitch nicht, ob er sauer oder froh sein soll. Den US-Teil weglassen, Schwachsinn, sie haben die Hose voll, fürchten eine Klage in den Staaten über alles.

Er verabschiedet sich von Susan an der Rezeption. »Übrigens, immer noch ein rattenscharfer Nagellack.«

Draußen bleibt er an der nächsten Straßenecke stehen, kurz vor dem neuen Wohnhochhaus für die Brexit-Flüchtlinge.

»Wie die Zeit vergeht«, denkt Mitch, »das Teil ist mindestens um drei Stockwerke gewachsen. Hoffentlich kommt überhaupt jemand aus London.«

Die Zeit vergeht mit Warten auf eine Entscheidung der Hamburger. Mitch telefoniert täglich mit Claire, der es langsam besser geht. Sie gratuliert ihm, sie hat den Text per Mail bekommen, er gefällt ihr. Die Ärzte haben ihr mindestens noch zehn Tage im Krankenhaus angekündigt, Mitch hat versprochen zu kommen, sobald die Schlacht geschlagen ist.

Nach fünf Tagen meldet sich die Magazin-Chefredaktion aus Hamburg. Man gratuliert Mitch zu dem Text, lädt ihn ein, häufiger für das Blatt zu schreiben, und kommt dann zum Punkt. Der Justitiar habe gegen den US-Teil sein Veto eingelegt, Mitch müsse sich jetzt entscheiden, entweder den ganzen Text zurückziehen oder ohne die US Bezüge drucken lassen. Mitch flucht, denkt an seinen Kontostand und stimmt der Kürzung zu.

Danach ist er so sauer, dass er erst mal einen Whisky braucht.

Eine Paradise Sea Side Holding Group bittet in Palm Beach zu einer Pressekonferenz. Ein sehr distinguiert wirkender Anwalt mit weißen präsidentiellen Haaren kündigt die Gründung einer ganz neuen Art von eleganten, hochpreisigen Psycho-Wellness-Resorts an, hypermoderne Hilfe für alle Arten aktueller Seelenleiden. Endlich sei echter Fortschritt durch den Einsatz digitaler Medien, insbesondere von virtueller Realität möglich. Zunächst solle hier in Palm Beach ein erstes Haus eröffnet werden, später würden weitere folgen in Santa Barbara, Kalifornien, und im Karibikstaat Antigua. Die meisten der angereisten TV Reporter, die über die Pressekonferenz berichten, lassen ihre Filme vor dem Haus 1100 South Ocean Boulevard beginnen, vor Mar a Lago, vor dem legendären Besitz der Trumps.

Die Art von Nachbarschaft verkauft sich gut.

Mitch erhält eine WhatsApp von Peter Zerber. »Google mal Paradise Sea Side Holding.«

Mitch geht an seinen Computer, und traut seinen Augen nicht.

»Und ihr Penner habt den US-Teil gekippt«, Mitch brüllt einen Hamburger Redakteur an.

»Beruhigen Sie sich. Der Einwand kommt zu spät, wir erscheinen morgen, das Blatt ist längst gedruckt.«

Zwei Tage später beraten einige Herren in der 57. Etage eines Gebäudes an der 6th Avenue in Midtown Manhattan. Auf dem Konferenztisch vor ihnen liegt die neueste Ausgabe des deutschen Magazins mit der Titelgeschichte über das Paradise Mountain Resort.

»Wir werden den Namen ändern müssen. Und Graves, liebe Leute, der Mann wird wegen mehrfachen Mordes gesucht. Okay, er hat eine neue Identität, er will eine kosmetische OP machen lassen, aber er ist und bleibt ein Risiko. Wenn wir mit der Scheiße aus Europa in einem Atemzug genannt werden, dann verbrennen wir Millionen. Wofür brauchen wir Graves eigentlich noch? Er war Sicherheitschef, den Job können wir locker selber besetzen. Für Mentoff würde ich jedes Risiko eingehen, aber bei dem Meeting neulich wurde doch klar, das medizinische Know-how liegt weiß Gott nicht bei Graves. Und alles, was wir brauchen, ist medizinisches und technisches Wissen.«

Er schaut fragend in die Runde, alle nicken. Er geht nach draußen, im Nebenzimmer wartet eine Besucherin.

Er eilt auf sie zu, schaut sie einen langen Moment an, streicht sich über die weißen Haare.

»Es ist soweit.«

Vernon Graves fühlt sich immer noch unwohl, die ganze Konstellation passt ihm nicht.

Gegen schlechte Stimmung hilft ein wenig Luxus. Graves hat sich einen Porsche Panamera gemietet, er will in den Norden, nach Woodstock. Er hat einen Termin bei einem plastischen Chirurgen, erst mal eine Beratung, aber er weiß, er wird um die OP nicht herumkommen. Er hätte nicht gedacht, dass Mitch eine verdammte Titelgeschichte in Deutschlands größtem Magazin bekommt. Das lesen auch eine Menge amerikanischer Journalisten. Er muss jetzt die OP schnell durchziehen.

Graves liebt starke Wagen, er genießt es, in dem Panamera langsam durch Manhattan zu schweben. Er nimmt die Georg Washington Bridge rüber nach New Jersey. Er würde verdammt noch mal lieber dem Wagen auf einer deutschen Autobahn die Sporen geben, stattdessen rollt er gemächlich auf dem New York State Thruway nach Norden. In ihm wächst die Lust, immer weiter zu fahren, nicht nachzudenken, immer weiter, nur das neue Leder riechen, ab und zu die Kraft des Motors kitzeln, einfach fahren. Die Straße ist gemacht für solche Träume, die Interstate 87 geht gerade nach Norden – bis nach Montreal.

Er sieht rechts ein Schild, das zum Besuch des Lake Washington einlädt. Kurz überlegt er dort abzubiegen, zum See zu fahren, anzuhalten, auf das Wasser zu schauen.

Etwas im Rückspiegel alarmiert ihn. Schlagartig hört er auf zu träumen.

Ein schwerer schwarzer Jeep nähert sich mit hohem Tempo. Jetzt noch knappe fünf Meter hinter ihm. Jetzt schon neben ihm. Zu spät für Vollgas. Graves weiß plötzlich, was kommen wird. Er reißt seinen Kopf nach oben, erblickt im geöffneten Beifahrerfenster Cheryl Cruz mit wehenden Haaren und einer schwarz blinkenden Maschinenpistole.

Er sieht Mündungsfeuer, erhascht einen Blick aus Cheryls dunklen Augen, er schreit auf, fühlt den Wagen ausbrechen, wird wieder und wieder getroffen. Sekunden später, als der Panamera erst gegen die Leitplanke und dann auf einen eisernen Brückenpfeiler knallt, ist Vernon Graves längst tot. Der Porsche fängt Feuer. Der schwarze Jeep beschleunigt, gewinnt schnell Abstand.

Cheryl Cruz atmet schwer, lässt sich in den Beifahrersitz fallen. Der Jeep rollt die Interstate 87 nach Norden. Links liegt jetzt der Stewart Airport, der Wagen wechselt jetzt auf die Interstate 84.

Der Fahrer wendet sich zu Cheryl: »Wir werden gleich, wie besprochen, den Wagen tauschen.« Cheryl nickt abwesend.

Der Fahrer lenkt auf den nächsten Parkplatz.

»Ich gehe kurz pinkeln, der zweite Wagen wird in knapp fünf Minuten hier sein.«

Cheryl nickt, hängt ihren Gedanken über Vernon Graves nach. Der Fahrer steigt aus, umrundet das Auto an der Heckseite, steht jetzt an der Beifahrertür. Er hat einen großkalibrigen Revolver in der Hand, feuert drei Kugeln auf die völlig überraschte Cheryl Cruz. Der Schütze sieht sich um, niemand weit und breit. Er öffnet den Kofferraum, holt den Reservekanister raus.

In diesem Moment hält ein weißer Lexus mit New Yorker Nummernschild neben dem Jeep. Der Schütze winkt, gießt fünf Liter Benzin in den Jeep, holt sein Feuerzeug raus, entzündet das Benzin.

Immer noch ruhig steigt er in den angekommenen Wagen ein, der einen Blitzstart hinlegt. Als der Lexus den Parkplatz verlässt, schlagen die Flammen seitlich aus dem Jeep. Schwarzer Rauch steigt auf.

Der Schütze greift zum Telefon, das Paradise Konsortium hat sich von seinen europäischen Wurzeln getrennt. Zwei in Europa wegen Mordes gesuchte Personen werden nie vor der Polizei aussagen.

In dem Bürogebäude an der 6th Avenue sitzen im 57. Stock zwei Anwälte und bereiten einen Arbeitsvertrag vor. Es geht um den Posten des medizinischen Direktors des neu zu gründenden Resorts in Palm Beach. Ein ganz normaler Vertrag in einem ganz normalen Unternehmen. Einer der beiden Anwälte greift zum Telefon.

»Wir wären Ihnen dankbar, wenn Sie gegen 15 Uhr zur Unterzeichnung kommen würden.«

In Frankfurt steht Mitch auf seinem Balkon und blickt über die Stadt. Er mag es nicht, wenn die Hochhäuser im nebligen Grau verschwinden. Mitch hat sein Handy in der Hand, schaut verträumt auf ein Bild, das ihm Claire heute früh geschickt hat. Sie liegt immer noch im Bett, aber ihr Gesicht zeigt die alte Frische, ihre Augen leuchten wieder, sie lächelt in die Kamera.

Mitch fühlt sich glücklich und aufgeregt. Er soll in drei Stunden in einem Studio des Hessischen Rundfunks sitzen, und einer Hamburger Talk-Show zugeschaltet werden.

Mitch kennt das Geschäft: Er wird mit seiner Story für eine knappe Woche der Held sein, dann ist der oder die nächste dran.

Er sucht ein frisches Hemd, trinkt einen Espresso, dann klingelt das Telefon. Es ist Commissario Giordano aus Italien.

»Mitch halte dich fest, es gibt heiße Neuigkeiten. Wir sind gerade vom FBI informiert worden, dass Vernon Graves und Cheryl Cruz in einer ländlichen Gegend des Bundesstaates New York erschossen wurden. Sie wurden interessanterweise nicht gemeinsam getötet, sondern an unterschiedlichen Orten in unterschiedlichen Autos. Beide verbrannten, beide wurden durch Zahnärzte zweifelsfrei identifiziert. Der Hammer, oder?«

Mitch holt tief Luft, diese Info muss er erst mal verdauen.

Es wird also nie einen Prozess geben, viele Zusammenhänge werden im Dunkeln bleiben.

Andererseits, sein Peiniger ist tot, er hat bekommen, was er verdient.

Trotzdem bleibt ein Gefühl von Enttäuschung.

Er weiß genau, die Leute, die jetzt Regie führen, sind für ihn nicht erreichbar. Mitch beschließt, alle Infos, die er hat, an einen vertrauenswürdigen amerikanischen Kollegen zu geben.

»Commissario, sorry, war gerade in Gedanken. Was ist mit Dr. Angela Wahl, wurde noch ein drittes Auto gefunden?«

»Nein Mitch, sie bleibt verschwunden, wir haben keine Ahnung wo sie ist. Aber es gibt noch mehr, wir sind fleißig hier in Italien.«

Mitch muss lachen: »Das ist der gute Einfluss der Tiroler.«

Giordano ist wieder ganz ernst. »Wir haben in den Papieren von Graves einen Terminkalender gefunden, einen privaten, den er selber geführt hat. Darin vermerkt ist ein Termin mit dem heutigen Ministerpräsidenten von Mecklenburg-Vorpommern, der damals noch Kandidat war.«

»Das ist ja total spannend. Hör zu, ich sitze heute Abend in einer Talk-Show, das ist eine tolle Info. Ist das sicher?«

»Das ist hundertprozentig sicher, und es geht weiter. Der Termin ist eingetragen zwei Tage vor der üblen TV-Debatte, in der Dr. Reinhausen alle seine Wahlchancen verloren hat, du erinnerst dich?«

»Na klar, das war die Schweinerei mit dem Foto des toten Jungen im Studio, das werde ich nie vergessen. Ich habe im Paradise im Keller die Filme gesehen, mit denen man den armen Reinhausen manipuliert hat.«

»Hör zu, ebenfalls bei Graves im Büro gab es Unterlagen über ein geplantes großes Resort an der Ostsee, ein Riesenprojekt, viel größer als im Martelltal.«

»Mann, lass dich küssen. Das ist Dynamit, jetzt wird mir die ganze Reinhausen-Story klar, die wollten Einfluss auf den Ministerpräsidenten, um ihre Baupläne schnell durchsetzen zu können. Wahrscheinlich hat sich Reinhausen der Erpressung widersetzt, dann hat man sich an den Konkurrenten gewandt und dem ein Bild verkauft, über das Reinhausen ausflippen musste. Mann, das ist teuflisch. Scheiß Graves, na gut, er schmort in der Hölle.«

»So ist es, mein Freund.«

Midtown Manhattan, 57. Etage, der weißhaarige Anwalt blickt hinunter auf die 6th Avenue. Sein Telefon blinkt, es ist sein Vorzimmer. »Sir, Ihre Besucherin ist jetzt eingetroffen.« »Bestens, schicken Sie sie rein.«

»Eine Freude Sie zu sehen, Mrs.Taylor, oder ist Ihnen Dr. Wahl lieber?«

»Nein, ich muss mich an Taylor gewöhnen, klappt ja auch schon ganz gut.«

Der Anwalt steht auf, geht zu einem Regal, holt eine schwere Ledermappe, drückt sie Elaine Taylor in die Hand.

»Hier Ihr Arbeitsvertrag. Sie beginnen in etwa zwei Monaten mit Ihrer Tätigkeit als ärztlicher Gründungsdirektor des Mare Resorts Palm Beach. Wir haben den Namen gewechselt, Paradise ist ein wenig belastet. Übrigens hat sich Ihr Bekannter, Herr Graves, aus dem Geschäft zurückgezogen, er zieht es vor, in der Karibik fischen zu gehen, eigentlich beneidenswert. Auf Seite drei finden Sie Ihr Gehalt, ich hoffe, die Summe sagt Ihnen zu?«

Dr. Angela Wahl blättert, liest die Summe, nickt zufrieden.

Dann denkt sie nach. »Das Paradise Mountain Resort wird doch aller Wahrscheinlichkeit nach in Konkurs gehen, nicht wahr?«

Der Anwalt nickt. »So ist es. Wir sind Gläubiger sowie eine deutsche und eine italienische Bank.«

Elaine Taylor alias Dr. Angela Wahl blickt den Anwalt freundlich an. »Versuchen Sie, aus der Konkursmasse möglichst viel von den Geräten aus den Kellergeschossen zu retten. Da sind wunderbar aufeinander eingestellte Geräte dabei, würde uns eine Menge Arbeit sparen, wenn wir das in Palm Beach genauso wieder hochfahren könnten.«

Der Anwalt denkt kurz nach, nickt dann bestätigend. »Gute Idee, mit der Immobilie jedenfalls können die Europäer eher was anfangen als wir. Werde ich versuchen so zu verhandeln!«

Elaine Taylor nickt zufrieden. »Da wäre noch etwas.«

Der Anwalt schaut sie neugierig an. »Bitte, ich mag Leute, die wissen, was sie wollen.«

»Ist nur eine Kleinigkeit, eine Sentimentalität. Im Büro des verstorbenen Professor Mentoff hängt über seinem Schreibtisch ein gerahmtes handsigniertes Schwarz-Weiß-Foto des Nobelpreisträgers Susumu Tonegawa. Das Bild hätte ich gerne.«

Der Anwalt lacht. »Das, liebe Ms. Taylor, sollte zu schaffen sein. Zufrieden jetzt, oder können wir noch etwas für Sie tun?«

»Eine Bitte hätte ich in der Tat noch. Sie sind ja sehr erfinderisch im Umgang mit Papieren aller Art. Ich finde, die ärztliche Direktorin des Mare Resorts Palm Beach braucht einen akademischen Titel. Dr. Elaine Taylor klingt einfach seriöser.«

»Dr. Taylor, das ist kein Problem. Aber auch ich habe eine Bitte, Sie müssen sich vor Amtsantritt einer kosmetischen OP unterziehen, zwischen uns und dem Paradise Mountain Resort dürfen keinerlei Beziehungen existieren.«

Dr. Angela Wahl nickt. »Kein Problem.«

Der Anwalt steht auf, drückt Dr. Wahl die Hand. »Herzlich willkommen an Bord. Hier eine Karte eines plastischen Chirurgen in Woodstock, ein guter, seriöser Mann. Er erwartet Ihren Anruf.«

Mitch hat die Talkshow überstanden.

Er hat vor einer Verteufelung der virtuellen Realität gewarnt, aber auch sehr klar auf die Gefahren hingewiesen. Er hat sehr emotional über Hollbach gesprochen, er hat die letzten Neuigkeiten zu Graves und Cheryl Cruz ausgepackt, und er hat am Ende einen giftigen Pfeil nach Meck-Pomm geschickt.

Claire hat die Sendung in Meran im Krankenhaus gesehen, sie hat ihn angerufen, und ihm gratuliert.

Über das Thema Zukunft wurde nicht gesprochen.

Mitch holt aus der Küche ein Glas, gießt sich einen ordentlichen Schluck Laphroaig ein.

Der Single Malt tut gut, er spürt Wärme und Ruhe.

Morgen früh will er Reinhausen anrufen, vielleicht gelingt es ihm diesmal, den betrogenen Ex-Kandidaten zu einem Treffen zu bewegen. Er muss die beiden Jungen aus dem Fernsehstudio finden, gelingt das, dann wird der neue Ministerpräsident eine verdammt kurze Amtszeit haben.

Noch ist die Jagd nicht zu Ende.

Morgen früh will er außerdem ein umfangreiches Dossier zusammenstellen und an einen Kollegen der New York Times schicken.

Mitch trinkt noch einen Schluck, blickt zufrieden auf das nächtliche Frankfurt.

Sein Handy brummt, eine WhatsApp von Claire kommt.

Sie wünscht eine gute Nacht, schickt drei knallrote Herzen.

Mitch steht auf, macht ein schönes Foto von der nächtlichen Skyline.

Er schickt das Bild an Claire, tippt als Begleittext: »Meine Berge, Lust auf eine Wanderung?«

Dann hängt er noch drei Herzen dran.

Der Whisky funkelt in seinem Glas. Mitch rutscht langsam in eine ihm nur zu vertraute Stimmung, eine bittersüße Mischung aus Melancholie und Euphorie.

Die Kunst ist, die Stimmungen in der Waage zu halten.

Gelingt nicht immer.

Sein Handy klingelt, Mitch schaut auf das Display.

Es ist Claire.

Danksagung

Mein Dank aus der Ferne gilt Professor Thomas Metzinger, Universität Mainz, mit dessen Büchern ich zu kämpfen hatte, dessen Vorträge und Aufsätze mir viele Anregungen gegeben haben. Ein Wissenschaftler, der es versteht, auch Laien für seine Forschungen zu begeistern.

Ich bedanke mich bei den Mitarbeitern des Innovation Center for Immersive Imaging Technologies, einer Abteilung des Frauenhofer Instituts für Nachrichtentechnik, in Berlin. Dort verhalf man mir zu ersten Eindrücken mit der VR-Brille.

Mein Dank gilt den Südtiroler Freunden, insbesondere den Mitgliedern der Familie Tappeiner/Stricker, die eine Menge Fragen zum Martelltal, zu Lastenseilbahnen und zur Geschichte des Hotels Paradies beantworteten.

Mein herzlicher Dank geht an einen befreundeten Banker, der mir sehr geholfen hat, die Umarmung des Bären zu verstehen.

Und – last but not least – ein herzliches Dankeschön an Freunde, Verwandte und an meine Frau, die allesamt mit Engelsgeduld immer wieder Gespräche über virtuelle Realität auszuhalten hatten.

ISBN: 978-3-86489-115-7
ca. 352 Seiten
€ 15,00
Auch als eBook erhältlich

Realität im Thriller-Format:
Dunkel-Deutschland von seiner finstersten Seite

Dem Fernseh-Journalisten »Mitch« Berger wird anonym eine DVD zugespielt, die Bilder aus dem Wohnmobil der beiden NSU-Mörder zeigt: schwer bewaffnet und kurz vor dem Eintreffen der Polizei. Wer überwacht die Killer? Und warum bekommt ausgerechnet Mitch diese brisante DVD?

Zur selben Zeit plant eine konspirative Gruppe um den hochrangigen Verfassungsschützer Werner Dickmann einen Bombenabschlag auf eine Flüchtlingsunterkunft. Denn im zweiten Jahr des ungebremsten Flüchtlingszuzugs organisiert sich der Widerstand gegen die Politik der Kanzlerin. Und zwar in den Tiefen des Staatsapparates.

Lüders intelligent inszenierter Thriller zur Flüchtlingskrise und den NSU-Morden ist eine Reality-Fiktion – doch die geschilderten Fahndungspannen und radikalrechten Verstrickungen von Bundeskriminalamt und Verfassungsschutz sind bittere Wirklichkeit.

ISBN: 978-3-86489-121-2
ca. 288 Seiten
€ 14,99
Auch als eBook erhältlich

Der erste Verfassungsschutz-Krimi nach der NSA-Affäre

Ellen Strachwitz hat als Präsidentin des Bundesamts für Verfassungsschutz noch jede Krise gemeistert. Drei Monate vor der Bundestagswahl spielen jedoch nicht nur ihre Amtskollegen falsch. Auch etliche Interessengruppen versuchen, die öffentliche Meinung durch gezielte Falschmeldungen im Internet und in der Presse zu manipulieren und damit das Wahlergebnis zu beeinflussen.

Ellen stößt in diesem Zusammenhang auf die anonyme Hacker-Gruppe deanon, die korrupte und verlogene Politiker bloßstellen will, auf den ehemaligen Elite-Soldaten Jörg, der früher im Namen des Staats vermeintliche Terroristen liquidierte, und auf den zwielichtigen Schattenmann Albrecht, der die politische Stimmung sogar mittels eines inszenierten Attentats drehen soll.